【紀元前3万5千年頃のヨーロッパ】

---- エイラの旅程　　—— ジョンダラー達の旅程

河川

The Valley of Horses

野生馬の谷

ジーン・アウル 作　佐々田雅子 訳

上

集英社

エイラ―地上の旅人　3

野生馬の谷　上

ジーン・M・アウル作　佐々田雅子訳

装丁◎坂川事務所
装画・挿画◎宇野亜喜良

第一部のあらすじ

今から三万五千年前、後に「更新世」と呼ばれる最終氷期の終わり頃のこと。地殻変動でヨーロッパ黒海沿岸を襲った大地震によって、ひとりの少女が孤児となる。人類進化の系譜からみれば、新人に属するクロマニオンの血を引く少女、その名はエイラ。草原をさまようち、ケーブ・ライオンのかぎ爪で、腿に傷を負った五歳の少女エイラは、溺死のところを通りかかった一団に見出される。彼らは、同じように地震ですみかである洞穴を追われたネアンデルタールの一族だった。

骨太でずんぐりと背が低く、大きなかぎ鼻と狭い額、せり出た眉弓をもつ旧人の一族からすれば、姿かたちも、あきらかに「よそ者」である少女は、置き去りにされかけるが、一族の薬師で、族長ブルンの妹にあたるイーザの懇願によって保護される。新しいすみかである洞穴を見つけるときに不思議な力を見せたことも手伝って、ケーブ・ベアを守護霊と崇敬し、厳しい掟を守る一族も、少女を一員として認める。だが、金色の髪、白い肌、ひょろ長い手脚、青い瞳、耳障りな声を立てる少女は、この上なく醜い子として好奇の目にさらされるばかりではなく、幾世代にもわたって、女は男に隷属すべきものと教えこまれてきた一族の厳しい掟が待ち受けていた。

なかでも、族長の息子、ブラウドは、なにかにつけ人目をひくエイラに、憎しみと嫉妬の目を光らせる。男に口ごたえすることも許されず、絶対服従が原則と信じるブラウドから見れば、エイラの奔放なふるまいは、ことごとく反抗的に映るのだった。ものおじせず、好奇心旺盛なエイラは、数々の壁にぶつかりながらも、まじない師のクレブと薬師《くすし》のイーザの庇護だけをたよりに、一族に順応してゆく術を覚えてゆく。クレブは、自らの異形の体と不気味な傷跡のある顔におびえもせず、なついてくれたエイラに喜びを隠せず、まるで父親であるかのように、言語やしぐさ、ものの数え方、一族の中での女としてのふるまいなど、さまざまなことを教えてゆく。

あるとき、ふとしたことから男たちの投石器を使った狩りの訓練をかいま見たエイラは、持ち前の好奇心から、女は手を触れることも禁じられている狩りの道具の使い方を覚え、密かに習熟してゆく。体型からして、手脚の曲がった一族の男より器用に道具を扱うことができる利点を活かし、エイラは、めきめきと腕前をあげてゆく。だがある日、危機に瀕したブラウドの息子を救うためにハイエナを倒したことで、すべてが明るみにでてしまう。狩りこそ、一族の男と女を明確にわかつ力と信じる一族の掟によれば、武器を使った女にたいする処罰は死にほかならなかった。係累の子の命を救ってくれた恩義と、しきたりとの板ばさみに悩みながらも、族長としてかばいだてもできず、ブルンはやむなく断を下す。

エイラを待ち受けていたのは、「死ののろい」。下された瞬間から、一族の誰からも見えない者として、生きながらに存在を無視される死刑に等しい処罰だった。愛するクレブの手で、大事にしていた薬師としての道具までも火中にくべられ、はだか同然で洞穴を追い出される運命にエイラは死を覚悟する。だが、一カ月命を長らえれば罰は終わるとしたブルンの計らいにからくも救われ、エイラは身を隠した雪降りつもる小さな洞穴から奇跡の生還をとげる。

やがて、少女から初潮を迎えて一人前の女となり、老いたイーザにかわって薬師の後継者として認められ、海での漁でも命がけで子供の命を助けたエイラは、一族の中で一目おかれる存在となるが、苛立ちをつのらせたブラウドに腹いせのように蹂躙され、身ごもってしまう。思いもよらぬ出来事であり、心の準備もない妊娠に煩悶するエイラだったが、胎内で育ちゆく命に母性に目覚め、出産を決意する。

難産の末産みおとした男の子は、頭部が異様に大きく、首が定まらず、育つ見込みがないとされる。異形の子は一族の子として認められないという掟に背いて、エイラは赤ん坊を抱いて洞穴に身を隠し、必死の試練に耐え、我が子の命を救う。子を連れ戻ったエイラの姿に、ブルンは、ブラウドの強い反対を押しきり、ダルクと名を与えて、一員として認めることを宣言する。

やがて、七年に一度、同じ血を引く者たちが旧交をあたため、結束をはかる行事である氏族会が開かれ、薬師としてエイラもその旅に同行するが、異形の母子の姿は白い目にさらされる。「よそ者」として、拒絶されかけたエイラだったが、巨大なケーブ・ベアと闘う男たちの競技会で、男の群れに飛び込み、深手を負った男を救い出した果敢な行動でみなを驚嘆させる。面目を保って氏族会から帰った一族だったが、洞穴では年老いたイーザが病に苦しみ、最後のときを迎えていた。死の床で、イーザはエイラの行く末を案じ、同じ種族に将来のつれあいを求め、一族の洞穴から出てゆくように遺言する。

族長の交代が行われ、ブラウドが新しい族長に選ばれる。ブラウドによって、まじない師の地位を追われたクレブの命も、再び起きた地震で奪われ、エイラはすべての後ろ盾を失う。絶対権力をふりかざすブラウドの手で、子供と引き裂かれたエイラは、ダルクへの思いを残しながら、断腸の思いで、ひとり旅に出るのだった。

主な登場人物

エイラ　大地震で両親を亡くし、ケーブ・ベアの一族に育てられる。異人であるが故にさまざまな障害が生じ、ついには死の呪いをかけられて追放され、自分と同じ種族を見つける旅に出る。

ウィニー　エイラと生活を共にする馬。

ベビー　エイラと生活を共にするケーブ・ライオン。

ケーブ・ベアの一族

クレブ　一族のモグール（まじない師）。

ブルン　前族長。

イーザ　薬師。エイラの義母。

ブラウド　族長。ブルンのつれあいの息子。

ダルク　エイラの息子。

ゼランドニー族

ジョンダラー　旅の途中でエイラと出会う。

ソノーラン　ジョンダラーの弟。

マルソナ　ジョンダラーとソノーランの母親。

ランザドニー族

ダラナー　族長。

ジョプラヤ　ダラナーの炉辺の娘。

ロサドゥナイ族

ラドゥニ　族長。

フィロニア　ラドゥニの炉辺の娘。

ラナリア　ロサドゥナイ族の娘。

ハドゥマイ族

ハドゥマ　族長。多くの子供を産み、五代にわたって一族を繁栄させる。

タメン　ハドゥマの孫で三代目。

ノリア　タメンの孫で五代目。

シャラムドイ族

シャムド　シャラムドイ族の薬師。旅の途中のジョンダラーと出会う。

シャムドイ族（陸に居を構える）

ドランド　族長。

ロシャリオ　ドランドのつれあい。

ジェタミオ　ソノーランのつれあい。

セレニオ　ジョンダラーが留まる間、居を共にする。

ダルヴォ　セレニオの娘。

ラムドイ族（川に居を構える）

カルロノ　族長。

ソリー　マルケノのつれあい。マムトイ族の出身。

マムトイ族

ブレシー　野営地の頭《かしら》。

野生馬の谷　上

両巻の初稿を読んでくれたカレンへ
愛をこめてアッシャーへ

謝辞

『ケーブ・ベアの一族』を話題にしてくださったかたがたのお力添えが、この『エイラ──地上の旅人』シリーズの変わらぬ支えとなったことに、今も感謝し、深い恩義を感じている。それに加えて、以下のかたがたにお礼申しあげる。

オレゴン中部の不毛の高原にあるマルユール・フィールドステーション所長のデンゼル・ファーガソン博士とそのスタッフ、とくにジム・リッグズに。彼はほかのもろもろに加え、火の起こしかた、投槍《とうそう》器の使いかた、藺草《いぐさ》を材料にしたスリーピングマットの編みかた、押圧剝離《はくり》による石器のつくりかた、シカの脳のしぼりかた──シカの皮をビロードのように柔らかにさせられるなどと誰が思っただろう？──を教えてくれた。

そして、ドリーン・ギャンディーに。彼女が精読したうえで、貴重なコメントをしてくれたおかげで、わたしは本書を比類のないものと確信することができた。

最後に、レイ・アウルに。彼はわたしを支持し、激励し、援助し、そして、お皿を洗ってくれた。

1

エイラは死んでいた。だから、氷雨が針のように肌を刺そうと、何ということはなかった。風の中で、クズリの頭巾を引き寄せながら目を凝らした。まとっていたクマ皮の外衣の裾が突風にあおられ、脚を鞭打った。

前方のあの影は木立だろうか？　先ほど、地平線にでこぼこの木々の列を見たような気がする。もっと注意して見ておくのだった。ああ、わたしに一族のほかの人たちほどの記憶力があったなら。エイラはなお、自分を一族の一員と考えていた。実際にそうだったことはなかったし、今はもう死んでいるというのに。

エイラは頭を下げ、風の中へ踏みだした。嵐は北方から一気に駆け下り、不意を突いてきた。エイラは必死に隠れ場を探した。しかし、今いるのは、洞穴をはるかに離れた未知の土地だった。出発してから、月の満ち欠けはすでに一巡りしていたが、自分がどこへいこうとしているのかも見当がつかなかった。

北へ。半島の彼方の本土へ。わかっているのはそれだけだった。イーザはいまわの際に、洞穴を去るように促した。ブラウドは族長になったら、おまえを傷つける手立てを考えつくだろう、といって。予言は正しかった。ブラウドはエイラを傷つけた。それも、思っていた以上のむごい仕打ちで。

そもそも、ブラウドがわたしからダルクを取りあげていいはずがない、とエイラは思った。ダルクはわたしの息子なのだから。それに、ブラウドがわたしを呪う理由などなかったはずだ。霊を怒らせたのも、地震を招いたのもブラウド本人ではなかったか。いずれにしても、次に何が起こるかは予想がつかなくもなかったが、あまりのめまぐるしい展開に、一族の人々も事態をのみこむのが精一杯だった。エイラを視界から閉めだすのが精一杯だった。人々にとってエイラは目に見えない死者となった。だが、その人々にしても、ダルクがエイラを見るのを妨げることまではできなかった。

ブラウドは怒りに衝《つ》き動かされてエイラを呪った。だが、ブルンがはじめてエイラを呪ったときには、人々にあらかじめ備えをさせておいた。しかも、ブルンには呪うだけの理由があった。人々もそれを理解していたし、ブルンはエイラに一縷《いちる》の望みを与えるのも忘れなかった。

エイラはまたしても吹きつけてきた冷たい突風に立ち向かおうと頭を上げた。それで、あたりがすでにたそがれているのに気がついた。もうじき暗くなる。足は感覚がなくなっていた。革の履き物にはスゲを詰めこんであったが、半解けの雪がしみこんできた。だから、背が低く、ねじけたマツの木を目にしたときには、思わずほっとした。

ステップでは立ち木はまれだった。木は自らを養えるだけの水分のあるところでしか育たなかった。風ではがれて、ばらばらないじけた格好になったマツやカバやヤナギ。それが二列に並んでいるところには、水の流れがあると思ってよかった。だから、地下水が乏しい土地で、乾季にそういう光景を目にするのは喜ばしいことだった。また、北方の大氷河から平原へ嵐が吹きおろすとき、そのような木々は粗末とはいえ、風よけになってくれた。

エイラがさらに歩みを進めると、案の定、流れのほとりに出た。それは凍りついた岸の間を流れる狭い水路だった。エイラはその流れの方向に沿って西に向きを変え、今の低木よりもましな隠れ場になりそうな密な茂みはないかと目を凝らした。

頭巾を前に引き下ろして、とぼとぼ進むうちに、風がはたとやんだので、顔を上げてみた。流れの向こうの低い崖が、風をさえぎっていた。川を渡るうちに冷たい水がしみこんできて、履き物に詰めたスゲは何の役にも立たなくなった。だが、何といっても、風に当たらずにすむのはありがたかった。岸の土の壁は一カ所でくぼんでいた。もつれあった草の根や枯れ草が、その上に屋根のように張りだし、下はかなり乾いていた。

エイラは水に濡れた負い籠の革紐をほどき、肩を揺すってその荷を降ろすと、オーロックスの厚い皮と、小枝を払った太い枝を取りだした。それで低く傾いたテントを張り、石や流木でその裾を押さえた。枝で支えられた正面が開く格好になっていた。

エイラは手甲《てっこう》の革紐を歯で緩めた。手甲はほぼ円形の皮で、毛が生えているほうを裏にしてあった。手首のあたりで絞り、てのひらのところで切れ目を入れて、何かをつかもうというときに親指が突きだせるようになっていた。履き物も切れ目を除くと同じつくりで、足首に巻きつけた膨れた革紐をほどくのは一苦労だった。それから、濡れたスゲを注意しながら抜きだした。

エイラはクマ皮の外衣を、湿った側を下にして、テントの中の地面に敷いた。スゲ、手甲、履き物をその上に置くと、足のほうからテントにもぐりこんだ。毛皮を体に巻きつけ、負い籠を引き寄せて入り口をふさぐと、冷えきった足を懸命にこすった。湿った毛皮が温まってくると、体を丸めて目を閉じた。

冬は最後の凍った息を苦しげに吐きだしながらも、なおも去りがたい風情だった。一方で、春は浮気な娘のようだった。凍《い》てつくような名残の寒気の合間合間に、夏の熱気を約束する暖かさがちらほらと入り交じった。そうして天候が気まぐれに変わるうちに、嵐が吹き荒れる一夜がやってきたのだ。

翌朝、目を覚ましてみると、岸に残った雪や氷にまばゆい日光が反射していた。空は深い青に澄みわたり、ぼろきれのような雲がはるか南へと流れていた。エイラはテントから這いだすと、水袋を手に、裸足で水辺へ駆け寄った。身を切るような冷たさをいとわず、獣の膀胱《ぼうこう》を革で覆った水袋に水を汲むと、一息にごくごくと飲んでから駆け戻った。それから、岸辺で用を足したあと、また体を温めようと毛皮にもぐりこんだ。

しかし、長くはじっとしていなかった。危険な嵐が去り、陽光が招いている以上、外に出ずにはいられなかったのだ。エイラは体温で乾いた履き物を履き、夜着にしていた毛皮の上にクマ皮を結びつけた。次に、負い籠から干し肉を一切れ取りだし、テントと手甲《てっこう》を詰めこむと、肉を噛みしめながら、先へと歩みはじめた。

流れはほぼまっすぐで、少しずつ下っており、それに沿って進むのは楽だった。エイラはいつしか、単調な調べの鼻歌を小声で歌っていた。岸辺の薮には、緑が点々と芽吹いていた。解けかけた雪のところどころでは、小さな花が健気にも顔を突きだしていて、微笑を誘われた。流れだした大きな氷塊が、目の前の岸にぶつかりながら、しばらく漂っていたが、やがて急流に巻きこまれて一気に駆け下っていった。

エイラが洞穴を出たとき、春はまだ浅かった。だが、洞穴のある半島の南端は比較的暖かく、季節は先をいっていた。山脈が氷河からの冷たい風をさえぎる一方で、内海からのそよ風が、海沿いの細長い一帯と南向きの斜面を暖め、湿らせて、温和な気候をもたらしていたのだ。

それに比べると、ステップは寒かった。エイラは山脈の東端をまわったが、開けた草原をよぎって北へ向かう間、季節に追い越されることはなかった。早春よりも暖かさが増しているようにはとても思えなかった。

アジサシのしゃがれた鳴き声が注意を引いた。見あげてみると、カモメに似た小型のその鳥が数羽、翼をひろげて楽々と旋回したり、滑空したりしていた。きっと海が近いのだろう、と思った。鳥は今、巣をつくっているはずだ――それは、卵があるということだ。エイラは歩みを速めた。たぶん、岩にはムラサキ貝が張りついているだろう。ハマグリも、カサ貝も、潮溜まりにはイソギンチャクもうようよいるに違いない。

太陽が天の頂に差しかかろうとするころ、本土の南岸と半島の北西の側面に抱かれた湾に出た。舌のような半島と大陸をつなぐ太い喉首にあたる地域に、ようやくたどり着いたのだ。

エイラは負い籠を肩から降ろすと、周囲を見下ろして高くそびえるごつごつした岩を登りはじめた。その巨大な岩の海側は、打ち寄せる波に割られて鋸の歯のようになっていた。エイラが卵を集めにかかると、ヒメウミスズメやアジサシの群れが怒りの声を上げて責めたてた。エイラはいまだに巣の温かみが残る卵を数個割って、中身を飲み干した。さらに数個を外衣の襞の間にしまいこんでから岩を下った。

渚では、履き物を脱いで、打ち寄せる波に足を踏み入れ、水面に見え隠れする岩からムラサキ貝を剝がして、ついていた砂を洗い流した。浅い潮溜まりに咲く花のようなイソギンチャクを引き抜こうと手を伸ばすと、それは花びらに似た触手を引っこめた。その色も形もエイラには馴染みのないものだった。それで、代わりに、砂のくぼみから顔をのぞかせたハマグリを二つ三つ掘りだして、昼食を済ませた。そういった海の幸を、火は使わずに生のままで賞味した。

卵と貝で腹がくちくなると、高い岩の麓で一休みした。それから、海岸と本土のたたずまいをさらによく見ようと、もう一度、その岩によじ登った。エイラは一枚岩のてっぺんで膝を抱えて座り、湾の彼方を見やった。顔に吹きつける風は、海の豊かな生命の息吹をはらんでいた。

大陸の南岸は、西に向かって緩やかな弧を描いていた。その縁の狭い木々の帯の向こうには、広々としたステップが見えた。半島の寒々しい草原と見た目は変わりなかったが、人間が居住しているしるしは何一つ存在しなかった。

あれだ、とエイラは思った。半島の向こうの本土というのは。でも、どちらへいけばいいの、イーザ？本土には異人がいるといったけれど、人っ子一人見当たらないじゃない。広大な無人の地を眺めやるうちに、エイラの思いは、イーザが死んだ三年前のあの恐ろしい晩へと漂っていった。

「おまえは一族の人間じゃないのよ、エイラ。異人に生まれついたの。おまえは異人なのよ。だから、ここを出て、自分の仲間を見つけなくちゃならないの」

「出るって！　でも、どこへいったらいいの、イーザ？　わたし、異人なんて知らない。どこで捜せばいいかもわからない」

「北よ、エイラ。北にいきなさい。北には異人がたくさんいるわ。この半島の向こうの本土には。おまえはここにいては駄目。ブラウドはおまえを傷つける手立てを考えつくわ。だから、出ていって見つけるのよ。おまえの仲間の人々を、おまえのつれあいを見つけるのよ」

そのとき、エイラはそうしなかったのだ。できなかったのだ。だが、今は選択の余地がなかった。異人を見つけるしかなかった。ほかに当てにするべき人はいなかった。もう引き返すことはできなかった。二度と息子に会うこともないと思われた。

エイラの顔を涙が流れ落ちた。それまで声を上げて泣いたことはなかった。洞穴を出たときは、自分の命が危うかったので、悲しんでいる暇もなかった。しかし、いったん堰《せき》が切れると、涙をとどめるものはなかった。

「ダルク……坊や」エイラは両手で顔を覆ってすすり泣いた。なぜ、ブラウドはわたしからおまえを取りあげたの？

エイラは息子を思って泣き、あとに残した一族の人々を思って泣いた。記憶にあるただ一人の母、イーザを思って泣いた。自分を待ちかまえる未知の世界での孤独と恐怖を思って泣いた。しかし、自分を我が子のように愛してくれたクレブを思って泣くことはまだなかった。悲しみがあまりに生々しく、それに向かいあう心の用意がなかったのだ。

涙が涸《か》れたあと、我に返ってみると、はるか下方に打ち寄せて砕ける波に見入っていた。凄まじい勢いで泡を吹きあげ、鋸の歯のような岩のまわりで渦巻く波。

飛びこんでしまえばどんなに楽だろう、とエイラは思った。

駄目！　エイラは首を振って、背筋をぴんと伸ばした。ブラウドに向かって宣言したじゃないの。あなたは息子を取りあげ、わたしを追いだし、わたしに死の呪いをかけることはできるでしょう。でも、わたしを死なせることはできない、と。

口の中で塩の味がした。苦い笑みが顔をよぎった。エイラが涙を流すと、イーザもクレブもきまって困惑した。一族の人々の目は、ひりひり痛むのでないかぎり、潤むことがなかった。ダルクの目でさえそうだった。ダルクはエイラの多くを受け継いでいた。エイラのように声を発することもできた。だが、ダルクの大きな茶色の目は、紛れもなく一族の目だった。

エイラは急いで岩を下りた。負い籠を背にしながら、自分の目はほんとうに弱いのだろうか、それとも、異人は誰もが潤む目を持っているのだろうかと訝った。そのあと、また、あの言葉が脳裏にこだました。おまえの仲間の人々を、おまえのつれあいを見つけるのよ。

エイラは海岸に沿って西へと旅した。内海に注ぐ小さな流れをいくつも越えた末に、かなり大きな川に出会った。そこで、北に転じ、急流に沿って内陸へ遡りながら、渡れそうな地点を探した。岸辺に並ぶマツやカラマツを縫って進むうち、ときおり、ほかの小さな木々を見下ろす巨木がそびえたつようになった。大陸のステップに出ると、ヤナギ、カバ、ポプラの木立が、川を縁取る密な針葉樹林に交じりはじめた。

蛇行する流れに沿って紆余曲折を繰り返すうちに、日一日と不安がつのっていった。川伝いに遡っていくと、おおむね北東の方角に向かうことになった。だが、エイラは東へ戻りたくはなかった。本土の東部では、一族も狩りをしているという話だった。しばらく北へ旅したのちに西に転じるというのが、もともとの計画だった。一族の人間と顔を合わせるのは避けたかったのだ――死の呪いをかけられた身としては！　ここはどうしても川を渡る手立てを見つけなければならなかった。

川幅がひろがったかと思うと、小さな砂礫の島を挟んで流れが二つに分かれた。島の岩だらけの岸には藪がへばりついていた。エイラは危険を冒してでもここで渡ろうと決心した。島の向こう側の流れに大きな石が二つ三つ見えていたので、歩いて渡れる程度に浅いのではないかと思ったのだ。泳ぎは達者だったが、衣類や籠を濡らすのは避けたかった。乾かすにはずいぶん時間がかかるだろうし、夜はまだまだ寒かった。

エイラは急な流れに目をやりながら、岸辺をいったりきたりした。そして、いちばん浅いと思われる地点を選ぶと、衣類を脱ぎ、持ち物すべてを籠に山盛りにした。それを高く持ちあげて、水中に足を踏み入れた。足もとの岩は滑りやすく、少しでも油断すれば水の勢いに押されて転びそうだった。はじめの流れの中ほどで、腰のあたりまで水につかったが、何とか無事に島に上がることができた。次の流れはさらに幅が広かった。渡りきれるかどうか心もとなかったが、ほぼ半ばまできた以上、あきらめるつもりはなかった。

二つ目の流れの中間点を過ぎたところで、川はにわかに深くなった。エイラは首まで水につかり、籠を頭上に差しあげて、爪先立って進んでいった。突然、川底ががくんと落ちこんで、頭が沈み、否応なく水を飲みこんだ。だが、次の瞬間には、籠を頭にのせたままで、立ち泳ぎをしていた。片手で籠を支え、もう一方の手で水を掻いて、対岸に少しでも近づこうとした。途中、水勢に逆らえず押し流されたが、それもまた一瞬のことだった。足先で岩をとらえると、その少しあとには、向こう岸の斜面を上がっていた。

エイラは川をあとにすると、ふたたびステップの旅を始めた。晴れの日数が雨の日数を上まわり、ようやく春がエイラの北への歩みに追いつき、追い越していった。木々や藪の新芽は若葉になり、針葉樹の枝先からも柔らかい薄緑の葉が伸びだした。エイラは道々、マツ葉を摘んでは嚙み、そのぴりっとする風味を楽しんだ。

日中は歩きつづけ、夕暮れに小さな流れを探し当てては、そこで野宿する。それが日課のようになった。水を見つけるのに苦労はしなかった。春の雨と、はるか北方の雪消《ゆきげ》の水が川からあふれて、谷間や窪地にたたえられていたからだ。しかし、それらはやがて涸《か》れ谷か、せいぜいが泥の川になる運命だった。豊かな水の季節は束の間のことで、水分は速やかに大地に吸い尽くされたが、その前にステップを花園に変える力になっていた。

ほとんど一晩で、白、黄、紫の草花が——ごくまれに、鮮やかな青や赤も入り交じっていたが——地に咲き乱れ、はるか彼方で若草の新緑に溶けこんでいた。エイラは季節の美を堪能した。前々から、春は一年のうちでもとりわけ好きだった。

平原に生命が萌《も》えだすにつれ、エイラは乏しくなった携行の食料に頼るのをやめ、土地でとれるものを食べるようになった。ただ、そのために歩みが遅くなることはなかった。一族の女なら誰でも、旅の間はほとんど足を止めず、葉や花や芽、漿果《しょうか》を摘むことを学んでいた。エイラは頑丈な大枝から小枝や葉を払い、先端をフリントのナイフで削ってとがらせると、それを掘り棒にして、根や球根を手早く掘りだした。採取は楽だった。自分一人が食べる分だけでよかったのだから。

しかも、エイラは一族の女たちにはない強みを持っていた。狩りをすることができたのだ。たしかに、投石器だけが頼りの狩りではあったが、男たちも——エイラが狩りをするのをいったん認めてからは——一族きっての使い手ということに異を唱えなかった。エイラはその技を独りで学んだのだが、それをものにする代価はひどく高くついた。

ようやく芽吹いた草に誘われて、ジリスやジャイアント・ハムスター、トビネズミ、ウサギの類が、冬ごもりの穴から出てきた。エイラは投石器を毛皮の外衣を縛っている革紐に挟んで、ふたたび持ち歩くようになった。堀り棒も革紐に差したが、薬袋《やくたい》はいつものように内側の衣の腰紐につけていた。

食料は豊富だった。それに比べると、薪《たきぎ》を手に入れ、火を絶やさずにいるのは少々むずかしかった。それでも、火を起こすことはできたし、雨季だけの流れのそばでは、生き残った薮や小さな木々、ときには倒木が手に入った。枯れ枝や動物の糞を見つけると、それも残らず集めておいた。しかし、毎晩必ず火を起こすわけではなかった。手ごろな薪が手に入らないこともあったし、手に入っても、まだ生だったり、湿っていることがあった。また、疲れていて、手間をかける気にならないこともあったからだ。

とはいえ、火に守られずに野宿するのは気持ちのいいものではなかった。広大な草原は大型の草食動物を数多く養っていたが、それがさまざまな捕食動物によって間引かれていた。火はそういう獣を遠ざけてくれた。一族の人々が旅する場合、通常は高い地位の男が燠《おき》を携え、次の火を起こしていたので、エイラもはじめは火種を持ち歩くなどということを思ってもみなかった。だが、いったん思いついてみると、なぜもっと早くそうしなかったのか不思議に思われた。

しかし、火起こし棒と、平たい木の火起こし台があっても、火口《ほくち》が湿っていたり、薪が生だったら、火を起こすのはやはり手間がかかった。エイラはオーロックスの骨を見つけたときに、これで問題が解決すると思った。

月の満ち欠けがもう一巡りして、湿った晩春はさらに暖かさを増し、初夏に移り変わろうとしていた。エイラは今も、内海に向かって緩やかに傾斜する広大な沿岸平野を旅していた。春の洪水で運ばれてきた泥が、ところどころで河口を狭めていた。河口は砂州で一部をふさがれたり、完全に封じこまれて、潟や水溜まりになっていた。

エイラはある晩、湿地を避けて野宿し、翌朝、小さな水溜まりで足を止めた。よどんだ水は飲料に適するとは見えなかったが、水袋は底をつきかけていた。ためしに片手ですくって味わってみたが、その水はあまりに塩辛く、すぐに吐きだした。水袋から一口すすって、口の中を洗わなければならないほどだった。

エイラは近くに転がっている白くさらされた骨と、先細の長い角がついた頭蓋骨に気がついた。死んだオーロックスはこの水を飲んだのだろうか？　死の影のさすよどんだ水溜まりを離れても、その骨が脳裏を去らなかった。白い頭蓋骨と長い角、湾曲したうつろな角が、いつまでも見えていた。

昼近くになって、流れのほとりで足を止めると、そこで火を起こして、前に殺したウサギを炙ろうと決めた。暖かい陽光のもとに座りこみ、木の台に押しつけた火起こし棒を、両のてのひらで挟んで懸命にまわした。火種を保管していたグラドがこの場に居合わせてくれたら、と思わずにはいられなかった。

エイラははっとして跳び上がった。火起こし棒と台を籠にしまい、ウサギをその上にのせて、今きた道を早足で引き返した。水溜まりに着くと、さっきの頭蓋骨を探した。グラドはいつも火種を乾いたコケ類でくるみ、オーロックスのうつろな長い角におさめていた。角があれば、自分も火を持ち歩けるのではないか。

しかし、角を引っぱりながら、心にやましいものを感じた。一族の女たちは火を持ち歩かなかった。それが許されていなかったからだ。だが、わたしが自分で持たなかったら、誰が代わりに持っていてくれる？　エイラはそう思い返し、角をぐいと引っぱって頭蓋骨から引き剝がした。それから、そそくさとその場を立ち去った。禁じられた行為を考えること自体が呪いとなって、監視と非難の目を呼びさましたとでもいうように。

以前は、生き延びるためには、自分の本性とは相容れない生きかたに従わなければならなかった。だが、今は、幼少時からの束縛を乗り越え、自分で考えて事態を打開する能力に頼らなければならなかった。オーロックスの角はほんの手始めだったが、生き延びるチャンスを示唆する吉兆には違いなかった。

とはいえ、火を持ち歩くというのは、思っていた以上の大仕事だった。朝のうち、火種をくるむ乾いたコケを探し歩いたが、洞穴に近い森林地帯ではあれほど豊富だったコケが、乾燥した平原ではまったく見当たらず、結局、草で代用する羽目になった。しかも、野宿の準備にかかったときには、燠《おき》はもう消えていて、ひどくがっかりさせられた。それでも、エイラは何とかなると信じていた。火を一晩中絶やさないように灰をかぶせておくという経験もあったし、必要な知識は持ちあわせていた。試行錯誤し、何度となく火種を消してしまった末に、ようやく、次の野宿の地まで火を運ぶ方法を発見した。それからは、オーロックスの骨も腰紐にくくりつけて持ち歩くようになった。

進路にあらわれるいくつもの小川は、歩いて渡ることができた。しかし、今度ぶつかった大きな川を渡るには、ほかの方法を見出さなければならなかった。エイラはこの数日、上流に向かって歩いていた。しかし、川はふたたび北東の方角に折れ、幅もいっこうに狭まらなかった。

もう、一族の人々が狩りをする地域を出たとは思いながらも、東には向かいたくなかった。東に向かうということは、一族の居場所に戻ることを意味した。戻ることはできなかったし、その方角に向かうのすらはばかられた。といって、川縁の開けた危険な土地に、いつまでも居座ることはできなかった。何としてでも川を渡らなければならない。ほかに道はなかった。

エイラは何とかやれると思った――前々から泳ぎには自信があった――だが、持ち物すべてを入れた籠を頭上に掲げてとなると、話は別だった。持ち物をどうするかが問題だった。

エイラは倒木の陰の小さな焚き火の傍らに座っていた。倒木の葉の落ちた枝が川に垂れ下がっていた。急な流れの絶え間なく動く水面に、午後の日差しがきらめいていた。ときおり、何かの残骸が流れすぎていった。それで洞穴の近くを流れていた川が思いだされた。内海に注ぐあたりでは、サケやチョウザメの漁をしたものだ。そういうとき、エイラはイーザの心配をよそに、ついでに泳ぎを楽しんだ。どうやって泳ぎをおぼえたかは記憶になかった。生まれつき知っていたように思われた。

なぜ、一族のほかの人たちは泳ぎたがらないのだろう？　エイラは心の中でつぶやいた。わたしは遠くまで泳いでいくというので、ずいぶん風変わりと思われた……オーナが危うく溺れかけたときまでは。

オーナの命を救ったことには人々がこぞって感謝したのを思いだした。ブルンでさえもが水から上がるのに手を貸してくれた。あのときは、みんなに受けいれられたという温かい感覚をおぼえた。これでほんとうに一族の一員になったという気がした。まっすぐに伸びた長い脚、痩せて背が高すぎる体、金髪に青い目、高い額。それももう問題ではなくなった。その後、一族の中には泳ぎをおぼえようとする者もあらわれたが、結局、うまく浮かぶことができなかったし、深みへの恐れも拭えなかった。

ダルクは泳ぎをおぼえられるだろうか？　ダルクはほかの子のように体が重くないし、ごつごつした体つきにはなりそうもない。きっと泳ぎをおぼえるだろう……。

それにしても、誰が教えるというのか？　わたしはいないし、ウバには教えられない。ウバはきっとダルクの面倒をみてくれるだろう。わたしに負けないほどダルクを愛しているからだ。だが、ウバは泳げない。ブルンもそうだ。ただ、ブルンはダルクに狩りのしかたを教え、後ろ盾になってくれるだろう。ブラウドがダルクを傷つけるのは許さないと約束もしてくれた――ブルンには呪いを受けたわたしの姿は見えないということになってはいたけれども。ブルンはすぐれた族長だった。ブラウドとは大違いだ……。ブラウドがわたしの中にダルクを宿させたなどということがあるのだろうか？　エイラはブラウドに強いられたときのことを思いだして身震いした。男は好きな女にそれをする、とイーザはいった。だが、ブラウドはわたしがどれほど嫌がっているかを知っていたからこそ、そうしたのだ。赤ん坊を宿させるのはトーテムの霊だといわれている。しかし、わたしのケーブ・ライオンを打ち負かすほど強いトーテムをもった男は一族にはいない。わたしはブラウドに強いられつづけるまで身ごもったことはなかった。わたしが身ごもったのには誰もが驚いた。わたしに子どもができるなどとは誰も思わなかったから……。

ダルクが成長したとき、その姿を一目でも見ることができたら。ダルクはわたしに似て、年のわりに背が高い。一族きっての長身になるのは間違いないだろう……。

いや、そんなことわかるはずがない！　ダルクに二度と会うことはないのだから。

ダルクのことを考えるのはやめなさい。エイラは自分にいいきかせて、涙を拭った。そして、腰を上げると、川辺へ歩いていった。ダルクのことを考えても何にもならない。それでこの川が渡れるわけでもないでしょう！

自分の考えに没頭していたので気がつかなかったが、先が二股に分かれた丸太が岸に流れ寄っていた。その丸太のもつれあった枝が、岸辺の倒木から伸びた大枝にとらえられるのに、エイラはぼんやり目をやった。そして、丸太が自由になろうとするかのように、押したり引いたりを繰り返すのを見るともなく見ていた。だが、いったん、それに目を凝らしたとたん、ある可能性にはっと気づいた。

エイラは浅瀬に足を踏み入れて、丸太を岸に引きあげた。それは相当な大きさの木の幹の先の部分で、川上の急激な出水でへし折られたばかりのようだった。まだ、それほど水分を含んではいなかった。エイラは外衣の襞に挟んで携えてきたフリントの握斧《あくふ》で、二本の分肢の長いほうを叩き切り、もう一方とほぼ同じ長さにした。それから、邪魔になる枝を払って、分肢の本体だけを残した。

エイラはまわりをさっと見まわしてから、クレマチスの蔓が垂れ下がったカバの木立のほうに向かった。その若い蔓をぐいぐい引っぱるうちに、長くて強いロープのような一本がちぎれた。蔓についていた葉をむしりながら引き返すと、皮のテントを地面にひろげ、その上に負い籠の中身をぶちまけた。一つ一つを点検して、詰めなおすつもりだった。

まず、毛皮の脚絆《きゃはん》と手甲《てっこう》を、毛皮の裏の外衣とともに籠の底にしまった。今は夏用の外衣をまとっており、どちらも次の冬までは用がなさそうだった。そういえば、次の冬にはどこにいるのだろう？　一瞬、手を休めて案じたが、いつまでもぐずぐず考えこんではいられなかった。ふたたび手が止まったのは、柔らかい革のおくるみを取りあげたときだった。ダルクを腰にのせて運ぶとき、支えるのに使っていたものだった。

それは必要なかった。生き残る上での必需品ではなかった。ダルクの身近にあったものというだけで持ってきたものだった。エイラはそれを頬に押し当てると、丁寧にたたんで籠の中におさめた。その上に、月のもののときに使う柔らかくて吸収性のある革帯をのせ、さらに予備の履き物を入れた。今は裸足で歩いていたが、雨のときや寒いときに履いていた一足はもう擦りきれかけていた。予備を忘れずに持ってきたのはよかった。

次に、食料を調べてみた。カバの樹皮に入れたカエデ糖《とう》は、まだ一包み残っていた。エイラはそれを開け、一切れ折り取って、口に入れた。これがなくなったら、ふたたびカエデ糖を味わうことはないかもしれない、と思いながら。

携行食も何個か残っていた。男たちが狩りに出るときに持っていくもので、溶かした脂、挽いた干し肉、乾燥させた果物でつくられていた。濃厚な脂を思っただけで、よだれが垂れそうだった。投石器で殺した小動物には、ほとんど脂身がなかった。これで植物性の食物が採れなかったら、蛋白質を含む食料が不足してくるのは目に見えていた。どんなかたちであれ、脂肪や炭水化物も欠かせなかった。

携行食を欲望のまま口にするのは慎み、非常時に備えて保存するべく、籠にしまいこんだ。ほかに、干し肉――革のように硬いが、滋養は豊かだった――干しリンゴ、ヘーゼルナッツ、洞穴の近くのステップで収穫した穀物の小袋をつけ加えた。それら食料の上に、椀や鉢、クズリの頭巾、擦りきれた履き物をのせた。

次に、腰紐からカワウソの皮の薬袋《やくたい》を外して、水をはじく滑らかなその皮を撫でてみた。足と尾の硬い骨の手ごたえがあった。開け口のまわりに通した紐で袋の口を締められるようになっていて、開け口の後ろについている妙に平たい頭が蓋の役割を果たしていた。袋はイーザがつくり、エイラが一族の薬師《くすし》になったときに、母から娘へ伝える形見として贈ってくれたものだった。

それをきっかけに、エイラはこの何年かではじめて、イーザが最初につくってくれた薬袋、自分が呪いを受けたときにクレブが焼いてしまった薬袋のことを思いだした。あのとき、ブルンは呪いをかけて当然だったのだ。女は武器に触れるのを許されていないのに、わたしは何年にもわたって投石器を振りまわしていたのだから。それでも、ブルンは戻るチャンスを与えてくれた――もしも、わたしが生き延びられたらの話だったが。

ブルンは自分で思っていた以上のチャンスをわたしにくれたのかもしれない、とエイラは思った。死の呪いを受けた者は、絶望のあまり、もう死んでしまいたいと強く願う。それを克服することがなかったら、今、こうして生きてはいなかっただろう。ダルクを残さなければならなかったという点を別にすれば、最初の呪いのほうが今回よりもつらかったのではないか。そう、持ち物すべてをクレブに焼かれたときには、ほんとうに死んでしまいたいと思った。

これまでクレブのことを考える気にはなれなかった。クレブを失った悲しみも苦しみもあまりに生々しかったからだ。エイラはイーザを愛するのと同じほどクレブを愛していた。クレブはイーザの兄であり、ブルンの兄でもあった。片目で片腕のクレブは一度も狩りをしたことがなかったが、一族では最高の聖者だった。恐れられ、敬われたモグール——傷痕のある老いたその顔は、もっとも勇敢な狩人にも畏怖の念を抱かせた。しかし、エイラはクレブの優しい一面を知っていた。

クレブはエイラを気にかけ、守り、愛してくれた。まるで、生涯持つことのなかったつれあいの子のように。三年前のイーザの死は、悲しみが次第に癒されるだけの時間があった。ダルクとの別れは胸が痛んだが、ダルク自身は死んだわけではなかった。エイラはそれまでクレブを悼んだことはなかった。だが、クレブが死んだ地震のときから胸に秘めてきた痛みが突然に噴きだしてきて、もうおさまりそうもなかった。エイラはその名を呼んだ。

「クレブ……ああ、クレブ……」どうして洞穴へ戻っていったの？　どうして死ななければならなかったの？

エイラはカワウソの袋の毛を顔に押し当て、激しくすすりあげた。そのうち、甲高い叫びが体の奥底から喉もとへこみあげてきた。エイラは体を前後に揺すって、苦悩、悲嘆、絶望に泣き叫んだ。しかし、ともに声を上げて嘆き、苦しみを分かちあってくれる一族の人々はいなかった。エイラは独り悲しんだ。自分の孤独を悲しんだ。

ようやく泣き声が静まった。エイラはひどく消耗しているのを感じたが、恐ろしい胸の痛みは和らいでいた。しばらくして、川辺に戻り、顔を洗ってから、薬袋《やくたい》を籠の中におさめた。中身はあらためるまでもなかった。何が入っているかは正確に記憶していた。

エイラは掘り棒をつかむと、悲しみに代わってこみあげてきた怒りにまかせて、それを傍らに放り投げた。決意は火のように燃えあがった。ブラウドがわたしを死なせようとしても死ぬものか！

エイラは深く息を吸いこみ、荷づくりの続きに専念した。火を起こす道具とオーロックスの角を籠におさめると、外衣の襞からフリント製の道具をいくつか取りだした。別の襞からは丸い小石を一つ出し、宙に投げあげて、落ちてきたところをまた手に取った。手ごろな大きさならどんな石でも投石器で投げられたが、正確さを考えると滑らかで丸い石が望ましかった。エイラはそういう石を二つ三つ取っておいた。

そのあと、投石器に手を伸ばした。それは、石を包む中央の部分が膨らんだシカ皮の紐のようなもので、細くなった両端は使っているうちにねじれてきていた。それを取っておくのはいうまでもなかった。次に、柔らかいシャモアの皮の外衣を縛っている長い革の紐をほどいた。その縛りでいくつも襞ができ、中に物をしまって運べるようになっていた。外衣は脱げて落ちた。エイラは首にかけた紐で吊るした小さな革の袋――お守り――のほか、一糸もまとわずに立っていた。その袋も頭越しに外すと、震えがきた。外衣がないよりも、お守りがないほうが、裸という感じが強かった。袋におさめられた小さく硬い品々が、安心感を与えてくれていたのだ。

それで終わりだった。それが持ち物のすべて、生き延びるのに必要なもののすべてだった――あとは知識、技術、経験、機転、決意、勇気といったものが問題だった。

エイラはお守り、道具類、投石器を手早く外衣でくるんで籠に詰めると、籠をクマの毛皮で包んで、長い革紐で縛った。その包みをオーロックスの皮のテントでさらにくるんでから、丸太の分肢の後ろに蔓でくくりつけた。

エイラはしばらくの間、広い川と遠い向こう岸を見つめながら、自分のトーテムを思った。それから、砂を蹴って焚き火にかけると、貴重な持ち物のすべてをのせた丸太を、倒木の下《しも》の川のほうへ押しやった。そして、丸太の分肢の先端に身を置き、枝を払ったあとの瘤をつかむなり、筏をぐいと押して水面に下ろした。

氷河の溶解でいまだに冷えきったままの川の水に、裸の体が包まれた。エイラは思わずあえぎ、ほとんど息をすることもできなかった。だが、冷たい水に慣れるにつれて、だんだん感覚がなくなっていくようだった。強い流れが丸太をとらえ、何としてでも海へ運び去ろうというように、うねりの合間に巻きこんだ。だが、二股に分かれた枝が翻弄されるのを防ぐのに役立った。エイラは渦巻く流れを突っ切ろうと強く水を蹴り、何とか対岸へ向きを変えた。

しかし、進み具合はもどかしいほど緩慢だった。何度も対岸を見やったが、それはいつも思っていたより遠くにあった。川を横切るというよりは流されている感じだった。流されて、上陸しようと思っていた地点を過ぎてしまったときには、もうかなり疲れ、寒さで体温も下がっていた。震えが止まらず、筋肉は痛んだ。石を縛りつけられた足で、いつまでも水を蹴っているような気がしたが、自分を鞭打ってその足を動かしつづけた。

そのうち、とうとう根が尽きて、緩むことのない水圧に屈した。川は勢いに乗じて、急造の筏を下流へと押し戻した。エイラは制御できなくなった丸太に、必死でしがみついているだけだった。

しかし、水路は前方で方向を変えようとしていた。南を向いていたのが、岸の突端をまわりながら、急角度で西に転じていたのだ。エイラは急流の四分の三以上を横切ったところであきらめかけたのだが、その岩でできた岸を見たとたん、最後の力を奮い起こして体勢を立てなおした。

流されてその地点を過ぎる前に、何とか岸に着こうと、エイラは重い足で水を蹴った。目を閉じ、精神を集中して、ひたすら足を動かしつづけた。突然、衝撃とともに、丸太が川底をこすって止まるのを感じた。

エイラはもう動けなかった。体を半ば水中に沈め、丸太の瘤を握ったまま横たわっていた。だが、荒れ狂ううねりがとがった岩から丸太を浮きあがらせ、思わず度を失いかけた。それでも懸命に膝をついて上体を起こすと、丸太を前方に押しやった。丸太が岸辺にしっかり乗りあげたとたん、自分は水中に引っくり返った。

しかし、そう長くは休んでいられなかった。冷たい水に激しく震えながら、岩がごつごつした突端にどうにか這いあがった。それから、蔓の結び目をいじりまわして、ようやく緩めると、包みを岸に上げた。震える指で革紐をほどくのは、それよりもなお困難だった。

天の助けなのか、革紐は弱っていた個所でぷつんと切れた。エイラはそれを掻きむしるように取り去り、籠も脇へ押しやると、クマの毛皮の上に這いあがって、それを体に巻きつけた。震えが止まったときには、もう寝入っていた。

危機一髪の川越えのあと、エイラはやや西寄りの北を目指して進んだ。人間のいる形跡を求めて開けたステップを歩くうちに、夏の日々は暑さを増していった。短い春を彩った花々はしぼみ、草が腰のあたりまで伸びてきた。

エイラはアルファルファとクローバーを日々の食物に加えた。地表をうねる蔓をたどって掘りだすホド芋《いも》も、澱粉が多く、かすかに甘みがあって貴重だった。楕円形の緑の豆で膨らんだ莢《さや》を持つレンゲ草は、根も食用になった。それと似ているが毒のある仲間を見間違うことはなかった。ユウスゲの芽の季節は過ぎていたが、根はまだ柔らかだった。早熟の種類の地表を這うスグリはすでに色づきはじめていたし、青いものならヒユ、カラシナ、イラクサの若葉がいつでも手に入った。

投石器も標的に事欠かなかった。平原には、ナキウサギ、マーモット、大型のトビネズミ、色変わりした野ウサギ――冬の白が今は灰色がかった茶色になっていた――ときには、ネズミを狩る雑食性のジャイアント・ハムスターがいた。高く飛ぶことのないライチョウや沼ライチョウは珍味だった。エイラはライチョウを食べるたびに、足まで羽毛に包まれ丸々したその鳥がクレブの好物だったことを思いだした。

しかし、平原の夏の恵みを享受しているのは、そういう小動物ばかりではなかった。さまざまなシカ――トナカイ、アカジカ、大きな枝角を持つオオジカ――が見かけられた。小型の馬、ロバ、そのどちらにも似たオナガー。巨大なバイソンやサイガの親子も、ときたま前方を横切った。それに、赤褐色のオーロックスの群れ。雄牛は背峰までが六フィートもあり、雌牛の豊かな乳房には、春に生まれた子牛が取りついていた。乳で育った子牛の肉の味を思いだすと、よだれが垂れそうになったが、投石器はオーロックスを狩る武器にはなりえなかった。マンモスが移動していくのを目にすることもあった。ジャコウ牛の群れが子牛をかばうように密集隊形を組んで、オオカミの群れに立ち向かうのも見た。短気な毛犀《さい》の親子は避けて通るように気をつけた。毛犀がブラウドのトーテムで、いかにも似つかわしかったのを思いだした。

エイラは北への旅を続けるうちに、地勢に変化が生じたのに気がついた。乾燥が進み、荒涼とした印象がより強まっていた。あいまいな境界ではあったが、湿潤、多雪の大陸のステップの北限に達していたのだ。そこを越えれば、北方の広大な氷河の切りたった壁まで、乾燥した黄土のステップが続いていた。それは氷河時代、大陸に氷床が存在した時期にのみ見られた環境だった。

氷河、すなわち、大陸にひろがる氷の延べ板は、北半球を広く覆っていた。地球の表面の四分の一近くが、途方もない重さの氷に埋められ、そこに水が封じこまれた。そのため、海面が下がり、海岸線が伸び、陸地の形も変わっていた。氷河の影響は地球の隅々にまで及んでいた。赤道地方では大雨が洪水を引き起こし、砂漠は縮小していた。だが、氷河に近い地方での影響は、その程度にとどまらなかった。

広大な氷原は上空の空気を冷やし、大気中の水分を凝固させ、降雪をもたらした。しかし、中心に近づくほど高気圧が安定していて、それが極端に乾燥した寒気をつくりだし、雪を端のほうへと押しやった。その結果、大氷河は縁辺部で成長していった。氷床は果てしないひろがりのどこでもほぼ一様で、その厚みは一マイル以上もあった。

雪はほとんどが氷の上に積もり、氷河を肥やしたが、そのすぐ南の土地は乾燥していた――そして、凍りついていた。中心の上空の安定した高気圧は大気の落とし樋《ひ》となり、乾いた寒気を低気圧に向けて送りだした。北からの風はステップでとどまることはなかった。ただ強さを変えるだけだった。途中、氷河の移動する境界で、粉々になった岩の破片を吹きあげた。空に浮かんだ粒は、粘土よりややきめの粗い土――黄土――となり、何百マイルもの範囲で何フィートもの厚さに積もって表土を造成した。

冬には、うなりを上げる風が、凍りついた土地にわずかな雪を吹きつけた。しかし、地球は傾いた軸を中心に回転しつづけ、季節も変化しつづけていた。毎年の平均気温のほんの二、三度の低下が、氷河を形成する引き金になった。気温の高い日が数日あっても、平均が変わるほどでなければ、あまり影響はなかった。

春になると、積もったわずかな雪は解け、氷河の表面も暖まって、ステップへしみだした。雪解け水が永久凍土層の上の土壌を柔らかくし、浅く根を張っていた草々が芽吹いた。草は自らの命が短いということを種のころから知っているかのように、みるみるうちに丈を伸ばした。しかし、夏たけなわのころにはもう立ち枯れて、草原全体が干し草の原になった。わずかに、海の近くに寒帯林とツンドラが点々と散らばっているだけだった。

氷河の縁に近い地域では、雪は浅く、厳しい寒気に適応してきた無数の草食動物は、一年を通して草原から餌を供給されていた――獲物さえいればどんな気候にも耐えられるという捕食動物にしても、それは同じだった。一マイル以上の高さにそびえ、青白く輝く氷の壁の麓で、マンモスが草を食《は》む光景も見ることができた。

春になって氷が解けだしてできた大小の川は、厚い黄土層をえぐり、しばしば堆積岩もうがって、大陸の底にある花崗岩の岩盤にまで達した。開けた風景の中に、急な谷間が見られることも珍しくなかった。そして、川は湿気を、谷は風からの避難所をもたらした。不毛の黄土のステップの中にさえ、緑の谷間を見ることができた。

暖かい季節になって、日一日と過ぎていくうちに、エイラは次第に旅に倦《う》んできた。ステップの単調な風景、仮借なく照りつける太陽、絶え間なく吹きつける風に倦んできた。肌は荒れ、ひび割れ、剝けてきた。唇はがさがさ、目はひりひり、喉は砂でじゃりじゃりというありさまだった。その季節に川がつくる谷に出くわすこともあった。そこはステップよりも緑が濃く、木々も茂っていたが、とどまる気にはなれなかった。人間の生活の気配がまったくなかったのだ。

空はいつも晴れわたっていたが、実りのない探索行は恐怖と不安の影を投げかけた。この土地では、冬が一年を通じての支配者だった。夏のもっとも暑い日でさえ、氷河の厳しい寒気が頭を離れなかった。長く過酷な季節を生き延びるために、食料を蓄え、避難所を見つけておかなければならなかった。早春から放浪を続けてきたエイラは、自分はステップを永久にさまよう定めなのか――結局は野垂れ死にする定めなのかと疑いはじめた。

前の日と何の変わりもなく過ぎた一日の暮れがた、エイラは水辺を離れたところで野宿の準備にかかった。マーモットを仕留めてはいたが、火種は消え、薪《たきぎ》も不足していた。火を起こす手間を省き、生で二口三口かじってみたが、いっこうに食欲がわかなかった。エイラはマーモットを傍らに投げ捨てた。しかし、獲物はますます乏しくなってきた――でなければ、獲物を見つける目が鈍くなっているようだった。植物の採取も思うにまかせなかった。土が固いうえに、枯れ草がもつれあっていて、手に負えなかったのだ。しかも、風が小止みなく吹き荒れていた。

夜は悪夢にうなされ、ろくに眠れないまま、不安のうちに目覚めた。食べ物はなかった。うっちゃったマーモットも、すでに消えていた。水を飲むと――古くなって、もう風味がなかった――負い籠に荷を詰め、北に向かって出発した。

昼ごろ、干上がりかけた水溜まりが二つ三つある川床に出た。水はややえぐい味がしたが、それで水袋を満たした。それから、ガマの根を少し掘り起こした。繊維ばかりでうまみはなかったが、とぼとぼ歩きながら、くちゃくちゃ噛んだ。もう歩きつづけたくはなかったが、ほかにどうしようもなかった。無気力、無関心に陥って、自分がどこに向かっているのかも、さして気にならなくなった。午後の日差しのもとでケーブ・ライオンの群れが日向ぼっこをしているのにもまったく気づかず、警告の咆哮《ほうこう》を聞いて思わず跳び上がった。

恐怖が体内を駆けめぐり、神経をひりひり疼かせた。エイラはじりじり後ずさりすると、ライオンの縄張りを迂回して西へ向かった。どうやら、あまりに北にきすぎたようだった。エイラを守っているのはあくまでケーブ・ライオンの霊であって、生身の獣ではなかった。ライオンが自分のトーテムだからといって、襲われずにすむという保証などなかった。

事実、クレブは襲われた傷痕を見て、エイラのトーテムがケーブ・ライオンだと知ったのだ。エイラの左腿には、平行する四本の傷痕がいまだに残っていたし、悪夢を繰り返し見た。五歳の子どもだったころ、隠れようと逃げこんだ小さな洞穴の中にまで伸びてきた大きな爪の夢を。前夜もその夢を見て、クレブがこういっていたのを思いだした。おまえはケーブ・ライオンのトーテムにふさわしいかどうかを見るために試されたのだ。そして、選ばれた人間ということを示すしるしをつけられたのだ、と。エイラは無意識に手を伸ばして、脚の傷痕に触れた。それにしても、なぜ、ケーブ・ライオンはわたしを選んだのだろう？

西の空に沈みかけている太陽は、目もくらむほどのまぶしさだった。エイラは野宿する場所を求めて、長い斜面を上っていった。近くに水はなさそうだった。水袋を満たしておいてよかった、と思った。だが、いずれ、また水を見つけなければならなくなるだろう。エイラは疲れ、飢えていた。ケーブ・ライオンにうっかり近づいてしまったことで動転もしていた。

あれは死のしるしだったのか？　死は時間の問題にすぎないのか？　何で死の呪いから逃れられるなどと思ったのか？

地平線の輝きはあまりにもまぶしく、台地が突然に終わって急角度で落ちこんでいるのを危うく見落とすところだった。エイラは台地の縁に立ち、小手をかざして、谷あいを見下ろした。下方にはきらきら光る小川があって、その両側には木立や藪が茂っていた。険しい岩間は次第に開けて、涼しげで緑豊かな谷になっていた。その谷の中ほどの野原では、馬の小さな群れがのどかに草を食《は》んでいた。入り日の最後の長い光線がその群れに落ちかかっていた。

2

「それじゃ、何でおれと一緒にくるって決めたんだ、兄貴？」褐色の髪の若者が、数枚の皮をはぎあわせてつくったテントを杭から外しながら聞いた。「兄貴はマローナにこういってたな。ダラナーを訪ねて、ついでに弟に道を教えてくるだけだ。腰を落ちつける前のちょっとした旅だって。で、ランザドニーの連中と一緒に夏の集会に出て、縁結びの式に間に合わせるってことになってたんじゃないか。マローナはかんかんに怒るだろうな。あれは怒らせたくない女だぜ。兄貴、まさか、あの女から逃げだそうっていうんじゃないだろうな？」軽い口調とは裏腹に、ソノーランの目には真剣な色が宿っていた。

「ソノーラン、うちの中で自分だけが旅に駆りたてられてるなんて、何で決めこむんだ？　おれがおまえを独りでいかせるとでも思ってたのか？　おまえが帰ってきてから長旅の自慢話をするのを黙って聞くとでも思ってたのか？　だいたい、おまえの場合、誰かがついていって、でたらめをいわないように、厄介に巻きこまれないように見張らなくちゃならないからな」長身で金髪のジョンダラーはそういうと、身を屈

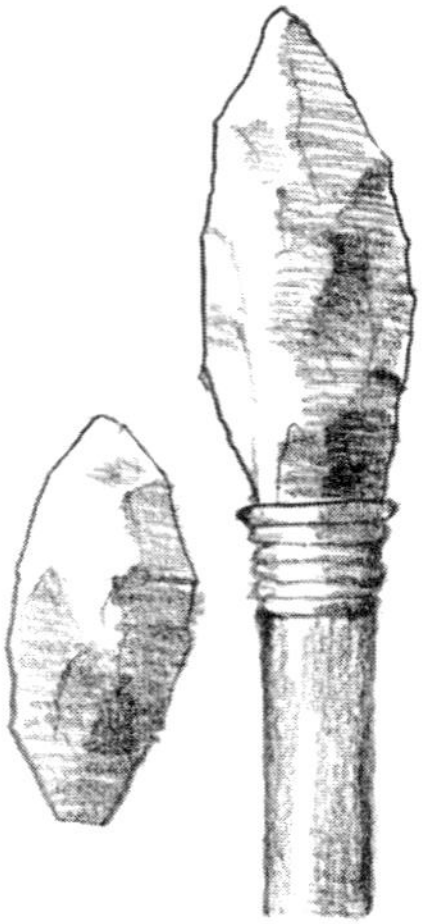

めてテントの中に入っていった。

　その中は、立ってはいられないが、楽に座ったりひざまずいたりできるほどの高さがあり、二人の寝袋や装備がおさまるだけの広さがあった。テントは中央に一列に並べた三本の棒で支えられていた。真ん中のいちだんと高い柱のそばには穴があいていたが、雨が降りこまないよう紐で締められる蓋がついていた。テントの中で火を焚きたければ、それを開いて煙を逃がせばよかった。ジョンダラーは三本の柱を引き抜くと、それを抱えて外に這いだした。

「おれが厄介に巻きこまれないように見張るって！」ソノーランがいった。「こっちだって、頭の後ろに目がついてでもなきゃ、兄貴の尻拭いはできないぜ！　まあ、見てろ。ダラナーやランザドニーの連中が集会に着いたとき、兄貴が一緒じゃないってことをマローナが知ったらどうなる？　自分がドニーになって、おれたちがさっき渡った氷河を飛び越えてでも、兄貴をつかまえてやるって思うんじゃないか」二人は両側からテントをたたみはじめた。「あいつはずっと前から兄貴に目をつけてたんだ。で、やっと兄貴をものにしたと思ったとたん、兄貴は旅に出るって決めるんだもんな。要するに、兄貴はあの縁結びの紐に手を突っこんで、ゼランドニに結ばれちまうのがいやなんだろ。どうやら、兄貴は女と連れ添うのが怖いらしいな」二人はたたんだテントを背負子《しょいこ》の傍らに置いた。「兄貴の年の男なら、炉辺に子どもの一人や二人いたっておかしくないのに」ソノーランはそういうと、頭をひょいと下げ、兄が冗談で繰りだした拳をかわした。ソノーランの灰色の目にも、笑いが宿っていた。

「おれの年の男！　おれはおまえと三つしか違わないんだぞ」ジョンダラーは怒ったふりをしてそういってから、からからと笑った。屈託のない豊かな笑い声は、それまでのやりとりからすると、なおのこと意外だった。

二人の兄弟は、夜と昼ほど違っていた。兄より背が低く、褐色の髪をしたソノーランは根が明るかった。人なつっこい性格、人を釣りこむ笑顔、心地よい笑い声で、どこへいってもすぐに人気者になった。それに比べるとジョンダラーは真面目だった。考えこんだり、悩んだりで、眉間に皺を寄せることがたびたびあった。その一方で、笑みをこぼすことも珍しくなく、とくに弟と一緒にいるときはそうだった。ただ、大声を上げて笑うことはめったになかった。だから、ジョンダラーが高笑いすると、その闊達《かったつ》な響きは周囲を驚かせた。

「おれたちが戻るころには、マローナにはもう子どもがいて、おれの炉辺に加わるかもしれないぞ」ジョンダラーはそういいながら、弟に手を貸して、地面に敷く革を巻きにかかった。それはテントの柱の一本と組み合わせて、より小さな隠れ家をつくるのにも使えた。

「だけど、マローナのほうでも思いなおすんじゃないか。あんな逃げ腰野郎が自分の魅力にふさわしいたった一人の男なのかってな。マローナはどうしたら男を喜ばせられるか、よく知ってる——自分がその気になればだけどな。ただ、あの気性だから……あいつを操縦できる男っていったら兄貴だけだ。ドニもご存じだけど、あの気性から何から含めてマローナをものにしたいって男は大勢いるのにな」二人は敷物を挟んで面と向かいあっていた。「兄貴、何であいつと連れ添わないんだ？　もう何年も前から、みんながそう思ってたのに」

真剣な質問だった。ジョンダラーの鮮やかな青の目が曇り、眉間に皺が寄った。「みんながそう思ってるなら、そうなのかもしれない」ジョンダラーはいった。「正直いって、おれにはわからないんだ、ソノーラン。おれもマローナと連れ添うつもりではいるんだが。ほかに誰がいる？」

「誰がだって？　おいおい、それは兄貴のお好みしだいじゃないか。洞窟中の独り身の女で絶好の機会に飛びつかないやつはいないさ――いても一人か二人だろう。ゼランドニー族のジョンダラー、第九洞窟の族長であるジョハランの弟、そして、いうまでもなく勇敢な冒険家であるこのソノーランの兄貴。その人と縁結びするチャンスとあればな」

「おまえ、ゼランドニーの第九洞窟の前の族長、マルソナの息子というのを忘れてるんじゃないか。それに、マルソナの娘で美人の、というか、将来の美人間違いなしのフォラーラの兄貴というのも」ジョンダラーはにこりとした。「おれのつながりを全部あげるつもりなら、ドニに祝福された女たちも忘れるなよ」

「誰が忘れるものか？」ソノーランはそういうと、寝袋の始末にかかった。めいめいの体に合わせて切った二枚の毛皮の両側と底をつづりあわせたもので、口を締める紐がついていた。「ところで、おれたち、何の話をしてたんだっけ？　そうだ、おれはジョプラヤだって兄貴のつれあいになるんじゃないかと思うけどな」

　二人は上のほうの幅が狭まった箱型の背負子《しょいこ》に荷を詰めはじめた。それは、何枚かの薄い木の板に硬い生皮を張り、肩紐をつけたものだった。肩紐は一列に並べた象牙のボタンで調整が可能だった。ボタンは中央の穴に紐を通し、同じ穴を通るもう一本の紐と前で結びあわせて、また次へいくという手順でしっかり留められていた。

「ジョプラヤと連れ添うわけにはいかないさ。あいつはいいとこだからな。それに、あれのいうことを真に受けるんじゃないぞ。何しろ、人をからかうのが好きだから。あいつといい友だちになったのは、おれがダラナーのところに修業にいってたときのことだ。ダラナーはおれたち二人に同時に手ほどきしてくれたんだ。ジョプラヤはその後、フリントの細工じゃ最高の腕前になった。だけど、おれがそういってたなんて、あいつにはいうなよ。いつまでも鼻にかけるだろうからな。おれたちはずっと腕を競いあってきたんだ」

ジョンダラーは道具づくりの用具とフリントの塊をいくつか入れた重い袋を持ちあげながら、ダラナーとその洞窟のことを思った。ランザドニー族は数を増していた。ジョンダラーが去ったあと、さらに何人もが加わり、家族も拡大していた。まもなく、ランザドニーの第二洞窟ができそうな勢いだった。ジョンダラーは袋を背負子《しょいこ》に入れると、炊事用の道具、食べ物、その他としまいこんでいった。寝袋とテントはいちばん上にのせ、テントの柱の二本は背負子の左側の枠におさめた。敷物と三番目の柱はソノーランが受け持った。それぞれの背負子の右側の特別の枠には、槍が数本差してあった。

ソノーランは水袋を雪で満たした。袋は獣の胃袋でつくられ、毛皮がかぶせてあった。少し前に横切った高地を覆う氷河のような極寒の地では、水袋は上着の内側に入れ、肌にじかにつけて持ち歩いた。そうすれば、体温で雪が解けるからだ。氷河では燃料というものがまったくなかった。二人は今、氷河を越えたが、まだまだ相当の高度があり、水の流れは見つからなかった。

「なあ、兄貴」ソノーランが兄を見上げていった。「おれはジョプラヤと血がつながってなくてよかったよ。あいつと連れ添えるっていうなら、この旅にだって出なかったかもしれないもんな。兄貴は一度も教えてくれなかったけど、あんな美人だとはな。ほかに見たことないぜ。男だったら、もう目が離せない。おれはマルソナがウィロマーと連れ添ってから生まれた子で、ほんとによかったよ。マルソナがダラナーと連れ添ってる間の子じゃなくて。とにかく、それでおれにもチャンスはあるってわけだからな」

「あいつもきれいになってるだろうとは思ってたが。おれも三年間会ってなかったからな。もう誰かと連れ添ってると決めこんでたんだ。それにしても、ダラナーがこの夏のゼランドニーの集会にランザドニーの連中を連れていくと決めたのはよかった。たった一つの洞窟じゃ、相手を大勢の中から選ぶってわけにはいかない。ジョプラヤもよその男たちと会う機会に恵まれるわけだから」

「ああ、それでマローナにもちょっとした刺激になるぜ。ジョプラヤとマローナが鉢合わせするのが見られないっていうのは残念だな。マローナは一族の中じゃ、美人で通ってきた。ジョプラヤは目障りになるだろうな。それで、兄貴があらわれないとなったら、マローナは今年の夏の集会はおちおち楽しんでいられないんじゃないか」

「そのとおりだ、ソノーラン。マローナは傷つくし、怒るだろう。だが、無理もない。あいつは気が短いが、根はいい女だ。あいつに必要なのは、自分にふさわしい男だ。あいつは男を喜ばせる術《すべ》を知っている。おれだって一緒にいたときは、縁結びをしてもいいと思ったくらいだ。だが、離れてみると……よくわからないんだ、ソノーラン」ジョンダラーは顔を曇らせながら、上着に帯をまわした。その前に、水袋を上着の内側におさめていた。

「一つ聞きたいんだが」ソノーランがふたたび真剣な口調で尋ねた。「おれたちが留守の間に、マローナが誰かほかの男と連れ添うと決めたら、兄貴はどう思う？　絶対にないって話じゃないだろう」

　ジョンダラーは帯を結びながら考えこんだ。「それはおれだって傷つくかもしれない。あるいは、誇りが傷つくのかもしれない――どちらかはわからないな。だが、それでマローナを責めるつもりはない。あいつにはおれよりもっといい男がふさわしいと思う。最後の最後で、自分をうっちゃって旅に出てしまうような男じゃなくて。それに、あいつが幸せなら、おれも幸せだよ」

「そういうと思ってたよ」ソノーランはそういって、顔をほころばせた。「さてと、兄貴、ドニーに追いつかれたくなかったら、早いとこ出かけたほうがいいぜ」ソノーランはもう背負子の荷づくりを終えていたが、毛皮の上着の袖から片腕を抜きだし、水袋を肩にかけてから、上着を着なおした。

上着は簡単な型から裁断したものだった。ほぼ長方形の切れを両脇と肩でつづりあわせて前身ごろと後身ごろにして、それより小さな長方形を筒型に縫いあわせた袖をつけてあった。同じようにつけられた頭巾は、顔のまわりがクズリの毛皮で縁取られていた。吐く息の水分が凍りついても、クズリならその氷がこびりつかないからだ。上着には、骨、象牙、貝殻、動物の歯、先だけ黒いオコジョの白い尾を連ねた数珠玉細工のような華やかな飾りがついていた。それは頭からかぶると、チュニックのように腿の半ばあたりまでゆったり垂れ、あとは腰に帯を巻いて締めるようになっていた。

上着の下には、同じ型からつくった柔らかいシカ皮のシャツを着こんでいた。毛皮のズボンは前が蓋のように垂れ下がり、腰を締める紐がついていた。毛皮の裏つきの手袋は長い紐で結ばれ、その紐が上着の背の輪に通してあるので、急いで脱いでも、落としたり、なくしたりする恐れはなかった。靴は底が厚く、モカシンのように足首までを包んでいた。それに続く柔らかい革が足首から上をしなやかに覆い、上方で折り返され、革紐を巻いて留められていた。靴の内側はフェルトで緩やかに裏打ちしてあった。フェルトはムフロンの毛を湿らせて叩き固めたものだった。大雨のときには、防水性のある動物の腸を袋状にしたもので靴をくるんだが、薄くてすぐに破れるので、よほどの場合でないと使えなかった。

「ソノーラン、おまえ、ほんとにどこまでいくつもりなんだ？　母なる大河の果てまでいくといってたが、まさか本気じゃないだろうな？」ジョンダラーはそう聞きながら、短く頑丈な柄がついたフリントの斧を手に取った。それを骨の柄のフリントのナイフと並べて、腰の帯に吊るした。

ソノーランはかんじきをつける手を休めて立ち上がった。「兄貴、おれは本気だ」いつになく真剣な口調でいった。

「それじゃ、来年の夏の集会にも戻れないじゃないか！」

「気が変わったのかい？　何もおれと一緒にくる必要はないんだぜ、兄貴。いや、ほんとに。兄貴が戻ったって、おれは怒らない——だいたい、兄貴は土壇場で思いたったことなんだから。兄貴もわかってるだろうが、おれたち、二度と故郷《くに》へ戻ることはないかもしれない。戻りたいんなら、今のうちに戻ったほうがいいぜ。でなきゃ、冬がくる前にあの氷河を越えられなくなっちまうからな」

「いや、土壇場の思いつきなんかじゃないんだ、ソノーラン。旅に出るっていうのは、おれもずっと前から考えてたことだから。今回はそのときがきたということなんだ」ジョンダラーはきっぱりといった。だが、ソノーランはその声にいわくいいがたいかすかな苦みを聞いたと思った。そのあと、ジョンダラーは鬱陶《うっとう》しさを一掃しようとするかのように、明るい口調でいった。「おれは長旅というものの経験が一度もなかった。今、やってみなけりゃ、もう機会はないだろう。おれは自分で選んだんだ、ソノーラン。おれはおまえの腰巾着ってわけさ」

空は晴れわたり、日光は目の前にひろがる新雪に反射して、まばゆいばかりだった。季節は春になっていたが、これほどの高度ではそれをうかがわせる光景は見られなかった。ジョンダラーは帯に吊るした袋に手を入れ、目を保護する眼鏡を引っぱりだした。それは木製で、水平方向の細い隙間を除くと、完全に目を覆い、紐を頭の後ろにまわして留める仕組みになっていた。それから、足を器用にねじって、かんじきの輪にした紐を爪先と足首に引っかけると、背負子《しょいこ》に手を伸ばした。

かんじきをつくったのはソノーランだった。槍をつくるのもソノーランの得意とするところで、今も柄をまっすぐにする道具を携えていた。それはシカの角から枝角を払って、一方の端に穴をあけたものだった。そこには動物や春の植物が細かく彫られていたが、一つには、母なる大地の女神をたたえ、動物の霊がこの道具からつくられた槍に引き寄せられるようにと願うためだった。だが、それ以前に、ソノーランは彫ること自体が好きだった。狩りの間に槍を失うというのは避けがたく、どうしても途中で新しいものをつくらなければならなくなった。件《くだん》の道具は、握りにする柄の端を細工するのに用いられた。柄を穴に差しこむと、梃子《てこ》の力が働いた。ソノーランは焼いた石や蒸気で熱した木に圧力を加える方法を心得ていた。それで槍の柄をまっすぐにしたり、かんじきをつくるために曲げたりすることができた。それぞれが同じ技術の異なる側面だった。

ジョンダラーは振り返って弟の支度ができたかどうかを確かめた。そして、うなずくと、連れだって出発し、下方の森林帯に向かって緩やかな斜面を下っていった。右手を見ると、木々の生い茂る低地の先に雪に覆われた高山の出鼻があり、はるか彼方には、巨大な山脈の北端のぎざぎざの氷の峰がそびえていた。南東を向けば、連山の上方に図抜けて高い峰が輝いていた。

二人が横切ってきた高地は、それに比べるとせいぜいが丘といったところで、南方にそそり立つ峰々よりはるかに古い山脈が浸食された名残だった。とはいっても、それなりの高さはあり、巨大な氷河を抱えた起伏の多い地域に近かったので――氷河はそれほど高くない山々の上ばかりでなく、下のほうにまでひろがっていた――比較的平らな頂は、一年を通して氷が消えることはなかった。いつの日か、大陸の氷河が北極地方へ退けば、高地は黒々とした森に覆われることになりそうだった。だが、今、そこを覆っているのは、北方の地球規模の氷床の雛形のような氷河だった。

兄弟は森林帯まで下りると、眼鏡を外した。それは目を保護してはくれたが、視界を制限していた。なお少し斜面を下ったところで、小さな流れが見えた。氷河が解けた水は、岩の裂け目にしみこみ、地下を流れ、泥を漉《こ》されて、きらめく泉となってわきだしていた。それが雪に覆われた岸辺の間をちょろちょろと流れているのだった。氷河に端を発する同じような流れは、ほかにも数多くあった。

「兄貴はどう思う?」ソノーランがその流れを指して尋ねた。「ダラナーがいってた母なる大河に出会う場所っていうのはそろそろじゃないか」

「あれがドナウ川になるのかどうかは、もうしばらくしたらわかるだろう。三本の小川が合わさって東に流れていれば、そのときは母なる大河に出会ったことになる。ダラナーはそういってた。ああいう流れのどれにしても、たどっていけば最後には大河に出るんじゃないか」

「それじゃ、このまま左岸をいこう。いったん渡って、あとでまたこっちに戻るっていうのはたいへんだろうから」

「そうだな。だが、ロサドゥナイ族は右岸に住んでる。連中の洞窟に寄っていこう。それに、左岸は平頭の土地だっていうことだ」

「兄貴、ロサドゥナイのところに寄るのはやめとこう」ソノーランが笑みを浮かべてはいたが、真剣な口調でいった。「むこうは泊まっていけっていうだろうが、おれたち、もう、ランザドニーのところで、いいかげん長居をしたからな。あれ以上、出発が遅れてたら、氷河を越えられなかったぜ。そうなったら、ぐるっとまわらなきゃならなかったが、氷河の北はもろに平頭の土地だからな。おれはもうさっさといきたいよ。ここまで南にくりゃ、平頭もそう多くはいないだろうし。それに、いたところで、何だっていうんだ? 平頭の一匹や二匹、べつに怖くもないだろう? みんないってるじゃないか。平頭を殺すのは、クマを殺すようなものだって」

「どうかな」ジョンダラーは眉根に皺を寄せた。「おれはクマとだってもめたくはないが。それに、平頭は利口だって聞いたこともある。ほとんど人間と変わらないっていう者もいる」

「まあ利口かもしれないが、やつらは口がきけないんだぞ。ということは、ただの獣ってことだ」

「おれが心配してるのは平頭のことじゃないんだ、ソノーラン。ロサドゥナイはこの土地を知っている。おれたちに正しい方向を教えてくれるだろう。べつに長居をする必要はない。おれたちのいる位置を確かめられればそれでいい。目印とか、何があるかとかを教えてもらえるだろう。話は通じるはずだ。ダラナーがいってたが、連中の中にはゼランドニーの言葉を話す者がいるそうだからな。それでだ、おまえが今回、立ち寄ることに賛成してくれたら、おれは次の洞窟を素通りすることに賛成しよう。帰り道に寄るということにして」

「わかった。兄貴がほんとにそうしたいならな」

二人は凍った岸に挟まれた流れを渡る場所を探した。川幅がひろがっていて、もう跳び越えるのは無理だった。そのうち、向こう岸へ倒れかかって自然の橋をつくっている木が目に入り、そちらへと向かった。ジョンダラーが先に立ち、うまい具合につかめそうな手がかりを探りながら、むきだしになった根に片足をかけた。ソノーランは自分の番を待つ間、周囲に視線を走らせていた。

「兄貴！　気をつけろ！」ソノーランが出し抜けに叫んだ。

風を切って飛んできた石が、ジョンダラーの頭をかすめた。ソノーランの警告の叫びに、ジョンダラーは地面に伏せながら、槍に手を伸ばした。ソノーランはすでに槍を手にして低くうずくまり、石が飛んできた方角を見据えていた。そして、葉の落ちた低木のもつれあった枝の陰に動きを認めると、さっと槍を放った。次の一本に手を伸ばしたとき、近くの藪から六つの影があらわれた。二人は取り囲まれていた。

「平頭だ！」ソノーランは一声吠えると、腕を引いて槍の狙いをつけた。

「待て、ソノーラン！」ジョンダラーが叫んだ。「むこうは数が多い」

「あのでかいやつが群れの頭《かしら》みたいだ。あいつをやっつければ、ほかは逃げだすだろう」ソノーランはもう一度、腕を引いた。

「よせ！　こっちが次の槍を手にする前に、襲ってくるかもしれん。それに、今のところ、むこうから近寄ってくる気配はないようだ――動きを止めてるからな」ジョンダラーはゆっくり立ち上がって、槍をかまえた。「じっとしてろよ、ソノーラン。むこうの出かたを待つんだ。だが、でかいやつから目を離すな。おまえが狙いをつけてるのは、やつにもわかってるはずだ」

　ジョンダラーはその大柄な平頭を見つめるうちに、相手の大きな茶色の目がこちらをじっと見返しているのに気づいて面食らった。平頭をこれほど近くで見るのははじめてだったが、少なからず驚かされた。吹きこまれていた先入観とは必ずしも一致しなかったからだ。大柄な平頭の目は、もじゃもじゃの眉毛で強調された上方の骨の隆起の陰になっていた。鼻は大きく、幅が狭く、鳥のくちばしを思わせたが、そのせいで、目がいちだんと奥まって見えた。顔の半ばは、縮れかげんの濃い顎ひげに隠れていた。しかし、ひげがまだ生え始めたばかりの若い平頭を見て、口のまわりは張りだしているものの、下顎はないに等しいということに気づいた。平頭の髪もひげと同じく、茶色でふさふさしていた。概して体毛は濃く、とくに背中の上方がそうだった。

　毛深いということは、凍《い》てつくような寒気にもかかわらず、毛皮の外衣がおもに胴を覆うだけで、肩や腕はむきだしになっているので、そうと知れた。それにしても、たとえ貧弱なものとはいえ、平頭が衣服を身につけているという事実はたいへんな驚きだった。今まで見た獣には、何かをまとっているものはおろか、武器を持っているものなどいなかった。平頭はめいめいが長い木の槍を携えていた――投げるのではなく、直接突き刺すのに用いるのは明らかだったが、鋭い先端はあなどれそうになかった――大型の草食動物の前肢の骨からつくった重い棍棒を持っている者もいた。

やつらの口もとも獣とは違っている、とジョンダラーは思った。ただ、おれたちより突きだしているだけだし、鼻も大きいというだけだ。ほんとうに違うのは頭だ。

ジョンダラーやソノーランのような高い額と比べると、平頭の額はずっと低く、目の上の隆起から後ろへ傾斜し、それを受けたかのように後頭部が出っ張っていた。ジョンダラーなら容易に知ることができたが、頭頂部は押さえつけられて平たくなっているように見えた。身の丈六フィート六インチのジョンダラーは、いちばん大きな平頭よりも優に一フィートは高くそびえていた。ほぼ六フィートのソノーランでさえ、明らかに頭《かしら》と見える平頭と並べば巨人のように見えた。といっても、それはあくまで上背に限ってのことだった。

ジョンダラーもソノーランも体格はいいほうだったが、筋肉隆々の平頭と比べると、いかにも痩せていると感じないわけにはいかなかった。平頭は大きな樽のような胸、筋肉質の太い腕と脚を持っていた。腕も脚もいくぶんか外側に湾曲していたが、人間と同じように、まっすぐ立って楽々と歩いていた。ジョンダラーがこれまで目にしてきた人間とは違うというだけで、見れば見るほど、人間らしく見えた。

緊張のときが長く続いたが、身動きする者はいなかった。ソノーランは槍をいつでも投げられるようかまえたまま、うずくまっていた。ジョンダラーは立っていたが、やはり槍を握りしめ、弟が投げたら自分もすぐに続くべく備えていた。兄弟を取り囲む平頭六人も石像のようにたたずんでいたが、その気になれば素早く行動に移れるということは、まず疑いなかった。袋小路にはまりこんでしまったようなものだった。どうしたら抜けだせるか、ジョンダラーはせわしなく思案をめぐらせた。

突然、大柄な平頭がうなるような音を立て、さっと腕を振った。ソノーランはまた槍を投げるところだったが、ジョンダラーの制止のしぐさに気づいて、辛くも思いとどまった。行動を起こしたのは若い平頭だった。自分たちが出てきた薮に駆けこむと、ソノーランが投じた槍を拾って急いで戻り、驚いたことに、それを持ち主のもとに持ってきた。それから、丸太の橋の近くの川縁に走って、石を一つ拾いあげた。それを手に大柄な平頭のもとに戻ると、謝るように頭を下げた。次の瞬間には、六人全員が音もなく薮の中に姿を消していた。

ソノーランは相手が去ったと気づくと同時に、安堵の溜め息を漏らした。「とても無事に済むとは思わなかったぞ！　それでも、絶対に一人は道連れにするつもりでいたけどな。にしても、あれはどういうことだったんだ？」

「よくわからないな」ジョンダラーは答えた。「だが、あの若いのが、でかいのの気に入らないことをしたんじゃないか。といっても、でかいのがこっちを恐れていたわけじゃないと思う。あそこに立って、おまえの槍と向かいあうなんて、度胸がなきゃできないし、そのあとであんなふうに始末をつけたんだからな」

「ほかにいい手を思いつかなかっただけじゃないか」

「いや、そうじゃないな。あいつはおまえが最初の槍を投げたのをしっかり見てた。でなきゃ、あの若いのに命じて、槍を取ってきて、おまえに返させたりするか？」

「兄貴はあいつが若いのに命令したなんて本気で思ってるのか？　どうやって？　やつらは喋れないんだぞ」

「よくわからないが、でかいのは何らかの方法で若いのに命じたんだ。槍を返して、自分の石を取ってこいって。それで貸し借りなしっていうみたいにな。怪我人も出なかったんだから、たしかにそういうことかもしれない。いや、おれは平頭がただの獣とは思えなくなってきたよ。何しろ、頭がいい。だいたい、平頭が毛皮を着たり、武器を持ち歩いたり、おれたちと同じように歩くなんて知らなかったし」

「おれもやつらが平頭って呼ばれるわけがわかったぞ！　それにしても、手ごわそうな連中だったな。やつらとさしでやりあうなんていうのはごめんだぜ」

「そうだな――薪《たきぎ》でも折るみたいに、おまえの腕をへし折りそうに見えるもんな。おれは平頭っていうのは小さくて華奢《きゃしゃ》だとずっと思っていたんだが」

「背は低いかもしれないが、華奢じゃない。華奢なんてとんでもない。兄貴、やっぱり兄貴のいうとおりだと認めるよ。ロサドゥナイのところに寄っていこう。連中は平頭のすぐそばに住んでるんだから、やつらのことには詳しいに違いない。それに、どうやら母なる大河が境界になってるみたいだが、平頭はおれたちを自分の縄張りに入れるつもりはないんじゃないか」


二人はダラナーから教わった目印を探しながら、数日間歩きつづけた。最初に出会った流れをたどったが、それは、今のところ、斜面を下るほかの小川やせせらぎと変わった様子はなかった。その流れを母なる大河の源流とするのは、前々からそういわれてきたからにすぎなかった。小川やせせらぎの多くは合流して大河の始まりとなり、それは一万八千マイルにわたって、丘を駆け下り、平野をくねった末、はるか南東の内海に大量の水と泥を注ぎこんでいた。

大河を生みだした山塊の結晶質の岩石は、地球最古の部類に属するものだった。そこに幅広い沈下が起きたのは、途方もない圧力のせいだった。その圧力は、豊かな白雪に輝く岩の山々を隆起させ、褶曲《しゅうきょく》させたものでもあった。大河の支流は三百を超えたが、その多くはかなり大きな川だった。それらは流域の斜面の水を集めた末に、自らも大河の豊かな水に併せのまれた。やがて、ドナウという大河の名は地球の隅々にまで伝えられ、泥だらけの濁り水も青さをうたわれるようになった。

この地域では、山脈や山塊で緩和されてはいたが、西の大洋と東の大陸のそれぞれの影響が明らかだった。植物にしろ動物にしろ、西のツンドラ・タイガのものと東のステップのものが混在していた。斜面の上方では、アイベックス、シャモア、ムフロンの姿が見られた。森林にはシカが多くいた。のちに飼いならされることになる野生の馬ターパンは、比較的安全な低地や川岸の段丘で草を食《は》んでいた。オオカミやオオヤマネコ、ユキヒョウは、陰から陰を忍び歩いていた。雑食性のヒグマはもう冬眠から覚めて歩きまわっていたが、草食性の巨大なケーブ・ベアがあらわれるのは、もう少しあとになりそうだった。小型の哺乳動物の多くも、冬の巣穴から鼻面を突きだしていた。

斜面を覆っているのは、おもにマツだったが、トウヒ、モミ、カラマツも散見された。川の近くでは、ハンの木が多かったが、ヤナギやポプラもしばしば見られた。生長を妨げられて低木と大差ないほど小さいオークやブナも、ところどころに生えていた。

左岸は川から離れるにつれ、だんだん高くなっていた。ジョンダラーとソノーランはそこを上って、小高い丘の頂に立った。周囲を見下ろしてみると、荒々しいが美しい風景がひろがっていた。窪地や滑らかな岩に積もった白い雪が、険しい印象を和らげていた。しかし、そんな見かけほど、旅は楽ではなかった。

自らをロサドゥナイと呼ぶ人々のグループ——実際に洞窟に住んでいるかどうかを問わず、洞窟族と考えられていた——とは、まだ一人も出会っていなかった。ジョンダラーは彼らの土地を通り過ぎてしまったのではないかと疑いはじめていた。

「見ろ!」ソノーランが指さした。

ジョンダラーがその方角に目を向けると、雑木林から一筋の煙が立ち昇っているのが見えた。二人はそちらへ急ぎ、まもなく、焚き火を囲んでいる少人数の一団のもとに着いた。そこで、両手を前に差し伸べ、てのひらを上に向けて、親愛の情を示す挨拶をしながら、人々の輪の中に入っていった。

「おれはゼランドニーのソノーランです。こちらは兄貴のジョンダラー。おれたち、旅の途中なんですが、ここにはゼランドニーの言葉が話せる人はいませんか?」

中年の男が同じように両手を差し伸べて進み出た。「わたしはロサドゥナイのラドゥニだ。大地の母なるドゥナの名において、あんたがたを歓迎しよう」ラドゥニはソノーランの両手を握り、次にジョンダラーの手を握って挨拶した。「さあ、火のそばに座って。もうじき食事だ。あんたがたも一緒にどうだね?」

「それは恐れ入ります」ジョンダラーが型どおりに答えた。

「わたしは西に旅したことがあってね、その折、ゼランドニーの洞窟に寄せてもらった。もう何年か前のことだが、ゼランドニーの人ならいつでも歓迎だ」ラドゥニは二人を焚き火の近くの大きな丸太のほうに案内した。その上には傾いた屋根が突きだしていて、風雨をしのげるようになっていた。「さあ、荷を降ろして、休んでくれ。あんたがた、氷河を越えてきたんだろう?」

「二、三日前に」ソノーランが背負子《しょいこ》を降ろしながら答えた。

「もっと早く越えればよかったのに。今はフェーンがいつやってきてもおかしくないから」

「フェーン?」ソノーランが尋ねた。

「春の風だ。温かく乾いた風でね、南西から吹いてくる。立ち木を根こそぎにしたり、大枝をへし折ったりするほどの猛烈な風だ。だが、たちまちのうちに雪を解かしてくれる。もう何日かすれば、これもすっかり消えて、草木が芽を吹くだろう」ラドゥニは腕を大きく振って、あたりの雪を指し示した。「それはともかく、氷河でフェーンに吹かれたら、取り返しのつかないことになりかねない。氷があっという間に解けて、クレヴァスが口を開く。足もとで雪の橋や庇《ひさし》が崩れ落ちる。小さな流れはおろか、川まであふれて氷の上に流れだすから」

「それに、フェーンにはマレーズがつきものなの」ラドゥニの話を引き取って、若い女がいった。

「マレーズ？」ソノーランが若い女のほうを向いて問いかけた。

「風に乗って飛んでくる悪霊よ。それはみんなをいらいらさせるの。喧嘩なんてしたことのない人が急に言い争いを始めたり、いつも陽気な人が泣いてばかりになったり。悪霊は人を病気にするし、もう病気になってる人には死にたいと思わせるの。どんなふうになるか知っていれば、少しはましだけど、そのうち、みんなが不機嫌になっちゃうのよ」

「きみはゼランドニーの言葉がうまいけど、どこで習ったんだい？」ソノーランは魅力的な若い女に微笑みかけながら尋ねた。

若い女はソノーランを率直に見つめ返したが、じかには答えず、ラドゥニのほうを見やった。

「ゼランドニーのソノーラン、これはロサドゥナイのフィロニアだ。わたしの炉辺の娘だ」ラドゥニがいった。正式に引きあわせてほしいという娘の気持ちをすぐに察知してのことだった。ソノーランはそれによって、相手はたしなみのある娘で、しかるべき紹介なしには見知らぬ旅の男とは言葉を交わさないということを知らされた。たとえ、その男が大いに気をひかれる美男子であっても。

ソノーランは型どおりの挨拶をすべく両手を差しだした。相手を値踏みしていた目には満足の色が浮かんでいた。フィロニアは考えるように一瞬ためらったが、ソノーランの手に自分の手を重ねた。ソノーランはフィロニアを引き寄せた。「ロサドゥナイのフィロニア、ゼランドニーのソノーランは、母なる大地の女神があなたという賜物をつかわされたことをありがたく思う」ソノーランはしたり顔でにやりとした。

女神の賜物うんぬんという表現に込められた大胆な暗示に、フィロニアはかすかに頰を染めたが、その言葉はソノーランのしぐさと同じく、無作法というものではなかった。フィロニアは手を握られて、ぞくぞくするような興奮を感じた。目には誘いかけるような輝きが宿っていた。

「さあ、教えてくれないか」ソノーランが先を続けた。「どこでゼランドニーの言葉を習ったんだい?」

「いとこと一緒に旅に出て、氷河を越えて、ゼランドニーの洞窟にしばらく泊まったことがあるの。言葉はその前にラドゥニからいくらか教わってたし――ラドゥニはよく、わたしたちとあなたがたの言葉で話すのよ。忘れないようにってね。ラドゥニは二、三年に一度、取引に出かけるから。わたしにももっとおぼえてほしいんだって」

ソノーランはフィロニアの両手を握ったまま、微笑みかけた。「女がそんな長くて危険な旅をすることなんてめったにないのに。でも、もし、ドニの祝福を受けていたらどうだった?」

「そんなに長い旅じゃなかったし」フィロニアはソノーランの感嘆に気をよくしたようだった。「それに、戻る潮時は心得てたと思うわ」

「いや、男に負けないほどの長旅だ」ソノーランはなおもいった。

やりとりを見まもっていたジョンダラーが、ラドゥニのほうを向いた。「また、これですよ」にやりとしながらいった。「弟はどこへいっても、いちばん魅力的な娘さんを選びだして、心臓が三つ打つ間にうっとりさせてしまうんです」

ラドゥニはくっくと笑った。「フィロニアはまだ若すぎる。この前の夏、成人の儀式を済ませたばかりなんだがね、それ以来、何人もの男にいいよられて、すっかりいい気になってる。そりゃ、若返って、母なる大地の女神の賜物に新たに接するのもいいことだ。わたしもそれを楽しまないわけじゃないが、今のつれあいとが楽でいい。新しい刺激を求めようという気になることはそうはないね」ラドゥニは、長身、金髪の若者のほうに向きなおった。「わたしらは狩りのために出かけてきたところでね、女はそう多く連れてきていない。しかし、ドゥナの賜物をあんたと分かちあおうという女を見つけるのには苦労しないだろう。もし、この中に気に入る女がいなければ、うちの洞窟に寄っていけばいい。客があれば、女神をたたえる祭りをする口実にもなるし」

「残念ですが、洞窟に寄るわけにはいかないと思います。わたしたちはまだ出発したばかりですし。ソノーランはこの先、長い旅をするつもりで、早く発とうと急《せ》いてますから。方角を教えてもらえれば、また帰りに寄りますよ」

「それは残念だ――最近は客も珍しいんでね。で、あんたがたはどこまでいくつもりなんだね？」

「ソノーランはドナウ川をたどって果てまでいきたいといってます。もっとも、旅に出たばかりのときは、誰もが大きなことをいいますが」

「たしか、ゼランドニーの人々は大河のそばに住んでいたと思ったが。少なくとも、わたしが訪ねたときにはそうだった。わたしはずっと西へ向かって、それから南へ下ったんだが。しかし、あんたは今、旅に出たばかりだといわなかったかね？」

「ああ、説明しておくべきでしたね。おっしゃるとおり、大河はうちの洞窟からほんの二、三日の距離です。でも、わたしが生まれたのはランザドニーのダラナーが母親と連れ添っていた時分のことだったので、わたしにとってはダラナーの洞窟もわが家みたいなものなんです。実際、ダラナーにフリントの細工を教わる間、三年間住みこんでいましたから。で、今度も弟と一緒に立ち寄っていまして。そこを発ってからここまでの道のりは、ほとんどが氷河越えですが、氷河へは二日ほどで着きました」

「ダラナー！　なるほどな！　あんたの顔にはどこか見おぼえがあるような気がしたんだ。あんたはダラナーの霊の子に違いない。いや、そっくりだ。それに、フリントの細工か。腕のほうもダラナー譲りなら、あんたも優秀なんだろうな。ダラナーはわたしが知ってるかぎり、最高の腕の持ち主だから。わたしも来年はダラナーを訪ねて、ランザドニーのフリントを少し分けてもらおうと思っていたんだ。あれほどの石はないからね」

人々が木の椀を手に、焚き火のまわりに集まりはじめていた。そちらから流れてくるうまそうなにおいに、ジョンダラーはあらためて空腹を意識させられた。背負子《しょいこ》を持ちあげて、邪魔にならないようにどかしたとき、ある考えが浮かんだ。「ラドゥニ、わたしはランザドニーのフリントをいくらか持ってきています。道中で道具が壊れたとき、代わりをつくるのに使うつもりだったんですが、持ち運ぶには重すぎましてね。で、一つ二つ降ろしていってもいいかと思ってるんです。よかったら、受け取っていただきたいんですが」

ラドゥニの目が輝いた。「いただけるというならそれはうれしいがね、しかし、何かお返しをしないと。うまい取引をして得をするというのは悪くないんだが、ダラナーの炉辺の息子をごまかすというのもな」

ジョンダラーは笑みをこぼした。「こちらは荷物を軽くしてもらって、おまけに温かい食事にありつけるんですから」

「いや、そんなもんじゃ、ランザドニーの石にはとても追いつかないね。あんたはいいかげんすぎるよ、ジョンダラー。それじゃ、わたしの自尊心が許さない」

二人のまわりには気のいい人々の輪ができていた。ジョンダラーが笑うと、人々もつられて笑った。

「わかりましたよ、ラドゥニ。いいかげんというつもりはないんですが。しかし、今のところ、ほしいものは何もないし――わたしは何とか荷物を軽くしたいんですよ。お返しは次の機会にということにしてもらえませんか？　それでどうです？」

「今度はむこうがごまかそうとしているぞ」ラドゥニは人々にそういって、にやりとした。「まあ、とにかく、何がいいかいってみてくれないか」

「そういわれても。でも、帰りに寄って、何かいただくことにしますよ。それでどうです？」

「それはわたしがあげられるものだろうか？」

「あなたに無理なものなんて、お願いしませんよ」

「ああいえばこういう男だな、ジョンダラー。だが、わたしの手に負えるものなら、何でも差しあげよう。それで決まりだ」

ジョンダラーは背負子を開け、いちばん上の品々を取りのけてから、袋を引っ張りだした。そして、すでに手を加えてあるフリントの塊を二つ、ラドゥニに手渡した。「ダラナーが選んで、下ごしらえしてくれたものです」

ラドゥニの表情を見れば、ダラナーが炉辺の息子のために選んで下ごしらえまでした石をもらうことに、うれしさを抑えきれないのは明らかだった。それでも、ほかの誰もに聞こえるほどの声でつぶやいた。

「この石二つとだったら、命だって引き換えにするかもしれないな」しかし、その前に、ジョンダラーが果たして帰ってこられるのか、誰も口にはしなかった。

「兄貴、いつまで突っ立って喋ってるんだい?」ソノーランがいった。「おれたち、食事によばれてるんだぜ。もうシカ肉のにおいがぷんぷんしてるのに」ソノーランはうれしそうに笑った。傍らにはフィロニアがいた。

「ええ、いつでも食べられるわ」フィロニアがいった。「今度の狩りはとてもうまくいったから、わたしたち、持ってきた干し肉をそんなに使ってないの。あなたがた、荷物が軽くなったっていうなら、干し肉を少し持っていくだけの空きができたんじゃない?」フィロニアはラドゥニに向かっていたずらっぽく笑いかけた。

「それはありがたいですね。でも、ラドゥニ、あなたの炉辺のかわいい娘さんに、わたしはまだ引きあわせてもらっていないんですが」ジョンダラーがいった。

「自分の炉辺の娘が取引にちょっかいをかけてくるとはな、ろくでもない日だ」ラドゥニはこぼしたが、フィロニアが自慢の種らしく顔は笑っていた。「ゼランドニーのジョンダラー、これはロサドゥナイのフィロニアだ」

フィロニアはジョンダラーのほうに向きなおったが、次の瞬間には、にこやかに自分を見返している、はっとするような青い目に心を奪われていた。今は兄のほうに引きつけられている自分に気づくと、フィロニアはわけのわからない心の動きに思わず顔を赤らめ、その動揺を隠そうとして下を向いた。

「おいおい、兄貴! 目が輝いてるのに、おれが気づかないなんて思うなよ。あのな、彼女に目をつけたのは、おれが先なんだぞ」ソノーランが冗談を飛ばした。「おいで、フィロニア。おれはきみをここから連れだすことにする。一ついっておくけど、兄貴には近づかないことだ。いいかい、兄貴と一緒に何かしようなんて思っちゃいけないよ」ソノーランはラドゥニのほうを振り返ると、いかにも傷ついたというふうにいった。「兄貴はいつもこうなんですよ。一目見るだけで、何でも手に入るんだから。おれも兄貴のような天性に恵まれてたらな」

「誰よりも天性に恵まれてるのはおまえじゃないか、ソノーラン」ジョンダラーはそういって笑った。大きく、高らかな、温かい笑い声だった。

フィロニアはソノーランのほうに向きなおり、はじめて会ったときから何も魅力が減じていないのを見て、一安心したようだった。ソノーランはフィロニアの肩に腕をまわすと、焚き火の向こう側へ連れていった。フィロニアはもう一度、ジョンダラーを振り返った。そして、前よりもなお大胆な笑みを浮かべてささやいた。「わたしたち、洞窟にお客がきたときは、必ずドゥナをたたえるお祭りをするのよ」

「二人は洞窟には寄らないそうだ、フィロニア」ラドゥニがいった。フィロニアは落胆したようだったが、すぐにソノーランのほうを向いて微笑んだ。

「やっぱり、もう一度、若返らないとな」ラドゥニがくっくと笑った。「ドゥナをたたえる女たちの中でも、若い者ほど多くの恵みを受けるようだ。母なる大地の女神は、自らの賜物の真価を認める者に微笑みかけるということだ」

ジョンダラーは背負子《しょいこ》を丸太の陰に押しやると、焚き火のほうに向かった。シカ肉のシチューが鍋の中でことこと煮えていた。鍋は革製で、骨を縛りあわせてつくった枠で支えられていた。そして、直接、火の上方にかけられていた。汁は肉を煮こむには十分な熱さだったが、その程度の温度で鍋が燃えあがることはなかった。革が発火する温度は、シチューが煮える温度よりもずっと高かったのだ。

一人の女が香りのいい肉汁の入った木の椀をジョンダラーに手渡すと、丸太に並んで腰かけた。ジョンダラーはフリントのナイフで肉の塊と野菜——乾燥させた根——を突き刺し、椀から汁を吸った。ジョンダラーが食べ終わると、女はひとまわり小さな薬草湯の椀を持ってきた。ジョンダラーはにっこり笑って感謝の意を伝えた。女はジョンダラーより二つ三つ年上に見えた。若い娘の可憐さが、成熟によってもたらされる真の美しさに、すでに変わっていた。女は笑みを返すと、ふたたびジョンダラーの隣に腰かけた。

「ゼランドニーの言葉を話せる?」

「話すのはあんまり、わかるのはもうちょっと」女はいった。

「ラドゥニに引きあわせてくれるよう頼んだほうがいいのかな? それとも、直接、名前を聞いてもいいのかな?」

女は年長らしい余裕をにじませて、また微笑んだ。「誰かに名前いってもらうのは若い娘だけ。わたし、ラナリア。あなた、ジョンダラー?」

「そう」ジョンダラーは答えた。ラナリアの脚のぬくもりが伝わってきた。それが引き起こした興奮の色が目にあらわれた。ラナリアはたぎるようなまなざしで見つめ返した。ジョンダラーはラナリアの腿に手を伸ばした。ラナリアは身を寄せかけた。ジョンダラーを勇気づけ、何かを約束するような動きだった。ジョンダラーはラナリアのいざないの視線にうなずいてみせたが、そうするまでもなかった。ジョンダラーの目が、すでに応じていたからだ。そのとき、ラナリアがジョンダラーの肩越しにちらりと視線を走らせた。ジョンダラーが振り返ると、ラドゥニがやってくるのが見えた。ラナリアは座りなおして、くつろいだ様子を見せた。約束は今すぐに果たさなくてもよかった。

ラドゥニもその場に加わった。まもなく、ソノーランもフィロニアを伴って、兄のいる側に戻ってきた。やがて、全員が二人の客のまわりに群れた。冗談やひやかしが飛び交い、言葉のわからない者には、それが通訳された。そのあと、ジョンダラーは機を見て、冗談ではすまない話題を持ちだした。「ところで、川下に住んでる人たちのことを何か知りませんか、ラドゥニ？」

「以前はサルムナイがたまに立ち寄っていたがね。サルムナイというのは、下流の北のほうに住んでる連中だ。だが、ここ何年かはきていない。まあ、ありがちなことでね。旅に出た若い者が、みんな同じ道をたどるということは珍しくない。ところが、そちらのほうの様子が広く知れて、あまりわくわくもしなくなると、今度はまた別の道をいくということになる。それがまた二、三十年たって、最初の道を知っているのが年寄りだけになると、また、そちらへいくのが冒険になる。若い者はそれで新しい発見をしたと思うんだな。先祖が同じことをしていても関係ないんだ」

「彼らにとっては新しいというわけですね」ジョンダラーはいったが、そういう哲学めいた論議に踏みこむのは避けた。興味深いかもしれないが、すぐには役立たない話に深入りする前に、具体的な情報がほしかったのだ。「そのサルムナイの人たちの習慣について聞かせてもらいたいんですが。言葉は何か知っていますか？　挨拶のしかたは？　これは避けたほうがいいということは？　先方が気を悪くしそうなことは？」

「いや、たいして知らないし、最近のこととなると何も。二、三年前に東のほうに出かけた者がいるんだがね、結局、戻ってこなかったし。ひょっとしたら、どこかに腰を据えることにしたのかもしれないが」ラドゥニはいった。「これは噂ではあるが、サルムナイはドゥナイの像を泥でつくるそうだ。だとしたら、何で母なる女神の神聖な像を泥でつくったりするのか、よくわからないな。乾いたら砕けてしまうだろうに」

「泥であれば、より大地に近いということかもしれませんよ。石を好む人々も、同じ理由からです」

ジョンダラーはそういいながら、帯に吊るした袋に半ば無意識に手を突っこんで、豊満な女をかたどった小さな石の像を探った。垂れ落ちそうな乳房、突きだした腹、とてつもない尻と腿の馴染んだ手触りがあった。腕と脚はおそろしく貧弱だった。重要なのは母性を象徴する部位で、四肢はほんの申し訳だった。頭も瘤のようなもので、顔には髪らしきものがついていたが、目鼻はなかった。

母なる大地の女神、ドニの恐ろしい相貌《そうぼう》を目にした者は一人としていなかった。ドニは遠つ祖《おや》、原初の母、万物の創り手にして支え手で、すべての女を自らの力で祝福して命を生みださせていた。ドニー、すなわち女神の霊を帯びた小像は、どれ一つとして顔が定かではなかった。女神は夢に立ちあらわれるときでさえ、男たちに若く豊かな体を見せることはあったにしても、顔を明らかにはしなかった。女たちの中には、自分には女神の霊が乗り移るので、風のように飛び、幸運や復讐をもたらすことができる、という者がいた。女神の復讐は凄まじいということだった。

女神は辱められたり、怒ったときには、数多くの恐ろしい罰を下したが、中でも最大の脅威は、女が男に体を開くときに訪れる喜びの賜物を取り上げるというものだった。また、女神自身と女神に仕える女たちは、一人の男が多くの女たちと望むがままに喜びの賜物を分かちあう力を与えるともいわれていた。あるいは、男を萎えさせて、女はおろか、自分自身にも喜びをもたらすことを封じてしまうとも。

ジョンダラーは袋の中のドニーの垂れ下がった乳房を撫でるともなく撫でながら、旅に思いを馳せて、前途の幸運を祈った。二度と帰らぬ者がいるのは事実だったが、それもまた冒険の一部だった。そのとき、ソノーランがラドゥニに問いかけるのが耳に入って、はっと我に返った。

「このあたりの平頭のことを何か知りませんか？　おれたち、二、三日前にやつらの群れと出くわしたんですが、一時は旅もここで終わりかと覚悟しましたよ」みんながにわかに聞き耳を立てはじめた。

「何があったんだね?」ラドゥニが尋ねた。声に緊張がにじんでいた。ソノーランは平頭との一件を話した。

「チャロリめ!」ラドゥニが吐き捨てた。

「チャロリというのは?」ジョンダラーが聞いた。

「トマシの洞窟の若い者だ。平頭をなぶるなどというろくでもないことを思いついて、不良仲間を煽《あお》ったんだ。わたしらは平頭と何の問題も起こしたことがなかったのに。平頭は川の向こう岸から出てこなかった。わたしらもこちらから出ていかなかった。もし、わたしらが川を渡ることがあっても、そう長居をしないかぎり、平頭は邪魔をしなかった。せいぜい、自分たちが見張っているということを、こちらにわからせるだけだった。それで十分だったのだ。平頭の群れにじっと見られているというのは気持ちのいいものじゃないからな」

「いや、まったくだ!」ソノーランがいった。「それにしても、どういうことなんですか、平頭をなぶるっていうのは? おれはやつらと悶着を引き起こすなんてごめんだけどな」

「それは悪ふざけから始まったんだ。連中の一人がほかの者に、平頭に駆け寄って触ってみろと挑発した。それで平頭が怒ったりすると、ますます図にのったんだな。そのうち、平頭が一人でいるところを見つけると、集団で手出しするようになった——ぐるりと取り囲んで、からかう。そして、相手が怒って追いかけてくるように仕向けるんだ。平頭は息は長続きするが、何といっても脚が短い。ふつうなら楽に逃げきれるが、連中はそれをいつまでも続けた。で、どんないきさつだったのかは知らないが、連中は今度は平頭を袋叩きにするようになったんだ。わたしが思うに、からかわれていた平頭が、連中の誰かをつかまえた。すると、残りの者が仲間を助けようとして平頭に跳びかかったんじゃないか。とにかく、連中はそれを繰り返しやるようになった。ところが、平頭一人に数人でかかっても、かなりひどい目にあわされずにはすまなかったようだ」

「そりゃそうだろうな」ソノーランがいった。

「でも、あの連中、次にはもっとひどいことをやったんだから」フィロニアが口をはさんだ。

「フィロニア！　胸が悪くなる！　おまえがそんな話をするのは聞きたくもない！」ラドゥニが心底からの怒りをにじませていった。

「連中は何をしたっていうんです？」ジョンダラーが聞いた。「これから平頭の土地を通って旅をしようという者としては、ぜひ知っておきたいですね」

「それはそうだが、ジョンダラー。フィロニアの前では話したくない」

「わたしはもう大人よ」フィロニアはいいきったが、やや心もとなげだった。

ラドゥニはフィロニアを見やって、少し考えたあと、心を決めたようだった。「平頭の雄は必ず二人連れか、それ以上の人数で出歩くようになった。それにはチャロリ一味も手を出しかねた。それで、連中は平頭の雌をからかうようになったんだ。だが、雌は逆らうことがない。ちょっかいをかけても面白みがない。身をすくめて逃げだすだけだから。それで、連中は相手をそれとは違う慰みに使おうと思い立ったんだ。誰が最初にそそのかしたのかは知らないが——おおかた、チャロリが煽《あお》ったんだろう。あいつのやりそうなことだ」

「煽って何をさせたんです？」ジョンダラーが聞いた。

「連中は平頭の雌を無理やり……」ラドゥニは先を続けられなかった。と思うと、出し抜けに跳び上がった。生半可な怒りようではなかった。「まったくもって忌まわしい！　母なる女神の名誉を汚し、女神の賜物を悪用する行為だ！　獣め！　いや、獣にも劣る！　平頭にも劣る！」

「それはつまり、連中が平頭の雌を相手に楽しんだと？　力ずくで？　平頭の雌を、ですか？」ソノーランがいった。

「それを自慢するんだから！」フィロニアがいった。「平頭の雌を相手にした男なんて、わたし、絶対に近寄らせない」

「フィロニア！　そんなことというもんじゃない！　そんな汚らわしい、胸の悪くなる言葉がおまえの口から出ようとは！」ラドゥニがいった。怒りを通り越して、その目は石のように冷ややかだった。

「ごめんなさい、ラドゥニ」フィロニアは恥じ入って頭を垂れた。

「平頭はそういうことをどう感じているんだろう？」ジョンダラーがぽつりと漏らした。「あの若いのがわたしを攻撃したのは、そのせいだったのかもしれませんね。平頭は怒っているのかも。ある人たちが平頭も人間なのでは、といっているのを聞いたことがありますが――もし、そうだとしたら……」

「そういう話はわたしも聞いた！」ラドゥニが平静を取り戻そうと努めながらいった。「だが、信じないほうがいい！」

「わたしたちが出くわした群れの頭《かしら》は、ずいぶん賢かったですよ。それに、平頭はわたしたちと同じように、ちゃんと立って歩きます」

「クマだって後脚で立って歩くことがある。いいかね、平頭は獣なんだ！　利口にしても、獣は獣だ」ラドゥニは何とか自分を制御しようと苦闘していた。誰もが落ちつかない気持ちになっているのに気づいていたのだ。「平頭はこちらがかまわないかぎり、ふつうは無害だ」ラドゥニは言葉を継いだ。「問題は雌のことではないと思う――それが母なる女神の名誉を汚すなどということを平頭が理解しているとは思えないし。いじめられたり、殴られたりしたのがすべてだろう。獣だってあまりひどい目にあわされたら、反撃に出るんじゃないか」

「おれたちはそのチャロリ一味のあおりを食ったようなものだな」ソノーランがいった。「おれたちは右岸へ渡ろうとしてたんですよ。あの川があとで母なる大河になってから渡るのはたいへんですからね」

ラドゥニは笑みを浮かべた。話題が変わったとたんに、それまでの激しい怒りがおさまったようだった。「母なる大河にはいくつも支流があるが、中にはずいぶん大きなものもあるからね、ソノーラン。大河の果てまでいきつこうというなら、川を渡るのに慣れておかないと。一つ教えておこう。川が大きな渦を巻いているところを過ぎるまでは、こちら側をいきなさい。川は平地を横切るうちに、いくつかの流れに分かれる。小さな流れなら何本かあっても、大きな川を渡るよりも楽だ。それに、そのころには、気候も暖かくなっているだろうし。サルムナイの連中を訪ねるつもりなら、川を渡ってから北へ向かうといい」

「その渦まではどれくらいあるんですか?」ジョンダラーが聞いた。

「地図を描いてあげよう」ラドゥニはそういうと、フリントのナイフを取りだした。「ラナリア、あの木の皮を持ってきてくれ。その先の目印は、ほかに誰かが描きこんでくれるだろう。途中で川を渡ったり、狩りをしながら旅しても、川が南へ曲がっている地点へは、夏までには着けるだろう」

「夏か」ジョンダラーがつぶやいた。「氷と雪にはもううんざりですね。夏が待ちきれませんよ。早く暖かくなってくれないかな」ジョンダラーはラナリアの脚が、また傍らに寄せられているのに気づくと、その腿に片手を置いた。

3

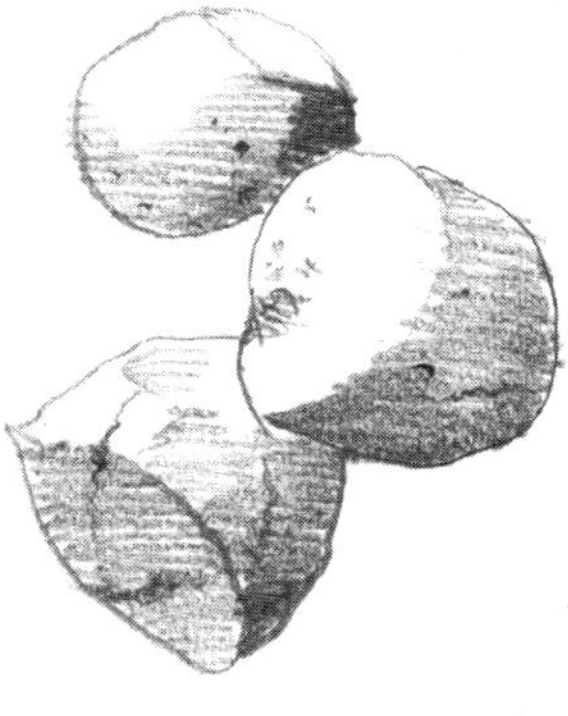

夕べの空を星々が貫きはじめたころ、エイラは岩がごつごつした峡谷の急斜面を用心深く下りていた。難所を越えたとたん、風がはたとやんだ。エイラは足を止めて、束の間の平穏を楽しんだ。しかし、岩壁が薄れゆく光をさえぎっていた。谷底に降り立ったときには、無数の星が流れに落とした揺れる影に対して、岸辺の密な薮がもつれあったシルエットとなって見えていた。

エイラは清々しい小川の水をすくって、むさぼるように飲んだ。それから、岩壁沿いの深い闇を手探りして落ちつく場所を探した。テントを張る手間も惜しんで、地面に毛皮をひろげると、それを体に巻きつけて横たわった。開けた土地にテントを張るよりも、岩壁を背にしていたほうが安心感があった。眠りに落ちる前、崖の端に、もうすぐ満ちそうな月がのぞくのを見た。

エイラは悲鳴を上げて目を覚ました！

あわてて上体を起こした——恐怖が体内を駆けめぐった。こめかみは疼き、心臓は早鐘を打っていた。

エイラは目の前の漆黒の空間にぼんやり浮かぶ影に目を凝らした。突然、バリバリッという音がして、同時に、目のくらむような閃光が走り、思わず跳び上がった。震えながら見まもっていると、雷に打たれた背の高いマツの木が真っ二つに折れ、根のほうにしがみつくようにしながら、ゆっくりと地面に倒れていった。炎に包まれた大木が自らの最期の場面を照らし、背後の岩壁に奇怪な影を投げかけているのは、ほとんど超現実的な光景だった。

炎は折からの雨を浴びて、ジュージューいいながら消えた。エイラは自分の温かい涙にも、顔に当たる冷たい雨粒にも気づかず、岩壁に寄り添うようにして、ひたすら縮こまっていた。最初の遠雷が地震の轟きを思い起こさせ、意識下の記憶の灰の中から悪夢を掻きたてていたのだ。目覚めたときにはもう定かでなかったが、吐き気を催すほどの不安と身を切るような悲嘆を残すあの悪夢を。また稲妻が光ったかと思うと、凄まじい雷鳴がそれに続き、一瞬、暗い虚空に不気味な輝きが満ちた。切り立った岩壁と、天から降ってきた強力な光線で小枝のようにへし折られた木の幹が、ちらりと浮かびあがった。

体を貫くような湿った寒気ばかりでなく、恐怖のせいでガタガタ震えながら、エイラは何か頼りになるものを求めて、お守りを握りしめた。そういう反応は、雷鳴と稲妻だけで引き起こされたわけではなかった。雷にいい気持ちはしなかったが、もう何度となく経験して慣れていなくもなかった。それに、雷は害ばかりではなく、益をもたらすことも間々あった。それよりも、エイラには地震の悪夢の余波のほうがいまだに大きかった。地震は人生に取り返しのつかない損失をもたらし、人生をがらりと一変させた凶事だった。エイラが地震以上に恐れるものはなかった。

ようやく、体が濡れているのに気づくと、エイラは負い籠から皮のテントを取りだした。それを敷いた毛皮の上に覆いのようにひろげ、その下に頭を埋めた。体が温まったあとも、長らく震えが止まらなかったが、夜が更けるにつれて恐ろしい嵐は静まり、いつしか眠りに落ちていた。

早朝の空気を、鳥のチューチューというさえずりやガーガーという鳴き声が満たしていた。エイラは毛皮を撥ねのけると、歓喜を感じながら、あたりを見まわした。夜の雨でまだ濡れてはいたが、緑の世界が朝日に輝いていた。今いるのは、岩や石だらけの広い岸辺だった。蛇行する川は、そこから東へ曲がっていたが、総じていえば南の方角に向かっていた。

対岸では、深緑のマツの木の列が、背後の崖の上まで続いて、そこで途切れていた。峡谷の縁の上辺では、その上のステップを吹きわたる強い風で、ためらいがちに伸びようとするものまでもが頭を押さえつけられていた。中では背の高い木々も、妙に丸い姿をしていて、成長するといっても横へ枝を張るばかりだった。対岸に独りそびえ立つ巨木は、ほぼ完全な左右対称形をしていたが、幹から直角に突きだした一本の枝のせいでそれが損なわれていた。その傍らには、焦げてぎざぎざになった丈の高い株が残っていて、逆さまになった上部がまだぶら下がっていた。木々が多く生えているのは、川岸と岩壁の間の狭い帯のような土地で、中にはあまりに水際に迫っているため、根が露出しているものもあった。

こちら側では、岩石の川原の上《かみ》で、しなやかなヤナギが弧を描くように伸び、長い薄緑の葉を流れに垂らしていた。背の高いポプラは、平たい枝についた葉をそよ風に震わせていた。シラカバは木立になっていたが、その仲間のハンの木はせいぜいが大きな低木という丈だった。蔓植物が木々に這いあがり、からみついていた。流れのさらに近くには、あふれるほどの葉をつけたさまざまな種類の低木が群生していた。

乾ききって枯れたステップを長いこと旅してきたエイラは、緑がいかに美しいかを忘れていた。川がいざなうようにきらめいていた。嵐で引き起こされた恐怖も消え、エイラは跳び上がると、川原を横切って突っ走った。まず、水を一口飲んだ。それから、衝動的に外衣の長い紐をほどき、お守りを外すと、水を撥ねかしながら川の中に入っていった。川底は急に落ちこんでいた。エイラはいったん水中に潜り、それから急勾配の対岸に向かって泳ぎだした。

水はひんやりして心地よく、ステップの埃と垢を洗い流してくれた。エイラは上《かみ》へ方向を転じたが、両岸の切り立った岩壁が迫り、川幅が狭まるにつれ、流れが急になり、水が冷たくなるのを感じた。そこで体を回転させて仰向けになり、浮力にのって、また下《しも》へと漂っていった。高い崖に挟まれた空間を満たす青空を見上げているうちに、上の川原の対岸の岩壁に黒い穴があいているのに気がついた。洞穴だろうか？　興奮をおぼえながら、そう思った。あそこまで上るのはたいへんだろうか？

川の中を歩いて川原に戻ると、温まった石に腰を下ろし、日光で体を乾かしにかかった。エイラの目は、鳥たちの素早く元気のいい動きに引きつけられた。鳥たちは薮の近くの地面を跳びながら、夜間の雨で地表近くに出てきた虫を引っ張ったり、薮の枝から枝へ移りながら、たわわに実った小さな果実をついばんでいた。

あの木イチゴを見て！　あんなに大きい、とエイラは思った。そちらに近づいていくと、バタバタと羽ばたきが起きたが、鳥たちは近くの薮へ移って、また静かになった。エイラは甘くてみずみずしい果実を一握り、口に詰めこんだ。とりあえず満足すると、手を洗い、お守りをかけなおしたが、垢まみれ、染みだらけで汗臭い外衣に思わず顔をしかめた。着替えは持ちあわせていなかった。旅に出る直前、地震で取り散らかった洞穴に戻って、衣類、食料、テントを持ちだしたが、そのとき考えていたのは生き延びることだけで、夏の外衣の替えまでは気がまわらなかったのだ。

エイラはふたたび生き延びることに思いを致した。乾燥し、荒涼としたステップを旅していたときの絶望は、この緑豊かな谷に出会って雲散霧消した。木イチゴは食欲を満たすよりも、むしろ刺激した。もっと腹にたまるものが食べたくなり、寝場所に歩いていって、投石器を取りだした。それから、濡れたテントと湿った毛皮を、日光で温められた石の上にひろげ、汚れた外衣をまとうと、丸く滑らかな石を探しはじめた。

よくよく見ると、川原に転がっているのは石だけではなかった。くすんだ灰色の流木や野ざらしの白骨が交じり、その多くは突き出た岩壁にもたれかかるように高く積み上がっていた。荒々しい春の洪水が木々を根こそぎにし、油断していた動物をかっさらい、上流の岩が切り立つ狭い水路へ押し流し、さらには、屈曲部の渦に巻きこんだうえで、袋小路のようになった岩壁に叩きつけたのだった。大きなシカの枝角、長いバイソンの角、とてつもない象牙も数本、その山の中に見かけられた。巨大なマンモスでさえ水勢に耐えられなかったのだ。山には大きな丸石も交じっていたが、エイラは中くらいの大きさの灰白色の石を見つけると、それに目を凝らした。

これはフリントだ！　よくよく見たあとで、エイラは思った。間違いない。割ってみるには石槌が要るけれど、間違いない。エイラはわくわくしながら、片手で楽に握れる滑らかな楕円形の石はないか、と川原に目を走らせた。注文どおりの石を見つけると、それでさっきの塊の白っぽい表皮を叩いてみた。すると、その一部が剝げ落ちて、内部の濃灰色の石のくすんだ光沢があらわになった。

やっぱりフリントだ！　わたしにはわかっていた！　その石でつくることができる道具の数々が頭の中を駆けめぐった。槍だってつくれる。それに、手持ちの道具を壊してしまったら、と余計な心配をしなくてもすむ。エイラは重い石をさらにいくつか、山の中から引っ張りだした。はるか上流の白亜層から、この岩壁の裾まで押し流されてきたものと思われた。フリントの発見はエイラを元気づけ、さらなる探索に向かわせた。

洪水のとき、奔流の防波堤となる岩壁は、川の屈曲部の内側に突きだしていた。流れは今、通常の岸辺を乗り越えることもなく、その水位なら、岩壁の裾をまわって歩くのも造作なかった。だが、エイラはその先を見やったとたん、足を止めた。目の前にひろがっているのは、前日、崖の上からちらりと見た谷間にほかならなかった。

屈曲部を過ぎると、川は幅をひろげ、浅瀬に突きだした岩のまわりで泡立っていた。そして、谷の反対側にそそり立つ岩壁の裾で東に向きを変えていた。手前の側では、木立や薮は強風から守られ、思う存分、背を伸ばしていた。左手を見ると、防波堤となっている部分の先で、岩壁は後方に退き、勾配もしだいに緩くなって、北と東に向かってひろがるステップに溶けこんでいた。前方を見ると、広い谷間は豊かに色づいた草の原になっていた。それが北の斜面を吹き下ろす風に、波となって揺れていた。その中ほどで、ステップ在来の馬の小さな群れが草を食《は》んでいた。

エイラはその光景の美しさ、静けさに息をのんだ。風が吹きすさぶ乾ききった大草原の真っ只中にこんな場所が存在するとは、にわかには信じられなかった。そこは不毛の平原の裂け目に隠されたぜいたくなオアシスだった。ステップでは節約を強いられていた自然が、機会を得て、その恩恵を大盤振る舞いしているかのような豊かな小宇宙だった。

エイラは遠くの馬の群れに興味をそそられ、じっと観察した。ずんぐりした体格で、どちらかというと脚は短く、首は太く、重たげな頭には垂れ下がった鼻がついていた。エイラは一族の男たちに垂れ下がった大きな鼻をした者がいたのを思いだした。馬たちはもじゃもじゃの毛並み、ごわごわの短いたてがみを持っていた。灰色がかった毛色のものもいたが、くすんだベージュの挨の色から干し草の色まで、黄褐色系統の色合いを帯びたものが多かった。群れの端のほうに干し草色の雄馬がいたが、それと同じ色の子馬も数頭いた。雄馬は頭をもたげ、短いたてがみを揺すっていないないていた。

「自分の一族が自慢なんでしょ?」エイラは微笑みながら、手ぶりで語りかけた。

エイラは流れに接する藪に沿って川原を歩いていった。植物の栄養だけでなく、薬効についても知識があるだけに、無意識のうちに植生に注意を向けていた。植物の癒す力について学び、採取するのは、薬師《くすし》としての修業の一部だったから、一目見てそれが何かわからない植物はほとんどなかった。ただ、今回は、食べられるものを探すのが目的だった。

葉の形と枯れた散形花序を見て、地下数インチに野生のニンジンが埋まっているのに気づいた。だが、目に入らなかったかのように通り過ぎた。印象は往々にして人を誤らせるが、エイラはその場所にしるしでもつけておいたかのように、はっきりおぼえておくことができた。植物がそこから逃げだすことはなかった。エイラの鋭い目は、ニンジンばかりでなく野ウサギの足跡を見つけていたのだ。その瞬間から、まず肉を確保することに神経を集中していた。

エイラは経験豊かな狩人らしい忍び足で、新しい糞、折れ曲がった草の葉、土に記されたかすかな足跡をたどっていった。そして、すぐ前方の、姿を見分けにくい茂みにひそんでいるウサギを目にとらえると、腰の革紐から投石器を外し、外衣の襞から石を二つ取りだした。ウサギが跳びだしたときには、もう狙いをつけていた。長年の経験で身につけた無意識の優雅な身ごなしで、一発目を放つと、次の瞬間には二発目を続けていた。ピシッ、ピシッという音がして、二発ともみごと標的に命中した。

獲物を拾いあげるうちに、二連発の技を独りで習いおぼえたころのことが思いだされた。図にのってオオヤマネコを仕留めようとして、自分の危うさを思い知らされたこともあった。それにしても、長い長い練習が必要だった。矢継ぎ早に二発を繰りだせるよう、一発目を放ったその位置で二発目をつがえるこつをのみこむまでには。

戻る途中で、木の枝を折り、一方の先を尖らせると、それを使ってニンジンを掘りだした。ニンジンは外衣の襞にしまいこんだ。さらに、二股に分かれた枝を二本切り落としてから、川原に帰り着いた。ウサギとニンジンを下ろし、火起こし棒と台を籠から出すと、堆積した骨の間から乾いた流木を引っ張りだし、木々の下から枯れ枝を拾った。そして、ニンジンを掘る棒を尖らせるのに使った道具、鋭い刃にV字形の刻み目がついたもので、乾いた枝を削り、丸まった木屑をつくった。次に、ヨモギの枯れた茎から毛深い皮を、ヤナギランの莢《さや》から乾いた綿毛を剝いた。

居心地のよさそうな場所を探して腰を下ろすと、薪《たきぎ》を大きさで分けてから、火口《ほくち》、焚きつけ、大きめの薪を自分のまわりに並べた。それから、火起こし台にしている乾いたクレマチスの蔓を調べたうえで、端のほうにフリントの錐《きり》で小さな穴をあけた。その穴に、乾いて堅くなった前の季節のガマの茎を差しこんで深さを確かめた。そして、穴の下に敷いた筋だらけの樹皮にヤナギランの綿毛を加え、台を片足で踏んで押さえると、ふたたびガマの茎の先を穴に入れて、大きく息を吸いこんだ。火を起こすには集中力が必要だった。

棒の上部を両のてのひらで挟むと、下方に力が伝わるようにしながら、棒を揉みはじめた。揉んでいるうちに、両手はだんだん下がっていって、ほとんど台にくっつきそうになった。手助けしてくれる者がいれば、そこで相手が代わって、また上から揉みはじめるのだが、独りでは、手を放すと同時に、また上を押さえなければならなかった。揉みたてるリズムを中断することも、圧力をわずかに緩めることも許されなかった。でなければ、摩擦によって起こる熱が散り、木がくすぶりだすには至らないからだ。火を起こすのは、一瞬も休むことのできないつらい仕事だった。

それでも、エイラはすっかりリズムにのり、額に生じた汗が目に落ちかかるのを気にもしなかった。途切れることのない作業で、穴はしだいに深くなり、柔らかい木から削りとられた屑が穴のまわりに積もっていった。焦げくさいにおいがして、穴が黒ずんだと思うと、一筋の煙が立ち昇るのが見えた。もう腕がずきずきしていたが、エイラはそれで力を得た。ようやく、台に小さな火種が燃えだし、下に敷いた乾いた火口《ほくち》に落ちていった。次の段階はさらに重要だった。もし、火種が消えたら、一からやりなおさなければならなかった。

エイラは火種の熱を顔に感じられるほど間近まで屈みこんで、フーフーと吹きはじめた。一息吹くたびに火は明るくなったが、次の息を吸いこむ間にまた暗くなった。くすぶる木に小さな削り屑をかざしても、一瞬、赤くはなるが、発火することなく元に戻ってしまった。そのうち、ようやく小さな炎が上がった。エイラはさらに強く吹いて、削り屑を足した。その山が燃えあがると、焚きつけを二、三本加えた。流木の大きな丸太が赤々と燃え、消える恐れがなくなってから一息入れた。もう何本か薪を集めて、傍らに積んだ。それから、刻み目のついたやや大きな道具で、ニンジンを掘るのに使った緑の枝の皮を剝いだ。次に、二股に分かれた二本の枝を火の両側に立て、さっきの枝をその間に具合よく掛けわたしてから、ウサギの皮を剝ぎにかかった。

火勢が衰えて熾《おき》になりかけたころには、ウサギは串に刺されて炙るばかりになっていた。エイラは旅の間ずっとそうしてきたように、剝いだ毛皮で内臓をくるんで捨てようとしたが、思いなおした。

この毛皮は使える。一日か二日、置いておけば……。

エイラはニンジンを川で洗った――それに、両手についた血も――ニンジンはオオバコの葉で包んだ。大きな繊維質の葉は食用にもなるが、切り傷や打ち身には回復を早める包帯にもなると自然に思いついたのだ。ニンジンを包んだ葉は熾《おき》の隣に置いた。

楽な姿勢でくつろいだのも束の間、毛で覆われた皮をさっそく処理しておこうと思い立った。食事をつくっている合間に、壊れかけた掻器《そうき》で、毛皮の内側から血管、毛嚢、膜をこそぎとった。掻器は新しいものをつくろう、と思った。

作業を進める間、調子外れの鼻歌のようなものを小声で歌った。歌いながら、とりとめもなく思いをめぐらせた。もう二、三日、ここにとどまって、この毛皮を仕上げてしまおうか。どちらにしても、道具をいくつかつくらなければならないし。上流の岩壁のあの穴にいってみてもいいかもしれない。ああ、ウサギが焼けるいいにおいがしてきた。そう、洞穴があれば、雨に濡れずにすむ――あの穴は使えるかどうかわからないが。

立ち上がって焼き串を引っくり返すと、毛皮の裏側にとりかかった。でも、ここにそう長居はできない。冬がくる前に、仲間の人々を探しださなければならない。エイラは毛皮をこする手を止めた。脳裏を去ったことのない不安が、また、にわかに意識されてきた。彼らはどこにいるのだろう？　本土には異人が大勢いる、とイーザはいっていた。それなのに、なぜ見つからないのだろう？　このあと、どうしたらいいの、イーザ？　出し抜けに涙がこみあげてきて、あふれだした。ああ、イーザ、あなたがいなくてほんとに寂しい。それに、クレブ。ウバも。そして、ダルク……坊や。わたしはどうしてもおまえを産みたかったのよ、ダルク。それはとてもたいへんなことだったけど。おまえは奇形なんかじゃない。ほんのちょっと変わっているだけ。わたしと同じように。

いや、わたしとは違う。おまえは一族の人間だもの。ほかの人より少しばかり背が高く、頭の形が少しばかり違って見えるだけ。いつか、おまえは立派な狩人になるでしょう。投石器の使い手にも。それに、誰よりも早く走れるようになるわ。氏族会の競技に出れば、すべて優勝するでしょう。ただ、格闘には勝てないかも。おまえはそこまで強くはなれないだろうから。それでも、そこそこには強くなるわ。

でも、あの声の遊びを一緒にしてくれる人がいる? おまえの相手をして愉快な声を出す人がいる? いいかげんにしなさい。エイラは自分を叱りつけ、手の甲で涙を拭った。おまえをかわいがってくれる人たちがいることに感謝するべきなのにね、ダルク。それに、大きくなったら、ウラがやってきて、おまえのつれあいになるでしょう。おまえにとっていい女になるようにしつけるから、とオダが約束してくれたし。ウラだって奇形なんかじゃないわ。おまえと同じで少し変わっているだけ。でも、このわたしはつれあいを見つけることができるのだろうか?

エイラはさっと立ち上がって、肉の具合をあらためた。何かをすることで、雑念を振りはらおうとしたのだ。焼けかたは好みよりもやや生だったが、よしとすることにした。薄黄色の小さなニンジンは柔らかく、甘い中にもピリッとする風味があった。内海の近くでならいつでも手に入った塩がないのは残念だったが、空腹が最高の調味料になった。食後、気分がよくなったところで、ウサギの肉の残りをもうしばらく焼きながら、毛皮の処理を済ませた。

岩壁の穴を調べてみようと決めたのは、日も高くなったころだった。服を脱いで川を泳ぎ渡り、深みから木の根を伝って岸に這い上がった。しかし、ほとんど垂直に切り立った岩壁をよじ登るのは容易ではなかった。たとえ洞穴が見つかるにしても、上る苦労に引きあうだろうかと疑わしくなってきた。暗い穴の前の狭い岩棚にたどり着いて、それが岩のくぼみに毛が生えた程度のものとわかったときには、さすがにがっかりした。ただ、陰になった隅にハイエナの糞があったので、ステップから楽に上がってこられる道が別にあるに違いないと察せられた。だが、ハイエナより大きい動物が居つくほどの広さはなかった。

エイラは下りようとして振り向き、ついでに遠くを見やった。下流の対岸の岩壁のやや下のほうに、川の屈曲部に突きだした岩の防波堤の頂が見えた。頂は広い岩棚になっていて、その背後の崖に穴らしいものがあいていた。それは今の穴よりも深そうだった。岩壁は見たかぎり、切り立ってはいたが、上れないことはなさそうだった。興奮で胸が高鳴った。ある程度の大きさの洞穴だとしたら、夜を乾いた場所で過ごすことができる。エイラは矢も盾もたまらず、崖を半ばまで下ったところで川に飛びこんだ。

ゆうべは気づかずに通り過ぎてしまったようだ。暗くて、よく見えなかったから。エイラは上りはじめながら考えた。しかし、未知の洞穴に近づくときは用心してかからなければならない、と思い起こした。それで、投石器と石を取りに戻ることにした。

ゆうべは慎重に手探りしながら下りた斜面も、日の光のもとで見れば、何かにつかまるほどのこともなかった。何千年もの間に、川は向こう岸を鋭く切り取っていたが、こちら側の岩壁はさほど険しくはなかった。エイラは岩棚に近づくと、投石器をかまえ、油断なくじりじり進んだ。

五感のすべてが緊張し、警戒していた。何かが息をしたり動きまわる音が聞こえないかと耳を澄ませた。何かが最近まで住んでいたことを示す形跡はないかと目を凝らした。肉食動物やその新しい糞、腐りかけた獲物の肉のそれとわかるにおいはしないかと空気を嗅いだ。味蕾《みらい》がにおいをとらえる助けをするよう、口を開けた。洞穴から生温かい気配が漂ってこないか、むきだしの肌で探った。直感が導くのにまかせ、音も立てずに入り口へ近づいた。そして、岩壁に身を寄せたまま、暗い穴へにじり寄り、中をのぞきこんだ。

何も見えなかった。

南西を向いた入り口は狭かった。屈む必要はなかったが、手を伸ばせば上に届いた。地面は緩やかに下って、やがて水平になっていた。風にのってきた黄土と、かつてここに住んでいた動物が運んできた屑が積もって層になり、もとはでこぼこで岩だらけの地面が、固まって乾いた表面に変わっていた。

入り口から中を見まわしてみたが、洞穴が最近使われたという形跡は見当たらなかった。音を立てずに滑りこんでみると、日が照りつけて暑い岩棚と比べ、ずいぶん涼しく感じられた。エイラは目が薄暗がりに慣れるのを待った。思っていたよりは明るかったが、先に進んでみると、入り口の上の穴から日光が差しこんでいるのが見えた。その穴のもう一つの実用的な価値にも思い当たった。煙が洞穴の上部に充満する前に外に逃がしてくれるというのは、たいへんな利点だった。

いったん目が慣れると、中の様子が驚くほどよく見えた。光が差しこんでくるのもありがたかったし、広さもそれほどではなかったが、けっして狭くもなかった。左右の壁は入り口から急角度で折れてひろがり、かなり垂直な奥の壁へと達していた。つまり、洞穴のおよその形は、入り口を頂点とする三角形で、ただ、東の壁が西の壁よりも長かった。もっとも暗いのは東の奥の隅で、まずそこから調べてみるべきだと思われた。

エイラは東の壁沿いにゆっくり進んだ。何か脅威がひそんでいる裂け目や深いくぼみの口はないかと目を皿にした。暗い隅の近くでは、壁から割れ落ちた岩の破片が、地面に山となって積もっていた。その上に上り、手探りしてみると、棚のような出っ張りがあったが、その向こうは何もない空間だった。

松明をつくって灯そうかとも思ったが、気が変わった。今のところ、何の音も聞こえなかったし、においもしなかったし、生命の気配も感じられなかった。奥のほうも少しは見通せた。投石器と石を片手で持っていたが、外衣を着てこなかったことが悔やまれた。着てくれれば、それに武器をしまっておけたのに。エイラは棚の上に立ってみた。

暗い空間は頭がつかえそうだった。事実、奥に進むには屈まなければならなかった。だが、そこはただのくぼみで、天井が傾斜した末に地面と合していた。奥には骨が山となって積もっていた。エイラは手を伸ばしてその一本を取ると、棚から下り、奥の壁、さらに西の壁に沿って入り口に戻った。洞穴にはほかに出口がなかった。狭い壁のくぼみがあるだけで、ほかに空洞や、未知の場所に通じるトンネルもなかった。居心地がよく、安全と思われた。

エイラは手をかざしてまぶしい日光をさえぎりながら、洞穴の前のテラス状の岩の端まで進み出て、周囲を見まわした。今、立っているのは、あの突きだした岩壁の上だった。下方の右手には、流木と骨の山、それに岩石の川原があった。左手に目をやると、谷間のはるか彼方までが見通せた。川は対岸の切り立った岩壁の麓をまわって、遠方でふたたび南に曲がっていた。左手の岩壁はしだいになだらかになって、ステップに溶けこんでいた。

エイラは手にした骨を調べてみた。それはオオジカの長い脚の骨で、古く乾いていたが、何かの獣が髄まで嚙み砕いた歯の跡がくっきり残っていた。歯並びや骨のかじりかたに見おぼえがあった。猫科の獣だ、とエイラは確信した。肉食動物のことなら、一族の誰よりもよく知っていた。狩りの腕を磨いたのも肉食動物を相手にしてだったが、獲物は小型、中型の種類に限られた。この歯形は大型の猫科、非常に大型の猫科の獣のものに違いない。エイラはくるりと振り返って、ふたたび洞穴を見やった。

ケーブ・ライオン！　ここは間違いなくケーブ・ライオンのすみかだったのだ。あのくぼみは雌ライオンが子を産むのに申し分のない場所だし。そうすると、中で一晩過ごすのはどうだろう？　安全ではないかもしれない。エイラはもう一度、骨を見た。でも、これはずいぶん古いし、洞穴も何年となく使われていないようだ。それに、入り口の近くで火を焚けば、動物は近寄らないだろう。

ともかく、居心地のいい洞穴だ。これほどの洞穴はそう多くはない。中は広いし、土の床は具合がいい。中にいれば雨に濡れる心配はないし、春の洪水もこの高さにまでは及ばないだろう。それに、煙を逃す穴もある。さっそく、毛皮と籠を取りにいこう。薪《たきぎ》も少しばかり持ってきて火を焚こう。エイラは急ぎ川原に向かった。戻ってくると、暖かい岩棚にテントと毛皮をひろげ、籠を洞穴の中に入れ、それから、薪を何束か運び上げた。炉石もいくつか取ってこよう。エイラはそう考えて、また川原に下りようとした。

だが、そこで足を止めた。どうして炉石が要るの？　ほんの二、三日いるだけなのに。わたしは仲間の人々を見つけなければならないのだから。冬がくる前に……。

もしも見つからなかったら？　その懸念は長い間、胸の中にわだかまっていたが、それまで、明確なかたちにするのは避けてきた。そういう成り行きを考えるのはあまりに恐ろしかったからだ。冬がきても誰にも会えなかったらどうしよう？　食料の蓄えもないだろう。乾いて暖かく、風や雪の入りこまないすみかもないだろう。そんな洞穴は……。

エイラはあらためて洞穴を見やり、美しい谷間と、はるか眼下の野原の馬の群れを見やった。それから、また洞穴を振り返った。申し分のない洞穴じゃないの、と自分にいった。これほどの洞穴はおいそれとは見つからないだろう。それに、この谷。植物を採ることも、動物を狩ることも、食料を蓄えることもできる。水もあるし、一冬のみならず幾冬も越せそうなほどの薪もある。おまけに、フリントまである。それでいて、風は強くない。必要なもののすべてがここにある——仲間の人々を除いて。

冬中、独りで過ごすことに耐えられるだろうか？　だが、季節はもう深まっている。十分な食料を蓄えようとしたら、ぐずぐずしてはいられない。それにしても、まだほかの人間を見つけていないのに、これから見つけられるのだろうか？　もし、異人を見つけたとしても、受けいれてもらえるだろうか？　わたしは異人を知らない。中には、ブラウドのような悪いやつもいるだろう。あのオダの身に起きたことでそうとわかる。ブラウドがわたしにしたように、オダに乱暴したのは異人の男たちということだった。その男たちはわたしに似ているらしい。異人がみんな、そんなふうに悪かったらどうしよう？　エイラはまた洞穴を見て、谷間を見た。岩棚の縁を歩きまわり、端から石を蹴落とした。そして、馬の群れを眺めた末に、ようやく心を決めた。

「ねえ、おまえたち」エイラは馬たちに語りかけた。「わたし、しばらく、おまえたちの谷にいることにするわ。次の春、また異人を探しに出発すればいいんだから。でも、今、冬を越す準備をしておかないと、春まで生きていられないわね」語りかけるといっても、ほんのいくつかの音を伴うだけで、それも早口の喉音《こうおん》だった。音を用いるのは名前をいうとき、あるいは、優雅で流麗な手ぶりで語る豊かで複雑でわかりやすい言語をさらに強調するときだけだった。それがエイラの知っている唯一の言語だった。

いったん心を決めると、ほっとした。この心地よい谷間を去って、風が吹きすさぶ乾ききったステップを旅する辛苦の日々に向かうというのは、考えただけでもぞっとした。もう旅すること自体に嫌気がさしていた。エイラは川原に駆け下り、外衣とお守りを拾い上げようとして屈みこんだ。小さな革の袋に手を伸ばしたとき、氷のかけらが輝いているのに気づいた。

真夏だというのに、どうして氷が？　エイラは不思議に思って、それを手に取った。だが、冷たくはなかった。縁はくっきり立ち、面は滑らかで平らだった。エイラはそれを何度も引っくり返し、切り子面が日光を浴びてきらめくのを見まもった。そのうち、たまたまかざした角度で、それがプリズムとなって日光が七色のスペクトルに分かれた。エイラは自分が地面に投げかけた虹に、思わず息をのんだ。透明な水晶を見るのは、それがはじめてだった。

川原のフリントやほかの石の多くと同じく、その水晶も迷子石だった——もともとその場にあったものではなかった。氷の途方もない力で、生まれた地から引き剝がされ、その氷が解けた水に押し流されて、漂礫《ひょうれき》土の中に入り交じったのだ。

エイラは突然、氷よりも冷たい寒気が背筋を這うのを感じて、地べたに座りこんだ。その石の意味を考えようにも、体が震えて立っていられなかったのだ。昔、まだ小さな女の子だったころに、クレブが話してくれたことが思いだされた。

冬だった。年老いたドルーグが物語をして聞かせたことがあった。エイラはドルーグが語り終えたばかりの話を不思議に思い、クレブにあれこれ聞いてみた。それはいつしかトーテムの説明になっていた。

「トーテムは自分のすみかを求める。だから、長い間、家もなくさまよう人々は見捨てられることになるだろう。おまえもトーテムに見捨てられたくはないだろう?」

エイラはお守りに手を伸ばした。「でも、わたしのトーテムはわたしを見捨てはしなかったわ。わたしは独りぼっちで、住む家もなかったのに」

「それはトーテムがおまえを試していたからだろう。その後、トーテムはおまえに家を見つけてくれなかったか? ケーブ・ライオンは強いトーテムだ、エイラ。そのトーテムがおまえを選んだ。選んだからには、ずっとおまえを守ってやろうと思っているはずだ。だが、トーテムはすべて、すみかがあるのを喜ぶ。おまえがトーテムの思いに注意を払えば、トーテムはおまえを助けてくれるだろう。何がいちばんいいかを教えてくれるだろう」

「でも、どうしたらわかるの、クレブ?」エイラは尋ねた。「わたし、ケーブ・ライオンの霊なんて見たことないもの。トーテムが何か教えてくれるっていっても、どうしたらそれがわかるの?」

「トーテムの霊が見えないというのは、それがおまえの一部になっているからだ。おまえの中にいるからだ。それでも、霊はおまえに教えてくれるだろう。おまえはそれを理解することを学ばないとならん。おまえが何か決断しなければならんというときには、霊がきっと助けてくれる。おまえが正しい選択をしたときには、きっとしるしを示してくれる」

「どんなしるし?」

「口でいうのはむずかしいな。ふつうは、何か特別なもの、まれなものだろう。それまで見たこともない石かもしれんし、おまえには何か意味がある変わった形の根かもしれん。おまえは目と耳でなく、心と頭で理解することを学ばないと。そうすれば、わかってくるはずだ。そのときがきて、トーテムがおまえに残したしるしが見つかったなら、それを守り袋に入れておきなさい。きっと幸運をもたらしてくれるだろう」


ケーブ・ライオンよ、あなたは今もわたしを守ってくれているのですか? これがそのしるしなのですか? わたしは正しい決定をしたのでしょうか? あなたはこの谷にとどまるようにといっているのですか?

エイラはきらめく水晶を両手で捧げ持ち、目を閉じて、クレブがいつもしていたように瞑想に入ろうとした。心と頭で聞こうとした。偉大なトーテムが自分を見捨ててはいなかったと信じられる道を見出そうとした。エイラは思いを馳せた。自分が出発を余儀なくされたいきさつに、それからの長くてつらい旅の日々のことに。仲間の人々を探し求めての旅、イーザにいわれたとおり北を目指しての旅。北へ、北へ、そして今……。

あのケーブ・ライオンの群れ！　わたしのトーテムがあの群れを送って、西に向かうよう、この谷にたどり着くよう導いてくれたのだ。わたしがここを見つけるよう計らってくれたのだ。トーテムも旅に飽きて、ここをすみかにしたかったのだ。そして、昔、ケーブ・ライオンのすみかだったこの洞穴。トーテムも心安らぐ場所なのだ。トーテムは今もわたしとともにいる！　わたしを見捨てはしなかったのだ！

そう悟ったときに、知らず知らずのうちの緊張が緩んで、安堵の思いが満ちてきた。エイラは目を瞬《しばた》いて涙をこらえながら微笑み、小さな袋を締めている紐の結び目をほどきにかかった。そして、中身をいったんぶちまけてから、一つ一つ拾っていった。

最初につまみあげたのは、赤みを帯びた黄土色の塊だった。一族の人々は誰もが神聖な赤い石を持っていた。それはモグールによってトーテムが明らかにされた日に与えられ、めいめいがはじめて持つお守りになった。ふつう、トーテムは本人がまだ赤ん坊のうちに知らされるが、エイラは五歳のときに教えられた。クレブがそれを告げたのは、イーザがエイラを見つけてから程なく、エイラが一族に受けいれられたときのことだった。エイラは脚に残った四本の傷痕を撫でながら、次のお守り、腹足類の化石に見入った。

それは貝殻のように見える石だった。トーテムが与えてくれた最初のしるし、投石器で狩りをするという決心を認めてくれたしるしだった。エイラがはじめに殺したのは食用になる動物ではなく、食用にならない捕食動物ばかりだった。なぜなら、女が狩りをするのは禁じられていたので、食用になるものを洞穴に持ち帰っても意味がなかったからだ。しかし、より狡猾で危険な捕食動物を相手にすることで、名手の域に達するまでに腕を磨くことができた。次に手にしたのは、狩りのお守り、黄土色に汚れたマンモスの牙の楕円形の一片だった。エイラを〝狩りをする女〟として認めるあの恐ろしくも心奪われる儀式で、ブルンが手ずから授けてくれたものだった。あのとき、クレブは古《いにしえ》の霊たちへの捧げ物として、エイラに血を流させるべく喉に傷をつけた。エイラはその小さな傷痕に触れてみた。

次のお守りはエイラにとって特別の意味を持つもので、またしても涙を誘われそうになった。輝く黄鉄鉱の塊三つがくっついたその石を、思わず強く握りしめた。それは息子は無事に育てようという約束のしるしで、トーテムが与えてくれたものだった。最後は黒いマンガンの塊だった。エイラが薬師《くすし》になったとき、クレブが一族の一人一人の霊とともにそれを授けてくれたのだ。そのとき突然に浮かんできた思いに、エイラは当惑した。ブラウドがわたしを呪ったということは、みんなを呪ったということにならないだろうか？　イーザが死んだとき、クレブがみんなの霊を取り戻したので、イーザがみんなを霊界に連れ去ることはなかった。だが、わたしからみんなの霊を取り戻すことができる者はいない。

ある予感のようなものがみなぎってきた。エイラが人とは違うということをクレブが知った氏族会以来、エイラはその奇妙な感覚に襲われることがたびたびあった。まるで自分がクレブによって別人にされてしまったようだった。ひりひりする疼き、ちくちくする痛み、鳥肌が立つほどのむかつき、どうしようもない弱さ、そして、自分の死は一族全体の死を意味するのではないかという深い恐れに見舞われた。

エイラはそういう感覚を振りはらおうとした。革の袋を手に取り、中身をその中にしまってから、水晶も加えた。そして、袋の口を締め、紐に擦り切れそうな気配がないか確かめた。これをなくしたらおまえは死ぬだろう、とクレブにいわれていた。袋をかけなおしたとき、水晶の分だけわずかに重さが増しているのが感じられた。

エイラは川原に独り座って、一族に見つけられる前、自分の身には何があったのだろうと思いめぐらした。その前のことは何も思いだせないが、たしかに自分は一族の人とは違っていた。並外れて背が高く、色が白く、顔も一族の人々とは似ても似つかなかった。あるとき、静かな水面に映った自分の顔を見たことがあった。それはひどく醜かった。ブラウドにはさんざんいわれたが、みんなもそう思っていたに違いなかった。図体の大きな醜い女。男がつれあいに望むはずもなかった。

わたしもつれあいの男など望んだことはない、とエイラは思った。イーザはおまえにはつれあいが要るといった。でも、一族の男と違って、異人の男ならわたしを望むのだろうか？　いや、大きくて醜い女など、誰も望まない。それなら、ここにとどまったほうがいいかもしれない。たとえ、異人を見つけられたとしても、つれあいが持てるかどうかは疑わしいのだから。

4

ジョンダラーは低くうずくまっていた。輝く緑の丈の高い草は、実りかけた種の重みで傾いていたが、その帳《とばり》を通して、馬の群れを見まもっていた。馬のにおいは強烈だった。ただし、それは走りまわる馬の熱い体臭が、乾いた風にのって吹きつけてくるのではなかった。風向きが変わった場合に自分の体臭を紛らわそうと、ジョンダラーがぷんぷんにおう馬糞を体にこすりつけ、脇の下に挟んでいたからだった。

汗の噴きだす日焼けした背中が熱い日光を照り返し、頬を汗のしずくが伝い落ちていた。額にはりついた白っぽい髪は、汗に濡れてずっと濃い色に見えていた。長い髪は後ろでまとめて革紐で縛ってあったが、ほつれ毛が風に吹かれて、うるさく顔に当たっていた。まわりを飛びまわる小さな虫に、ときおりチクチクと刺された。長いこと緊張してうずくまっているために、左の腿がつりはじめていた。

そういうことでいらだってもおかしくはなかったが、ジョンダラーはほとんど意識していなかった。群れの中の雄馬に神経を集中していたからだ。雄馬は不安げにいななき、跳びはねていた。自分のハーレムに迫りつつある危険を直感で察知しているようだった。雌馬たちは草を食《は》みつづけていたが、勝手気まま に動いているように見えても、母馬は本能的に子馬と二人の男の間に自分の身を置くようにしていた。

ソノーランは数フィート先で、同じように緊張してうずくまっていた。右肩で槍を水平に担ぎ、左手でもう一本を握りしめていた。兄のほうをちらりと見やると、ジョンダラーは顔を上げ、焦げ茶色の雌馬のほうに目配せした。ソノーランはうなずいて、槍を具合よく持ちなおし、いつでも跳びだせるよう身がまえた。

そのあと、合図が交わされたかのように、二人は同時に跳び上がって、馬の群れ目指して駆けだした。雄馬は棹立ちになって、警告の声を発し、さらにもう一度立ち上がった。ソノーランが雌馬に槍を投げつける一方で、ジョンダラーは大声を上げながら雄馬のほうに駆け寄り、脅して追いはらおうとした。その手は効果があった。雄馬はそんな騒々しい敵には慣れていなかった。四つ足の狩人は音も立てずに忍び寄ってくるのがふつうだったからだ。雄馬はいななないて、迫ってくる男のほうを見つめた。だが、ひらりと身を翻すと、すでに逃げはじめた群れのあとを追った。

兄弟も群れを追って走った。雄馬は焦げ茶色の雌馬が遅れたのに気づくと、脇腹に噛みついてせきたてた。兄弟はわめきたて、腕を振りまわしたが、今度は雄馬もその場にとどまり、男たちと雌馬の間に割って入って、男たちを阻止する一方、雌馬を促すように押した。雌馬はよろよろと何歩か進んだが、すぐに立ち止まり、頭を垂れた。ソノーランの槍が脇腹に突き刺さり、鮮紅色の流れが毛並みを染め、もつれあった毛の先からしたたり落ちていた。

ジョンダラーはさらに近寄ると、狙い定めて槍を放った。雌馬は大きく体をひきつらせたかと思うと、何歩かよろめいて、どうと倒れた。二本目の槍が、こわいたてがみの下の太い首に刺さってブルブルと震えていた。雄馬が駆け寄ってきて、そっと鼻面でつついた。そのあと、棹立ちになって、挑むように一声いなないたが、残された群れの暮らしを守るべく、あとを追って走り去った。

「おれは荷物を取ってこよう」倒れた馬のほうに駆け寄りながら、ソノーランがいった。「馬を川っぷちまで引きずっていくよりは、水を運んでくるほうが楽だからな」

「何から何まで干さなきゃならないということもないぞ。必要なところだけ川まで持っていけばいい。そうすりゃ、水をここまで運んでくる必要はないだろう」

ソノーランは肩をすくめた。「いいだろう。とにかく、骨を叩き切る斧を取ってくるよ」そういって、川のほうへ歩きだした。

ジョンダラーは骨の柄のついたナイフを鞘から抜きだし、馬の喉を深々と切り裂いた。次に、刺さっていた二本の槍を引き抜いて、馬の頭のまわりに血溜まりができるのを見まもった。

「母なる大地の女神のもとに戻ったら、感謝の気持ちを伝えてくれ」ジョンダラーは死んだ馬に向かってそういうと、袋の中に手を入れ、女神の小像を撫でるともなく撫でた。ゼランドニのいうとおりだ、と思った。もし、大地の子が誰のおかげで食べているのかを忘れたら、ある朝起きてみると、家がなくなっているということにもなりかねない。ジョンダラーはナイフを握りなおし、ドニからの授かりものの分け前を切り取りにかかった。

「途中でハイエナを見かけたよ」戻ってきたソノーランがいった。「おれたち、気前よく大盤振る舞いすることになりそうだな」

「母なる女神は無駄を好まないからな」ジョンダラーはすでに肘までを血に染めていた。「いずれにしろ、すべてが女神のもとに戻っていくんだ。さあ、手を貸してくれ」

「たしかに賭けではあるな」ジョンダラーがそういいながら、小さな焚き火に木の枝をもう一本投じた。煙とともに火花が舞い上がったが、まもなく夜気の中に消えた。「冬がきたら、どうすればいい？」

「冬まではまだ間があるじゃないか。それまでに絶対誰かと行きあうさ」

「今、引き返せば、誰かと行きあうだろうけどな。冬の真っ盛りになる前に、少なくともロサドゥナイのところまでは戻れるだろうし」ジョンダラーは弟のほうに顔を向けた。「だいたい、山のこっち側じゃ、冬がどんなふうなのかもわかっていないんだ。こっちは土地が開けてて身を隠すところもないし、薪《たきぎ》にする木も少ない。もっと真剣にサルムナイ族を探すべきだったのかもしれないな。何が待ちかまえているのか、ここらにはどういう連中が住んでいるのか、教えてくれたかもしれないし」

「戻りたいなら戻ってもいいんだぜ、兄貴。おれはもともと独りで旅をするつもりだったんだから……といって、兄貴がきてくれたのがうれしくないわけはないけどな」

「うーん……おれは戻ったほうがいいのかな」ジョンダラーは向きなおって、じっと火を見つめた。「この川がこんなに長いとは知らなかった。見てみろ」月光を反射してちらちら光っている水面のほうへ手を振りながら、そういった。「これこそ母なる大河だ。この先どうなるのか見当もつかない。おれたちが出発したときは東へ流れていたのに、今は南に向かってて、しかも、いくつもの水路に分かれてる。今、正しい川筋をたどっているのかどうかも、ときどき疑わしくなるくらいだ。おれは本気で信じてはいなかったのかもしれないな、ソノーラン。おまえがどんなに遠かろうと大河の果てをきわめるつもりでいるとは。それに、たとえ、これから誰かに行きあうとしても、相手が友好的とはかぎらないんじゃないか？」

「それが旅ってもんじゃないか。新しい土地を見つけ、新しい人間に出会うのが。危険を冒してやってみなくちゃ。でも、兄貴、戻りたいなら戻ればいい。おれは本気でいってるんだぜ」

ジョンダラーは木の枝をリズミカルにてのひらに叩きつけながら、じっと火に見入っていた。と思うと、突然、跳び上がって、枝を火の中に投げこみ、新たな火花を掻き立てた。そして、低い杭の間に張り渡した紐に歩み寄り、そこに吊るして干してある肉の薄切りを見やった。「いや、今さら戻る気にはなれない。かといって、何を楽しみに旅を続ければいいんだ？」

「川の次の曲がり角、次の夜明け、次に寝る女かな」ソノーランがいった。

「それだけか？　おまえは人生からそれ以上の何かを望まないのか？」

「ほかに何がある？　生まれてきて、この世にいる間、精一杯生きて、いつか母なる女神のもとに帰る。そのあとのことなんか、誰にわかる？」

「それ以上のものがあるはずだ、生きていく理由が」

「そんなものが見つかったら、おれにも教えてほしいね」ソノーランはあくびをした。「おれは今のところ、あしたの日の出を楽しみにしてるだけだ。それはそうと、おれたちのどっちかが起きてないとならないぞ。でなけりゃ、もっと火を焚いて、ハイエナどもを寄せつけないようにしないと。朝まで肉がなくならないでほしいと思うならな」

「先に寝ろよ、ソノーラン。おれが起きていよう。どうせ、眠れやしないだろうから」

「兄貴、兄貴はあんまり考えすぎだって。まあ、とにかく、疲れたら代わるから起こしてくれよ」

ソノーランがテントから這いだして、目をこすり、伸びをしたときには、日はすでに上がっていた。

「一晩中、眠らなかったのかい？　起こしてくれっていっておいたのに」

「ずっと考えごとをしてて、寝る気にならなかったんだ。よかったら、熱いセージの茶があるぞ」

「ありがとう」ソノーランは礼をいうと、湯気を立てている液体を木の椀に注《つ》いだ。それから、焚き火の前に座って、両手で椀を覆うようにして持った。早朝の空気はまだ冷ややかで、草は露に濡れていたが、ソノーランは腰布一枚だった。川縁のまばらな薮や木立を飛びまわりながら、けたたましくさえずっている小鳥を、ソノーランはそのままの姿で見やっていた。流れの中ほどのヤナギの島に巣をつくっているツルの群れが、朝食の魚をついばんでいた。「それで、どうだった？」ソノーランはようやく口を開いた。

「何が？」

「人生の意味を見つけるってことさ。おれが寝たとき、兄貴はそれを考えてたんじゃなかったのか？　だけど、どうしてそんなことで夜明かしするのか、おれにはわからないな。まあ、女でもいるっていうなら……兄貴、まさか、あのヤナギの中にドニの賜物を隠したりしてるんじゃ……？」

「もし、見つけたにしても、おまえに話すと思うか？」ジョンダラーはにやにやしながらいった。その笑みがさらに和んだ。「おれの機嫌をとろうとして下手な冗談をいうことはないぞ、ソノーラン。それはともかく、おれはおまえと一緒にいくことにした。おまえが望むなら、川の果てまではるばるとだ。ただ、果てまでたどり着いたら、どうするつもりだ？」

「そこで何を見つけるかによるな。ところで、ゆうべのことだが、おれはもう寝てしまうのがいちばんいいと思ったんだ。兄貴がああいうふうにむっつりすると、もう誰もつきあいきれないからな。でも、兄貴が一緒にくると決めてくれてうれしいよ。不機嫌も何も含めて、兄貴と一緒にいるのに慣れちまったみたいだからな」

「前にもいっただろう。おまえが厄介に巻きこまれないように見張る人間が要るって」

「おれがか？　今だったら、ちょっとした厄介ごとがあったほうがありがたいね。肉が干しあがるのをぼんやり待ってるより、そのほうがましだ」

「二、三日もあれば干しあがるだろうさ。天気がもてばな。それより、おれがここで何を見つけたか、おまえに話したものかな」ジョンダラーは目を輝かせた。

「おいおい、兄貴。どうせ喋るってわかってるなら……」

「ソノーラン、この川にはでっかいチョウザメがいるんだ……だが、それをとったって意味がない。おまえは魚が干しあがるのを待つのも嫌だろうからな」

「でっかいってどのくらいだ？」ソノーランは立ち上がって、川のほうをしきりにうかがった。

「何しろでっかい。おれたち二人がかりでも引き上げられるかどうか」

「そんなにでっかいチョウザメ、いるわけないだろう」

「それを見たんだ」

「じゃ、おれにも見せてくれよ」

「おまえ、おれを何だと思ってるんだ？　母なる女神じゃないんだぞ。魚を浮かび上がらせて、おまえに見せるなんてことができると思ってるのか？」ソノーランは憮然とした。「だが、そいつを見かけた場所なら教えてやろう」ジョンダラーがいった。

　二人は川岸まで歩いていって、半分ほどが水中に突っ伏している倒木のそばに立った。すると、二人を誘おうとするかのように、大きな影が音もなく上《かみ》に向かって動き、倒木の下の川底で止まると、流れに逆らいながら軽く体を揺らした。

「あれは魚というばあさんに違いないな！」ソノーランがささやいた。

「あれをつかまえて引き上げられるかな？」

「やってみようぜ！」

「あれだったら、洞窟一つ、いや、それ以上で食ってもありあまるぞ。おれたち二人でどう処理する？」

「母なる女神は何一つ無駄にしないっていったのは兄貴じゃなかったか？　ハイエナやクズリがおこぼれにあずかるさ。よし、槍を取ってこよう」ソノーランがいった。挑戦に逸《はや》りたっていた。

「槍じゃ役に立たないだろう。魚鉤《かぎ》が要るな」

「こっちが鉤をつくってる間に、むこうは逃げちまうぞ」

「だが、鉤なしじゃ、引き上げるのは無理だ。槍だったら、ずり落ちてしまうから――どうしても逆刺《かえし》がついたものが要る。いや、そんなに時間をかけずにつくれるさ。ほら、あそこの木を見てみろ。枝分かれしたところのすぐ下の大枝を切ればいい――補強までは考えなくてもいいだろう。どうせ一回限りの使い捨てだから」ジョンダラーは手ぶりで説明を補足した。「それから、その枝を短く切ってとがらせる。それで逆刺が……」

「だが、つくってる間にあれが逃げちまったら、どうする？」ソノーランがさえぎった。

「おれはここで二度見てるんだ――ここが気に入りの休息所じゃないのか。逃げたって、また帰ってくるさ」

「だが、それがいつになるかはわからないだろう」

「じゃ、今、ほかにいい手があるのか？」

ソノーランは苦笑した。「わかった。兄貴の勝ちだ。魚鉤をつくるとしよう」

二人は戻ろうと振り向いたが、ぎくりとして棒立ちになった。数人の男に取り囲まれていたのだ。しかも、相手がたは敵意がありありだった。

「どこからきたんだろう?」ソノーランがかすれた声でささやいた。

「おれたちの焚き火を見たに違いない。だが、いつからいたのかはわからない。おれは一晩中起きてて、ハイエナが寄りつかないよう見張ってたんだが。やつら、おれたちが何か不注意な真似をするのを待っていたのかもしれない。槍を置いてくるみたいな真似を」

「とてもつきあいがよさそうには見えないな。歓迎の挨拶をする様子もないぜ。どうしたものかな?」

「できるだけにこにこするんだ、ソノーラン。身ぶりも交えてな」

ソノーランは心配ないと考えようとつとめ、何とか笑みを浮かべた。それが自信ありげに見えることを願った。そして、両手を差しだしながら、相手がたに向かって進み出た。「おれはゼランドニーのソノーラン……」

そこで足が止まった。出し抜けに飛んできた槍が足もとの地面に突き刺さってブルブル震えていた。

「もっといい考えはないのか、兄貴?」

「いや、あとはむこうしだいじゃないか」

男たちの一人が聞き慣れない言葉で何かいうと、ほかの二人が跳びだしてきた。二人は兄弟を槍の先でつついて、前に進むよう促した。

「そんなえげつない真似しなくてもいいのに」ソノーランがチクリとする痛みを感じて、そういった。

「もともとそっちのほうにいこうとしてたんだから」

兄弟は自分たちの焚き火に連れていかれ、その前に無理やり座らされた。さっき何かいった男が、また何か命じると、数人がテントの中にもぐりこんで、中のものを片っ端から放りだしはじめた。背負子《しょいこ》から槍が抜きだされ、ほかの中身はすべて地面にぶちまけられた。

「何をしようっていうんだ?」ソノーランが叫んで、立ち上がろうとした。だが、座っていなくてはならないと否応なく思い知らされた。血のしずくが腕をしたたり落ちていた。

「落ちつけ、ソノーラン」ジョンダラーがたしなめた。「やつらは怒ってるみたいだ。何をいっても聞く耳持たない雰囲気だな」

「これが客をもてなすやりかたなのか? 旅人には通行権があるってことがわからないのか?」

「それをいったのはおまえじゃないか、ソノーラン」

「いったって何を?」

「危険を冒してやってみる。それが旅ってもんだ、といったじゃないか」

「なるほどな」ソノーランはずきずきする腕の傷に触り、血のついた指を見やった。「いいことを聞かせてもらった」

頭《かしら》のように見える男が、また二言三言怒鳴りつけると、男たちは兄弟を引き起こした。腰布だけのソノーランはじろりと見られただけだったが、ジョンダラーは厳しく調べあげられ、骨の柄のついたフリントのナイフはたちまち取り上げられた。だが、帯に縛りつけていた袋に、一人の男が手を伸ばしてきたときには、ジョンダラーも奪われまいとして、それをしっかり押さえた。次の瞬間、後頭部に鋭い痛みが走り、思わず地面に倒れこんだ。

わずかな間だったが、失神していたようだった。気がついてみると、地べたに伸びていて、ソノーランの灰色の目が心配そうにのぞきこんでいるのが見えた。両手は後ろで縛られていた。

「そういったのは兄貴だったのに」

「いったって何を?」

「やつらは何をいっても聞く耳持たない雰囲気だって」

「なるほどな」ジョンダラーは顔をしかめていった。突然、ひどい頭痛がしているのに気がついたのだ。

「いいことを聞かせてもらった」

「おれたちをどうするつもりなのかな?」

「おれたち、まだ生きてるからな。もし、殺すつもりだったら、とっくに殺してるんじゃないか?」

「何か特別な思惑があって生かしてるんじゃないか」


二人は地面に横たわり、自分たちの野営地を歩きまわる見知らぬ男たちを見まもり、その声に耳を澄ましていた。何かを料理するにおいが漂ってきて、腹がぐうぐう鳴った。だが、日が高く昇ると、燃えるような熱気で、渇きのほうがよりつらくなってきた。午後の時間が刻々と過ぎていった。前夜眠れなかったジョンダラーは、うとうとまどろんでいた。はっとして目覚めたのは、叫び声がして、あたりが騒々しくなったからだった。誰かが到着したようだった。

二人は引き起こされた。ぽかんとして見つめるうちに、白髪のしなびた老女を背負ったたくましい男が大股で近づいてきた。男が四つん這いになると、老女は恭《うやうや》しい介添えを得て、その人間の馬から降りた。

「何者か知らないが、かなりの重要人物に違いないな」ジョンダラーがいったが、脇腹をひどく小突かれて口をつぐんだ。

老女は彫刻を施した握りのついた節だらけの杖にすがって、二人のほうに歩み寄った。ジョンダラーは老女をまじまじと見た。これまでこんな年寄りは見たことがないと思った。すっかりしなびて、背丈は子どもほどしかなく、まばらな白髪を透かしてピンク色の頭頂が見えていた。顔も人間とは思えないほど皺くちゃだったが、不思議なことに、目だけはその顔にそぐわなかった。それくらいの年寄りであれば、どんより、しょぼしょぼした目があたりまえなのだが、老女の目は知性で輝き、権威に満ちていた。ジョンダラーはその小柄な老女の威厳に打たれ、ソノーランと自分の運命を思って少々恐ろしくなった。よほどの重大事でないかぎり、この老女が登場することはないはずだ。

老女は年のせいでひび割れた、それでも驚くほどしっかりした声で話した。頭《かしら》がジョンダラーを指さすと、老女はジョンダラーに直接問いかけた。

「すみません、言葉がわからないんですが」ジョンダラーはいった。

老女はふたたび何か喋り、杖と同じように節くれだった手で自分の胸をトントン叩いた。それから、また一言いったが、それは「ハドゥマ」と聞こえた。老女は次にジョンダラーを指さした。

「わたしはゼランドニー族のジョンダラーです」ジョンダラーは相手の質問を理解できたのであればいいが、と思いながらいった。

老女はその音をどこかで聞いたとでもいうように首をかしげた。「ゼーラン―ド―ニー?」老女はゆっくり繰り返した。

ジョンダラーはうなずくと、からからに乾いた唇をなめた。

老女は好奇の目でジョンダラーを見つめた。それから、頭に何か話しかけた。頭がぶっきらぼうに答えると、老女は語気鋭く一言命じて、くるりと背を向け、火のそばに歩み寄った。すると、兄弟を見張っていた男たちの一人がナイフを引き抜いた。ジョンダラーは弟の顔を見やった。ソノーランも自分と同じ思いを浮かべているようだった。ジョンダラーは覚悟を決め、母なる大地の女神に無言の祈りを捧げて目を閉じた。

しかし、その直後、手首を縛っていた革紐が切られるのを感じて、安堵のうねりとともに目を開けた。そこへ水の袋を持った男が近づいてきた。ジョンダラーはごくごくとあおってから、袋をソノーランにまわした。ソノーランの手もいましめを解かれていた。ジョンダラーは礼をいおうとして口を開けたが、脇腹の傷を思いだしてやめた。

見張りの男たちに威嚇するように槍を突きつけられ、二人は火のそばに連れていかれた。老女を運んできたたくましい男が丸太を持ってきて、その上に毛皮の外衣を敷くと、ナイフの柄に手をかけて、傍らに仁王立ちになった。老女は丸太の上に腰を据えた。ジョンダラーとソノーランもその前に座らされた。老女を危険にさらすと誤解されかねないので、二人ともへたに動かないよう気をつけた。危害を加えようとしていると思われたが最後、運が尽きるのは疑いなかった。

老女は一言も発しないまま、ふたたびジョンダラーを見つめた。ジョンダラーはその視線を受けとめたが、沈黙が続くにつれ、とまどいと気詰まりを感じはじめた。出し抜けに老女が外衣の中に手を突っこんだ。その目は怒りに燃え、口からはとげとげしい言葉がほとばしっていた。正確な意味はわからなくても、趣旨は明らかだった。老女は取りだしたものをジョンダラーに突きつけた。ジョンダラーは驚いて目を見張った。それは自分が持っていた母なる女神の小像、ドニーで、老女はそれを手にしていたのだった。

傍らの見張りの男がびくっとするのを、ジョンダラーは目の隅でとらえた。男はドニーの何かが気に入らないようだった。

老女はお喋りを打ち切ると、大げさなしぐさで腕を振り上げ、小像を地面に投げつけた。ジョンダラーは思わず跳びだして、像に手を伸ばした。神聖なものを冒瀆《ぼうとく》された怒りで、顔がゆがんでいた。槍で小突かれるのもかまわず、像を拾い上げると、両手で大事そうに押しいただいた。

老女の鋭い一言で、槍は引っこめられた。老女が顔に笑みを浮かべ、目に愉快そうな輝きをたたえているのを見て、ジョンダラーは驚いた。だが、その笑みが上機嫌からなのか、悪意からなのかは見当もつかなかった。

老女は丸太から立ち上がると、ジョンダラーのそばに歩み寄った。立ち上がっても、座っているジョンダラーとあまり背が変わらなかった。目の高さが合うと、老女は呆気にとられているジョンダラーの青い目を奥の奥までのぞきこんだ。それから、少し後ずさりして、ジョンダラーの頭を左、さらに右へ向け、腕の筋肉に触れ、幅広い肩をしげしげと見た。そのあと、老女は手真似で立つように命じた。ジョンダラーがのみこめずにいると、見張りが槍でつついて立ち上がらせた。老女は頭をのけぞらせ、六フィート六インチの体軀《たいく》を見上げた。それから、そのまわりをまわって、引き締まった脚の筋肉をつついた。ジョンダラーは自分が取引にかけられる商品のように値踏みされていると感じた。果たしてどれほどの値がつくのか、と思っている自分に気づいて、思わず赤面した。

老女は次にソノーランをじろじろ眺め、手を振って立たせたが、すぐにジョンダラーに注意を戻した。老女の次のしぐさの意味がわかったとき、ジョンダラーは真っ赤になった。老女は男根を見たいといっているのだった。

ジョンダラーは首を振って、にやにやしているソノーランをにらみつけた。老女の次の一言で、男の一人がジョンダラーを後ろから抱きとめた。明らかに困惑した様子のもう一人が、不器用な手つきでジョンダラーのズボンの前あきを開けようとした。

「このばあさんも、何をいっても聞く耳持たない雰囲気だな」ソノーランがまたにやにやしながらいった。

ジョンダラーは抱きとめていた男を腹立たしげに振りはらうと、老女に向かって自分自身をさらけだした。傍らで、弟が噴きだすまいとしてこらえきれず、しきりに鼻を鳴らしているのを、苦い顔でにらみつけた。老女は頭を一方にかしげ、じっと見入っていたが、そのうち、節くれだった指でそれに触った。

ジョンダラーはどういうわけか、それが勃起《ぼっき》するのを感じて、赤い顔をますます赤くした。老女は怪鳥のような声で笑いだし、近くに立っていた男たちも忍び笑いを漏らした。しかし、その笑いは、畏怖のせいで妙に控えめだった。ソノーランはもうはばかることなく大笑いし、足を踏み鳴らし、体をくの字に折り、目には涙を浮かべていた。ジョンダラーはばかばかしさと憤りを感じながら、何とも腹立たしい男根をあわてて隠した。

「兄貴、そのばあさんでおっ立つっていうのは、ほんとに女がほしいっていうことだな」ソノーランが一息ついて涙を拭うと、いやみをいった。と思うと、またげらげら笑いはじめた。

「次はおまえの番だといいんだが」ジョンダラーは弟をやりこめる気のきいた台詞はないかと思いながら、そういった。

老女は男たちの頭《かしら》に合図して、何やら話しかけた。そのあと、二人の間で激したやりとりがあった。ジョンダラーは老女が「ゼランドニー」というのを聞き、頭が紐に吊るして干してある肉を指さすのを見た。やりとりは老女の有無をいわせぬ一言で唐突に終わった。頭は不機嫌そうにジョンダラーをじろりと見ると、縮れ毛の若者を招き寄せた。頭が二言三言いうと、若者は全速力で駆けだした。

兄弟は自分たちのテントのほうに連れ戻され、背負子《しょいこ》を返されたが、槍とナイフは取り上げられたままだった。男たちの一人が常に兄弟に寄り添うようにして、露骨に監視の目を向けていた。兄弟には食べ物も与えられた。夜になると、兄弟はテントにもぐりこんだ。ソノーランは上機嫌だったが、ジョンダラーは人の顔を見るたびに笑う弟と話をする気分にはなれなかった。

翌朝、目覚めてみると、野営地には何かを期待するような空気がみなぎっていた。午前の半ばごろ、歓呼の中、大人数の一団が到着した。テントがいくつも張られ、男、女、子どもがそこに落ちついた。兄弟二人だけの殺風景な野営地は、ゼランドニーの夏の集会のような様相を示しはじめた。ジョンダラーとソノーランは、大きなテントが組み立てられるのを興味津々で見まもった。全体は円形で、皮で覆われた壁に、草葺きの丸屋根がのっていた。各部分があらかじめつくられていたので、テントは驚くほどの速度で立ち上がっていった。そのあと、包みや籠が中に運びこまれた。

食事の用意がされる間、活動は小休止という状態だった。だが、午後になると、大きな円形のテントのまわりに人々が集まりはじめた。老女が座る丸太が持ちだされ、入り口のすぐ外に置かれて、その上に毛皮の衣が敷かれた。老女があらわれたとたん、人々は静まりかえり、まわりに輪をつくった。真ん中は空けたままだった。ジョンダラーとソノーランが見まもっていると、老女が一人の男に話しかけ、兄弟を指さした。

「ばあさん、兄貴の立派なものをもう一度拝ませろっていうんじゃないか」男が手招きするのを見て、ソノーランがからかった。

「だったら、まず、おれを殺さなきゃならんぞ！」

「へえ、兄貴、あのべっぴんと寝たくてたまらないってわけでもないのか？」ソノーランは無邪気そうに目を見張ってみせた。「きのうはたしかにそんなふうに見えたけどな」そういって、またくっくと笑いだした。ジョンダラーは弟に背を向け、一座のほうに向かって大股に歩きだした。

兄弟が中央に案内されると、老女は手を振って、また自分の前に座らせた。

「ゼーランードーニー?」老女はジョンダラーに向かっていった。

「そうです」ジョンダラーはうなずいた。「わたしはゼランドニー族のジョンダラー」

老女は傍らにいた年老いた男の腕を叩いた。

「わたし……タメン」男はそういったあと、ジョンダラーにはわからない言葉をいくつか連ねた。「……ハドゥマイ。昔……タメン……」また、わからない言葉が続いた。「西……ゼランドニー」

ジョンダラーは神経を集中した。すると、突然、男の言葉の中にわかるものがいくつかあると気がついた。「あなたの名前はタメン。ハドゥマイのことを何かいったんですね。昔……ずっと昔、あなたは……西へ……旅をした? ゼランドニーのところへ? ゼランドニーの言葉が話せるんですか?」ジョンダラーは興奮して尋ねた。

「旅、そう」タメンは答えた。「話できない……昔」

老女がタメンの腕をつかんで何かいった。タメンは兄弟のほうに向きなおった。

「ハドゥマ」タメンは老女を指さしていった。「……母……」タメンはややためらったあと、腕を大きく振って、一座の全員を示した。

「それはわれわれのゼランドニのように、母なる女神に仕える者をいっているのですか?」

タメンは首を振った。「ハドゥマ……母……」しばらく考えていたが、一座の何人かを手招きすると、傍らに一列に並ばせた。「ハドゥマ……母……母……母……母」そういいながら、最初に老女を、次に自分を、それから並んでいる者を順に指さしていった。

ジョンダラーはその実演の意味を理解しようと、一人一人を見比べていった。タメンは年をとっていたが、ハドゥマほどではなかった。タメンの隣の男は中年から初老という年格好だった。その隣の若い女は子どもの手を引いていた。ジョンダラーは突然、関係に気づいた。「つまり、ハドゥマは五代前の母ということですか?」片手を上げ、五本の指をひろげてみせた。「五代前の母?」ジョンダラーは畏敬の念を込めて聞いた。

タメンは勢いこんでうなずいた。「そう、母の母……五代」そういって、もう一度、一人一人を指さした。

「大いなる母だな! いったいいくつになるのか見当がつくか?」ジョンダラーは弟に尋ねた。

「大いなる母、そう」タメンがいった。「ハドゥマ……母」今度は自分の腹を叩いた。

「それは子どものこと?」

「子ども」タメンはうなずいた。「ハドゥマ、母、子ども……」そういって、地面に何本か線を引きはじめた。

「一人、二人、三人……」ジョンダラーはその線を数えあげていった。「……十六人! ハドゥマは十六人も子どもを産んだんですか?」

タメンはまた地面のしるしを指さしてうなずいた。「……たくさん、息子……たくさん……女?」そういって、自信なさそうに首を振った。

「娘?」ジョンダラーが助け舟を出した。

タメンはぱっと顔を輝かせた。「たくさん、娘……」それから少し考えた。「元気……みんな、元気。みんな……たくさん、子ども」タメンは片手と指一本を上げた。「洞窟六つ……ハドゥマイ」

「それじゃ不思議はないな。おれたちがばあさんをちらっと見ただけで殺されそうになったのも」ソノーランがいった。「ばあさんはこの連中みんなの母親なんだ。生きている原初の母なんだ！」

ジョンダラーは感銘を受けたが、それよりも当惑が先に立った。「ハドゥマと知りあえたのは光栄だが、やっぱりわからないな。なぜ、おれたちをこうやって留め置いてるんだ？　それに、なぜ、ハドゥマがわざわざここまで出向いてきたんだ？」

タメンが紐に吊るして干している肉を指さし、それから、最初に二人を捕らえた若い頭《かしら》らしい男をさした。「ジェレン……狩り。ジェレンする……」タメンは地面に円を描いた。そして、その円の小さな切れ目から大きくV字形にひろがる二本の線を描き添えた。「ゼランドニーの男する……走らせる……」それからしばらく考えこんだ末に、にっこりしてこういった。「馬、走らせる」

「そうか！」ソノーランがいった。「連中は包囲網をつくって、馬の群れがもっと近づいてくるのを待ってたんだ。それをおれたちが追っぱらっちまったんだ」

「なるほど、それで彼が怒ったわけがわかりましたよ」ジョンダラーがタメンにいった。「でも、わたしたちはあなたがたの猟場にいるとは知らなかったんです。こうなったら、当然、ここにとどまって狩りをして、償いはさせてもらいますから。それにしても、あなたがたの客の迎えかたはなってないな。彼は旅人の通行に関する習わしを知らないんですか？」ジョンダラーは怒りをぶちまけた。

タメンは一語一語を理解したわけではなかったが、およその意味合いはとったようだった。「客、たくさんいない。西いった……ずっと昔。習わし……忘れる」

「だったら、あなたが彼におぼえさせないと。あなたは旅に出たことがあるんだし、彼だって、いつか、旅に出ようと思うかもしれないんだから」ジョンダラーはまだ腹に据えかねていたが、それ以上、ことを荒だてるつもりもなかった。この先、何が起きるかは読めなかったし、彼らを本気で怒らせたくもなかったからだ。「それにしても、何だってハドゥマまで出てきたんです？　あの年なのに、どうして遠くまで出かけるのを許したんです？」

タメンは微笑んだ。「ハドゥマ、許す……ない。ハドゥマ、命令する。ジェレン……ドゥマイ見つける。悪い……たたり？」ジョンダラーはその問いかけにうなずいてはみせたが、タメンが何をいおうとしているのかはわからなかった。「ジェレン、出す……男……使い。ハドゥマにいう。たたり追いはらう。ハドゥマ、くる」

「ドゥマイ？　ドゥマイ？　わたしのドニーのことですか？」ジョンダラーは袋から小さな石の像を取りだした。ジョンダラーが手にしたものが見えたとき、まわりの人々ははっと息をのんでたじろいだ。そして、口々に怒ったような声を上げたが、ハドゥマに説教されて静まった。

「でも、このドニーは幸運をもたらすんですよ！」ジョンダラーは抗議した。

「幸運……女、そう。男……」タメンは記憶の中から適当な言葉を探った。「……けがれ」タメンはそういった。

ジョンダラーは驚いてのけぞった。「でも、女にとって幸運なら、どうしてハドゥマは投げ捨てたんです？」そういって、荒々しくドニーを投げ捨てる真似をした。周囲から何ごとかと懸念するような声が上がった。ハドゥマがタメンに何かいった。

「ハドゥマ……長生き……たいへん幸運。たいへん……魔法。ハドゥマ、いう。ゼランドニー……習わし。ゼランドニーの男、ハドゥマイ、違う……ハドゥマ、いう。ゼランドニーの男、悪い？」

ジョンダラーは困惑して首を振った。

ソノーランが口をはさんだ。「彼がいってるのはだな、ハドゥマは兄貴を試したってことなんじゃないか。ハドゥマはそれぞれの習わしが違うことに気づいた。で、ドニーが辱められたとき、兄貴がどんな反応をするか見たかった……」

「そう、辱める」タメンがその言葉を聞きつけていった。「ハドゥマ……知る。男みんな、いい男、違う……ゼランドニーの男、女神、辱める、知りたい」

「いいですか、これは特別なドニーなんですよ」ジョンダラーは少々むっとした口調でいった。「とても古いもので、わたしの母親がくれたんです――何代も伝えられてきたものなんです」

「そう、そう」タメンは勢いこんでうなずいた。「ハドゥマ、知ってる。賢い……とても賢い。長生き。たいへんな魔法、たたり、追いはらう。ハドゥマ、知ってる。ゼランドニーの男、いい男。ゼランドニーの男、ほしい。ほしい……女神、たたえる」

ジョンダラーはソノーランがにやりとするのを見て、いらだった様子を見せた。

「ハドゥマ、ほしい」タメンはジョンダラーの目を指さした。「青い目。女神、たたえる。ゼランドニー……霊が子どもつくる、青い目」

「やれやれ、まただぜ、兄貴！」ソノーランがはやしたてた。意地悪な喜びでにやにやしていた。「兄貴のその青い目。ばあさんも恋に落ちたんだ！」噴きだしそうになるのを抑えようと体を震わせていた。噴きだせばまわりを刺激しそうだったが、どうにも我慢できなかった。「いや、まったく！　早く故郷《くに》へ帰って、みんなに教えてやりたいぜ、兄貴。女たちの憧れの的！　そうだ、まだ帰る気はあるかい？　それだったら、おれも大河の果てはあきらめて、一緒に帰ってもいいぞ」それ以上は喋れなかった。体をくの字に折り、地面をドンドン叩き、脇腹を押さえて、大声を上げるのを免れようとした。

ジョンダラーは何度か唾をのみこんだ。「いや……おれは……ええと……ハドゥマは母なる女神が……ええと……まだ……自分に子どもを授けられると思ってるのかな?」

タメンは当惑顔でジョンダラーを見つめ、体をひきつらせているソノーランを見つめた。と思うと、一転して顔をほころばせた。そして、ハドゥマに何か語りかけたが、それを聞いた野営地全体が爆笑に包まれた。中でも、ハドゥマの怪鳥のような声がひときわ高く響いた。ソノーランもそれですっかり安心して、遠慮なく笑いを弾けさせた。目からは涙があふれだした。

ジョンダラーだけが何がおかしいという表情だった。

タメンはしきりに首を振りながら、何かいおうとした。「違う、違う、ゼランドニーの男」そして、誰かを手招きした。「ノリア、ノリア……」

若い女が進み出て、恥ずかしそうにジョンダラーに微笑みかけた。まだ少女の面影を宿してはいるが、その一方で女らしさが華々しく開花しつつあるという風情だった。周囲の笑いもようやくおさまった。

「ハドゥマ、たいへんな魔法」タメンがいった。「ハドゥマ、祝福する。ノリア、五代目」タメンは五本の指をひろげて立てた。「ノリア、子ども産む。産む……六代目」そういって、もう一本、指を立てた。

「ハドゥマ、ゼランドニーの男、望む……女神、たたえる……」タメンは探していた言葉を思いだして、にっこりした。「初夜の儀式」

ジョンダラーの眉間の皺が消え、口角に笑みのようなものが浮かんだ。

「ハドゥマ、祝福する。ノリアに霊、込める。ノリア、産む……赤ん坊、ゼランドニーの目」

ジョンダラーはほっとすると同時に、すっかり愉快になって、大口開けて笑いだした。そして、弟のほうを見やった。ソノーランはもう笑ってはいなかった。「おまえ、まだ故郷《くに》に帰って、おれがばあさんと床入りしたなんて話を披露しようと思ってるのか?」ジョンダラーはそういうと、今度はタメンのほうを向いた。「ハドゥマにいってくれませんか。わたしは喜んで女神をたたえ、ノリアの初夜の儀式に加わります、と」

ジョンダラーは娘に優しい笑顔を向けた。娘も微笑み返した。はじめはおずおずと、しかし、相手の生き生きした青い目の何ともいえないカリスマ性に触れるうちに、いかにもにこやかに。

タメンがハドゥマに語りかけた。ハドゥマはうなずくと、手ぶりで促してジョンダラーとソノーランを立たせ、長身、金髪の兄のほうをふたたびまじまじと見た。ジョンダラーはまだ優しい笑みを漂わせていた。ハドゥマはジョンダラーの目をのぞきこむと、くっくと低く笑って、大きな円形のテントの中へ入っていった。人々はまだジョンダラーの誤解を笑いあっていたが、徐々に四方へ散らばっていった。

兄弟はもう少しタメンと話そうと居残った。タメンの通訳の能力は限られていたが、ないよりはましだった。

「あなたがゼランドニーを訪ねたっていうのはいつなんです?」ソノーランが聞いた。「どんな洞窟だったかおぼえてますか?」

「ずっと昔」タメンはいった。「タメン、若者。ゼランドニーの男のような」

「タメン、こちらはわたしの弟のソノーランです。わたしの名前はジョンダラー、ゼランドニーのジョンダラーです」

「あなたたち……よくきた。ソノーラン、ジョンダラー」タメンはにっこりした。「わたし、タメン。ハドゥマイの三代目。ゼランドニーの言葉、ずっと話さない。忘れる。よく話さない。あなたたち、話す。

タメン……?」

「思いだす?」ジョンダラーが助け舟を出した。タメンはうなずいた。「ところで、三代目ですって?　あなたはハドゥマの息子さんだと思ってたんですが」ジョンダラーがつけたした。

「違う」タメンは首を振った。「ゼランドニーの男に教えたい。ハドゥマ、母」

「わたしの名前はジョンダラーです、タメン」

「ジョンダラー」タメンはいいなおした。「タメン、ハドゥマの息子、違う。ハドゥマ、娘産む」タメンは指を一本立てて、問いかけるような顔をした。

「一人娘?」ジョンダラーがいった。タメンは首を振った。

「最初の娘?」

「そう、ハドゥマ、最初の娘、産む。娘、最初の息子、産む」タメンは自分を指さした。「タメン。タメン……連れ添う?」ジョンダラーはうなずいた。「タメン、ノリアの母の母と連れ添う」

「わかったような気がする。あなたはハドゥマの長女の長男で、あなたのつれあいはノリアの祖母なんですね」

「祖母、そう。ノリア、産む……タメン、大きな誉れ……六代目」

「わたしも誉れですよ。ノリアの初夜の儀式の相手に選ばれて」

「ノリア、産む……赤ん坊。ゼランドニーの目。ハドゥマ……幸せ」タメンは幸せという言葉を思いだして、にっこりした。「ハドゥマ、いう。大きなゼランドニーの男、つくる……大きな……強い霊、強いハドゥマイ、つくる」

「タメン」ジョンダラーが額に皺を寄せていった。「ノリアがわたしの霊の子を産むとはかぎらないんじゃないですか？」

タメンは微笑した。「ハドゥマ、たいへんな魔法。ハドゥマ、祝福する。ノリア、産む。たいへんな魔法。子どもない女。ハドゥマ……」タメンはジョンダラーの股間を指さした。

「ハドゥマが触ると？」ジョンダラーは言葉を補ったが、耳が赤くなっているのを感じた。

「ハドゥマ、触る。女、赤ん坊産む。女……乳ない。ハドゥマ、触る。女、乳出る。ハドゥマ、ジョンダラーに……大きな誉れ。たくさんの男、ハドゥマが触る、望む。ずっと、ずっと男。男の……喜び？」三人がそろってにやりとした。「女、喜ぶ、ずっと。たくさんの女、たくさんのとき。ハドゥマ、たいへんな魔法」タメンはそこで間をおいた。その顔からは笑みが消えていた。「ハドゥマ……怒らす、よくない。ハドゥマ、怒る、悪い魔法」

「それなのに、おれは笑っちまった」ソノーランがいった。「おれもハドゥマに触ってもらうわけにはいかないかな？　兄貴は青い目があるからいいけどな」

「ソノーラン、おまえに必要な魔法っていうのは、それよりも美人の流し目なんじゃないか」

「そうか。兄貴には魔法の助けなんて要らないもんな。初夜の儀式の相手をつとめるのは誰だった？　くすんだ灰色の目の弟ではなかったよな」

「まあ、そういうな。女がこんなに大勢いる野営地で、独り夜を過ごす。そんなことがおまえの人生であるわけないだろう」兄弟がからからと笑うと、その冗談の意味を察したタメンも笑いだした。

「タメン、できるなら、あなたがたの初夜の儀式の習わしについて、教えてもらっておいたほうがいいと思うんですが」ジョンダラーが真顔になっていった。

「その前に」ソノーランがいった。「おれたちの槍とナイフを返してもらえませんかね？　一つ考えがあるんだ。兄貴が青い目で美人をたぶらかしてる間に、おれはむかっ腹を立ててる狩人をなだめてやろうと思うんだが」
「どうやって?」ジョンダラーが尋ねた。
「もちろん、ばあさんでだよ」
タメンはまごついた様子だったが、自分が意味をとりそこねたと思ったらしく、そのまま聞き流した。

その夜も翌日も、ジョンダラーはソノーランの姿をあまり見かけなかった。自分自身も清めの儀式で忙しかった。タメンの助けがあるとはいえ、言葉が理解の壁になって立ちはだかった。タメンがおらず、まわりがしかめっ面の年配の女たちばかりだといっそう具合が悪かった。いくぶんか気が楽になるのは、ハドゥマがいるときだけだった。許されないような失敗をしても、ハドゥマが周囲をなだめてくれるようだった。

ハドゥマが人々を統べているわけではなかったが、人々はハドゥマのいうことなら何でも聞いた。敬意と少々の畏怖をもって接していた。それほど長生きして、しかも、知力にいささかのかげりもないというのは、たしかに魔法に違いなかった。ハドゥマはジョンダラーが困惑していると、すぐにそうと気づいた。ジョンダラーが知らずに何かのタブーを破って騒ぎを起こしたときには、中に割って入り、怒りで目を燃えたたせて、立ち去ろうとする女たちの背中を杖で打ち据えた。ハドゥマはジョンダラーについて云々することを許さなかった。六代目がジョンダラーの青い目を持つことを、それほど切望していたのだ。

夜になって、ようやく大きな円形のテントへ案内されたときも、中に入ってみるまでは、そのときがきたとはわからなかった。ジョンダラーは中に足を踏み入れると、いったん止まって、屋内を見まわしてみた。二台の石のランプの鉢の形の穴は脂で満たされ、その中で乾燥させたコケの灯心が燃え、一方の隅を照らしていた。地面には毛皮が敷かれ、壁には複雑な模様に織った樹皮布がかけられていた。毛皮で覆った壇の背後には、白馬の分厚い毛皮が吊るされ、その毛皮は数羽のアカゲラの赤い頭で飾られていた。壇の端のほうにはノリアが座って、膝に置いた両手を不安げに見つめていた。

反対側には、秘密めいたシンボルが描かれた皮の垂れ幕と、縄のれんのようなもの――皮を何本もの細い紐に切り分けてあった――で仕切られた小区画があった。その幕の背後に誰かがいた。一本の手が紐の何本かを押し分けたかと思うと、一瞬、ハドゥマの皺だらけの顔がのぞいた。ジョンダラーは安堵の溜め息をついた。このような場合、娘が女へと完全に変身するか、男が不当に乱暴な真似をしないかを見届ける役目を帯びた後見人が、少なくとも一人はいるのがふつうだった。ジョンダラーは自分がよそ者なので、うるさ型の後見人の一団がつくのではないかと心配していたのだ。ハドゥマがついているなら、余計な気をつかわなくてもすむ。だが、ハドゥマに挨拶するべきか、無視するべきか、判断がつきかねた。ようやく無視しようと決めたとき、幕が閉ざされた。

ノリアはジョンダラーを見て立ち上がった。ジョンダラーは微笑んでそちらに歩み寄った。小柄なノリアの顔のまわりには、柔らかな薄茶色の髪が緩やかに落ちかかっていた。裸足で、何かの繊維を織ったスカートをはいていたが、それが腰のあたりから、膝の下まで色とりどりの帯となって垂れていた。染めた羽軸が縫いこまれた柔らかなシカ皮のシャツは、前に紐を通してしっかり結びあわされていた。それは体の線そのままの形で、満開になった女らしさをあらわにしていた。とはいえ、少女っぽい丸みも、完全に失われてはいなかった。

ジョンダラーが近づくと、ノリアは目に怯えた色を浮かべたが、それでも無理に微笑もうとした。ジョンダラーが急な動きを見せることなく、そっと壇の端に座って微笑むと、少しくつろいだ様子で、膝が触れあわない程度に離れてはいたが、隣に腰を下ろした。

ハドゥマイの言葉が喋れたらいいんだが、とジョンダラーは思った。ノリアは怯えている。無理もない。おれはまったく見ず知らずの男なんだから。あんなに怯えていると、かえっていじらしい。ジョンダラーは保護者意識のようなものを感じるとともに、かすかな興奮をおぼえた。そのとき、近くの台に彫刻を施した木の椀と杯があるのに気づいて手を伸ばすと、ノリアが逸早くその意を察して、跳び上がるように立ち、杯に飲み物を満たした。

琥珀《こはく》色の液体をたたえた杯を渡されたとき、ジョンダラーはノリアの手に触れた。ノリアははっとして、思わず手を引きかけたが、そのままそこでとどめた。ジョンダラーはその手を優しく握りしめ、それから、杯を受け取って、液体を口にした。それは何かを発酵させた甘く、強い味がした。いやな味ではなかったが、どれほど強いのかはわからなかったので、ほどほどにしておくことにした。

「ありがとう、ノリア」ジョンダラーはそういって、杯を置いた。

「ジョンダラー?」ノリアが見上げて問いかけた。石のランプの光で、ジョンダラーはその目が微妙な色合いを帯びているのを見てとったが、それが灰色なのか青なのかはわからなかった。

「そう、ジョンダラー。ゼランドニーの」

「ジョンダラー……ゼランドニーの男」

「ノリア、ハドゥマイの女」

「お—んな?」

「女」ジョンダラーはそういって、若く硬い乳房の一方に触れた。ノリアは跳びすさった。

ジョンダラーは自分の上着の首の紐をほどいて、それを引き下ろし、緩やかに縮れた毛の生えている胸をあらわにした。それから、顔をしかめてみせると、自分の胸に触れた。「女でない」ジョンダラーは首を振った。「男」

ノリアはくすりと笑った。

「ノリアは女」ジョンダラーはそういうと、ふたたびゆっくりと胸もとに手を伸ばした。ノリアも今度は身を引くことなく、触れられるままにしていた。笑みからも緊張が消えていた。

「ノリアは女」ノリアはそういうと、目をいたずらっぽくきらめかせ、ジョンダラーの股間を指さしたが、触りはしなかった。「ジョンダラー、男」というと、突然、また怯えた表情を浮かべた。図にのりすぎたとでもいうような様子だった。そして、杯を満たしに立ち上がったが、びくびくしながら酒をすくったので、いくらかこぼしてしまった。ノリアは明らかにとまどっていて、ジョンダラーに杯を差しだす手はひどく震えていた。

ジョンダラーはその手を落ちつかせると、杯を受け取って酒をすすった。それから、ノリアに杯を差しだした。ノリアがうなずくと、杯を口もとまで持っていってやった。ノリアはジョンダラーの手に自分の手を重ね、杯を囲うようにして、そのまま傾け、酒をすすった。ジョンダラーは杯を下ろすと、ふたたびノリアの手を求め、開いた左右のてのひらに軽くキスした。ノリアは驚いて目を見開いたが、キスされた手を引っこめはしなかった。ジョンダラーは自分の手をノリアの腕へと這わせ、身を乗りだして、首にキスした。ノリアは期待と恐れとで身を固くし、ジョンダラーが次に何をするのかを待った。

ジョンダラーはさらに密着して、ふたたび首にキスすると、手をさらに滑らせてノリアの乳房を覆った。ノリアはなお怯えてはいたが、知らず知らずのうちに愛撫に反応しはじめていた。ジョンダラーはノリアの頭をのけぞらせ、首にキスし、喉に舌を這わせた末に、手を伸ばしてシャツの首の紐をほどきにかかった。その一方で、ノリアの耳から顎へと唇を滑らせ、最後にノリアの唇を探り当てた。そこで、自分の舌をノリアの唇の間に押し当て、それが開きかけると、さらにひろげるべく、優しく圧力をかけた。

ジョンダラーはそのあと、体を引いて、ノリアの肩に手をかけ、にっこり微笑んだ。ノリアの目は閉じていたが、口はまだ開いたままで、荒い息づかいをしていた。ジョンダラーはもう一度キスし、乳房を手で包むと、シャツの紐を穴の一つから抜きだした。ノリアは少し身を固くした。ジョンダラーはいったん手を休め、にっこり笑いかけると、紐を次の穴からゆっくり抜きだした。ノリアはこわばったまま身じろぎもせず、ジョンダラーの顔を見上げていた。その間に、ジョンダラーは紐を次から次へと外していった。シカ皮のシャツは前がすっかりはだけて、ゆったり垂れるかたちになった。

ジョンダラーはノリアに覆いかぶさりながら、そのシャツを後ろへ押しやって、肩を、さらには乳輪の膨らんだ形のいい乳房をあらわにした。自分のものが脈動するのを感じながら、ノリアの肩にキスし、舌を動かすうちに、震えが伝わってきた。ジョンダラーはその腕を愛撫しながら、シャツをさらに押しやった。それから、両手を背筋に沿って上に這わせる一方、舌を首から胸、乳輪のまわりへと走らせ、乳首が収縮するのを感じると、それを優しく含んだ。ノリアはあえいだが、身を引くことはなかった。ジョンダラーはもう一方の乳房も含むと、また舌を口へと持っていって、ふたたびキスし、ノリアを徐々にのけぞらせていった。

毛皮に横たわったノリアは目を開け、ジョンダラーを見上げた。その目は大きく見開かれ、輝いていた。ジョンダラーの目の引きこまれるような青さに、視線を逸らすことができなくなっていた。「ジョンダラー、男。ノリア、女」ノリアはいった。
「ジョンダラーは男。ノリアは女」ジョンダラーもかすれた声で応じると、上体を起こし、上着を頭越しに脱いだ。興奮のうねりが起き、爆発しそうになっていた。ノリアの上に屈みこみ、またキスすると、ノリアが口を開け、舌で舌を探ってきた。ジョンダラーは乳房を愛撫し、舌を首から肩へと走らせた。ふたたび乳首を探り当てて、強く吸うと、ノリアがうめくのが聞こえた。ジョンダラー自身の呼吸も速くなっていた。

　この前、女と接してから、もうずいぶんになる、とジョンダラーは思った。同時に、ノリアをものにしたいと強く欲した。あわてるな、怖がらせてはいけない。ジョンダラーは自分にいいきかせた。彼女ははじめての体験だ。夜は長いんだぞ、ジョンダラー。ノリアに受けいれる用意ができるまで待つのだ。

　ジョンダラーはノリアのむきだしの肌を、乳房の下から腹へ向かって愛撫していった。そして、スカートを留めている紐を探り当てた。その結び目を引っ張り、手を差し入れて、下腹のあたりに置いた。ノリアは身を固くしたが、すぐに緊張を解いた。ジョンダラーは腿の内側へと手を伸ばし、柔らかな綿毛の生える恥丘に触れた。その手を内腿に沿って滑らせていくうちに、ノリアは両脚を開いた。

　ジョンダラーは手を引っこめ、上体を起こすと、スカートを尻の下まで引き下げ、さらに地面へ落とした。それから、立ち上がって、柔らかく丸みを帯びてはいるが、完全に熟してはいない体を見下ろした。ノリアは微笑みながら、信頼と思慕を込めた視線で見上げていた。ジョンダラーは紐をほどいてズボンを脱いだ。ノリアは勃起《ぼっき》した男根を見て、はっと息をのんだ。目には怯えの色が戻った。

　ノリアはほかの女たちが初夜の儀式について語るのをうっとりと聞いてきた。しかし、それがいわれるほどの喜びとは思えない、と説く者もいた。喜びの賜物は男に与えられているのであって、女は男に喜びを与える能力を授かっているだけ、というのだ。それで、男は女につなぎとめられ、女が身重になったり、乳児を抱えているときには、食べ物や衣服をつくる毛皮をもたらすのだ、と。ノリアはまた、初夜の儀式には痛みもあると聞かされていた。そういえば、ジョンダラーはあんなに膨らみ、大きくなっているのに、どうしてわたしの中におさまるのだろう?

そういう怯えた表情は、前にも経験があった。ここがむずかしいところだ。ノリアをもう一度自分に慣れさせなければならない。女を母なる女神の賜物である喜びにはじめて目覚めさせるのを、ジョンダラーは自らの喜びとしてきたが、それには繊細さと技巧が必要だった。いつか、苦痛を与えるのではという心配をするまでもなく、女にはじめての喜びを与えることができたら、と思っていた。だが、それはありえないということもわかっていた。女にとって、初夜の儀式には多少の痛みがつきものなのだ。

ジョンダラーはノリアの傍らに腰を下ろして待ち、しばらくの暇《いとま》を与えた。ノリアの目はジョンダラーの脈打つ男根に吸い寄せられていた。ジョンダラーはノリアの手をとって自分に触れさせた。同時に、興奮のうねりを感じた。このときを待って、ものそれ自体が生命を持ったかのようだった。ノリアはジョンダラーの皮膚の柔らかさ、温かさ、張り具合を感じた。その男根が自分の手の中でうごめくと、体の内奥に鋭く疼くような快楽の感覚がわいてきて、股間には潤いが生じた。ノリアは微笑もうとしたが、目からはまだ怯えの色が拭われていなかった。

ジョンダラーはノリアの傍らに身を横たえ、優しくキスした。ノリアは目を開け、ジョンダラーの目をのぞきこんだ。そして、そこに懸念、渇望、名状しがたい魅力を見た。ノリアは引きつけられ、圧倒され、その目の底知れない青い深みにのみこまれ、ふたたび深い快楽の感覚をおぼえた。ノリアはジョンダラーを欲した。痛みへの不安はあったが、それでもジョンダラーを欲した。ジョンダラーへ手を伸ばし、目を閉じ、口を開け、体を押しつけた。

　ジョンダラーはノリアにキスし、ノリアが自分の口を探るにまかせた。それから、ノリアの首から喉にゆっくりキスし、舌を這わせる一方で、下腹から腿を優しく愛撫した。少しじらしながら、敏感な乳首に迫ったところで、またあとずさったが、ノリアのほうが乳首をジョンダラーの口に含ませた。その瞬間をとらえて、ジョンダラーはノリアの腿の間の温かい割れ目に手を伸ばし、激しく脈打つ小さな核を探り当てた。ノリアの唇から叫びが漏れた。

　ジョンダラーは乳首を吸い、優しく噛みながら、指を動かしつづけた。ノリアはうめき、腰をくねらせた。ジョンダラーは下へ下へと移っていった。舌が臍に触れたとき、ノリアが息を吸いこむのを感じた。ノリアが筋肉をこわばらせるうち、ジョンダラーはさらに下がって、壇の外に出た膝が地面に着くのを感じた。それから、ノリアの両脚を押しひろげ、その強い味をはじめて味わった。震えるような叫びとともに、ノリアの呼吸が爆発した。ノリアは一息ごとにうめき、頭を前後に揺らし、ジョンダラーを迎えるべく腰を浮かせた。

　ジョンダラーは両手でノリアを押しひろげ、温かい襞をなめ、舌で核を探り当てた。ノリアが声を上げ、腰を揺らすと、ジョンダラー自身の興奮もさらにつのり、それを抑えるのに苦労した。ノリアが激しくあえぐのを聞いて、ジョンダラーは上体を起こしたが、膝をついたままだったので、挿入を制御することができた。ジョンダラーは自分の充血した器官の先端を、ノリアの未経験の開口部へと導いた。そして、歯を食いしばりながら、温かく、湿った、きつい穴の中に押し入った。

　ノリアが両脚を自分の腰に巻きつけてきたとき、ジョンダラーはノリアの内部に障壁があるのを感じた。指でふたたび核を探り当てて、自分のものをほんの少し前後させるうちに、ノリアのあえぎは叫びになり、腰が浮いてきた。ジョンダラーはそこで体を引き戻してから、また強く押した。自分のものが障壁を貫くのを感じると同時に、ノリアが苦痛と快楽の叫びを上げた。それと重なるように、自分自身の張り詰めた叫びが聞こえたかと思うと、ジョンダラーは痙攣《けいれん》とともに鬱積《うっせき》した欲求を放出していた。

ジョンダラーはさらに何度か体を前後に揺すって、思いのかぎりに貫いた。自分の精が一滴残らず尽きるのを感じると、ノリアの上に倒れこんだ。ことは終わった。ジョンダラーは頭をノリアの胸に預け、荒い息づかいのまま横たわっていた。しばらくしてから、体を起こしてみると、ノリアはまだぐったりした様子で、頭を横に向け、目を閉じていた。さらに身を引いてみると、ノリアの体の下の白い毛皮に血痕がついているのが見えた。ジョンダラーはノリアの脚を壇の上に引き戻してから、その傍らに這い上がり、毛皮の中に沈みこんだ。

呼吸がようやく落ちついてきたとき、ジョンダラーは誰かの手が頭に触れるのを感じた。目を開けてみると、ハドゥマの年老いた顔と輝く目が見えた。傍らでノリアが身動きした。ハドゥマは微笑み、よしよしというようにうなずいて、単調な歌ともつかない歌を口ずさみはじめた。ノリアが目を開けたが、老女に気づいて、うれしそうな表情を見せた。ハドゥマがジョンダラーの頭に置いた手を自分の腹に持ってくると、うれしさもひとしおという様子だった。ハドゥマは歌いながら、二人の上で何かの手ぶりをして、それから、血痕のついた毛皮を二人の体の下から引きだした。初夜の儀式の血は、女にとって特別の魔法だった。

そのあと、老女はふたたびジョンダラーを見つめ、にこりとすると、節くれだった指で萎えた男根に触れた。ジョンダラーは一瞬、興奮がよみがえるのを感じた。見ているうちに、それはふたたび跳ね起きようとしたが、やがて、またぐったりしたりした。ハドゥマは低い声でくっくと笑うと、二人を残して、足を引きずりながらテントから出ていった。

ジョンダラーはノリアの傍らでくつろいだ。やがて、ノリアは上体を起こし、けだるそうな、しかし輝く目でジョンダラーを見下ろした。

「ジョンダラー、男。ノリア、女」ノリアは女になったという実感を噛みしめるかのようにいうと、身を屈めてジョンダラーにキスした。ジョンダラーはあまりに早く興奮のうねりが戻ってきたことに驚いていた。ハドゥマに触れられたことが何か関係があるのだろうかと訝った。だが、熱心な娘に男を満足させる術《すべ》を教え、また、新たな喜びを与えているうちに、そういう思いも忘れてしまっていた。

ジョンダラーが起きたときには、巨大なチョウザメはすでに岸に引き上げられていた。少し前にソノーランがテントに頭を突っこんで、魚鉤《かぎ》を二本見せたが、ジョンダラーは手を振って追いはらい、ノリアの体に腕をまわして、また眠りに落ちていた。目を覚ましたときには、ノリアの姿はなかった。ジョンダラーはズボンをはくと、川のほうへ歩いていった。ソノーランがジェレンら数人の男と仲間同士のように笑いあっているのを見て、自分も一緒に漁をすればよかったと思った。

「おや、やっとお目覚めかい」ソノーランがジョンダラーを見ていった。「青い目のだんながでれでれしてる間に、みんな、この魚のハドゥマを水から引き上げるのに躍起になっていたんだぜ」

ジェレンがそれを聞きつけた。「ハドゥマ！　ハドゥマ！」ジェレンは大声を上げると、魚を指さしてゲラゲラ笑いながら、まわりを踊り歩いていたが、原始的な魚の頭の前までくると足を止めた。魚の下顎から生えているひげは、底を探って餌を求める習性とおとなしさを物語っていた。だが、魚は一筋縄ではいかない大きさで、体長は十五フィートを超えていた。

ジェレンはいたずらっぽいにやにや笑いを浮かべ、大魚の鼻先で、性的な行為を真似て腰を前後に振りながら叫んだ。「ハドゥマ！　ハドゥマ！」まるで触ってくれと懇願しているようだった。ほかの男たちはみだらな笑いの渦に巻きこまれ、ジョンダラーまでもが釣りこまれて思わずにやりとした。男たちは魚のまわりで踊りだし、腰を振りながらはやしたてた。「ハドゥマ！」そして、すっかり浮かれて、魚の頭の位置を占めようと押しあいへしあいしはじめた。そのうち、一人が川に突き落とされた。男は岸辺に戻ると、すぐそばにいた仲間をつかまえて引きずりこんだ。まもなく、誰彼かまわず水中に突き落とそうと、全員が揉みあいに加わった。ソノーランもその真っ只中にいた。

ソノーランはずぶ濡れになって岸に上がってくると、兄を見つけてつかまえた。「一人だけ濡れずにすむなんて思うなよ！」ジョンダラーが逆らうと、大声で呼んだ。「おーい、ジェレン、この青い目のだんなも水につけようぜ！」

ジェレンは自分の名前を耳にして、小競り合いに気づくと、すぐに駆けつけてきた。ほかの連中もあとを追ってきた。みんなで押したり引いたりしてジョンダラーを川っぷちまで連れていったが、結局、一人残らず水に落ちて大笑いになった。男たちは笑いのおさまらないまま、しずくを垂らしながら岸に上がったが、そのうち一人が魚のそばに立っている老女に気づいた。

「ハドゥマ、うん？」老女は険しい表情で男たちをにらみすえた。男たちはいかにもばつの悪そうな顔で、こそこそと視線を交わしあった。すると、ハドゥマはうれしそうにかっかと笑い、魚の頭の前に立って、老いた腰を前後に揺すってみせた。男たちは笑いだし、ハドゥマのほうに駆け寄ると、それぞれが四つん這いになって、自分の背中に乗ってくれと懇願した。

男たちと老女が前にもこうしたゲームを楽しんでいるのは明らかで、ジョンダラーは思わず微笑んだ。

ハドゥマの一族は老いた始祖を尊敬するだけでなく、愛していた。ハドゥマも男たちの戯れを見て楽しんでいるようだった。ハドゥマはまわりを見まわして、ジョンダラーの姿を認めると、そちらを指さした。男たちは手を振ってジョンダラーを呼んだ。と思うと、老女に手を貸して、屈んだジョンダラーの背中に乗せた。ジョンダラーはそろそろと立ち上がった。老女はほとんど重さを感じさせなかったが、握力の強さはジョンダラーを驚かせた。かよわい老女がいまだにある種の屈強さを持ちあわせているとは。

ジョンダラーは歩きはじめたが、ほかの男たちはいっせいに駆けだした。すると、ハドゥマはジョンダラーの肩を叩いて、もっと早くと催促した。そうして川岸をいったりきたりするうちに、誰もがぜいぜいと息を切らした。ジョンダラーは屈んでハドゥマを降ろした。ハドゥマはしゃんと背筋を伸ばし、杖を手にすると、威厳を振りまきながらテントのほうに向かって歩きだした。

「あのばあさん、信じられないな」ジョンダラーは感嘆してソノーランにいった。「子ども十六人、子孫五代。それで本人はまだぴんぴんしてるんだから。六代目を見るまで生きてるのは間違いないな」

「生きて六代目見て、そして死ぬ」

ジョンダラーは声のほうを振り向いた。タメンが近づいてきていたのには気づかなかった。「それはどういう意味ですか、死ぬというのは?」

「ハドゥマ、いう。ノリア、青い目の息子、産む。ゼランドニーの霊の子。そして、ハドゥマ、死ぬ。ハドゥマ、いう。ここで長いとき。去るとき、くる。赤ん坊、見る。そして、死ぬ。赤ん坊、名前、ジョンダル。ハドゥマイ、六代目。ハドゥマ、幸せ。ゼランドニーの男。ハドゥマ、いう、いい男。初夜の儀式、女、喜ばせる、むずかしい。ゼランドニーの男、いい男」

ジョンダラーは複雑な思いに満たされた。「去るというのがハドゥマの意志ならしかたない。でも、わたしは悲しいですね」

「そう、ハドゥマイみんな、とても悲しい」タメンがいった。

「初夜の儀式のすぐあとだけど、ノリアにもう一度会わせてもらえませんか？　ほんのちょっとでも？

あなたがたの習わしがどうかは知りませんが」

「習わし、駄目。ハドゥマ、いう、よろしい。あなたたち、すぐに発つか？」

「馬を追いはらってしまったのをチョウザメで帳消しにしてやる、とジェレンがいってくれれば、発とうかと思ってるんですが。どうでしょうね？」

「ハドゥマに聞く」


その晩、野営地ではチョウザメが振る舞われた。乾燥させるために小さく切り分ける作業は、午後のうちに大勢が寄ってたかって短時間で済ませていた。ノリアが数人の女に守られて上流のどこかに向かうのを、ジョンダラーは遠くからちらりと見かけていた。ノリアがジョンダラーのもとに連れてこられたのは、暗くなってからだった。二人は並んで川のほうへ向かった。二人の女が目立たないようにあとをついてきた。初夜の儀式の直後に、女が相手の男に会うというだけでも、甚だしく習わしに反していた。まして二人きりなどというのは論外だった。


二人は無言で木の下にたたずんだ。ノリアは頭を垂れていた。ジョンダラーはノリアの巻き毛を掻き分け、顎に手を添えて上を向かせた。ノリアの目からは涙があふれかけていた。ジョンダラーはその目の隅に輝くしずくを拳で拭い、それを自分の唇へ持っていった。

「ああ……ジョンダラー」ノリアは泣きながら、手を差し伸べた。

ジョンダラーはノリアを抱きとめた。そして、まず、そっと、次には情熱を込めてキスした。「ノリア」ジョンダラーはいった。「ノリアは女、美しい女」

「ジョンダラー、ノリア、女にする」ノリアはいった。「ノリアを……する……ノリアを……」ジョンダラーに向かっていうべき言葉を知っていれば、という思いに、あとは泣きじゃくるばかりだった。

「わかってる、ノリア、わかってる」ジョンダラーはそういって、ノリアを抱き締めた。それから、少し体を離してノリアの肩を押さえると、にっこり笑いかけ、腹に触れた。ノリアも涙ながらに微笑んだ。

「ノリア、産む、ゼランドニー……」ノリアはジョンダラーのまぶたに触れた。「ノリア、ジョンダル、産む……ハドゥマ……」

「うん」ジョンダラーはうなずいた。「タメンから聞いたよ。ジョンダル、ハドゥマイの六代目だって」ジョンダラーは袋に手を差し入れた。「きみにあげたいものがあるんだ、ノリア」そういって、石のドニーを取りだすと、ノリアの手に置いた。それが自分にとっていかに特別かを伝える方法があれば、と思わずにはいられなかった。それを母親からもらったこと、それがきわめて古く、何代にもわたって受け継がれてきたことを伝えられたら。ジョンダラーは微笑んだ。「このドニーはおれのハドゥマなんだ。ジョンダラーのハドゥマだ。でも、今はノリアのハドゥマだ」

「ジョンダラー、ハドゥマ?」ノリアはその女性の彫像をまじまじと見ながら、驚いたようにいった。「ジョンダラー、ハドゥマ、ノリア?」

ジョンダラーがうなずくと、ノリアはわっと泣きだし、像を両手で握りしめ、さらに唇に押し当てた。

「ジョンダラー、ハドゥマ」ノリアは肩を震わせた。と思うと、いきなり両腕をジョンダラーの首に巻きつけてキスした。それから、テントのほうへ駆け戻っていったが、自分の行く手も見えないほどに激しく泣きじゃくっていた。

野営地の一族が総出で兄弟を見送った。ハドゥマとノリアが並んで立っている前で、ジョンダラーが足を止めた。ハドゥマはにっこりして、よしよしというようにうなずいたが、ノリアの頬には涙が伝い落ちていた。ジョンダラーは手を伸ばしてその一滴をすくいとり、自分の口に持っていった。ノリアの涙は止まらなかったが、それでも口もとがほころんだ。ジョンダラーは去ろうとして背を向ける前に気がついた。ジェレンが伝令役にした縮れ毛の若者が、恋に悩む者の目でノリアを見つめているのに。

ノリアは今はもう一人前の女で、ハドゥマにも祝福されていた。いずれ、幸運を授かった子を男の炉辺にもたらすことも間違いなかった。初夜の儀式で喜びを知ったというのも、もっぱらの噂だった。そういう女が最高のつれあいになる、と誰もが知っていた。ノリアほどつれあいにふさわしい女は考えられなかった。

「ノリアは兄貴の霊の子をはらむと、兄貴はほんとに思ってるのかい?」野営地をあとにしてから、ソノーランが聞いた。

「さあな。だが、あのハドゥマは賢い女だ。誰にも想像できないようなことを知っている。〝たいへんな魔法〟を使ってもおかしくはない。もし、ほんとうに魔法を起こす人間がいるとしたら、それはハドゥマなんじゃないか」

二人はしばらくの間、無言のまま、川沿いに歩きつづけた。やがて、ソノーランが口を開いた。「兄貴、一つ聞きたいことがあるんだが」

「何だい？」

「兄貴にはどんな魔法があるんだ？　つまり、男なら誰もが初夜の儀式に選ばれたいっていうだろう。だけど、実際には腰が引けてしまうやつが多い。おれは選ばれたのに断ったやつを二人知ってる。それに、正直いって、おれ自身もまごついてしまうな。もちろん断ったりはしないけどね。だけど、兄貴はいつも決まって選ばれて、しかも、しくじったのを見たことがない。女たちはみんな、兄貴にぞっこんだ。いったい、どんなふうにしてるんだ？　おれは兄貴がお祭りでその気になってるところを見てきたが、特別変わった点は見当たらなかったけどな」

「おれにもわからないんだ、ソノーラン」ジョンダラーは当惑気味に答えた。「なるべく相手に気をつかうようにしているというだけなんだが」

「誰だってそれくらいはするんじゃないか？　何かそれ以上のものがあるんだろう。タメンは何といってたかな？　『初夜の儀式、女、喜ばせる、むずかしい』か。だったら、兄貴はどうやって女を喜ばせるんだ？　おれは相手をあまりひどく傷つけなければ、それでよかったと思うけどな。兄貴は並より小さいから楽にできるとか、そういうことでもなさそうだし。さあ、もったいぶってないで、弟に何か教えてやってくれよ。おれは若い美人の群れに追いかけまわされても苦にならないから」

ジョンダラーは歩調を緩めて、ソノーランを見やった。「いや、おまえだって苦になるさ。おれがマローナと約束したのも、一つにはそれがあったからかもしれない。それが口実にはなるだろう」ジョンダラーは眉間に皺を寄せた。「初夜の儀式は女にとっては特別なものだ。おれにとってもそうだが。しかし、若い女の多くは、ある意味では、まだ娘といってもいい。男の子のあとを追いかけることと、男を誘うこととの違いも学んでいない。だが、特別な夜を一緒に過ごしたばかりの若い女に詰め寄られた場合に、どうしたらうまく説明できる？　もっと経験のある女とのほうが楽しめるなんてことが。やれやれだ、ソノーラン！　おれは若い女を傷つけるつもりはないが、夜をともに過ごしたというだけで、そのたびに恋に落ちるということはないんだ」

「兄貴はそもそも、恋に落ちるなんていうことがないんだ」

ジョンダラーは足を速めた。「それはどういう意味だ？　おれは大勢の女を愛してきたぞ」

「愛したというのはそのとおりだ。だが、それは同じことじゃない」

「そんなことがどうしてわかる？　おまえは恋に落ちたということがあるのか？」

「二度か三度はね。あまり長くは続かなかったが、違いはわかるさ。なあ、兄貴、とやかくいうつもりはないが、おれは兄貴のことが心配なんだ。とくに、兄貴がむっつりしてるときにはな。おいおい、そんなに急がなくてもいいじゃないか。迷惑だったら、もう黙るからさ」

ジョンダラーはまた速度を落とした。「まあ、おまえのいうとおりかな。おれは恋に落ちたことは一度もないのかもしれない。恋に落ちるということは、おれにはないのかもしれない」

「何が欠けてるんだ？　兄貴が知ってる女たちには何がないんだ？」

「それがわかってたら……」ジョンダラーは腹立たしげにいったが、いったん言葉を切った。「やっぱりわからないな、ソノーラン。たぶん、おれはすべてを望んでしまうんだろうな。女が初夜の儀式のときのようであればと望んでるんだ――少なくとも、その当夜は、おれもすべての女と恋に落ちてるんだと思う。だが、おれが望むのは女であって、娘ではない。おれは心底から相手を欲するし、見せかけなんて何も要らない。だが、やたらと気をつかわなくてはならないというのはごめんだ。相手が自分の意志を持っていて、自分の心がよくわかっているというのが望ましい。相手は若くて、同時に老いている女、うぶで、同時に賢い女が望ましい」

「それは欲張りすぎだよ、兄貴」

「まあ、おまえが聞くからいったまでだ」二人はしばらく、無言で歩きつづけた。

「ところで、ゼランドニはいくつぐらいだと思う?」ソノーランが聞いた。「うちのおふくろよりは少し下かな?」

ジョンダラーはこわばった口調で問い返した。「なぜ、そんなことを聞く?」

「いや、ゼランドニも若いころはほんとにきれいだったたって話だろう。ほんの数年前までは。年配の男の中には、ゼランドニには並ぶどころか迫る女もいないっていう者がいる。おれにはよくわからないが、母なる女神に仕える者の長《おさ》としては若すぎるくらいだともいわれてる。それで、教えてほしいんだが、兄貴。兄貴とゼランドニの噂はほんとうなのか?」

ジョンダラーは足を止め、弟のほうをゆっくり振り向いた。「おれも教えてほしいんだが、おれとゼランドニの噂っていうのはどんな話なんだ?」食いしばった歯の間から絞りだすようないいかただった。

「すまん。いいすぎたみたいだ。今聞いたことは忘れてくれ」

5

　エイラは洞穴を出て、その前の岩棚に立ち、目をこすって伸びをした。太陽はまだ東の低い空にあった。エイラは小手をかざして朝日をさえぎりながら、馬の群れはどこにいるかと視線を走らせた。洞穴に居ついてまだ数日しかたっていなかったが、朝起きるとすぐに馬の群れを調べるのが習慣になっていた。この谷間にほかの生き物と共生していると考えることで、孤独な生活が幾分か耐えやすいものになったからだ。

　エイラは馬たちの行動を見ているうちに、午前中は水辺に出かけ、午後は木陰を求めるというパターンがあることに気づいた。群れの何頭かは見分けられるようにもなっていた。満一年ほどの子馬がいた。ほとんど白く見えるほど明るい灰色の毛に覆われていたが、背骨に沿って走る特徴的な縞はそれよりもやや濃く、脚の下部とこわいたてがみは暗灰色だった。そして、焦げ茶色の雌馬がいた。群れの頭《かしら》の雄馬にそっくりの干し草色の毛の子馬を連れていた。最後に、誇り高い当の雄馬。その地位は、今は取るに足りない一歳の子馬、あるいは来年、再来年に生まれてくる子馬に、いつか取って代わられることになるのだろう。しかし、全体は干し草色、縞、たてがみ、脚の下部は濃い茶色のその雄馬は、今、まさに盛りで、態度にもそれがあらわれていた。

「おはよう、馬のみんな」エイラは挨拶を送った。それは挨拶にひろく用いられているしぐさに、朝の挨拶のニュアンスを込めたものだった。「けさは寝坊してしまったわ。おまえたちはもう水を飲んだの――わたしも飲みにいくからね」

エイラは軽やかに流れへ駆け下りた。険しい小道にも慣れて、足もとは確かだった。水を一口飲むと、朝の一泳ぎをしようと外衣を脱ぎ捨てた。着古した外衣だったが、たびたび洗濯し、掻器《そうき》でこするうちに、革は柔らかさを取り戻していた。生まれついてのきれい好きの性向は、イーザによってさらに強められていた。薬草の広範な蓄えは、誤用を避けるために整理が欠かせなかったし、本人も不潔さや感染の危険を熟知していた。旅の間に埃や垢まみれになるのは避けられないし、しかたないことだが、すぐそこにきらめく流れがあれば、我慢する必要はなかった。

エイラは肩の下で波打っている豊かな金髪に指を走らせた。「けさは髪を洗おう」とくに誰にともなく手ぶりで伝えた。川の屈曲部のすぐ先でカスミソウを見つけていたので、その石鹸代わりになる根を抜きにいった。戻る途中、流れに目をやるうち、浅瀬に大きな岩が突きだし、その上部に受け皿のようなくぼみがあるのに気づいた。エイラは丸い石を一つ拾い上げ、その岩へ歩いて渡っていった。そこで草の根をすすぎ、水をすくってくぼみに満たし、根を石で叩くと、ふつふつと泡がわいてきた。泡が十分にあふれてきたところで、髪を濡らし、泡をすりこんだ。それから、体のほかの部分を洗うと、すすぐために水の中に飛びこんだ。

突きだした岩壁は、過去のある時点で、相当な部分が欠けて川の中に落ちていた。エイラはその岩の水中に隠れている部分に取りつくと、上に登り、日溜まりのほうへ歩いていった。岸との間の流れは腰のあたりまでの深さがあるので、岩は一見したところ小島のようだった。上に張りだして影を落としているヤナギは、露出した根が、流れにつかみかかる骨ばった指のように見えていた。エイラは岩の割れ目に根を張っている低木の小枝を折ると、歯で皮を剝いた。髪を日に当てて乾かす間、それでもつれを梳いた。

小声で鼻歌を歌いながら、ぼんやりと水中を見やっているうち、ちらちらする動きが目にとまった。はっとして目を凝らすと、ヤナギの根の下で銀色の大きなマスが揺らめいていた。そういえば、一族の洞穴を出てから魚など食べたことがない、と思った。それで、まだ朝食も済ませていないことに気がついた。

エイラは岩の端から音も立てずに水中に滑りこむと、しばらく下《しも》に向かって泳ぎ、それから浅瀬に向かって歩きだした。片手を水につけて指を垂らしたまま、ゆっくりと辛抱強く、上《かみ》へと戻っていった。ヤナギの木に近づくと、さっきのマスが頭を上に向け、根の下のその位置にとどまろうと緩やかに体をうねらせているのが見えた。

エイラは興奮で目をきらめかせながらも、さらに用心深く一歩一歩踏みしめるようにして、魚に近づいていった。そして、水につけた手を後方から伸ばし、真下に達したところでマスに軽く触れ、鰓蓋《えらぶた》を探り当てた。と思った瞬間、魚をむんずとつかみ、一動作で水から引き上げて岸辺へ放り投げた。マスはしばらくの間、ばたばたともがいていたが、やがて静かになった。

エイラは自分の早業に満足して顔をほころばせた。子どものころ、水中の魚を手づかみするこつをおぼえるのにはずいぶん苦労した。今もまた、はじめて成功したときと同じような誇らしさを感じていた。このあともここに居つく魚がいそうだから、たびたび見にくることにしよう。それにしても、これは朝食では食べきれないほど大きい。エイラは獲物を回収しながら、そう思った。熱い石で焼いた新鮮なマスの味は、今から楽しみだった。

エイラはマスが焼けるのを待つ間、前日摘んでおいたイトランで籠を編んだ。素朴で実用的なものではあったが、自分の気に入るように編みかたに変化をつけた結果、微妙な味わいのある意匠になった。その技には熟練していたので、手早く編んでも、水の漏れない籠ができた。熱い石を入れれば調理用にも使えたが、エイラにはそういうつもりはなかった。それはあくまで貯蔵用だった。この先の寒い季節を無事に乗りきるためにしなければならないことで頭の中がいっぱいだった。

きのう摘んだスグリは数日で乾くだろう。洞穴の前の草のむしろにひろげた赤い丸い実を見やって、エイラは思った。そのころには、また別の実が熟しているだろう。ブルーベリーもたくさん採れそうだが、あの貧弱なリンゴの木はあまり実がならないだろう。サクランボはよく実っているが、ほとんどが熟しすぎている。摘んでおくなら、きょうのうちだ。ヒマワリの種もありがたいが、鳥が先についばんでいなければの話だ。リンゴの木のそばの茂みはハシバミだと思うが、あの小さな洞穴の脇にあったものよりはずっと小さいから、違っているかもしれない。それと、あのマツの木は大きな実がなる種類ではないだろうか。あとで調べてみよう。それにしても、魚が焼けるのが待ち遠しい！

青物を干す作業も始めなければ。それにコケも、キノコも、根も。根は全部干す必要がないかもしれない。洞穴の奥に置いておくだけで長持ちするものもあるだろう。ヒユの種ももっと集めておこうか？　粒が小さいので、そうたくさんには見えないが。穀物は手間をかけて集める値打ちがあるし、草地ではもう実がなっているものもある。きょうはサクランボと穀物を集めることにしよう。それにしても、貯蔵用の入れ物がもっと要る。カバの樹皮でいくつかはつくれるだろう。生皮があれば、もっと大きな箱がつくれるのだが。
一族の人々と暮らしていたときには、生皮などいくらでもあったような気がした。でも、今は、もう一枚、冬用の暖かい毛皮があれば、ずいぶんありがたいのだが。ウサギやハムスターの毛皮は小さすぎて、満足な外衣はつくれない。それに、ウサギなどでは脂っ気もない。もし、マンモス狩りができたら、脂はランプ用に使ってもありあまるほどとれるのに。それに、マンモスの肉ほどおいしいものはない。ところで、マスはまだ焼けていないだろうか？　エイラは魚を包んだ葉を剝がして、身を棒でつついてみた。もう少しというところだ。

塩が少しばかりあればいいのだが、ここは海からは遠い。でも、フキタンポポは塩味がするし、ほかにも風味を添える香草がある。イーザは何をつくっても、いい味を引きだした。そのうち、ステップに出かけて、ライチョウを探してみよう。ライチョウが捕れたら、クレブの好みどおりに料理してみよう。

イーザやクレブのことを思うと、喉に塊のようなものがこみ上げてきて、エイラは思わず首を振った。その思いを食い止めようとするように、せめて、涙をこらえようとするように。

薬草や茶を干す棚が、ぜひほしい。いつ病気になるかはわかったものではない。木を切って柱をつくることはできるが、それを結びあわせる新しい革紐が要る。紐が乾いて縮まれば、棚もしっかり固定する。倒木や流木はふんだんにあるから、薪《たきぎ》にする木を切る必要はないだろう。それに、乾いたらよく燃える馬の糞もある。きょうから洞穴に薪を運びこもう。さっそく道具もいくつかつくらなくては。フリントが見つかったのは幸運だった。そろそろ魚も焼けるころだ。

エイラは熱くなった石の台から、マスをじかに食べた。そのうち、骨や流木の山の中から、皿として使えそうな平たいものが見つかるのではないかと思われた。骨盤や肩の骨なら具合がよさそうだ。エイラは小さな水袋の水を炊事用の鉢にあけた。洞穴に置いておく嵩《かさ》の大きな水袋をつくるのに、大型の動物の胃袋があれば、と思わずにはいられなかった。火の中から拾い上げた焼けた石を鉢に入れ、水を熱した。そして、薬袋《やくたい》から干したバラの実を取りだして、湯の中にまき散らした。エイラはバラの実を風邪薬として用いていたが、それで風味のよい茶もいれられた。

谷間の豊富な産物の採取、処理、貯蔵は骨の折れる仕事であるにしても、苦にはならなかった。エイラはむしろ楽しみにして立ち向かった。忙しく立ち働いていれば、孤独でいることを意識する間もなさそうだった。エイラの場合、自分一人分を保存すればよかったのだが、手を貸してくれる人間はいなかったし、十分な蓄えをする前に時間切れになってしまうのではないかと心配だった。心配の種はほかにもあった。

エイラは茶をすすりながら、籠を編みあげた。その間にも、長く寒い冬を生き延びるために必要なものを考えていた。この冬は寝床用にもう一枚、毛皮が要るだろう。もちろん、肉も。脂はどうだろう？　冬の間、脂を欠かすわけにはいかない。カバの樹皮の入れ物なら籠よりずっと早くつくれるのだが、それは煮つめて膠《にかわ》にする蹄や骨や皮があったらの話だ。大きな水袋はどこで手に入るだろう？　干し棚の柱を結びあわせる紐は？　ほかに腱《けん》があれば役に立つし、脂を蓄えるのに腸があれば……。

素早く動いていた指先が急に動きを止めた。何か天啓があらわれたとでもいうように、エイラは宙を見据えた。大型の動物が一頭いれば、すべて調達できる！　たった一頭殺せばすむ。でも、どうやって殺す？

エイラは仕上がった小さな籠を、採取用の籠の中に入れ、それを背中にくくりつけた。道具は外衣の襞にしまい、掘り棒と投石器を持って、草地へ向かって出発した。途中でサクラの木を見つけ、手の届くかぎりの実をもぎ、木に登ってさらに多くを摘み取った。さっそく、その一部を口にしてみた。熟しすぎていても、甘酸っぱい味がうまかった。

木から降りると、咳止め用にサクラの樹皮をとっていくことにした。強靱な外皮の一部を握斧《あくふ》で剝ぎ、内側の形成層をナイフで削ぎ取った。それで、少女のころ、イーザにいわれてサクラの樹皮をとりにいったのを思いだした。野原で男たちが武器を使う練習をしているのを盗み見したのは、そのときだった。悪いことだと知ってはいたが、逃げだせばかえって見つかる恐れがあると思って、息を詰めて見まもるうちに、ザウグが少年に投石器の使いかたを教えはじめたのだった。

女は武器に触れてはならないと知ってはいたが、男たちが投石器を置き忘れて去ったあと、誘惑に打ち負かされた。自分でもやってみたくてたまらなくなったのだ。でも、もし、あのとき、投石器を手にしていなかったら、きょうまで生きていられただろうか？　でも、もし、投石器の使いかたをおぼえていなかったら、ブラウドにあれほど憎まれはしなかったのではないか。もし、ブラウドにあれほど憎まれていなかったら、追放されることもなかったのではないか。でも、もし、ブラウドがわたしを憎んでいなかったら、無理に従わせて喜びを感じたりはしなかっただろうし、ダルクも生まれてはいなかったかもしれない。

もし！　もし！　もし！　エイラは腹立たしさをおぼえた。かもしれない、ということばかり考えて、何の意味がある？　わたしは今ここにいる。投石器は大きな動物を狩るのには役立たない。要るのは槍なのだ！

水を飲み、ついでにサクラの汁でべとついた手を洗おうと、エイラは若いポプラの木立を縫って流れへ向かった。だが、背の高いまっすぐな若木を見て、足を止めた。そのうちの一本の幹をつかんでみて、はっと思いついた。これは使える！　これで槍がつくれる。

だが、一瞬、心がひるんだ。これを知ったらブルンが怒るだろう。ブルンは狩りを許してはくれたが、投石器以外の武器は使わないと誓わせた。ブルンが……。

ブルンがどうするというのだ？　何ができるというのだ？　みんなが知ったからといって、これ以上、何ができるというのだ？　わたしは死んでいるのに。もう死んでいるのに。それに、ここにはわたしのほかには誰もいないのに。

そのとき、張りつめた糸がぷつんと切れるように、体の中で何かが弾け飛んだ。エイラはがっくり膝をついた。ああ、誰かがそばにいてくれたら。誰か。誰でもいい。ブラウドでもいてくれたらうれしい。ブラウドが一族に戻らせてくれ、ダルクにもう一度会わせてくれるなら、二度と投石器に触りはしないのに。ほっそりしたポプラの根もとにひざまずき、エイラは両手で顔を覆って、うめき、むせんだ。

その泣き声を聞いたのは、何の関係もないものたちばかりだった。草地や森の小動物は、自分たちの中に紛れこんだ未知の存在と、その聞き慣れない声を避けた。ほかには、声を聞くものもいなかったし、まして理解するものなどいなかった。エイラはこれまでの旅の間、人間に、それも自分とよく似た人間に会えるという希望を育んできた。ここにとどまると決めた以上、その希望はいったん忘れ、孤独を受けいれ、それとともに生きていく術《すべ》を学ばなければならなかった。未知の場所で、想像のつかない厳しさの冬を独りで生き延びることへの強い不安で、緊張がいやましていた。声を上げて泣くことはその捌《は》け口になった。

エイラは立ち上がっても、まだ身震いしていたが、握斧《あくふ》を取りだすと、若いポプラの根もとに激しく叩きつけた。それを切り倒すと、二本目にとりかかった。男たちが槍をつくるのは何度も見てきたけれど、そんなにむずかしいことではないわ。エイラは枝を払いながら、自分にいった。二本の棒を野原に引きずっていくと、そのまま放っておいて、午後は一粒小麦やライ麦の穂を集めるのに専念した。それから、棒を引きずって洞穴へ戻った。

夕暮れの時間は、槍の柄にするために、ポプラの樹皮を剝き、幹を磨くのに費やした。作業を中断したのは、穀物を少々炊いて、魚の残りとともに食べるのと、サクランボを干すためにひろげたときだけだった。暗くなるころには、次の段階に進む準備ができていた。槍の柄を洞穴に持ちこむと、男たちがどうやっていたかを思いだし、まず、自分の背丈を多少超える長さを測って、そこにしるしをつけた。それから、そのあたりを火に差し入れ、黒く焦げるまでくるくるまわした。次に、黒くなった部分を刻み目のついた搔器《そうき》で削った。そうして焦がして削るうちに、そこから先のほうが落ちた。その作業を繰り返すうちに、火で硬く鍛えられた鋭い先端ができあがった。そこで、次の一本にとりかかった。

仕事を終えたときには、もう夜も更けていた。疲れてはいたが、それがうれしかった。疲れていれば、それだけ早く寝つけるだろう。夜は最悪のときだった。エイラは火に灰をかぶせると、洞穴の入り口へ歩いていって、星をちりばめた夜空を見上げ、寝床へ入るのを遅らせる口実はないかと考えた。洞穴に浅い溝を掘り、干し草を敷きつめ、その上に毛皮をかぶせて寝床をしつらえていた。エイラはそちらへのろのろと歩いていった。毛皮の上に腰を下ろすと、かすかに光る残り火に見入りながら、夜のしじまに耳を澄ませた。

寝支度をする物音も、近くの炉辺でむつみあう物音も、うなり声もいびきも、何も聞こえなかった。人々の立てるかすかな物音の何一つ、生命の息吹の何一つ聞こえなかった——自分自身の息づかいを除いては。エイラは息子を腰にのせて運ぶのに用いていたおくるみに手を伸ばし、それを丸めて胸に押し当てると、低い声で歌いながら体を震わせた。涙が頬を伝い落ちていた。ようやく、身を横たえて丸くなり、おくるみを抱き締めてむせび泣くうちに、いつしか寝入った。

翌朝、用を足そうと外に出てみると、脚に血がついていた。エイラは持ち物の小さな山を掻きまわして、吸収性のある革帯と特別の腰紐を探しだした。それらは何度も洗って、ごわごわ、てかてかになっていた。前回使用したあと、もう地中に埋めてもよかった。ムフロンの毛があれば中に詰めるのだけれど。そのとき、ウサギの毛皮が目に入った。冬用にとっておきたかったのだけれど。エイラは小さな毛皮を細かく裂いてから、朝の水浴に向かった。月のものがくるのを予期しておくべきだった。そうすれば、それに応じた計画も立てられたのに。これで何もできなくなってしまうが、ただ……。

突然、エイラは笑いだした。ここでは女の呪いは問題にならない。一族とともにいたときは、男を直視することもできなければ、男の食べ物を集めたり料理したりすることもできなかった。でも、ここでは男がいないのだから。わたしが心配しなければならないのは、わたしのことだけだ。

それでも、予期しておくべきだったが、日がたつのがあまりに早くて、もうその時期になったとは思いもしなかった。だいたい、この谷にきてどれくらいになるのだろう？　思いだそうとしたが、日々は互いのうちに溶けあっているようだった。エイラは眉間に皺を寄せた。ここにきてどれくらいになるのか日数を知っておかなければ――思っていたよりも季節が深まっているかもしれない。一瞬、ぎくりとしたが、そんなことはあるまい、と思いなおした。果実が熟し、葉が落ちる前に、雪がくるということはないだろう。だが、知っておかなければ。時間を見失わないようにしなければ。

ずっと以前、時の経過を記すのに棒に刻みを入れていく方法をクレブから教わったときのことを思いだした。エイラののみこみが早いのにクレブは驚いた。クレブはエイラがあまりにうるさく質問するのに閉口して説明しただけだった。だが、聖者とその侍祭にのみ許された神聖な知識を、小娘に教えていいはずはなかった。だから、クレブは人にはいわないようにと厳しく注意した。エイラが満月と次の満月の間の日数を数えようと棒に刻みを入れているのを見つけたとき、クレブはひどく怒った。

「クレブ、もしも、今、霊の世界から見まもっているなら、怒らないで」エイラは身ぶりだけの無言の言葉でいった。「わたしがこうしなければならないわけはわかってくれるわね」

エイラは長く滑らかな棒を見つけると、フリントのナイフで刻みを入れた。それから、しばらく考えた末に、刻みをもう二つ加えた。その刻みに自分の三本の指を合わせ、その指をそのまま立てた。ここにきて、これ以上の日数がたっているかもしれないけど、これだけは間違いない。今夜、もう一つ刻みを入れ、今後は毎晩そうしよう。エイラはもう一度、棒を眺めた。この刻みの上に、小さな特別のしるしをつけておこう。出血が始まった日がわかるように。

槍をつくってから月の満ち欠けは半巡したが、大型の動物を狩る手立てはまだ思いついていなかった。エイラは洞穴の入り口に座って、向こう岸の岩壁と夜空を眺めていた。夏の暑さは今がたけなわで、涼しい夜風が心地よかった。先ほど、新しい夏の衣服を仕上げたばかりだった。体を覆う外衣は暑苦しくて着ていられないことがしばしばあった。ただ、洞穴の近辺は裸で行き来できても、遠出するときには、物を持ち運びするのに袋や外衣の襞が欠かせなかった。エイラは一人前の女になってから、狩りにいくときは、豊かな乳房を革の帯でしっかり押さえておくようにしていた。走ったり跳んだりするのに、そのほうが具合よかったからだ。以前は、そんなものを着けるのはおかしいと思う人間にちらちら見られるのを我慢しなければならなかったが、この谷ではそんな必要もなかった。

切り分けられるほどの大きな毛皮はなかったが、ウサギの皮を着られるようにする方法を考えついた。何匹かの毛皮の毛を取り除いて、腰から上はむきだしの夏用の外衣にして、別の毛皮で胸当てをつくるのだ。朝になったら、新しい槍を携えてステップに出かけ、獲物になる動物を見つけよう、と思った。

谷の北側の緩やかな斜面を伝えば、川の東のステップには容易に出られた。一方、切り立った岩壁で、西の平原への進路はさえぎられていた。エイラはシカやバイソン、馬の群れをいくつか、それに、サイガの小さな群れまで見かけたが、持ち帰ったのはライチョウ一つがいと大きなトビネズミ一匹にすぎなかった。相手が何にしろ、槍で刺すところまではなかなか近寄れなかった。

日がたつにつれ、大型の動物を狩ることがますます頭から離れなくなった。一族の男たちが狩りについて身ぶり手ぶりで話すのを——彼らが話すことといったら、ほとんどそればかりだった——エイラはしばしば目にしていた。しかし、男たちはいつも共同で狩りをしていた。彼らが好むやりかたは、オオカミたちのそれと同じく、獲物の群れから一頭を切り離し、交替で追いかけ、相手が力尽きたところで、詰め寄って決定的な一撃を加えるというものだった。だが、エイラは独りだった。

待ち伏せして急に跳びかかったり、猛然と突進して牙と爪で獲物を倒す猫科の獣の狩りも、男たちの話題にのぼることがあった。しかし、エイラには牙も爪もなかったし、猫科のように短距離を猛スピードで疾走することもできなかった。といって、槍を楽々と使いこなすところまでいってもいなかった。槍は握るには大きすぎたし長すぎた。それでも、何らかの方法を考えつかなければならなかった。

これならうまくいくかもしれないという方法に思い当たったのは、新月の晩のことだった。月が大地に背を向け、その反射光が空間の果てまで注ぐ晩になると、氏族会のことが思いだされた。ケーブ・ベアの祭りは、決まって新月の晩に催されたからだ。

エイラは各地の氏族が行った狩りの再演のことを思い返してみた。ブラウドは一族の先頭に立ってわくわくする狩りのダンスを演じてみせた。火をかざしてマンモスを袋小路の谷間に追いこむさまの真に迫った再現は、その日の白眉だった。しかし、主催の氏族の毛犀《さい》狩りの演技も、それに迫る出来だった。それは、毛犀がいつも水を飲みにいく通り道に落とし穴を掘っておいて、それから、犀を取り囲み、穴に追い落とすというものだった。毛犀は予測のつかない行動で知られる危険な獣だった。

翌朝、エイラは馬の群れがいるかどうかを確かめはしたが、挨拶を送ることはしなかった。今では、群れの一頭一頭を見分けられるようになっていた。その一頭一頭が仲間であり、ほとんど友だちでもあったが、自らが生き延びようとするなら、それを殺すよりほかに道はなかった。

続く数日の大半は、群れを観察し、その行動を研究するのに費やした。いつもどこで水を飲むのか、どこで草を食《は》むのか、どこで夜を過ごすのか。見まもっているうちに、脳裏で一つの計画が明確なかたちをとりはじめた。細部まで突きつめて考え、偶発的な事態も思いめぐらせたうえで、ようやく実行にとりかかった。

エイラは一日かけて、小さな雑木を切りだし、それを野原の中ほどに引きずっていって、流れに沿った木立の切れ目の近くに積み上げた。それから、モミやマツのやにの多い樹皮や枝を集め、腐った切り株をえぐって、燃えやすい瘤を取りだした。さらに、枯れ草を何束分も引き抜いた。夜になってから、切り株の瘤や、やにの多い樹皮を、紐代わりの草で枝に縛りつけた。それで、すぐに火がつき、煙を上げて燃える松明ができた。

計画初日の朝、エイラは皮のテントとオーロックスの角を取りだした。それから、岩壁の裾の漂着物の山をあさって、平たく頑丈そうな骨を探しだし、片側を鋭い刃になるまで削った。次に、実際に使う場面があればと願いながら、紐や革紐をありったけ集め、木々にからまる蔓を引きちぎり、それを川原に積んだ。流木や倒木も川原へ引きずっていった。燃料はそれで十分すぎるくらいだった。

夕暮れまでには、準備万端整った。エイラは突き出ている岩壁まで川原をいったりきたりしながら、馬の群れの動きを観察した。東の空に雲が二つ三つ積み上がっているのが気になった。その雲がひろがって、あてにしている月の光をさえぎらないように祈った。夕食には穀物を少し炊いて、小さな果実を二つ三つ摘んだが、あまり食べる気がしなかった。落ちつかないままに、槍を手に取って、突く練習をしてみてはまた下に置くということを繰り返した。

最後に、流木と骨の山を探り、端が瘤のようになったシカの前脚の長い骨を掘りだした。エイラはそれをマンモスの大きな牙に叩きつけてみた。反動で腕が痺れ、思わず顔をしかめたが、長い骨は無傷だった。棍棒として十分に使えそうだった。

日が沈む前に、月が昇ってきた。エイラは狩りの儀式についてもっとよく知っていたらと思ったが、女はいつもそこから締めだされていた。縁起が悪いとされていたのだ。

でも、わたしに関するかぎり、縁起が悪かったということはなかった、とエイラは思った。ただ、これまで、大型の動物を狩りしたことはなかったけれど。いったい何が幸運をもたらしてくれるのだろう。エイラはお守りを探り、自分のトーテムのことを思った。そもそも、エイラが狩りをするように導いたのは、トーテムであるケーブ・ライオンだ。クレブはそういった。女の身で男をしのぐ投石器の腕前を身につけたのに、ほかに理由があるだろうか？　エイラのトーテムは女としては強すぎる――それで男のような特徴が備わったのだ、とブルンは考えていた。エイラは自分のトーテムがふたたび幸運をもたらしてくれることを願った。

黄昏が暗闇に溶けこむころ、エイラは川の屈曲部へ歩いていって、馬たちがようやく夜に備えて落ちつくのを見届けた。そこで、平たい骨とテント用の皮を手にすると、丈の高い草の間を走り抜け、馬たちが朝、水を飲む木立の切れ目へ出た。薄れゆく夕日の中で緑の葉は灰色にくすみ、遠くの木々は夕焼け空を背景に黒いシルエットとなって浮かんでいた。物が楽に見分けられるくらいの月明かりがあるといいのだがと思いながら、エイラはテント用の皮を地面にひろげて、土を掘りはじめた。

地表は固く締まっていたが、そこを突き抜けると、鋭い刃を持つ骨のシャベルで掘るのがぐんと楽になった。皮の上に土の山が積み上がると、木立の間に引きずっていって捨てた。穴が深くなると、皮を穴の底に敷いて、それで土を引っ張り上げた。目で見ながらというより、手探りで作業を進めなければならなかったので、ずいぶん骨が折れた。そもそも、一人で穴掘りをするのは今回がはじめてだった。一族では、肉を焼くのに用いる大きな調理用の穴を掘るのは、いつも女たち全員の共同作業だった。しかも、今、エイラが掘っている穴は、それよりもずっと深くて大きかった。

穴が腰までの深さになったところで、水がしみだしてきた。あまり流れの近くを掘るべきではなかったと思ったが、もう手遅れで、底はあっという間に水浸しになった。エイラは足首まで泥につかったところで、あきらめて這いだした。皮を引き上げるときに、穴の縁が崩れ落ちた。

深さがこれで足りればいいのだが、とエイラは思った。とにかく、これ以上は無理だ――掘れば掘るほど、水が出るばかりだ。月を見上げてみて、いつの間にか夜が更けているのに驚いた。早いところ作業を済ませないと、予定していた仮眠をとる暇もなくなりそうだ。

エイラは切りだした雑木を積み重ねておいた場所へ走ったが、途中、隠れていた根につまずいて転んだ。ぼんやりしている暇はないのに！　むこうずねをさすりながら思った。膝とてのひらもひりひりした。見えはしなかったが、片脚をぬるぬる流れ落ちているのは血だと思われた。

エイラは自分がいかに脆いかに気づいて、一瞬、狼狽した。もし、脚を折ったりしたらどうなる？　ここには助けてくれる人はいない――もし、何かが起きても。こんな夜更けに、こんなところで何をしているというのだ？　火も焚いていないのに。もし、獣に襲われたらどうする？　オオヤマネコに跳びかかられたときの記憶が生々しくよみがえった。エイラは闇の中で光る目を思い浮かべながら、投石器に手を伸ばした。

投石器は腰の革紐にしっかり挟みこんであった。それでやや安心した。どっちみち、わたしは死んでいるのだ。あるいは、そう思われているのだ。どんなことにしても、起きるものは起きる。いちいち心配しているわけにはいかない。今は急がないと、朝になっても準備ができていないということになりかねない。

エイラは切りだした雑木の山を見つけると、その中の小ぶりなものを何本か、穴のほうへ引きずっていった。一人で馬の群れを囲むわけにはいかないし、ここには袋小路の峡谷もない、とエイラは考えた。だが、直感的な飛躍によって、一つの案を得た。それは天才的なひらめきともいうべきもので、エイラの脳――肉体的な外見以上に一族の人々と異なっていた――は、とくにその素地に恵まれていた。もし、そういう峡谷がないのなら、自分でつくるわけにはいかないだろうか、というのがその案だった。

そういう発想が実は既成のものであったとしても問題ではなかった。それはエイラにとっては新しいものだった。もっとも、本人はそれを大発明などとは思っていなかった。一族の狩りのやり方を多少手直しした程度のものにしか見えなかった。だが、多少の手直しとはいえ、一族の男でも独りで狩ろうなどとは思いもしない動物を女独りで仕留める方法、しかも、それしかない方法だった。やはり、必要が生んだ大発明には違いなかった。

エイラは心配そうに夜空に目をやりながら、枝を組みあわせて、穴の両側から外にひろがる柵をつくりはじめた。その隙間を埋め、さらに枝を積み上げる作業を終えたときには、東の空の星のきらめきもすっかり薄れていた。早起きの鳥がさえずり交わし、空が白みはじめるころ、エイラはやや離れて立って、自分の仕事の成果をあらためて見た。

穴はほぼ長方形で、幅よりも長さのほうが幾分か大きかった。さらった泥を積んだせいで、周囲はぬかるんでいた。泥だらけの穴に収束する雑木の柵二本で囲まれた三角形の内側には、皮からこぼれた土が小さな山となって散らばっていた。柵と柵の合間からは、輝く東の空を映している川が見えていた。さざなみの立つ水の向こうでは、谷の南側の険しい岩壁が黒々とそびえていた。輪郭が見分けられるのは、その頂の近くだけだった。

エイラは振り向いて、馬の群れがいる位置を確かめた。谷の反対側は緩やかな斜面がひろがっていたが、それが西に向かうにつれて勾配を増し、ついにはエイラの洞穴の向かいの突き出た岩壁となって立ち上がっていた。一方、谷の下手にあたる東側には、ゆるやかにうねる草の丘が連なっていた。そちらのほうはまだ暗かったが、馬たちが動きはじめているのが見えた。

エイラは皮と骨のシャベルをつかんで、急ぎ川原へ向かった。焚き火は消えかかっていた。薪《たきぎ》を足し、まだ熱い燠《おき》を棒で掻きだすと、それをオーロックスの角におさめた。それから、松明、槍、棍棒を手にして、穴へ駆け戻った。槍は穴の両側に一本ずつ置き、棍棒はその一本の傍らに置いた。そして、馬たちが移動する前に背後にまわりこもうと、大きな輪を描いて走った。

あとは、待つだけだった。

待つのは、長い夜を働きとおすのよりもつらかった。緊張し、懸念するうちに、果たして計画どおりうまくいくのかという疑念に襲われた。エイラは火種を調べながら待った。松明を見やりながら待った。これはしておくべきだった、あるいは、違うやりかたをすべきだったと、それまで考えてもみなかったことを際限もなく考えながら待った。馬たちはいつになったら流れのほうに向かうのだろうと訝り、いっそ追いたててやろうかとも考えたが、また考えなおして、ひたすら待った。

馬たちが動きまわりはじめた。いつもより神経質になっているようだ、とエイラは思った。だが、これほど間近で観察したことはなかったので、確信はなかった。ようやく、先導役の雌馬が川のほうへ向かうと、ほかの馬もそれに続いたが、途中で何度も足を止めて草を食《は》んだ。しかし、川に近づくと、エイラのにおい、土が掘り返されたにおいを嗅ぎつけて、明らかに不安げな様子を見せた。先頭の雌馬が方向を変える気配を見せたとき、エイラは今だと思った。

火種を用いて松明に点火し、その火を二本目の松明にも移して、両方が赤々と燃え立ったところで、オーロックスの角をその場に残して、群れの追跡にかかった。大声を上げ、松明を振りまわしながら走ったが、群れとの距離は開きすぎていた。しかし、煙のにおいが、馬たちの本能的な野火への恐怖を掻き立てた。群れは加速し、たちまちのうちにエイラを置き去りにした。そして、水飲み場へ、エイラのつくった柵のほうへ向かったが、危険を感じた何頭かは東のほうに急転回した。エイラも同じ方向に曲がり、その前に立ちはだかろうと全速力で走った。近づくにつれ、群れの多くが落とし穴を避けようとしているのが見てとれた。と思うまもなく、エイラは叫びながら、群れの真っ只中に駆けこんでいた。馬たちはエイラをかわした。耳を後ろに倒し、鼻腔を膨らませ、恐怖と混乱でいななきながら、両側を駆け抜けていった。馬がみんな逃げ去ってしまうと思って、エイラもあわてふためいた。

だが、柵の東の端の近くで、焦げ茶色の雌馬が一頭だけ、自分のほうに向かってくるのを目にした。エイラは大声を上げ、両手の松明を大きくひろげ、まっすぐに走りつづけた。正面衝突は避けられそうになかったが、最後の瞬間、馬は身をかわした。自身にとって間違った方向へ。馬は進路をふさがれているのを見て、逃げ道を求め、柵の内側へ駆けこんだのだ。エイラは必死にそのあとを追った。激しくあえぎ、肺が破裂するのではないかと思われた。

柵と柵の隙間からは招くように光る川が見えていたが、雌馬はそちらへ突っ走った。そのとき、ぱっくり口を開けた穴を目にした――だが、もう遅すぎた。馬は脚をたたんで跳び越えようとしたが、ぬかるんだ穴の縁で蹄が滑った。馬は脚を折って、穴の中へ転げ落ちた。

エイラは息も絶え絶えになりながら、その場に駆けつけた。槍をかまえ、狂おしい目をした雌馬を見下ろした。馬は甲高い声でいななき、頭を振りたてながら、泥の中をのたうっていた。エイラは両手で槍の柄を握りしめ、足を踏ん張ると、穴の中へ向けて穂先を繰りだした。槍は脇腹に刺さって、馬に傷を負わせはしたが、致命的でないということは一目で見てとれた。エイラはあわてて反対側に走ったが、泥に足を取られて、危うく自分が穴の中に転落するところだった。

エイラはもう一本の槍をかまえると、今度は慎重に狙いを定めた。雌馬は混乱と苦痛でいななきつづけていたが、二本目の槍の穂先が首に食いこむと、最後の力を振りしぼり、よろめきながら前に進もうとした。だが、二カ所の傷と脚の骨折に耐えられず、すすり泣きのようなかぼそい声とともにくずおれた。棍棒の強烈な一撃が、ようやく苦痛を終わらせた。

エイラが現実に立ち戻るには時間がかかった。呆然として、まだ自分が成し遂げたことが理解できなかった。穴の縁で、手にした棍棒にもたれかかり、ぜいぜいあえぎながら、穴の底に倒れている雌馬を見つめるばかりだった。もじゃもじゃの灰色がかった毛は、泥にまみれ、血が筋となって流れていたが、馬はもう身じろぎもしなかった。

そのあと、ゆっくりとこみあげてくるものがあった。それまで知らなかった衝動が、体の奥底から上ってきて、喉でひろがり、原始的な勝利の雄叫びとなって口をついた。やった！

その瞬間、北方の荒涼とした黄土のステップと南方のやや湿潤なステップとの漠然としたあわい、広大な大陸の真ん中の人跡もまれな谷間に目をやれば、一人の若い女が骨の棍棒を手に、すっくと立っているのが見えただろう——女は自分が秘めていた力を肌身で感じとっていた。女は生き延びた。この先も生き延びるだろう。

しかし、その歓喜は長続きしなかった。エイラは馬を見下ろしているうちに、その体をそのまま穴から引き上げるのはとても無理だと気づいた。ぬかるんだ穴の底で解体するよりなさそうだった。それから、その肉と、なるべく傷をつけずに剝いだ皮とを、急いで川原へ運ばなければならなかった。ハイエナなど多くの獣が血のにおいを嗅ぎつける前に。そして、火を絶やさないようにしながら、肉を薄く切り、ほかの必要な部分を取りだし、さらに、肉が乾くまで見張りを続けなければならなかった。

エイラは夜どおしの厳しい作業と、緊張を強いられる追跡とで、すでに疲労困憊《こんぱい》していた。しかし、一族の男ではない以上、狩りでのわくわくする役割を終えたあと、跡始末を女にまかせてくつろぐというわけにはいかなかった。仕事は始まったばかりだった。エイラは大きな溜め息をつくと穴の底へ跳び下りて、雌馬の喉を搔き切った。

テント用の皮とフリントの道具を取りに川原に一走りして戻る途中、谷のはるか向こうを馬の群れが走っていくのが目にとまった。しかし、狭苦しい穴の中で、血と泥にまみれて、肉の塊を切ったり、皮をそれ以上傷つけないように剝いだりしているうちに、群れのことは忘れてしまっていた。

これが限界と思える量の肉を引き上げて、テント用の皮に積み上げたころには、死肉をあさる鳥たちが、捨てられた骨から肉片をついばんでいた。エイラは肉を川原へ引きずっていくと、焚き火に薪《たきぎ》を足し、肉をできるだけ近くに降ろした。空いた皮を引きずりながら、また穴へ駆け戻ったが、少し手前で投石器を取りだして石を数個飛ばした。キツネがキャンキャン鳴く声が聞こえたかと思うと、足を引きずって逃げていく姿が見えた。石が切れなかったら、仕留められたはずだった。エイラは川床の石を何個か拾い集め、水を一口飲んでから、ふたたび作業にとりかかった。

二度目の荷を川原に運んできたときには、焚き火の熱をものともしないクズリが大きな肉の塊をさらっていこうとしていた。だが、放たれた石はそれを確実にとらえて打ち殺した。エイラは肉を火のそばに戻すと、次に、死んだクズリを回収しにいった。皮を剝ぐ暇があればいいがと思ったのは、クズリの皮が防寒にとくに適しているからだった。それから、また焚き火に薪を足し、流木の山のほうに目を配った。

次に穴に戻ったときには、ハイエナを取り逃がした。そのハイエナは馬の脛を丸ごと一本かっさらっていった。この谷にきて以来、これほど多くの肉食獣を見るのははじめてだった。キツネ、ハイエナ、クズリは、すでにエイラの獲物を味見していた。オオカミや、さらに獰猛《どうもう》な同類で犬に似たドールは、石の射程のすぐ外をうろついていた。タカやトビはもっと大胆で、エイラが近づいても、羽ばたきをして、やや後ずさりするだけだった。オオヤマネコやヒョウ、さらにはケーブ・ライオンも、いつ何時あらわれても不思議ではなかった。

穴から血まみれの毛皮を引き上げたときには、太陽は天頂を過ぎて傾きはじめていた。最後の荷を川原に運び終わると、疲れがどっと出て、地面に倒れこんだ。エイラは一晩眠っていなかった。一日食べていなかった。もう動きたくはなかった。しかし、獲物の相伴にあずかろうとするもっとも小さな生き物のせいで、ふたたび起き上がる羽目になった。羽虫の類はエイラの体にまでたかってきて、それがいかに汚れているかに気づかせ、おまけにチクチク刺した。エイラはしぶしぶ立ち上がると、服を脱ぐ手間も惜しんで流れに入り、水が体を洗うのにまかせた。

川は気分を爽快にしてくれた。そのあと、エイラは洞穴に戻り、夏用の外衣をひろげて干した。水に入る前に、腰の紐から投石器を外すのを忘れたのは悔やまれた。乾いて硬くなってしまうのではないかと心配だったが、それをこすって柔らかくしている暇はなかった。冬用の外衣をまとうと、寝るときに敷く毛皮を洞穴から出した。川原に下りる前に、岩棚の端から草地を見わたしてみた。穴の近くでは小競り合いなどの動きがあったが、馬の群れは谷から姿を消していた。

突然、槍のことを思いだした。雌馬から引き抜いたあと、地面に放りだしたままだった。取りにいくかどうか、さんざん思案した末に、これから新しい槍をつくるよりは、ほぼ申し分ない今の二本を持っていたほうがいいと判断した。濡れた投石器を携えて出かけ、毛皮を川原に置くと、袋にいっぱいの石を拾い集めた。

落とし穴に近づくと、まるではじめて見るとでもいうように、虐殺の跡をまじまじと眺めた。柵はところどころで倒れていた。穴は大地にできた生傷のようで、草は踏みにじられていた。あたりには血、肉片、骨が散乱していた。二匹のオオカミが残った馬の頭をめぐってうなりあっていた。キットギツネが何匹か、まだ蹄がついている毛深い前脚のまわりでキャンキャン鳴いていた。ハイエナは油断なくエイラに目を配っていた。エイラがさらに近づくと、トビの群れはいっせいに飛び立ったが、クズリは穴のそばから一歩も退こうとはしなかった。猫科の獣だけがまだあらわれていなかった。

急いだほうがいい。クズリを追いはらおうと石を投げながら、エイラは思った。肉のまわりにもっと火を焚かなければ。ハイエナは甲高い笑いのような声を上げて後ずさりしたが、射程のすぐ外にとどまっていた。さっさといってしまえ、このいやらしいやつ！　エイラはハイエナを憎んでいた。ハイエナを見るたびに、オガの赤ん坊がハイエナにさらわれたときのことを思いださずにはいられなかった。女の身で石を放ったらどういうことになるか、結果を考えている暇はなかった。エイラはハイエナを殺した。赤ん坊が無残に死ぬのを黙って見てはいられなかったのだ。

屈んで槍を拾い上げたとき、柵と柵の隙間から見える動きに注意を引かれた。数匹のハイエナが、ひょろ長い脚をした干し草色の子馬をつけ狙っていた。

ごめんね。エイラは思った。はじめから、おまえのお母さんを殺そうというつもりじゃなかったんだけど、たまたまつかまえたのがお母さんだったのよ。エイラに罪悪感はなかった。狩るものがいれば、狩られるものがいる。ときには、狩るものが狩られることもある。武器と火があるとはいえ、一つ間違えばエイラ自身も餌食にされかねなかった。狩りは生きるための道だった。

しかし、母親を失った子馬が死ぬ定めにあることは、エイラにもわかっていた。そして、頼るもののないこの小さな動物を哀れと思っていた。イーザになおしてもらおうとウサギを連れ帰って以来、エイラは傷ついた小動物を次々に洞穴に持ちこんでブルンを困惑させた。だが、ブルンは肉食獣には厳しく一線を画した。

エイラはハイエナどもが子馬を取り囲むのを見まもった。子馬は怯え、狂おしい目つきできょろきょろしながら、何とか囲みから抜けだそうとしていた。もう面倒をみてくれるものもいないのだから、これで終わりになったほうがいいのかもしれない、とエイラは考えた。しかし、ハイエナの一匹が子馬に襲いかかって、脇腹を一撃したときには、もうじっとしてはいられなかった。薮を掻き分けて飛びだすと、投石器で石を連発した。一匹が倒れ、ほかはあわてて逃げ去った。エイラも全部を殺すつもりはなかった。もともと、ハイエナの薄汚い斑《まだら》の毛皮に興味はなかったから、子馬から切り離せればそれでよかったのだ。子馬も逃げだしたが、そう遠くまではいかなかった。エイラも恐ろしいが、ハイエナのほうがもっと恐ろしいというふうだった。

エイラは子馬にゆっくり近づいて、手を差し伸べ、優しく声をかけた。前にも怯えた動物をなだめるのに用いたやりかただった。エイラは動物に対する生まれついての才を持ちあわせていた。それは、生き物のすべてに及び、薬師《くすし》としての技とともに発達させてきた感受性のようなものだった。それを助長したのはイーザだった。イーザにはそれが自分自身の思いやりの延長に見えたのだった。奇妙な見かけの女の子でも、傷ついて飢えているがゆえに拾わずにはいられなかった思いやりの延長に。

雌の子馬は、エイラの伸ばした指に鼻面を寄せてふんふん嗅いだ。エイラはさらに近寄って、子馬を撫で、さすり、掻いてやった。子馬はエイラの指に何かなつかしいものを感じたらしく、音を立てて吸いはじめた。それはエイラのうちに巣くっていた痛いほどの飢えを呼び起こした。

かわいそうな子、とエイラは思った。おなかがすいているのに、乳を飲ませてくれる母親もいない。でも、わたしには乳はあげられない。ダルクにもたっぷりはあげられなかったくらいだから。思わず涙がこぼれそうになって、エイラはあわてて首を振った。でも、ダルクは強い子に育った。おまえにも何かほかのものを考えてあげよう。おまえも早く乳離れしないとね。さあ、おいで。エイラは指を吸わせたまま、子馬を川原のほうへ連れていった。

川原に近づくと、苦労して手に入れた肉の塊を、オオヤマネコがさらおうとしているのが見えた。とうとうあらわれた。怯えた子馬は後ずさりしたが、エイラは投石器と石を二つ手に取った。オオヤマネコが頭を上げた瞬間、力を込めて石を放った。

「オオヤマネコだって投石器で殺せるさ」昔、ザウグは自信を持っていいきった。「それより大物は狙っちゃいかんが、オオヤマネコなら殺せる」

エイラがその言葉の正しさを実証したのは、これがはじめてではなかった。自分の肉を取り戻したうえ、オオヤマネコも引きずって戻ってきた。山と積まれた馬の肉、泥がこびりついた皮、死んだクズリ、さらに死んだオオヤマネコと見回していった末に、エイラは出し抜けに声を上げて笑いだした。わたしには肉が必要だった。毛皮も必要だった。今、必要なのは手伝ってくれる人手なのだけれど。

子馬はエイラの哄笑と火のにおいに怯えて後ずさりした。エイラは革紐を手に、そろそろと子馬に近づくと、紐を首に巻きつけ、川原へ引いていった。紐のもう一方の端を低木に縛りつけているうちに、また槍を忘れてきたことに気づいて取りに走った。戻ってくると、あとを追おうとしてじれていた子馬を落ちつかせた。それにしても、何を食べさせたらいいのだろう？　子馬はまた指を吸いにきた。今は適当なものがないみたいだけれど。

ためしに草を差しだしてみたが、子馬はそれをどうしたらいいかも知らない様子だった。エイラは炊事用の鉢の底に炊いた穀物がこびりついているのに気がついた。こういう食べ物だったら、赤ん坊でも母親と同じように食べられる。でも、もっと軟らかくしなければ。エイラは鉢に水を入れ、穀物をすりつぶして細かい粥にした。子馬の鼻面にその鉢を持っていったが、子馬は鼻を鳴らして後ずさりするばかりだった。しかし、自分の顔についた粥をなめてみて、味は気に入ったようだった。子馬はよほど空腹なのか、またエイラの指を吸いにきた。

エイラはしばらく考えていた。それから、子馬に指を吸わせたまま、その手を鉢の中へ持っていった。子馬は粥を少しなめてみて頭をついと逸らしたが、また二度三度となめるうちに、要領をのみこんだようだった。子馬が全部なめてしまうと、エイラは洞穴から穀物を取ってきて、それを炊きはじめた。

これでは、はじめに予定していた以上の穀物を集めなければならない。でも、時間はありそうだ――これをみんな干してしまったらの話だけれど。エイラはしばらく手を休めて考えた。一族の人々が見たら、何とおかしな女だと思うだろう。食料のために馬を殺しておきながら、その子のために食料を集めようというのだから。でも、いくらおかしくてもかまうことはない……ここではわたし独りなのだから。エイラは自分にいいながら、自分の夕食にする馬肉の一片に、先をとがらせた串を突き刺した。食後、待ちかまえている仕事の量を考えて、さっそく取りかかった。

満月が昇り、星が瞬くころになっても、エイラはまだ肉を細かく切り分けていた。川原にはいくつもの焚き火の輪ができていた。手近なところに流木を積み上げておいてよかったとつくづく思った。焚き火の輪の中では、干し肉の列がひろがっていった。黄褐色のオオヤマネコの毛皮と、それより小ぶりでざらついた茶色のクズリの毛皮は、くるくる巻かれて並べられ、こすられて処理されるのを待っていた。灰色の雌馬の皮はきれいに洗われ、石の上にひろげられていた。傍らに干されている胃袋は、柔らかくするために水が張ってあった。ほかに腱《けん》や洗われた腸、山積みされた蹄や骨も乾かされていた。脂の塊は、保存のために溶かされて腸詰にされるのを待っていた。オオヤマネコとクズリからもわずかながら脂がとられたが――ランプと防水用に――肉は捨てられた。エイラは肉食獣の肉の味があまり好きではなかった。

エイラは最後に残った肉の塊二つを見やった。流れで泥を落としてから、その一つに手を伸ばしかけたが、思いなおした。置いておいても大丈夫だろう。これほど疲れたことは記憶になかった。焚き火を点検し、それぞれに薪《たきぎ》を加えると、クマの毛皮をひろげて、その中にくるまった。

子馬はもう低木につながれてはいなかった。粥を二度もらったあと、よそにいこうという気はもうなくしたようだった。眠りに落ちかけていたエイラのにおいを嗅いでいたが、やがて傍らに横たわった。エイラもそのときには予想しなかったが、ハイエナなどが消えかけた火に近づいてくると、子馬の反応で目が覚めるということになった。エイラはうつらうつらしながら、温かい小さな体に腕をまわし、心臓の鼓動を感じ、息づかいを聞き、さらにぴったりと身を寄せた。

6

ジョンダラーは顎の無精ひげをさすりながら、小さなマツの木にもたせかけた荷に手を伸ばした。そこから柔らかい革の小さな包みを取りだすと、紐をほどき、折り目をひろげて、中のフリントの薄い石刃《せきじん》を念入りに調べた。それは心もち湾曲していたが――フリントからつくった石刃は、その石の性質から例外なく弓形に曲がった――刃そのものは滑らかで鋭かった。その石刃はジョンダラーの秘蔵の道具の一つだった。

コケに覆われたマツの木の乾いた枝を突風が鳴らした。風はテントの垂れ布を押し開け、中で渦巻き、張り綱を引っ張り、杭を抜きかけたかと思うと、また垂れ布をピシャリと閉ざして去っていった。ジョンダラーは石刃を眺めていたが、思いなおしたように、またしまいこんだ。

「そろそろ、ひげを伸ばす時期かい？」ソノーランがいった。

ジョンダラーは弟が寄ってきたのに気がつかなかった。「ひげにはいいこともある」ジョンダラーはいった。「夏は鬱陶《うっとう》しい。汗をかくと痒くなるし——剃ってしまったほうが気持ちいい。だが、冬はひげがあるほうが、間違いなく顔が暖かい。もうじき冬がくるが」

ソノーランは両手に息を吹きかけてこすりあわせた。それから、テントの前の小さな焚き火のそばにしゃがみこんで、両手を炎にかざした。「色がないのは寂しいな」

「色？」

「赤い色さ。赤い色がない。赤くなってる茂みがないわけじゃないが、ほかはみんな黄色くなって、そのまま茶色になっちまう。草の葉も木の葉もな」ソノーランは背後の開けた草原のほうに顎をしゃくり、それから、木のそばにたたずんでいるジョンダラーのほうを見た。「マツの葉まで茶色っぽく見えるもんな。水溜まりや川っぷちにはもう氷が張ってるのに、こっちは秋を待ちぼうけだ」

「いつまで待っててもしょうがないぞ」ジョンダラーはそういうと、焚き火に歩み寄って弟の向かいにしゃがんだ。「ところで、けさ早く犀《さい》を見た。北へ向かっていたな」

「雪のにおいを嗅ぎつけたんじゃないか」

「まだ、それほどは降らないだろう。犀だのマンモスだのがまだうろついてるくらいだから。やつらは寒いのは好きだが、雪が多いのは好きじゃない。嵐がくるのがわかるみたいで、そのときは急いで氷河のほうへ戻っていく。だから、みんながいうんだ。『マンモスが北へ向かうときには出かけるな』って。それは犀も同じことだが、けさ見たやつはべつに急いでもいなかったな」

「そういえば、狩りに出た一行が槍一本投げずに戻ってくるのを見たことがあるけど、それは毛犀が北へ向かっていたからだっていってたな。このあたりじゃ、雪はどれくらい降るのかな？」

「夏はからからだったが。もし、冬もそうだったら、マンモスや犀も一年中このあたりにいるだろう。だが、おれたちは今、ずいぶん南にきてる。ということは、ふつうはもっと雪が多いってことだ。もし、あの東の山に人が住んでるなら、そういうことを聞けるんだが。おれたち、川を渡してくれた連中のところにとどまってたほうがよかったのかもしれないな。とにかく、冬をやりすごすのに適当な場所が要る。それもすぐにだ」

「美人が大勢いて親切な洞窟なら、どこでもかまわないんだけどな」ソノーランがにやりとしていった。

「おれは親切な洞窟なら、どこでもいい」

「兄貴、そんなことといっても、おれと同じで、女っ気なしで冬を過ごしたくはないだろうに」

ジョンダラーは苦笑した。「まあ、女っ気なしの冬がずっと寒いっていうのはそのとおりだろうな。美人であろうとなかろうと」

ソノーランは何かを忖度《そんたく》するように兄の顔をのぞきこんだ。「それでずっと不思議に思ってきたんだが」

「何を?」

「男の半分が追いかけるような美人がいる。だけど、彼女は兄貴しか見向きもしない。そういうことがよくあった。兄貴だって鈍くないから、わかってるはずだ――なのに、兄貴は彼女には振り向きもしないで、隅のほうで小さくなってる地味な女を選んだりする。あれはなぜなんだ?」

「さあ。ただ、〝地味な女〟といっても、自分で美しくないと思っているだけのこともあるからな。頰にほくろがあるからとか、鼻が長すぎるような気がするとかで。そういう女と話してみると、みんなが追いかけるような女よりも、多くのものを持ってるということがよくあるんだ。完全無欠な美人でないほうが、面白みがあるということは珍しくない。いろんなことができたり、ものをよく知っていたりとか」

「そういうことなのかな。たしかに、内気な女が兄貴に目をかけられて花開くってこともあるからな」

ジョンダラーは肩をすくめて立ち上がった。「まあ、このあたりじゃ、女も洞窟も見つかりそうもないな。さあ、テントをたたもうか」

「よし！」ソノーランは威勢よくいって、焚き火に背を向けた――と思うと、そのまま立ちすくんだ！

「兄貴！」あえぐようにいってから、あえてさりげない口調で続けた。「注意を引くような動きはするな。だけど、そっとテントの向こうを見てみろ。けさ、兄貴が見たっていう友だちか、それに似たやつかわからないが、すぐそこにいる」

ジョンダラーはテント越しに見やった。すぐ向こうで、足を踏みかえながら巨体を左右に揺らしているのは、前後二本の角を持った毛犀《さい》だった。頭を一方にかしげながら、ソノーランをじっと見ていた。犀には真正面はほとんど見えていなかった。小さな目はずっと後ろについていて、視力も弱かった。だが、鋭い聴覚や嗅覚は、視覚を補ってあまりあった。

毛犀はいかにも寒さに強そうな生き物だった。綿毛のような柔らかい下毛と、赤褐色のもじゃもじゃの上毛の二種類の毛を持ち、頑丈な皮の下には厚さ三インチもの脂肪を蓄えていた。頭を肩から下向きに突きだすようにして歩いたが、長い前角は前に傾斜しているので、体を揺するとほとんど地面を掃きそうになった。その角は草の上の雪を掻き分けるのに使われた――ただし、雪がそう深くないときに限られていた。短く太い脚は、深い雪にすぐにはまりこむからだ。毛犀が南方の草地にあらわれるのは、ごく短い期間――その間に豊かに生えそろった草を食《は》み、脂肪をさらに蓄えた――晩秋から初冬にかけて十分に寒くなってから、そして、雪が深くなる前だった。毛犀は深い雪では生き延びられなかったが、分厚い毛皮のせいで、暑さにも耐えられなかった。生息地は恐ろしく寒くて乾燥したツンドラと、氷河に近いステップに限られた。

しかし、先細になった長い前角は、雪を掻き分けるよりはるかに危険な用途にもあてられた。しかも、今、犀《さい》とソノーランの間にはわずかな距離しかなかった。

「動くな！」ジョンダラーが叱りつけるようにいって、テントの陰にひょいと屈むと、荷の中の槍のほうへ手を伸ばした。

「そんな軽い槍じゃ、役に立たないぜ」ソノーランが背を向けたまままいった。その言葉に一瞬、ジョンダラーの手が止まった。ソノーランにどうしてわかったのかと訝った。「それじゃ、目のような急所を狙うしかないが、的が小さすぎるからな。犀にはもっと重い槍が要る」ソノーランは先を続けた。ジョンダラーは弟が推測でものをいっているのだと悟った。

「あんまり喋るな。やつの注意を引く」ジョンダラーが警告した。「おれには重い槍はないかもしれないが、おまえには武器がまったくないんだぞ。おれがテントの後ろをまわって、やっつけてやる」

「待て、兄貴！　やめろ！　その槍じゃ、やつを怒らすだけだ。傷つけることもできない。子どものころのことを思いだしてみろ。どうやって犀を釣りだした？　誰かが駆けだして犀にあとを追わせる。それから、そいつはひらりと身をかわして、ほかの誰かが犀の注意を引く。そうやって走りまわらせているうちに、犀はくたびれて動けなくなっちまっただろう。兄貴はやつの注意を引く準備をしててくれ——おれは一っ走りして、やつを動かすから」

「やめろ！　ソノーラン」ジョンダラーは怒鳴ったが、もう遅すぎた。ソノーランは全力で疾走していた。

だが、予測しがたい獣の動きを読むというのは、どだい無理な話だった。毛犀はソノーランを追いかけず、風でうねるテントに向かって突進した。テントを突き立て、穴をあけ、革紐に噛みつくうちに、逆にからみつかれた。やっと紐を振りほどくと、男どももその野営地も好ましくないと判断したようで、あとは何もせずに小走りで去っていった。ソノーランは肩越しに振り返って、犀がいなくなったのを確かめると、大股で走って戻ってきた。

「馬鹿なことを！」ジョンダラーは怒鳴って、槍を力まかせに地面に突き立てた。柄が穂先のすぐ下で折れた。「おまえ、自殺でもするつもりだったのか？　呆れたやつだ、ソノーラン！　だいたい、二人で犀を釣りだすなんてできるわけないじゃないか。大勢で囲むしかないだろう。犀がずっとおまえを追いかけてきたらどうするつもりだったんだ？　おまえに怪我でもされたら、おれはいったいどうしたらいいんだ？」

ソノーランの顔を驚きが、さらには怒りが過《よぎ》った。だが、次の瞬間にはその顔がほころんでいた。「兄貴、本気で心配してくれたのかい！　だけど、いくら怒鳴ったって、おれは驚かないぜ。まあ、あんなことしないほうがよかったのかもしれないが、おれだって兄貴に馬鹿な真似をさせたくはなかったからな。あんな軽い槍で犀にかかっていこうなんて。それこそ、兄貴に怪我でもされたら、おれはいったいどうしたらいいんだ？」ソノーランはなおにやにやしながら、うまくいたずらをやってのけた子どものように目を輝かせた。「それに、犀は追いかけてこなかったぜ」

ジョンダラーは弟の笑みを見て、呆れたような顔をした。感情を爆発させたのは、怒りよりも安堵からだったが、ソノーランに何の変わりもないと確認するには、なお少し時間がかかった。

「おまえはついてたんだ。おれたち二人ともな」ジョンダラーはそういって、大きく息をついた。「だが、頑丈な槍を二本ほどつくっておいたほうがいいな。さしあたっては、今の槍の穂先をもっととがらせておくぐらいしかできないにしても」

「イチイは見かけたことがないが、途中でトネリコかハンの木が生えてないか、よく見ることにしよう」ソノーランはそういいながら、テントをたたみにかかった。「それだったら使いものになると思うぜ」

「何だっていいんだ。ヤナギでも。発つ前につくっておこう」

「兄貴、ここは早いとこ、おさらばしようぜ。あの山へたどりつかなきゃならないんだろう?」

「槍なしで旅するっていうのは気が進まないな。毛犀《さい》がうろつきまわってるっていうのに」

「早めに泊まることにすればいいだろう。どっちみち、テントを修理しなきゃならないんだし。とにかく、出かければ、いい木が見つかるかもしれないし、泊まるのにいい場所にぶつかるかもしれない。あの犀はここに戻ってくるかもしれないぞ」

「おれたちのあとを追ってくるかもしれないな」ジョンダラーはそういったが、ソノーランが朝のうちに出発するのを好み、遅れるといらいらするのを承知していた。「まあ、あの山に早く着くようにしたほうがいいか。よし、ソノーラン、いこう。だが、きょうは早めに泊まることにするぞ。いいな?」

「いいとも、兄貴」

兄弟は川っぷちを落ちついた足取りで進んでいった。お互いの歩調に慣れて久しくなっていたし、言葉を交わさなくてもいっこうに気詰まりではなかった。二人はさらに親しさを増し、感じること、思うことを腹蔵なく話しあい、相手の長所短所を知り尽くしていた。習慣のように仕事を分担し、危険に直面したときには、相手を信頼して行動した。二人とも若く、強く、健やかで、何が前途に横たわっていようと正面から立ち向かえるという無意識の自信に満ちていた。

環境にもすっかり順応していたので、とくに意識しなくても周囲の事物が認識できていた。脅威になりそうな異変があれば、おのずと警戒の態勢に入った。しかし、今は二人とも遠い太陽のぬくもりをぼんやり感じているだけだった。葉の落ちた枝をざわざわと揺らしている冷たい風、目の前に立ちはだかる白い胸壁のような山々、それを抱きこんでいる底の黒い雲、深くて流れの急な川に挑まれてはいたが。

母なる大河の水路は、巨大な大陸のいくつかの山脈によって形づくられていた。それは氷河に覆われた山脈の北の高地に端を発し、東へ流れていた。最初の山脈を越えると平原――はるか昔には内海の湾だった――があり、さらに東へ進むと、第二の山脈が大きな弧を描いて待ちかまえていた。最初の山脈の東端の前方の高地が、第二の山脈の北西端の砂岩や泥岩からなる小丘群と出あうあたりで、川は立ちはだかる岩を縫ったかと思うと、急に南に折れていた。

川はカルスト台地に下り、草原を曲がりくねるうちに、あちこちでU字形の湾曲部をつくっていた。そして、いくつもの水路に分かれて南に下りながら、また一つに合していた。平地を網状になって緩やかに流れる川は、変化に乏しいという印象を与えたが、それは幻想にすぎなかった。母なる大河は平原の南端の高地に達すると、ふたたび東に向かい、支流を合わせて、氷に覆われた最初の巨大な山脈の北と東の斜面の水をのみこんでいた。

膨れ上がった大河は、第二の連峰の南端に向から途中で、大きく東に曲がりながら窪地を通り過ぎていた。兄弟は左岸に沿って進み、大河に流れこむ支流にぶつかると、それを渡って越えた。川の向こうの南方では、岩がごつごつした険しい崖があちらこちらで立ち上がっていた。一方、こちら側の岸では、うねる丘が川っぷちから緩やかに盛り上がっていた。

「冬がくる前にドナウの果てを見るというわけにはいきそうもないな」ジョンダラーがいった。「だいたい、果てがあるのかどうかも疑わしくなってきたし」

「果てはあるって。いずれ行き着くと思うよ。川がどんなに大きくなったか見てみろよ」ソノーランは右のほうに大きく手を振ってみせた。「こんなに大きくなるなんて誰が思ってた？　果ては近いに違いない」

「だが、おれたちはまだ妹川にもぶつかってないんだぞ。少なくとも、もうぶつかったとは思えない。タメンの話じゃ、母なる大河に負けないほど大きいってことだからな」

「それは話半分ってやつじゃないか。この平原を南に流れてる川がもう一本あるなんて信じられるかい？」

「まあ、タメンも自分で見たっていったわけじゃないからな。ただ、大河がもう一度東に向かうといってたのは嘘じゃなかった。筏で本流を渡してくれる人たちがいるっていってたのもな。妹川の話もほんとうかもしれない。あの筏の連中の言葉がわかっていたらな。大河と同じくらい大きな支流のことも知っていたかもしれない」

「はるか遠くの不思議な話がどんどん膨らんでいくのは、兄貴だって知ってるだろう。タメンの〝妹川〟だって、大河のずっと東の支流にすぎないんじゃないか」

「そうだったらいいんだが。というのは、もし、妹川があるなら、あの山に行き着く前に渡らなきゃならなくなる。あの山のほかに、冬を越す場所が見つかるかどうかはわからないし」

「とにかく、その川を実際に見るまでは信じられないな」

　何かの自然な流れとは相容れない動きが意識をかすめ、ジョンダラーの注意を引いた。遠くの空を黒い雲のようなものが季節風をものともせずに飛んでいたが、聞こえてくる鳴き声から、その正体が知れた。ジョンダラーは足を止めて、V字形の隊形を組んだガンの群れが近づいてくるのを見まもった。群れは一体となって降下し、圧倒的な数で空を暗くした。大地に近づくにつれ、群れは一羽一羽に分かれ、それぞれが足を下方に伸ばし、翼をばたつかせ、制動をかけて降り立った。川は前方の急勾配の丘のまわりをまわっていた。

「兄貴」ソノーランが笑顔をのぞかせ、興奮した声でいった。「この先に湿地がなけりゃ、ガンが下りたりはしないだろう。湖か海があるのかもしれないぞ。母なる大河はそこに注いでるって賭けてもいい。おれたち、きっと川の果てに着いたんだ！」

「あの丘に上ったら、見晴らしがきくだろう」ジョンダラーはつとめて平静な口調でいった。ソノーランは兄が自分の説を信じているわけではなさそうだと感じた。

二人は急いで丘に登った。頂に着いたときにはぜいぜいあえいでいたが、驚異の光景に思わず息をのんだ。その高度からはかなり遠くまでが見わたせた。母なる大河は曲がったあとで大きく幅をひろげていた。川はひろがった水面に近づくにつれ、うねり、泡だっていた。そのあたりで、水は掻きまわされて底からわきあがった泥で濁り、さまざまな残骸を浮かべていた。折れた枝、動物の死骸、根こそぎにされた木などが、ぶつかりあう二つの流れに巻きこまれて、上下に揺れ、くるくるまわっていた。

二人が到達したのは母なる大河の果てではなかった。妹川との合流点だった。

妹川は、二人の前にそびえる山々の高みのせせらぎや小川から始まっていた。そういう細流が早瀬となり、滝となって、第二の山脈の西の斜面を一気に駆け下っていた。水勢を殺《そ》ぐような湖や池もないままに、幾筋もの奔流は力と勢いを加えた末に、平原で一つに合していた。荒れ狂う妹川を押しとどめているのは、満々と水をたたえた母なる大河にほかならなかった。

それでも、本流に迫る規模の支流はどっと押し寄せ、急な水勢に負けまいとふんばっていた。そして、いったん退いては、また突き進み、むかっ腹を立てたように逆流や暗流を引き起こしていた。しばしばあらわれる大渦巻きが、漂流物を危険な回転の底まで吸いこんでは、下流へ吐きだしていた。水があふれかえる合流点は、向こう岸が見えないほど大きな湖のようにひろがっていた。

秋の出水は峠を越えていたが、水が引いたばかりの岸辺は一面にぬかるんで、まさに泥沼の様相を呈していた。倒木がさかさまになって、根は空に向かい、幹は水浸しになり、枝は折れていた。干上がりそうな水溜まりには、獣の死骸や瀕死《ひんし》の魚がじっと浮かんでいた。水鳥は簡単についばめる餌を堪能していた。岸辺はそういう鳥たちであふれかえっていた。近くでは、ナベコウの羽ばたきにも知らん顔のハイエナが、シカの死骸をさっさと片づけていた。

「なんてこった！」ソノーランがあえぐようにいった。

「これが妹川に違いない」ジョンダラーは畏怖の念に打たれ、妹川の存在を今は信じるかと弟に聞くのも忘れていた。

「どうやって渡るんだ？」

「さあ。上《かみ》のほうへ戻らないとならないかな」

「どれくらい？ これも母なる大河と同じくらい川幅があるぜ」

ジョンダラーはしきりに首を振り、額に皺を寄せて考えこんだ。「タメンの忠告を聞いておけばよかった。もう、いつ雪が降ってもおかしくない時期だ。同じ道を引き返すにしてもそう遠くまでいく暇はない。嵐になったときに、身を隠す場所もないんじゃ困るからな」

突風がソノーランの頭巾に吹きつけ、後ろに払いのけて、頭をむきだしにした。ソノーランは頭巾を目深にかぶりなおし、ブルッと体を震わせた。旅立ってからはじめて、この先の長い冬を生き抜けるか、深い懸念を感じていた。「さて、どうしたらいいんだ、兄貴？」

「とりあえず野宿する場所を探そう」ジョンダラーは見晴らしのきく地点からあたり一帯を見まわした。「すぐ上のあの辺、ハンの木の木立のある高い岸の近くがいい。妹川に流れこむ小川がある――あそこなら、いい水があるだろう」

「両方の背負子《しょいこ》を一本の丸太に縛りつけて、それぞれの腰に綱をくくりつける。それを引っ張りながら泳げば、ばらばらにならずに渡りきれるんじゃないか」

「おまえが大胆なのは知っているが、ソノーラン、それは無謀というものだ。おれは泳いで渡るなんて自信はない。まして、持ち物全部をくくりつけた丸太を引っ張るなんて。川の水は冷たいし。流れが急だから凍らずにすんでるだけだ――けさ、川っぷちには氷が張ってたぞ。それに、木の枝にでもからまれたらどうする？　下《しも》に押し流されて、水の中に引きずりこまれるぞ」

「大河のそばに住んでる連中のことをおぼえてるかい？　大きな木の幹をくりぬいて、それに乗って川を渡ってただろう。だから、おれたちも……」

「そんな大きな木が見つかるか」ジョンダラーは貧弱な木がまばらに生えているだけの草原のほうに大きく腕を振ってみせた。

「うーん……カバの木の皮で小舟をつくる連中もいるって聞いたことがあるけどな……それじゃ、あまりに頼りないか」

「そういう舟を見たことはあるが、どうやってつくるのかはわからないし、水漏れしないよう、どんな膠《にかわ》を使ってるのかもわからない。それに、連中の住んでるあたりのカバの木は、ここらで見かけるものよりずっと大きい」

ソノーランはまわりを見まわしながら、兄の手ごわい論理をもってしても打ち破れない思いつきはないかと考えこんだ。そのうち、すぐ南の小高い丘に背の高いハンの木の木立があるのに気づいて、にやりとした。「筏はどうだい？　丸太を何本か結びあわせるだけですむし、あの丘にはハンの木がいくらでもある」

「棹がつくれるような長くて強い木もあるか？　川底を突いて筏を操る棹が？　筏というのは、浅瀬でも操るのは簡単じゃないんだぞ」

ソノーランの自信満々の笑みがしぼむのを見て、ジョンダラーは口もとがほころぶのをこらえなければならなかった。ソノーランは自分の感情を隠すことができなかった。隠そうとしたことがあるのかも疑問だった。しかし、その直情径行なところが、ソノーランを愛すべき人物にしていた。

「だが、そんなに悪い思いつきじゃないかもしれないな」ジョンダラーは軌道を修正した。ソノーランに笑みが戻るのが見えた。「うんと上《かみ》のほうまでいけば、急流にのみこまれる危険はなくなるだろう。そこで、川幅がひろがって浅くなっているところを見つけるんだ。流れも速くなくて、木も生えているところを。ただ、それまで天気がもってくれるといいが」

ジョンダラーが天気を気にするのに劣らない真剣さでソノーランがいった。「それじゃ、早く出かけようぜ。テントは修理してあるし」

「その前に、あのハンの木を見てこよう。やっぱり頑丈な棺が二本は要るだろう。ゆうべのうちにつくっておけばよかった」

「兄貴はまだあの犀《さい》を心配してるのかい？　あいつのことはもう置き去りにしてきたじゃないか。それより、さっさと出かけて、川を渡れる場所を見つけようぜ」

「いや、とにかく、槍の柄にする木は切っていこう」

「だったら、おれにも一本切っておいてくれよ。おれは荷づくりをするから」

ジョンダラーは斧を取り上げて刃を調べた。満足げにうなずくと、ハンの木の木立に向かって丘を登っていった。そして、木々を丹念に見てまわった末に、背の高いまっすぐな若木を選びだした。その木を切り倒し、枝を払い、ソノーラン用の一本を探しにかかったときだった。何か騒々しい音が聞こえてきた。フンフン、ブーブーという鼻を鳴らすような音、続いて弟の叫び声。次の瞬間には、それまで聞いたことがないような恐ろしい音が聞こえてきた。弟の苦痛の絶叫だった。それが急に途絶えたあとの沈黙は、さらに恐ろしかった。

「ソノーラン！　ソノーラン！」

ジョンダラーはハンの木の棒を握りしめたまま、丘を駆け下った。血も凍るような恐怖にとらわれていた。自分の激しい動悸が聞こえてくるようだった。そこで目に入ったのは、肩の高さが自分と同じくらいの巨大な毛犀が、ぐったりしている弟の体を角で押している光景だった。犀は倒れてしまった相手をどうしたものかと迷っているようだった。恐怖と憤怒《ふんぬ》のどん底に突き落とされたジョンダラーは、何も考えず、反射的な行動に出た。

ハンの木を棍棒のように振りまわし、自分の危険も顧みず、犀に向かって突進したのだ。湾曲した大きな角の真下の鼻面を、棒でしたたかに一撃して、さらにもう一撃した。犀は後ずさりした。自分に襲いかかって痛い目にあわせる凶暴な人間を前にして、明らかにとまどっていた。ジョンダラーはもう一撃浴びせようと、長い棒を振りかぶった——だが、犀はくるりと背を向けた。その尻に加えられた強烈な一撃は、さほどの痛みを与えはしなかったが、犀はそれで走りだした。ジョンダラーはそのあとを追った。

ハンの木の棒の次の一振りが空を切ったときには、犀《さい》はもう全力で疾走していた。ジョンダラーは立ち止まって、それを見送り、ようやく一息ついた。それから、棒を投げ捨て、弟のほうに駆け戻った。ソノーランは犀に放りだされた場所にうつぶせに倒れていた。

「ソノーラン？　ソノーラン！」ジョンダラーは弟の体を仰向けにしてみた。ソノーランの革のズボンは股の近くが大きく裂けていて、血の染みがみるみるうちにひろがった。

「ソノーラン！　ああ、何ということだ！」ジョンダラーは弟の胸に耳を押し当て心臓の鼓動に耳を澄ませた。その音が想像で聞こえただけではないかとひやりとしたとき、弟が呼吸しているのが目に入った。

「ああ、ありがたい、生きている！　だが、どうしたらいいんだ？」ジョンダラーは一声うめいて、意識を失った弟の体を抱き上げると、しばらくの間、赤ん坊をあやすように揺すっていた。

「ドニよ、母なる大地の女神よ！　まだ弟を連れていかないでください。生かしておいてください、お願いです……」その声はひび割れ、激しいすすり泣きがこみあげてきた。「母なる女神よ……お願いです……弟を生かしておいてください……」

ジョンダラーは頭を垂れ、顔を弟のぐったりした肩に押しつけて泣いていたが、やがて弟をテントに連れ帰った。その体を寝床の毛皮にそっと横たえると、骨の柄のナイフで衣服を切り裂いた。一見してわかる傷は、左脚の付け根の皮膚と筋肉が生々しくぎざぎざに裂けている一カ所だけだったが、胸は真っ赤になり、左側が腫れて変色していた。ジョンダラーは触って詳しく調べてみて、肋骨が数本折れていると確信した。内臓も傷ついているようだった。

ソノーランの脚の傷からは血がどくどくと噴きだし、毛皮の上に溜まっていった。ジョンダラーは血を拭くものはないかと荷を掻きまわした。袖なしの夏用のチュニックをつかみだすと、丸めて、毛皮の上の血を拭きとろうとしたが、染みがまわりにひろがっただけだった。ジョンダラーはその柔らかい革を傷口にあてがった。

「ドニよ、ドニ！　どうしたらいいのかわかりません。わたしは巫女《みこ》ではないのです」ジョンダラーはしゃがみこんで髪を掻きむしった。顔に血の染みがついた。「そうだ、ヤナギの樹皮！　ヤナギの樹皮の茶をいれよう」

ジョンダラーは外に出て、湯を沸かしにかかった。ヤナギの樹皮の鎮痛効果については、巫女でなくても知っていた。頭痛やその他のちょっとした痛みがするときには、誰もがヤナギの樹皮を用いた。だが、重傷にも効果があるのかどうか、ジョンダラーにはわからなかった。といって、ほかに何をしたらいいのかもわからなかった。火のまわりを落ちつきなく歩きまわり、たびたびテントの中をのぞきこみながら、湯が沸くのを待った。焚き火の薪《たきぎ》を積み足したが、かえって、水の入った皮製の鍋を支えている木の枠を焦がしてしまった。

何だってこんなに長くかかるんだ！　待てよ、肝心のヤナギの樹皮がないじゃないか。湯が沸く前に採りにいこう。ジョンダラーはテントの中に頭を突っこんで、かなり長い間、弟の様子をじっとうかがってから、川っぷちへ向かって駆けだした。葉を落とし、水中に細長い枝を垂らした木の皮を剝くと、急いでテントに戻った。

まず、ソノーランが正気づいたかどうかを見ようと中をのぞくと、夏用のチュニックは血でずぶ濡れになっていた。次に、皮の鍋から湯が吹きこぼれて、火が消えかかっているのが目に入った。何から先に手をつけたらいいのかわからなかった——茶をみるか、弟をみるか——ジョンダラーは火からテントへ、また火へと、目をきょろきょろ動かした。ようやく、椀を取って、湯を何杯か汲みだしては捨て、焦って手に火傷を負ったあげく、ヤナギの樹皮を皮の鍋の中に放りこんだ。そして、火勢が強まるようにと、木の枝を数本、焚き火に加えた。それから、ソノーランの背負子《しょいこ》を調べにかかったが、いらだって中身を全部ぶちまけ、血にまみれた自分のものと取り替えるべく、弟の夏用のチュニックを探しだした。

テントの中に入ると、ソノーランがうめいた。ことが起きて以来、弟の声を聞いたのは、それがはじめてだった。ジョンダラーは外に這いだすと、椀に茶を汲んだ。液体がもう残り少なになっているのに気づき、濃すぎたかもしれないと思った。それでも、熱い茶を持って、テントの中に戻り、椀をどこに置こうかと気ぜわしくあたりを見まわした。そのとき、自分のチュニックにしみた以上の血があふれているのに気がついた。血はソノーランの体の下に溜まり、毛皮を変色させていた。

ソノーランはあまりに大量の血を失っている！　ああ、どうしよう！　ソノーランには巫女《みこ》の助けが要る。どうしたらいいのだ？　ジョンダラーは弟を案じて動揺と恐怖をつのらせた。そして、無力感にとらわれた。助けを求めにいかなければ。しかし、どこへ？　どこで巫女を見つけるというのだ？　今は妹川を渡ることもできないし、弟を置いていくこともできない。オオカミやハイエナが血のにおいを嗅ぎつけてやってくるのは間違いない。

ああ、大いなる母よ！　この衣の血を見てください！　今に獣が嗅ぎつけます。ジョンダラーは血染めのチュニックをつかむと、テントの外に放り投げた。いや、それはまずい！　テントから飛びだすと、それを拾い上げ、テントから、弟から離れたどこかに捨てられないかとあわただしく視線を走らせた。

ジョンダラーはショックを受け、悲しみに打ちひしがれていたが、心の奥底では弟が助かる望みはないと知っていた。自分が何もしてやれない以上、他人の助けが必要だったが、その助けを求めることさえできなかった。たとえ、どこに助けを求めればいいかわかったとしても、弟から離れるわけにはいかなかったからだ。傷口がぱっくり開いている以上、血染めのチュニックを捨てれば肉食獣は寄りつかないなどと考えるのも無駄だった。しかし、自分の胸の奥にある真実と直面するのも避けたかった。ジョンダラーは分別に背を向け、恐慌を抑えようともしなかった。

そして、ハンの木の木立に目をやると、やみくもな衝動に突き動かされて、丘を駆け上がり、一本の木の曲がった枝に革のチュニックを引っかけた。それから、テントに駆け戻り、ソノーランの顔をじっと見つめた。意志の力だけで、弟をふたたび元どおりの健やかな体に戻せるとでも思っているように。

まるでその願望を感じとったかのように、ソノーランがうめき声を上げ、頭を振って目を開けた。ジョンダラーは傍らにひざまずいた。弟は力のない微笑を浮かべてはいたが、目には苦痛の色が浮かんでいた。

「兄貴のいったとおりだったな。兄貴はいつも正しい。おれたち、あの犀《さい》を振り切ったわけじゃなかったんだ」

「そんなこと、いったとおりになんかならなければよかったのに。で、気分はどうだ?」

「正直いって、ひどく痛む。やっぱり傷はひどいのか?」ソノーランは上体を起こそうとしたが、ぼんやりした笑顔はたちまち苦痛の渋面に変わった。

「動くんじゃない。ほら、ヤナギの茶をいれておいたから」ジョンダラーは弟の頭を支え、茶椀を口もとにあてがった。ソノーランは二口三口すってから、ほっとしたように仰向けになった。だが、その目には苦痛だけでなく不安の色が加わっていた。

「はっきりいってくれ、兄貴。傷はどんな具合なんだ?」

ジョンダラーは目を閉じ、息を吸いこんだ。「よくはないな」

「おれもいいとは思ってないが、どれくらい悪いんだ？」ソノーランはふと兄の手を見やったが、驚いて目を見張った。「手が血まみれじゃないか！　それはおれの血か？　ほんとのところをいってくれ」

「いや、ほんとにわからないんだ。脚の付け根を角で刺されて、大量に出血してる。それだけじゃなく、あの犀《さい》はおまえを放りだしたか、踏んづけたかしたんだろう。肋骨も二、三本折れてるみたいだ。それ以上のことはわからない。おれは巫女《みこ》ではないから……」

「だけど、おれには巫女の助けが要る。助けを求めるには川を渡らなきゃならないが、おれたちには渡りようがないってことか」

「そんなところだ」

「兄貴、おれを起こしてくれないか。傷の具合を見てみたいんだ」

ジョンダラーはいったん反対しかけたが、気が進まないままに手を貸して、すぐにそれを悔やむ羽目になった。ソノーランは起きなおろうとしたとたん、苦痛の叫びを上げ、ふたたび意識を失った。

「ソノーラン！」ジョンダラーは叫んだ。止まりかけていた血が、今の動きでまた流れだした。ジョンダラーは弟の夏用のチュニックを折りたたんで、それを傷口に当てると、テントを出た。焚き火はほとんど消えかけていた。ジョンダラーは慎重に薪《たきぎ》を足して、ふたたび火勢を強めると、水を入れた皮の鍋をその火にかけ、さらに薪を切った。

もう一度、弟の様子を見に戻ると、チュニックは血でぐっしょり濡れていた。ジョンダラーはそれを取り除いて傷口をあらためた。そうするうちに、自分のチュニックを始末しようと丘を駆け上がったときのことを思いだして、顔をしかめた。はじめの動揺はもうおさまっていたので、それがひどく馬鹿げた行動に見えたのだ。出血に一応止まっていた。ジョンダラーは防寒用の下着を見つけると、それを傷口にあて、全身に毛皮をかけてやった。それから、二枚目の血まみれのチュニックを拾い上げ、川岸に歩いていって、それを水中に投じ、ついでに血のついた手を洗った。さっきまであわてふためいていたのが滑稽に思われた。

極限状況で恐慌をきたすのは生存本能のあらわれだということを、ジョンダラーは知らなかった。何もかもが失敗し、解決を求める理性的な手段が尽き果てたとき、人は恐慌に支配される。しかし、ときには非理性的な行動が、理性的な心性では思いもよらない解決をもたらすことがあるのだ。

ジョンダラーは焚き火に戻ると、薪を何本か足した。それから、先ほど投げ捨てたハンの木の棒を探しに出た。今さら槍をつくっても意味がないような気がしたが、自分があまりに役立たずに思われたので、何かせずにはおられなかったのだ。棒を見つけると、テントの外に座りこみ、一方の端を荒々しく削りはじめた。

翌日はジョンダラーにとって悪夢のような一日だった。ソノーランの左半身はちょっと触れただけでも痛み、傷は相当深いと思われた。ジョンダラーは前夜、ほとんど眠れなかった。ソノーランは一晩中苦しみ抜いた。弟がうめき声を上げるたびに、ジョンダラーは起き上がったが、してやれることといえば、ヤナギの茶を飲ませることだけで、それもたいして効果があるようには見えなかった。朝になって、ジョンダラーは食べ物とスープをつくったが、二人ともほとんど何も喉を通らなかった。夕方には、傷が熱を持ち、ソノーランは熱病に冒されたような状態になった。

ソノーランが不安定な眠りから目を覚ますと、兄の心配そうな青い目が見下ろしていた。太陽は地平線に沈んだばかりで、外はまだ明かりが残っていたが、テントの中ではものを見分けるのもむずかしくなっていた。その薄闇の中でも、ジョンダラーには弟の目がどんより曇っているのが見てとれた。ソノーランはそれまでまどろみながら、うめいたり、うわごとをいったりしていた。

ジョンダラーは励ますように笑顔をつくった。「気分はどうだ?」

ソノーランは苦痛で微笑むこともできなかったが、ジョンダラーの不安げな視線はそれに追い討ちをかけるようなものだった。「犀《さい》を狩りにいくような気分じゃないな」

二人はしばらくの間、押し黙っていた。お互いに何をいったらいいのかわからなかったのだ。ソノーランは目を閉じて、深々と溜め息をついた。苦痛との戦いに、もう疲れ果てていた。胸は息をするたびに痛み、左の脚の付け根の深い痛みは全身にひろがっているようだった。まだ望みがあると思えれば、痛みに耐えることもできるだろう。しかし、二人でここにとどまっていれば、兄が嵐の前に川を渡ってしまうわけにはいかなくなる。自分が死にかけているからといって、兄まで巻き添えにしていいわけはない。ソノーランはふたたび目を見開いた。

「兄貴、誰かに助けてもらわないかぎり、おれにはもう望みがないってことはわかってるだろう。だからって、兄貴まで……」

「何をいってるんだ。望みがないだと? おまえは若くて強い。きっとよくなるさ」

「もう、あまり時間がない。おれたち、身を隠す場所もないこの土地から抜けだせそうもない。兄貴、かまわずいって、適当な場所を探してくれ。兄貴だけでも……」

「おまえ、うわごとをいってるな!」

「違う、おれは……」

「うわごとじゃなけりゃ、そんなことというはずがない。おまえは元気を回復することだけ考えていればいいんだ——おれたちがこれからどうするかは、おれにまかせとけ。何とかうまくやれるさ。おれには考えがあるんだ」

「どんな考えが？」

「細かいところまで詰めたら教えてやる。それより、何か食べたくないか？　おまえ、たいして食べてないだろう」

自分が生きているかぎり、兄は去らないということがソノーランにはわかっていた。ソノーランは疲れ果てていた。もうあきらめて、終わりにして、兄に生き延びる機会を与えてやりたかった。「腹は減ってない」そういったが、兄の目に落胆の色が浮かぶのを見て、こうつけたした。「だけど、水を飲ませてもらえたらありがたいな」

ジョンダラーは残っていた最後の水を注《つ》ぎ、ソノーランがそれを飲む間、頭を支えていてやった。ジョンダラーは水袋を振ってみせた。「もう空になった。水を汲んでくる」

ジョンダラーはテントを出る口実がほしかった。ソノーランはあきらめかけていた。ジョンダラーが考えがあるといったのは、元気づけのはったりにすぎなかった。ジョンダラー自身も望みを失いかけていた──弟が絶望的と考えるのも無理はなかった。二人で川を渡って助けを求める道を見つけださないかぎりは。

ジョンダラーは小高くなった地点へ上っていった。そこからは木立越しに上流のほうが見渡せた。川の中に突き出た岩に引っかかった折れ枝を眺めているうちに、わが身をその枝と引き比べていた。どちらも同じように無力で動きがとれなくなっている。ジョンダラーは衝動的に川岸へ歩いていって、邪魔している岩から枝を引き離した。流れが枝を下《しも》へ運んでいくのを見送りながら、何かほかのものに捕らわれるまで、どのくらい流れていくのだろうと考えた。ジョンダラーは川岸でもう一本、ヤナギの木を見つけて、ナイフで樹皮を剝いだ。ソノーランは今夜も苦しみそうだった。といって、ヤナギの茶がよく効くというわけでもなかったのだが、何もしないよりはましだった。

ジョンダラーは妹川に背を向け、その奔流に注いでいる小川のほうに向かった。そこで水袋を満たして、テントに戻ろうとした。そのとき、何で上流へ目を向けたのかは、ジョンダラー自身にもわからなかった——激しい流れの音の中で、ほかの物音が聞こえるはずはなかった——だが、そちらへ目を向けたとたん、ジョンダラーは口をぽかんと開け、信じられない思いで目を凝らした。

川上から何かが近づいてきた。ジョンダラーの立っている岸辺へまっすぐに向かってきた。それは巨大な水鳥だった。湾曲した長い首が、とさかのある猛々《たけだけ》しい頭を支え、そこに瞬きもしない大きな目がついていた。水鳥がなお近づいてくると、その背で何かが動いているのが、ほかの生き物の頭がいくつも動いているのが見えた。そのうちいちばん小さな生き物が手を振った。

「おーい！」呼ばわる声がした。ジョンダラーはそれ以上うれしい声を聞いたことがなかった。

7

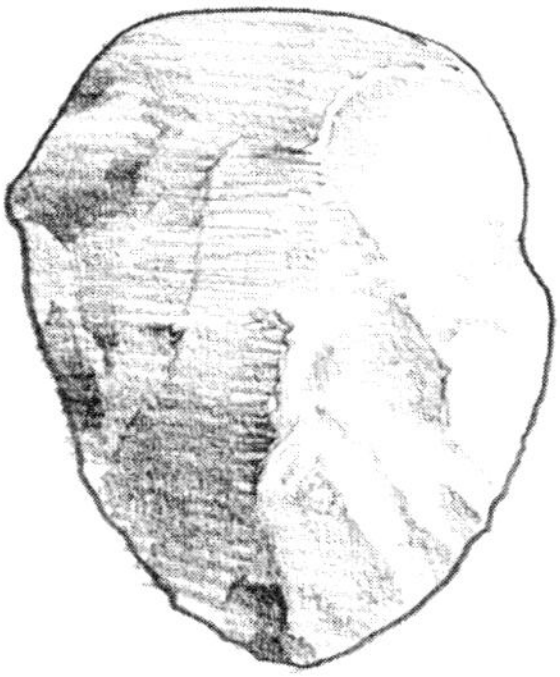

　エイラは汗ばんだ額を手の甲で拭いながら、干し草色の雌の子馬に微笑みかけた。子馬は体を押しつけ、鼻面をエイラの手の下にもぐりこませようとしていた。いつもエイラの姿が見えていないと不安らしく、どこにでもついてきた。エイラもそれをうるさくは思わなかった。むしろ連れは歓迎だった。
「ねえ、おまえの食べる穀物をどれくらい採っておけばいいかしらね?」エイラは手ぶりでいった。干し草色の子馬はそのしぐさをじっと見つめていた。エイラは子馬の様子から、一族の手話を学びはじめたばかりの子どものころの自分を思いだした。「おまえも話しかたをおぼえようとしているの? そう、せめて、わたしの話がわかるようになればね。おまえが手で話すのは無理だろうけど、わたしの話をわかろうとはしてるみたいね」
　エイラの言葉はいくつかの音声を伴っていた。一族の日常の言葉も、音がまるでないというわけではなかった。まったく音を欠いているのは、古くからの儀礼的な言葉だけだった。エイラが音声の言葉を発するたびに、子馬は耳を振りたてた。

「音を聞いてるの、おまえ?」エイラは首を振った。「そういえば、おまえのことをただ子馬、子馬っていうんじゃ、ぴんとこないものね。おまえにも名前が要るわね。おまえが一生懸命聞いてるのも、それなんじゃない? 名前なんじゃないの? おまえのお母さんは何て呼んでたんだろう? それがわかっても、わたしにはちゃんといえそうもないけど」

子馬はエイラをじっと見つめていた。エイラがそんなふうに手を動かすときは、自分に注意を向けているのだと理解しているようだった。エイラが手ぶりをやめると、子馬はいなないた。

「それは返事をしているの? ウィーーーニーー!」エイラは子馬のいななきの真似をしたが、それはかなりよく似ていた。子馬は聞きおぼえがある音に反応して、頭を振り、返事をするようにいなないた。

「ふーん、それがおまえの名前なの?」エイラは微笑みながら手ぶりで尋ねた。子馬はもう一度、頭を振り、あたりを少しばかり跳ねまわってから戻ってきた。エイラは声を上げて笑った。「それじゃ、子馬はみんな同じ名前ってことになるじゃないの。それとも、わたしが違いを区別できないだけなのかしら」エイラがもう一度いななくと、子馬もいななき返した。一人と一頭はしばらくの間、その遊びを続けた。エイラは息子と一緒に興じた音の遊びのことを思いだした。そういえば、ダルクはエイラの発する音ならどんなものでも真似られたという点が、子馬とは違っていたが。そういえば、クレブから聞かされたことがあった。はじめて出会ったとき、おまえはずいぶんいろいろな音を出していた、と。エイラ自身、自分が他人には出せない音を出せると知っていた。息子もそうだということに気づいたときには、それをうれしく思ったものだった。

エイラは子馬に背を向けて、背の高い一粒小麦の粒を摘みにかかった。谷には二粒小麦も育ち、一族の洞穴の近くに生えていたものに似たライグラスも育っていた。エイラは子馬に名前をつけようと考えていた。これまで誰かに名前をつけたことなんてなかったけど。エイラはくすりと笑みを漏らした。馬に名前をつけるなんておかしなやつだって、みんな、思うでしょうね？　だいたい、馬と一緒に暮らしているのがおかしいんだから。エイラは嬉々として走りまわり跳ねまわっている子馬を見まもった。この子が一緒に暮らすようになって、わたしもとてもうれしい。エイラは喉に大きな塊がこみあげてくるのを感じた。この子がまわりにいてくれれば、そんなに寂しくもない。今、この子がいなくなったら、どうしていいのかわからない。やっぱり、この子に名前をつけてやろう。

立ち止まって空を見上げると、日はすでに傾きかけていた。果てしなく、何もない空。その深さを測るような雲もなく、その無限の空間から目を奪うようなものもなかった。ただ、西の空遠くに白く輝く夕日の揺らめく輪郭が残像となって、濃い青の一様なひろがりをわずかに損なっていた。夕日と崖の頂の間の空間に残る光の量から判断して、エイラは仕事を切りあげるときがきたと判断した。

子馬はエイラがもう仕事に専念していないと見てとると、一声いないて、そばに寄ってきた。「もう洞穴に帰ったほうがいいかしら？　でも、その前に水を飲んでいこう」エイラは子馬の首に腕をまわし、流れのほうへ歩きだした。

川が切り立った南側の岩壁の裾を流れるあたりでは、木々の葉は季節のリズムを反映するスローモーションの万華鏡のようだった。今はマツやモミの渋い緑に、鮮やかな金、薄い黄、乾いた茶、燃え立つような赤がまぶされていた。谷間は、くすんだベージュのステップに織りこまれた色鮮やかな小切れのようだった。風除けの岩壁の中では、日差しもずっと暖かかった。あたりは秋一色なのに、夏の日が戻ってきたのかという幻想を抱かせるほどだった。

「草をもっと集めておかなくちゃ。新しい干し草で寝床をつくってあげても、おまえはすぐに食べちゃうんだもの」子馬と並んで歩きながら、エイラは独りで語りつづけていたが、いつの間にか手ぶりを止めて、物思いの糸を手繰りはじめていた。イーザは秋になるといつも、冬の寝床用の草を集めたものだ。寝床の干し草を取り替えたときには、とてもいいにおいがした。とくに、外では雪が降り積もり、風が吹きすさんでいるようなときには。風の音を聞き、干し草の夏の香りを嗅ぎながら眠りに落ちるのが、わたしはずっと好きだった。

行く手を見ると、子馬が先に立って速足で駆けていた。エイラは目を細めた。「おまえもわたしと同じで喉が渇いてるのね、ウィーーニーー」子馬の呼びかけに答えて、エイラは大きな声を上げた。それは馬の名前にふさわしく聞こえたが、命名はきちんと行われなければならなかった。

「ウィニー！　ウィーーニーー！」エイラが呼ぶと、子馬は頭を上げ、エイラのほうを見て駆け寄ってきた。

エイラは子馬の頭を撫で、体を掻いてやった。いかにも幼いちくちくした毛は抜けて、今はもっと長い冬用の毛が生えていた。子馬は体を掻いてもらうのが好きだった。「名前が気に入ったみたいね。おまえにお似合いの名前よ。それで、命名の式をしなければならないんだけど、わたしにはおまえを抱き上げることはできないな。それに、クレブがいないから、おまえにしるしをつけることもできない。わたしがモグールの役をしなきゃならないみたいね」エイラは顔をほころばせた。女のモグールなんて想像がつく？

エイラはまた川への道を歩みはじめたが、落とし穴を掘った場所に近づいているのに気づいて、上《かみ》のほうへ向きを変えた。穴は埋め戻しておいたが、子馬は怯えた様子で、しきりににおいを嗅いだり、鼻を鳴らしたり、蹄で地面を掻いたりした。今も去らないにおいや記憶が気になるようだった。馬の群れはあの日、エイラの火と音から逃れようと谷の彼方へ走り去ってから、二度と戻ってこなかった。

エイラは子馬を洞穴の近くへ連れていって水を飲ませた。秋の出水で膨れあがった流れは、水位こそ最高時よりも下がっていたが、岸辺に濃い茶色の濁りを残していた。エイラが足を踏み入れると、泥がぐちゃっと沈んで、赤茶色の撥ねが上がった。それは、モグールが命名などの儀式で用いる赤土の練り物を思い起こさせた。エイラは指を突っこんで泥をつけると、それで自分の脚にしるしを描いてみた。それから、にっこりして、泥を手ですくい取った。

赤土を探しにいこうと思っていたけれど、これで間に合いそうだ。エイラは目を閉じ、クレブがダルクの命名のときにどんなことをしたかを思いだそうとした。クレブの傷ついた顔、一方の目があるべき場所を覆っている垂れ蓋のような皮膚、大きな鼻、突き出た眉弓《びきゅう》、後ろに傾斜している低い額が目に浮かんできた。顎ひげは薄く、まばらになり、髪の生え際も後退していたが、いつも思いだすのはその日のクレブのたたずまいだった。若くはないが、力の頂点にあったモグール。エイラはそのいかつい立派な顔が好きだった。

突然、そのときのさまざまな思いが洪水のようにあふれてきた。息子を失うのではないかという恐れ、赤土の練り物の鉢を目にしたときのこの上ない喜び。エイラは何度か唾をのみこんだが、喉につかえた塊は下りていかなかった。涙を拭ったとき、顔に茶色の染みがついても、気づきもしなかった。子馬が甘えて、体をもたせかけ、鼻面をすり寄せてきた。エイラが求めているものを感じとっているようだった。エイラはひざまずいて、子馬を抱き締め、そのたくましくなった首に額を押しつけた。

これがおまえの命名の式になるんだからね。エイラは自制を取り戻すと、子馬に語りかけた。さっきすくった泥は、指の間から滑り落ちていた。片手でもう一度、泥をすくうと、隻腕《せきわん》のクレブがいつもしていたしぐさを真似て、もう一方の手を天に向かって差し伸べた。そのあと、ややためらったのは、たかが子馬の命名に一族の霊を呼びだしていいものかと迷ったからだ――霊はよしとしないかもしれなかった。しかし、エイラは手の中の泥に指をつけると、それで子馬の額から鼻先まで一本の線を引いた。かつて、クレブが赤土の練り物で、ダルクの眉弓《びきゅう》の間から小さな鼻の先まで線を引いたのと同じように。

「ウィニー」エイラは声高にいうと、あとは型どおりの手話で続けた。「この娘の……この雌馬の名前はウィニーとする」

子馬は顔についた泥を払い落とそうとして、しきりに首を振り、エイラの笑いを誘った。「今に乾いて落ちてしまうからね、ウィニー」

エイラは手を洗い、背負っていた穀物の籠を調節すると、洞穴に向かってゆっくり歩きはじめた。命名の儀式でかえって自分の孤独な境遇を強く意識させられることになった。ウィニーはぬくもりを持った生き物として、その孤独を和らげてはくれたが、川原に着くころには、エイラの目には涙があふれていた。

エイラは子馬をなだめすかして洞穴に通じる急な小道を上らせた。そうするうちに気持ちが奮い立ち、幾分か悲しみを忘れることができた。「おいで、ウィニー。大丈夫、上れるわよ。たしかにおまえはアイベックスやサイガじゃないけど、慣れれば何でもないから」

洞穴の前面の岩棚の上に着くと、そのまま中に入った。エイラは埋み火を掻き立てて、穀物をいくらか煮た。子馬はもう草や生の穀物を食べるようになっていたので、手を加えた食べ物は要らなかったのだが、好物ということで粥をつくってやっていた。

その日早くに捕ったつがいのウサギの皮を、まだ日のあるうちに剝いでしまおうと、エイラは洞穴の外に出た。剝いだ皮はとりあえず巻いて、あとで処理することにし、肉は料理するため中に持ち帰った。動物の皮はもう大量に蓄えていた。ウサギ、ハムスター、その他。それらをどう使うかはまだ決めていなかったが、すべて念入りに処理したうえで保存していた。使いみちは冬の間に思いつくだろう。寒さが厳しくなれば、身のまわりに積み上げておくだけでもいい。

だんだんと日が短くなり、気温が下がるにつれて、迫りつつある冬のことが頭から離れなくなってきた。冬がどれほど続くのか、どれほど厳しいのか、見当もつかないだけに不安だった。何がどれほどあるかは常に正確に把握していたが、急に心配がつのって、蓄えを調べてみることにした。干し肉、果物、野菜、種子、木の実、穀物を入れた籠や樹皮の容器を次々に見ていった。いちばん奥の暗い隅では、山のように積み上げた根や果物に、腐りかけている兆しはないかと確かめた。

後方の壁沿いには、薪《たきぎ》や野原で集めた乾いた馬糞、それに干し草が山積みされていた。ウィニー用の穀物の籠もいくつか、反対側の隅に置かれていた。

エイラは炉辺に戻り、密に編まれた籠の中で煮えている穀物の加減を見てから、炙っているウサギの肉を引っくり返した。それから寝床と、そのそばの壁際に並べた身のまわり品の前を通り過ぎ、干し棚に吊るした薬草や根、樹皮を調べてみた。棚の柱を炉から遠からず近からずの位置に立てたのは、調味料や茶、薬の類を乾かすには、適当な熱があるほうがいいと見てのことだった。ただし、あまり火に近すぎると乾きすぎる恐れがあった。

エイラには看護しなければならない一族の人間もいなかったし、あらゆる薬草を集める必要もなかった。しかし、イーザが弱ってからは、代わって薬種をふんだんに蓄えるようになった。それで、食料とともに薬草を集めるのが習慣になっていた。薬草の棚の反対側には、種々雑多なものが置かれていた。薪、棒や枝、草や樹皮、毛皮、骨、大小の石、それに川原の砂を詰めた籠まであった。

活動を封じられる長く寂しい冬のことをよくよく考えてもしかたがなかった。しかし、宴《うたげ》を伴う儀式もなければ、物語を聞く輪もできないということはわかっていた。赤ん坊の誕生を待つこともなければ、噂話やおしゃべりに興じることもない。イーザやウバと薬草について語りあうこともなければ、男たちが狩りの戦術を論じるのを見まもることもない。エイラは代わりに物をつくることで時間を費やそうと考えた——手間ひまがかかるものほどよかった——できるだけ忙しくしているほうがよかった。

エイラは密で硬い木材をいくつかに切ったものを眺めた。大きなものもあれば小さなものもあるので、さまざまな鉢や椀をつくることができそうだった。握斧《あくふ》を手斧《ちょうな》として使い、さらにナイフを用いて、木の内側をえぐり、形を整え、丸い石と砂で滑らかに磨き上げるには、相当な日数が必要だった。エイラはそういう器をいくつかつくろうと思った。小さな毛皮の中には、手甲《てっこう》や脚絆《きゃはん》、履き物、その裏張りがつくれるものがあった。また、十分になめせば、赤ん坊の肌のように柔らかく、しなやかで、しかも吸収性のある革になるものもあった。

集めておいたイトラン、ガマの葉や茎、アシ、ヤナギの小枝、木の根からは籠ができた。密に編んだり、緩めに編んで複雑な模様をあしらったりして、炊事用の籠、食器、貯蔵用の容器、篩《ふるい》、盆とつくりわけることができた。座ったり、食料をのせるのに使うむしろもできた。繊維質の植物、樹皮、馬の腱《けん》や長い尻尾からは、細い紐から太い綱までの紐類をつくるつもりだった。石に浅い穴をうがったランプは、脂を満たし、乾かしたコケの芯を入れれば、煙を上げずに燃えた。エイラは肉食獣の脂をランプ用にとっておいた。どうしてもということなら食べられないわけではなかったが、その味はあまり好きにはなれなかった。

動物の平たい腰の骨や肩の骨は大小の皿になった。ひしゃくや汁を掻きまぜる棒になるものもあった。

さまざまな植物の綿毛は、鳥の羽毛や獣の毛とともに、火口《ほくち》や詰め物として用いられた。フリントの塊もいくつかあったが、それを加工すれば道具ができた。エイラは一族とともにいたころ、長い冬の日を、生存に必要なそうした品々や道具類をつくって過ごしてきた。中には、男たちがつくるのを横目で見るだけで、自分ではつくったことのないものもあったが、今は、その材料も蓄えていた。それは狩りの武器だった。

エイラは槍のほか、手に馴染む棍棒、新しい投石器をつくるつもりでいた。石のついた投げ縄もつくってみようと思っていたが、それは投石器に劣らぬ習練を必要とする武器だった。ブルンがその専門家だったが、そもそも、つくるだけでも高度の技量を求められた。三つの石をきれいに削って球にし、それに紐をつけ、適当な長さとバランスで結びあわせなければならなかったからだ。

ブルンはダルクにその技を教えてくれるだろうか？　エイラは心配だった。

日の光は薄れ、焚き火も消えかけていた。穀物はたっぷり水を吸って柔らかくなっていた。エイラは自分用に椀に一杯だけ取りのけると、残りはウィニー用に水を足してどろどろにした。それを水の漏れない籠に入れて、入り口の反対側の壁際のウィニーの寝場所へ持っていった。

一緒になったばかりの二、三日、川原で過ごした間、エイラは子馬とともに寝ていたが、洞穴の中に寝場所をつくってやったほうがいいと考えた。乾いた馬糞は燃料になったが、自分の寝床に新しい糞を落とされても迷惑するばかりだったし、子馬自身もとまどっているように見えたからだ。それに、いつか子馬も大きくなって、とても一緒には寝られない日がくるのも間違いなかった。だいたい、エイラの寝床は両方が入れるほど広くはなかった。子馬につくってやった寝場所に自分も横たわり、子馬を抱き締めて眠ってしまうことも珍しくなかった。

「もうたくさんでしょ」エイラは身ぶりで子馬にいった。子馬に話しかけるのは習慣のようになっていたが、子馬もある種の反応を示しはじめていた。「もう、おまえには十分の食料を集めたと思うんだけど。でも、ここでは冬がどれくらい続くかわからないからね」エイラは何とはなしにいらだち、気持ちもやや沈んでいた。外が暗くなっていなければ、少し歩いてくるのだけれど。いや、しばらく走ってこようか。

子馬が籠をかじりはじめたので、エイラはもう一抱え、干し草を持ってきてやった。「ほら、ウィニー。嚙むならこっちにしなさい。自分の食器を食べたりしたら駄目でしょ！」いつも以上に子馬にかまけていたい気分になって、あちこちを撫でたり掻いたりしてやった。その手を止めると、子馬はエイラの手を鼻面でつつき、まだ足りないというように脇腹を見せた。

「よっぽど痒いのね」エイラは苦笑して、また掻きはじめた。「ちょっと待って。いい考えがあるから」そういって、種々雑多なものが置いてある場所へいくと、乾いたラシャカキグサの束を探しだした。この植物は花が枯れると、細長い卵形のとげだらけのブラシのようなものが残った。エイラはその一本を茎から折り取って、ウィニーの脇腹の痒そうなところをそっと掻いてやった。そこが終わると、また次ということになって、結局、ウィニーのもじゃもじゃの毛全体を梳く羽目になった。子馬は見るからにうれしそうだった。

エイラはウィニーの首に腕を巻きつけると、その温かい体の傍らの新しい干し草の上に身を横たえた。

エイラははっとして目を覚ました。じっとしたまま、目を大きく見開いたが、胸騒ぎがしていた。何かがおかしい。冷たい隙間風を感じ、思わず息をのんだ。あの鼻を鳴らすような音は何だろう？　だが、子馬の寝息と心音のほかに、ほんとうに何かを聞きつけたのか確信はなかった。洞穴の奥のほうから聞こえてきたのだろうか？　周囲はあまりに暗くて、何も見えなかった。

あまりに暗い……それだ！　炉の埋み火の赤い輝きがまったく見えていなかった。方向感覚もおかしくなっているようだった。壁が反対側にあり、隙間風が……また聞こえた！　鼻を鳴らすような音と咳こむような音！　なんと、ここはウィニーの寝場所では？　わたしは何をしているのだろう？　うっかり眠りこんで、焚き火をいけておくのも忘れたらしい。火はもう消えている。この谷を見つけてから、火を絶やしたことはなかったのに。

エイラは身震いし、首筋の毛が逆立つのを感じた。その胸騒ぎは、言葉にも、身ぶりにも、はっきりした概念にもできなかったが、それを感じているのは間違いなかった。背中の筋肉が張り詰めていた。何かが起きようとしていた。火にからんだ何かが。エイラにはわかっていた。自分が息をしているのと同じくらい確実に。

そうした感覚にとらわれるのは、はじめてのことではなかった。各氏族の集まりの折、クレブやほかのモグールをつけていって洞穴の奥の小部屋をうかがったとき以来、たびたびあった。クレブはエイラに気づいたが、それは姿を見たからではなく、存在を感じとったからだった。そして、エイラも脳の不思議な働きでクレブの存在を感じていた。その後、エイラは自分でも説明できない経験をした。直感で何かを知ることがしばしばあった。ブラウドが自分をにらみつけていれば、背を向けていても感じとることができた。ブラウドが胸のうちに抱いている自分への激しい憎悪にも気づいていた。あの地震の前にも、洞穴には死と破壊が待ちかまえているということを察していた。

しかし、これほど強い何かは以前には感じたことがなかった。ただならぬ不安感、恐怖――それは火をめぐるものでもないし、自分自身にまつわるものでもないとわかった。自分が愛する存在に関するものだった。

エイラは音を立てずに起き上がり、手探りで炉辺へ進んだ。もう一度燃えたたせられるような熾《おき》でも残っていないかと思ってのことだったが、炉は冷えきっていた。急に用を足したくなって、壁伝いに入り口のほうに進んだ。吹きこんできた冷たい風が髪をなびかせ、炉の冷えた炭をカタカタ鳴らし、灰を舞わせた。エイラは思わず身震いした。

外に踏みだしたとたん、強い風が吹きつけてきた。エイラは前屈姿勢で、岩壁に抱きつくようにしながら、小道とは反対側の岩棚の端へ歩いていって、そこで用を足した。

空には星一つなかったが、重なった雲が月の光をうっすらとむらなく散らしていた。外の闇のほうが、洞穴の中の闇より薄かった。しかし、エイラに警告を与えたのは、目ではなく耳だった。ひそかな動きを見る前に、鼻を鳴らす音、息をする音を聞きつけていた。

エイラは投石器に手を伸ばしたが、それは腰にはなかった。身につけていなかったのだ。火が招かれざる客を近寄せないのに頼りきって、洞穴の周辺ではついつい不注意になっていた。火が消えてしまった今、子馬は多くの捕食動物の格好の獲物になっていた。

突然、洞穴の入り口から甲高い笑いのような大声が聞こえてきた。ウィニーがいないたが、そこには恐怖の響きがあった。子馬は石の室《むろ》の内側にいたが、そこに通じる唯一の通路を何匹かのハイエナがふさいでいたのだ。

ハイエナども！　エイラは思った。狂った笑いのような甲高い鳴き声、みすぼらしい斑《まだら》の毛、よく発達した前脚や肩から小ぶりな後脚へ傾斜している背中には、何か卑屈な印象を与えるものがあり、それがエイラをいらだたせた。それに、息子がさらわれるのをなす術《すべ》もないまま見送るオガの悲鳴を、けっして忘れることはできなかった。その憎らしいハイエナが今度はウィニーを狙っていた。

エイラに投石器はなかったが、それでひるみはしなかった。ほかのものが脅威にさらされているとき、自分の安全を顧みずに行動するのは、これがはじめてではなかった。エイラは拳を振りまわし、大声を上げながら、洞穴に向かって走った。

「出ていけ！　ここから出ていけ！」それは一族の言葉でもはっきり発音される怒号だった。

ハイエナどもはあわてて逃げだした。そうさせたのは、一つにはエイラの強腰だった。また、火はすでに消えていたが、そのにおいがいまだに漂っているせいもあった。しかし、ほかにも見逃せない要因があった。エイラのにおいはハイエナに広く知られていたわけではなかったが、だんだんおぼえられつつあった。とくに前回は、においがしたと思うと、猛烈な勢いで石が飛んできたので、なおさらのことだった。

暗い洞穴の中で、エイラは投石器を求めて、あちこち手探りした。どこに置いたかおぼえていない自分に腹が立った。もう二度とあってはならない。エイラは決心した。置き場所を決めて、必ずそこに置くことにしよう。

結局、投石器の代わりに、炊事に使う石を拾い集めた——それならどこにあるかがわかっていた。一匹の図太いハイエナが近づいてきて、その輪郭が洞穴の入り口に影絵のように浮かんだ。そのハイエナが思い知らされたのは、投石器はなくてもエイラの狙いは正確で、石に当たればひどくこたえるという事実だった。ハイエナどもはもう二、三度、接近を試みたあげく、結局のところ、子馬はそうたやすい獲物ではないと判断した。

エイラはさらに石を集めようと暗闇の中を手探りするうち、時の経過を刻むのに使っている棒を見つけた。そのあとは朝までウィニーのそばを離れずに過ごしたが、いざとなったらその棒一本で子馬を守ってみせるという気がまえでいた。

それよりもつらかったのは眠気との戦いだった。夜が明ける少し前に、しばらくまどろんだが、最初の光が差してきたときには、もう起きだして、投石器を手に岩棚の上に立っていた。ハイエナの姿は見えなかった。エイラは洞穴に戻って、毛皮の外衣と履き物を身につけた。気温がぐんと下がっていた。夜の間に風向きも変わっていた。北東からの風が、長い谷間を吹き抜け、突きだした岩壁と川の屈曲部にぶつかったあげく、気まぐれな突風となって洞穴に流れこんでいた。

エイラは水袋を持って急勾配の小道を駆け下りると、流れの縁にうっすらと張った氷を割りにかかった。空気には、薄ぼんやりと雪のにおいが漂っていた。割れた氷の間から、身を切るように冷たい水を汲み上げながら、エイラは訝った。きのうはあれほど暖かかったのに、どうしてきょうはこんなに寒いのだろう。変化は驚くほど急だった。それまでのエイラは、決まった日常に安住しすぎていた嫌いがあった。気候の急変に、自己満足している余裕はないと思い知らされた。

わたしが火をいけておくのも忘れて眠りこんだと知ったら、イーザは驚き呆れるだろう。さっそく、新しい火を起こさなければ。だいたい、風が洞穴に吹きこんでくるなどとは思いもしなかった。今はずっと北のほうから吹いている。その風が火の消える一因になったのかもしれない。たしかに埋み火にしておくべきだったが、よく乾いた流木はよく燃えるだけに火持ちはよくない。生木を少し切っておいたほうがいいかもしれない。生木はなかなか火がつかないが、火持ちはいい。風除けの柱にする木も切り、薪《たきぎ》ももっと運びこんでおこう。雪が降りだしたら、今よりもっと苦労する羽目になる。火を起こす前に、握斧《あくふ》を取ってきて木を切っておこう。風除けをつくる前に、火を吹き消されたらかなわない。

エイラは洞穴に戻る途中、流木を何本か拾った。ウィニーは岩棚に出ていて、エイラを見ると挨拶するようにいななき、甘えて頭を押しつけてきた。エイラは微笑みはしたが、それにかまわず、さっさと洞穴の中に入っていった。ウィニーはすぐあとを追ってきて、鼻面をエイラの手の下に差し入れようとした。

よしよし、ウィニー。エイラは水と木を置くと、しばらくの間、子馬を撫でたり掻いたりしてやってから、穀物を少し籠に入れた。自分の朝食に冷えた残り物のウサギの肉をそのまま食べた。熱い茶を飲みたいと思ったが、冷たい水で我慢した。洞穴の中も寒かった。手に息を吐きかけ、さらに手先を腕の下に挟んで温め、それから、寝床の近くに置いてあった道具入れの籠を取りだした。

谷に着いた直後には、新しい道具を二つ三つつくり、引き続きいくつか手がけるつもりでいたが、その後はいつも、ほかに優先しなければならないことがあって、それに追われていた。エイラは手持ちの握斧を取りだし、明るいところで調べてみようと外に持って出た。握斧は適切に扱えば、使うほどに切れ味がよくなった。絶えず小さな破片が剝がれ落ちていって、あとに鋭い刃が残るからだ。しかし、扱いを間違うと、大きな破片が欠け落ちたり、もろい石そのものが粉々に砕けたりした。

エイラはウィニーの蹄の音にすっかり慣れていたので、それが後ろから近づいてきても聞き流していた。ウィニーは鼻面をエイラの手に押しつけようとした。

「こら、ウィニー！」エイラは思わず叫んだ。もろいフリントの握斧が堅い岩棚に落ちて、いくつかの破片に砕けてしまったのだ。「握斧はこれ一つだったのよ。木を切るのに必要なのに」よくはわからないが、どうも何かおかしい、とエイラは思った。寒くなったとたんに火が消えてしまう。まるでそれを予期していたように、ハイエナがやってきて襲いかかろうとする。そして、今度はたった一つだけの握斧が壊れてしまう。エイラは不安になってきた。不運なことが続くのは、よくない兆しだ。とにかく、今は、ほかのことはさしおいて、新しい握斧をつくらなければならない。

エイラは握斧《あくふ》の破片を拾い集め――手を加えれば、ほかの使い道があるかもしれなかった――それを火の消えた炉辺に置いた。そして、寝床の後ろのくぼみから、ジャイアント・ハムスターの皮でくるみ、紐で縛った包みを出すと、それを川原へ持って下りた。

ウィニーがあとをついてきたが、鼻面をすり寄せても、頭で突いても、撫でてもらえるどころか押しのけられるだけだった。結局、石にかまけているエイラを置いて、岩壁をまわった先の谷間へ出ていった。

エイラは注意深く、恭《うやうや》しく包みをひろげた。それは一族きっての道具づくりの名人、ドルーグを見習った態度だった。包みにはさまざまなものがおさめられていた。エイラが最初に取り上げたのは、楕円形の石だった。はじめてフリントを手がけたとき、手にしっくり馴染んで、フリントを叩いたときにしかるべき手ごたえのある石を槌として選んでいた。石に細工する道具はどれも大事だったが、中でも石の槌は何にもまして重要だった。それが最初にフリントに触れる道具だったからだ。

エイラの槌には二、三カ所の傷しかなかったが、使いこまれたドルーグの槌は傷だらけになっていた。だが、ドルーグはそれを捨てる気などさらさらなかった。フリントを粗削りするだけなら誰にもできるが、ほんとうの逸品をつくりだすとなると、自分の道具を愛し、石の槌の霊を楽しませる術《すべ》を知っている専門家でないと無理だった。エイラはそれまでと違って、石の霊のことが気がかりでならなかった。自分がすぐれた道具づくりとならなければならない今、霊を楽しませることはきわめて大切だった。万一、槌が割れたりしたとき、不運を除き、石の霊をなだめて、新しい石に宿るよう説くには儀式が必要だということはわかっていた。だが、そのやりかたがわからなかった。

エイラは石の槌を傍らに置き、草食動物の脚の骨の頑丈な槌を取り上げて、前回使った折に割れ目が入ったりしなかったかを点検した。そのあと、二次加工に用いる大型の猫科の獣の犬歯を調べた。それは、岩壁の下の漂着物の山の中にあった顎の骨から外したものだった。ほかの骨や石の道具にも目を通した。

エイラはドルーグの仕事ぶりを見学したあと、自分で実践してみて、フリントの道具のつくりかたをおぼえた。ドルーグは石をどう扱うかを見せるのにやぶさかではなかった。エイラは精神を集中して見まもり、ドルーグもエイラの努力を認めてはいるようだったが、弟子にしてくれたわけではなかった。女を弟子にしても、あまり甲斐がなかったからだ。女がつくることを許されている道具は範囲が限られていた。狩りに用いる道具や、武器をつくる道具をつくることは許されなかった。ただ、女が使う道具はそれらと大差ないということにエイラは気づいた。ナイフはどうあろうとナイフだったし、刻み目のある剝片は掘り棒の先端を削るのにも、槍の穂先をとがらせるのにも用いられた。

エイラは手持ちの道具を眺めた末に、フリントの塊を取り上げたが、また下に置いた。本格的にフリントを加工しようというなら、その間、石を支えておく台が必要だった。ドルーグは握斧には台を使わず、もっと進んだ道具をつくるときにだけ用いた。エイラは台がなくても粗削りはできるが、重いフリントを支えておけば、ずっと扱いやすくなることに気づいた。表面の平らな、しっかりしたものが望ましかったが、あまり堅すぎると、強く叩いたときにフリントが砕けてしまう恐れがあった。ドルーグはマンモスの足の骨を使っていた。エイラも骨の山の中で探してみようと思った。

骨や木や石などが入り交じって積み上がっている山に上ってみた。何本かの牙があった。それなら足の骨もあるに違いない、と思った。長い枝を探してくると、それを梃子《てこ》にして重い骨を持ち上げてみた。しかし、大石を動かそうとしたとき、枝はポキリと折れてしまった。そのあと、若いマンモスの小さな牙を代わりにしたが、それは枝より強いとわかった。ようやく、岩壁に近い山の端のほうで目当てのものが見つかり、雑多なものの中から何とか引っ張りだした。

仕事場にしようと思った場所にマンモスの足の骨を引きずっていくとき、目を引いたものがあった。日の光を浴びてきらめく黄灰色の石で、切り子面がまぶしく光っていた。見おぼえがあるような気がしたが、足を止めてその石、実は黄鉄鉱のかけらを拾い上げてみて、はじめて合点がいった。

わたしのお守りだ。エイラは首に吊るした革の小袋に触れた。ケーブ・ライオンの霊がお守りにそっくりの石を与えて、おまえの息子は無事だと教えてくれたのだ。ふと気がつくと、川原のあちこちに黄灰色の石が散らばっていて、日光にきらきら輝いていた。前にも見ていたはずだったが、お守りとの関わりを認識して、あらためて気がついた。同時に、雲が切れていくのにも気がついた。わたしがこのお守りの石を見つけたときには、これ一つしかなかったが、ここでは特別なものではないらしく、あちこちに転がっている。

エイラは石を捨て、マンモスの足の骨を引きずって川原を進んだ。予定の場所に着くと、座りこんで、骨を両膝の間に挟んだ。その膝をハムスターの皮で覆ってから、フリントを取りだした。最初の一撃をどこに加えようかと思案しながら、何度も引っくり返してみたが、何となく落ちつかず、精神を集中することができなかった。何かにいらだたせられた。今、座っている石が、硬く、ごつごつして、冷たいせいだろう。そう思って、敷物を取りに洞穴へ走り、ついでに、火起こし棒と火起こし台、それに火口《ほくち》を少々持って帰った。火を起こしたら、ずいぶん気持ちがよくなるだろう。朝は過ぎたのに、まだまだ寒い。

敷物の上に腰を落ちつけると、道具づくりのための道具を手もとに並べ、マンモスの足の骨を両膝で挟み、その上をハムスターの皮で覆った。そして、骨の台の上にフリントの塊を置いた。それから、石の槌を取って、しっくりするまで何度か握りなおしてみたが、結局、また下に置いた。どうしたというのだろう？　何でこんなにそわそわしているのだろう？　ドルーグは仕事を始める前、必ずトーテムに助けを求めて祈っていた。わたしにもそれが必要なのでは。

エイラはお守りを握りしめ、目を閉じ、二度三度とゆっくり深呼吸して、自分を落ちつかせようとした。とくに何かを願ったわけではなかった——自分の心や思いをケーブ・ライオンの霊に届かせようとしただけだった。自分を守ってくれる霊は、自分の一部で、自分の中にいる。クレブはそう説明してくれた。エイラはそれを信じていた。

自分を選んだ大いなる獣の霊に通じようとするうちに、しだいに気持ちが静まってきた。エイラは楽になったのを感じ、目を開けて、指を曲げ伸ばししてから、ふたたび槌を手に取った。

それで何度か打つうちに、白っぽい表皮が吹っ飛んだ。エイラは手を止めて、フリントを眺めた。暗灰色の光沢を持つ色合いは好ましかったが、きめはもう一つだった。それでも、不純物は含まれていないようで、握斧《あくふ》に向いていると思われた。握斧として使えるよう形を整えていくうちに、かなりの厚みを持った破片が数多く剝がれ落ちた。槌が当たった剝片の端のほうには、膨らんだ瘤があったが、それは先が細まって、最後には鋭い刃になっていた。剝片の多くは半円形のさざなみのような模様がついていて、それが剝がれ落ちた本体のほうにも波形の深い痕が残っていた。そういう剝片は、硬い皮や肉を切る包丁や、草を刈る鎌のような頑丈な道具として使うことができた。

大まかな形ができると、エイラは槌を骨のものに取り替えた。骨の槌は石より柔らかく、弾力性があった。石の槌でなら砕けてしまいそうな薄くて鋭い縁で、たとえ波形のあるものでも、砕けることはなかった。エイラは慎重に狙いを定めると、波形の縁に近いところを打った。一撃するたびに、細長く薄い剝片が落ちたが、石の槌の場合と比べ、瘤は平たく、波形も目立たなかった。準備に費やしたのよりもずっと短い時間で、握斧が仕上がった。

それは五インチほどの長さで、洋ナシのような形をしていた。先はとがっていたが平たかった。断面はあまり厚くないが安定感があり、先端から両側にかけてがまっすぐな刃になっていた。丸みを帯びた底のほうは手で握れるようになっていて、木を切る斧としても、手斧《ちょうな》としても使うことができた――鉢もつくれそうだった。動物を解体するとき、骨を叩き切るのはもちろん、マンモスの牙も小さく割ることができると思われた。用途の多い、強くて鋭い道具だった。

エイラは気分が楽になり、さらに進んだむずかしい技術に挑んでみようという気になった。そこで、白っぽいフリントの塊と石の槌を取って、表皮を打ってみたが、その石は質が悪かった。表面の白っぽい部分が内部の暗灰色の部分に食いこみ、芯にまで及んでいたのだ。そんな不純物が含まれていては使いものにならず、エイラの仕事の流れも集中力もそこで途切れた。エイラはまたいらだって、石の槌を川原に置いた。

あまりにも運がないし、またしても悪い兆しだ。だが、そんなことを信じたくなかったし、あきらめるつもりもなかった。あらためてそのフリントを眺めているうちに、何かに使える剝片が取れるかもしれないと思いついて、もう一度、槌を手に取った。剝片を一つ叩きだしたが、それはさらに手を加える必要があった。エイラは槌を置いて、二次加工用の石の道具に手を伸ばしたが、そちらのほうへはちらりと目をやっただけだった。ほとんどフリントから目を離さなかったので、伸ばした手は間違って川原の石を拾い上げていた――それがエイラの生活を一変させるできごとにつながった。

必要だけが発明の母とはかぎらない。ときには、思わぬものを偶然に発見する能力が、その役割を果たす。肝心なのは認識する力だ。あらゆる要素がそろっていても、偶然の機会がなければ、それらをうまい具合に結びつけることはできない。偶然の機会こそが基本的な条件なのだ。明確な意図のもとに、そのような実験をしてみようなどと誰が夢想するだろうか。人気《ひとけ》のない谷間の川原にぽつんと座っている若い女がするわけもなかった。

エイラは石の道具に手を伸ばして、その代わりにほぼ同じ大きさの黄鉄鉱をつかんでいた。さっきのフリントの剝片をそれで叩きにかかったとき、洞穴から持ってきた乾いた火口《ほくち》がたまたま近くに置いてあった。二つの石が打ち合わされて生じた火花が、そのけばだった繊維の球へ飛んだ。何よりも肝心なのは、火花が火口に移ったとき、エイラがそちらに目をやっていたという事実だった。火口は一瞬くすぶって、細い煙を上げたが、すぐに消えた。

それこそが、思わぬものを偶然に発見する能力だった。エイラは認識力をはじめとする必要な要素を持ち合わせていた。まず、火を起こす過程を理解していたし、実際に火を必要としていた。それに、新しいことに挑むのを恐れはしなかった。それでも、自分が何を見たのかを認識し、評価するには多少の時間を要した。まず、煙にとまどった。考えた末に、ようやく煙と火花とを結びつけた。だが、火花そのものには、なおのこととまどった。火花はどこから出たのだろう？　自分が手にしている石に目をやったのは、そのときだった。

石が違っている！　道具の石ではなく、川原のあちこちに散らばっている輝く石だ。でも、石には違いないし、石が燃えるわけはないのに。何かが火花を起こし、その火花が火口から煙を上げさせたのだ。そう、火口から煙が上がってはいなかったか？

エイラはけばだった樹皮の球を取り上げた。煙は想像だったのかと思いかけていたが、球には小さな黒い穴があいて、煤が残っていた。エイラはまた黄鉄鉱を手に取って、しげしげと見た。どうして石から火花が飛んだのだろう？　わたしが何をしたのだろう？　フリントの小さな剝片をこれで叩いただけだ。

少々馬鹿らしいと思いながらも、二つの石を打ち合わせてみた。だが、何も起こらなかった。

わたしは何を期待していたのだろう？　エイラは訝った。もう一度、もっと力を込めて鋭く打ち合わせてみると、パッと火花が飛んだ。脳裏でぼんやりと形成されつつあった考えが、そのとき突然、花開いた。不思議な、興奮する考えではあったが、少し恐ろしくもあった。

エイラはマンモスの足の骨を覆っている皮の上に、二つの石を注意深く置いた。それから、火を燃え立たせる材料を集めた。用意ができると、二つの石を持って、火口《ほくち》に近づけ、そこで打ち合わせた。火花が飛んだものの、川原の冷たい石の上に落ちて、すぐに消えた。角度を変えて、もう一度試してみたが、今度は力が足りなかった。力いっぱい打ち合わせてみると、火花が火口の真ん中に落ちるのが見えた。それは繊維の二、三本を焦がして消えたが、細い煙が上がったのは励みになった。次に石を打ち合わせたときには、吹きつけてきた風にあおられて、くすぶっていた火口が、消える前の一瞬、炎を上げた。

そうだ！　息を吹きかけなければ。エイラは火を吹きたてるのに都合がいい位置に移ってから、二つの石で火花を起こした。今度の火花は強く、明るく、長続きして、しかも、うまい具合に落ちた。エイラが熱を感じられるほど顔を寄せて吹くうちに、くすぶっていた火口から炎が上がった。それに木屑や木切れをくべていくと、いつの間にか焚き火ができていた。

拍子抜けするほど簡単だった。エイラ自身もにわかには信じられなかった。もう一度やってみて、自分に証明してみせる必要があった。さらに多くの火口と焚きつけを掻き集めて、二番目の火を起こしてみた。続いて、三番目、四番目も。エイラはいささかの不安、畏敬、発見の歓喜、そして、大いなる驚異を感じつつ、一歩後ろに下がって、火の石からつくりだされた四つの火にじっと見入った。

煙のにおいにひかれて、ウィニーが岩壁の向こうから駆け戻ってきた。子馬にとっても、かつては恐ろしかった火が、今では安全のにおいを漂わせるようになっていた。

「ウィニー！」エイラは大声で呼びながら、子馬のほうに駆け寄った。たとえ、相手が馬でも、誰かに語らずには、発見の感動を分かちあわずにはいられなかったのだ。「ほら！」エイラは身ぶりで示した。「あの火を見て！　あれは石で起こしたのよ、ウィニー。石で！」ちょうどそのとき、雲間から日差しが漏れて、川原一面がきらきら輝いて見えた。

あの輝く石を見たとき、何も特別なものではないと思ったのは間違いだった。トーテムがくれたものだということに気づいていなければならなかった。ほら、見て。石の中に火が宿っていると知った今、わたしにはその火が見える。エイラはふと考えた。でも、なぜ、わたしに？　なぜ、わたしに示されたのだろう？　ケーブ・ライオンの霊は石の一つをわたしに与えて、ダルクは無事だと告げた。では、今は何を告げているのだろう？

エイラは前夜、焚き火が消えたあとで抱いた奇妙な予感を思いだした。四つの火に囲まれて立っている今、ふたたびそれを感じて思わず身震いした。だが、そのあと、突然にあふれるような安堵感に包まれた。それ以前も、自分が不安にさいなまれているのを意識していたわけではなかったが。

8

「おーい！　おーい！」ジョンダラーは大声を上げ、手を振りながら、川っぷちへ突っ走った。
　何ともいえない安堵感がひろがった。ほとんどあきらめかけていたところへ、ほかの人間の声を聞いて、新たな希望のうねりで満たされたのだ。その人間が敵意を抱いているかもしれないなどとは思いもしなかった。それまでさいなまれていたまったくの無力感と比べれば、恐ろしいものなど何もなかった。それに、相手に敵意は感じられなかった。
　ジョンダラーに呼びかけた男は、ぐるぐる巻いた綱を差し上げた。その一端は見慣れない巨大な水鳥に結びつけられていた。ジョンダラーはそれが生き物ではなく、一種の舟だということを見てとった。男が綱を投げてよこした。ジョンダラーは受けそこね、そのあとを追ってしぶきを上げながら水の中に入っていった。ほかの二人の男が別の綱を投げ、舟から飛び降り、腿まで水につかりながら歩いてきた。その一人はジョンダラーを見て——濡れた綱を手に、どうしたものかと、希望、安堵、困惑の入り交じった表情をしていた――微笑し、その手から綱を受け取った。そして、舟を引き寄せると、綱を立ち木に結わえてから、川に半ば沈んだ大木の突き出た枝に縛りつけられたもう一本を調べにいった。

さらに、舟に乗っていたもう一人の男が立ち上がったかと思うと、大木の上に飛び降りて、その安定性を確認した。男が聞き慣れない言葉で二言三言いうと、舟から梯子に似た板が上げられ、大木へと掛けわたされた。男は舟のほうへ戻り、誰かに付き添って板を下りてくる女に手を貸して、大木伝いに岸へと渡らせた。付き添いといっても、それが必要だからというのではなく、むしろそれが許されているからというふうだった。

敬意を一身に集めているという印象のその人物には、落ちつきはらった王者のような物腰が備わっていた。だが、ジョンダラーからすると、いわくいいがたい資質、あいまいさのようなものが感じられ、ついつい、まじまじと見つめてしまった。その人物のうなじで結ばれた長い白髪が、風で顔から吹きはらわれた。きれいに剃られた――あるいは、ひげがない――その顔には年輪が刻まれていたが、柔らかに輝くつやをいまだに失ってはいなかった。顎の線は力強く、先が突き出ていた。よほど個性の強い人物なのだろうか?

ジョンダラーが冷たい水の中に棒立ちになっているのにはっと気づいたとき、その人物から手招きされた。しかし、近づいてみても、謎はいっこうに解けなかった。自分が何か重要なことを理解しかねているのではないかと思われた。ジョンダラーは足を止め、相手の顔をのぞきこんだ。思いやりの感じられる、問いかけるような微笑、灰色ともハシバミ色ともつかない鋭い目。ジョンダラーは突然、目の前で辛抱強く挨拶を待っている人物の何が不可思議なのかに思い至り、驚異に打たれた。そして、相手が男女いずれなのかを判断する手がかりを探し求めにかかった。

身長は推測の役には立たなかった。女にしては少し高すぎるし、男にしては少し低すぎた。だぶだぶの服が身体的な特徴を隠していた。歩きかたもジョンダラーを惑わすばかりだった。しかし、見ても答えが出ないことで、かえって安心を感じた。ジョンダラーはそういう人々を知っていたからだ。男女いずれかの性の体に生まれつきながら、その反対の性の傾向を持つ人々。彼らは男女いずれでもなく、いずれでもあり、母なる女神に仕える一団に加わっているのがふつうだった。内に秘めた男女それぞれの要素に由来する力で、薬師《くすし》として優れた技を発揮するという評判だった。

故郷を遠く離れたジョンダラーには、舟で乗りつけてきた人々の習俗を知る由《よし》もなかったが、目の前に立っている人物が薬師であることは疑いなかった。母なる女神に仕える人間であるのかどうかは問題ではなかった。ソノーランに必要なのは薬師であり、その薬師があらわれたのだ。

それにしても、自分たちには薬師が要るということをどうして知ったのだろう？　ここにこなければならないということをどうして知ったのだろう？

ジョンダラーは焚き火に丸太をもう一本投じ、火花が煙を追うように夜空に舞い上がっていくのを見まもった。それから、裸の背中を寝袋の奥へ滑りこませ、大きな丸石にもたれかかって、なかなか消えない火花が天を横切っていくのに目を凝らした。そのとき、視界に一つの影があらわれて、星をちりばめた空の一部を覆い隠した。果てのない高みから焦点を移し変えて、湯気の立つ茶碗を差しだす若い女をとらえるには少々時間がかかった。

ジョンダラーはあわてて上体を起こした。裸の腿をさらしているのに気づいて、乾かすために火のそばに吊るしているズボンと靴を見やりながら、寝袋をつかんで引っ張り上げた。女はにこりとした。その輝くような微笑が、どちらかというと真面目で内気な、まずまずかわいいという印象の女を、目の覚めるような美人に一変させた。それほどの驚くべき変貌は見たことがなかった。ジョンダラーも自分の魅力を映した笑みを返した。しかし、女は首をすくめ、見知らぬ人間にばつの悪い思いをさせてはならないというように、いたずらっぽい笑みを押し殺した。もう一度振り返ったときには、目にきらめきが残っているだけだった。

「すてきな笑顔をしているね」ジョンダラーは碗を受け取りながらいった。

女は首を振り、何か答えたが、言葉がわからないといったのだと思われた。

「おれのいうことがわからないっていうんだろう。それでも、きみたちがきてくれて、ほんとに感謝しているって伝えたくてね」

女はジョンダラーをまじまじと見た。相手も自分と同じように意思を通じたがっているとジョンダラーは感じた。話をやめれば女が去ってしまうのではないかと恐れて、さらに言葉を継いだ。

「きみと話しているだけでもうれしいよ。きみがここにいてくれるというだけでも」ジョンダラーは茶をすすった。「これはうまい。何のお茶なのかな?」ジョンダラーは碗を持ち上げ、うなずきながら尋ねた。

「カミツレの味がするようだけど」

女はうんうんとうなずき返すと、火のそばに座って、何か答えた。女がジョンダラーの言葉をほとんど理解できないように、ジョンダラーもそれをほとんど理解できなかった。しかし、女の声は耳に心地よく、ジョンダラーが一緒にいてほしいと望んでいるのを察しているようだった。

「きみたちにお礼がいえたらいいんだが。きみたちがきてくれなかったら、どうしたらいいのかわからなかった」ジョンダラーは心配と緊張でゆがんだ顔をつくってみせた。女はわかったというようににっこりした。「おれたちがここにいるということがどうしてわかったのか聞けたらな。それに、きみたちの巫女《みこ》というか、薬師《くすし》を何と呼んでいるのか知らないが、それがどうして助けを求められていると知ったのか」

女は近くに張られたテントを身ぶりで示しながら、何か答えた。テントは中の火明かりで輝いて見えた。ジョンダラーはいらだって首を振った。女はジョンダラーのいうことをほぼ理解しているようだったが、ジョンダラーは女のいうことを理解できなかった。

「まあいい」ジョンダラーはいった。「ただ、きみたちの薬師がおれをソノーランに付き添わせてくれるとありがたいんだが。いわれなくても、おれがテントから出ていかなければ弟を助けてもらえないというのは明らかだったからね。けっして薬師の能力を疑ってるわけじゃないんだ。ただ弟と一緒にいたいというだけなんだが」

あまりに熱心に見つめられて、女は心配ないというようにジョンダラーの腕に手を置いた。ジョンダラーは微笑もうとしたが、それは何ともつらかった。テントがばたばたする音でそちらを見ると、年配の女が中から出てきた。

「ジェタミオ!」年配の女はそう呼びかけ、さらに何かいった。

若い女はさっと立ち上がったが、ジョンダラーはその手をつかんで引きとめた。「ジェタミオ?」ジョンダラーは女を指さして尋ねた。女はうなずいた。「ジョンダラー」今度は自分の胸を叩いていった。

「ジョンダラー」ジェタミオはゆっくり繰り返した。それからテントのほうを向き、自分の胸を叩き、次にジョンダラーの胸を叩いてから、あらためてテントを指さした。

「ソノーラン」ジョンダラーはいった。「弟の名前はソノーランというんだ」

「ソノーラン」ジェタミオはテントのほうに急ぎながら繰り返した。軽く足を引きずっているのにジョンダラーは気づいたが、それが行動の妨げになっているというほどではないようだった。

ジョンダラーのズボンはまだ湿っていたが、それを引き上げると、紐を締めるのも、靴をはく手間も惜しんで、薮のほうへ駆けだした。目が覚めてからずっと尿意を感じていたのだが、着替えは背負子《しょいこ》の中で、それは薬師がソノーランを診ている大きなテントの中に置いてあった。前日の夕方、ジェタミオに笑われたことで、下着の短いシャツ一枚という姿で薮の中へぶらぶら入っていくのはためらわれた。自分を助けてくれた人々の習慣やタブーをうっかり犯すのも避けたかった――野営地には女が二人いることでもあったし。

はじめは寝袋を巻きつけて出ていこうかと思った。ずいぶん我慢したあげくに、湿っていようがいまいがズボンをはいてしまえばいいと思いついたが、そのときにはもうとまどいも忘れて駆けだすばかりになっていた。案の定、ジェタミオの笑い声があとを追ってきた。

「タミオ、笑っちゃ駄目よ。失礼じゃないの」年配の女がたしなめたが、自分も笑いをこらえるのに懸命では、あまり説得力がなかった。

「あら、ロシュ、馬鹿にするつもりなんてないんだけど、おかしくって。あの人が寝袋を巻きつけて歩こうとしてるの見なかった?」ジェタミオはまたくすくす笑い出したが、何とかこらえた。「どうして、すぐにいかないのかしらね?」

「あの人たちの習慣は違うんじゃないの、ジェタミオ。あの二人、ずいぶん遠くから旅してきたみたいだし。あんな服は今まで見たこともないわ。言葉も全然違うし。たいていの旅人はわたしたちと同じ言葉をいくつかは話すのに。あの人の言葉には発音できないものもあるわ」

「そうね。あの人、肌を見られるのがいやなんじゃない。ゆうべ、わたしが腿をほんのちょっと見ただけで真っ赤になったもの。でも、わたしたちに会ってあんなに喜んだ人って見たことないな」

「それは無理もないんじゃないの」

「それで、もう一人の具合はどう？」ジェタミオはまた真剣な口調になって聞いた。「シャムドは何かいってた、ロシャリオ？」

「腫れはひいたみたいよ。熱もね。少なくとも、前よりは静かに眠っているわ。シャムドは犀《さい》の角で刺されたんだろうっていってるけど。生き延びられたのが不思議なくらい。あの背の高い人がああして助けを求めなかったら、長くはもたなかったでしょうね。それにしても、わたしたちと出会ったのは運がよかったわ。ムドがあの二人に微笑まれたのね。母なる女神は若くていい男がずっとお好きだから」

「それだけじゃ……ソノーランは怪我してるし。あんなふうにやられたんじゃ……もう一度歩けるようになると思う？」

　ロシャリオはジェタミオに優しく微笑みかけた。「もし、彼にあんたの半分ほどでも意志の力があれば歩けるでしょうよ、タミオ」

　ジェタミオは頬を赤らめた。「わたし、シャムドのところへいって、何か用がないか聞いてみる」そういうと、テントに向かって歩きだしたが、少しでも足を引きずるところを見せまいとつとめていた。

「背の高い人に荷物を取ってきてあげたらどうなの？」ロシャリオが後ろから呼びかけた。「そうしたら、湿ったズボンをはかずにすむんじゃないの」

「でも、どっちが彼のかわからないもの」

「両方持ってきたらいいんじゃないの。テントの中ももっと空くでしょ。それから、シャムドにいつになったら動かせるか聞いてみて……ええと、何て名前だったかしら？　ソノーラン？」

ジェタミオはうなずいた。

「もし、しばらく、ここにいるとなったら、ドランドに狩りをしてもらわないとね。わたしたち、あまり食料を持ってきてないから。こんな荒れた川じゃ、ラムドイの男だって漁はできないと思うけど。でも、あの人たちは陸《おか》に上がらずにすめば、そのほうがいいんだから。わたしはしっかりした大地を踏んでいたいけどね」

「あら、ロシュ、あなたがドランドじゃなくてラムドイの男と連れ添っていたら、反対のことをいってるんじゃない」

ロシャリオはきっとなってジェタミオを見つめた。「あの漕ぎ手の誰かがあなたにいいよったんじゃないでしょうね？　わたしはあんたの実の母親じゃないけどね、ジェタミオ、あんたはわたしの娘みたいなものだって、みんなが知ってるのよ。きちんとあんたの許しを求めるだけの礼儀を心得ていなければ、それは望ましい男じゃないわ。ああいう川の男たちはどうも信用がならないから……」

「心配しないで、ロシュ。川の男と駆け落ちしようなんて決めたわけじゃないから……まだね」ジェタミオはいたずらっぽく笑っていった。

「タミオ、シャムドイにもいい男はたくさんいるのよ。わたしたちのうちに入りたいっていう男がね……あんた、何を笑ってるの？」

ジェタミオは両手で口を押さえ、こみあげてくる笑いをこらえようとしていたが、どうしてもくすくすという声が漏れた。ロシャリオもジェタミオが見ている方向に目をやったが、やはり笑いが弾けないよう、あわてて口を押さえた。

「荷物を取ってきたほうがよさそうね」ようやくジェタミオがいった。「背の高いお友だちには乾いた服が要るわ」そういって、また吹きだした。「やっとズボンがはけるようになった赤ちゃんみたい！」ジェタミオはテントに向かって駆けだしたが、中に入るときまで笑い声を響かせているのがジョンダラーの耳にも達した。

「何をはしゃいでいる？」薬師《くすし》が怪訝そうな顔で眉を吊り上げた。

「すみません。あんなふうに笑いながら入ってくるつもりはなかったんですけど。ただ……」

「おれはあの世にいるんだろうか、それとも、あんたはおれを連れにきたドニーなのか？　この世の女じゃ、そんなにきれいなはずはないからな。でも、あんたが喋ってる言葉はおれには一言もわからないんだが」

ジェタミオもシャムドも怪我人のほうを振り向いた。ソノーランは弱々しい笑みを浮かべてジェタミオを見つめていた。ジェタミオは急に真顔になって、ソノーランの傍らにひざまずいた。

「起こしてしまったわ！　わたし、何て不注意なんでしょう」

「あ、その笑顔を消さないでくれないか、美しいドニー」ソノーランがいって、ジェタミオの手を取った。

「そう、騒がせてしまった。だが、おまえが気に病むことはない。この男はおまえに看てもらっている間に、もっと心を〝騒がせる〟ことになるだろう」

ジェタミオは首を振り、困惑したような顔をシャムドに向けた。「わたし、何か要るものはないか、お手伝いすることはないかって聞きにきたんですけど」

「おまえはもう手伝っている」

ジェタミオの困惑はつのるばかりのようだった。薬師のいうことがどうもわからないということはたびたびあった。

薬師の射るような目つきが和らいで、同時に、かすかな皮肉の色を帯びた。「わたしはできるかぎりのことをした。あとはこの男が自分で乗りきらなければならない。だが、この段階では、生きようという意志を起こさせるものがあれば、何であれ役に立つ。おまえはその愛らしい笑顔で役に立ったのだ……タミオ」

ジェタミオは頬を染めて頭を下げた。そのあと、ソノーランがまだ自分の手を握っているのに気がついた。相手の顔に目をやると、笑みをたたえた灰色の目が見えた。ジェタミオもそれにこたえて輝くような笑顔を見せた。

薬師の咳払いする声で、ジェタミオは視線を外した。見知らぬ男を長いこと見つめていたと気づいて、少々あわてた。「おまえにできることがある。この男は目覚めて、意識もはっきりしてきた。もう何か滋養のあるものを与えてもいいように思う。スープがあれば飲めるだろう。おまえが飲ませてやるならば」

「ええ、もちろん、やってみます。今、持ってきますから」ジェタミオはとまどいを隠そうと急いで外に走り出た。出てみると、ロシャリオがジョンダラーに話しかけようとしているのが目に入った。ジョンダラーはばつの悪そうな様子で立っていたが、それでも、つとめて明るい顔をしていた。ジェタミオはもう一つの用件を思いだして、テントの中へと取って返した。

「二人の荷物を持っていかないと。それと、ロシャリオがソノーランをいつ動かせるようになるか知りたがってます」

「今、この男の名前を何といった?」

「ソノーランです。もう一人の人がそういってました」

「まだ一日か二日はかかるとロシャリオにいいなさい。荒れた川を乗り切れるまでには至っていない」

「どうしておれの名前を知っているんだ、美しいドニー? おれはどうしたらきみの名前が聞けるんだ?」ジェタミオは振り返ってソノーランに微笑みかけてから、二つの荷物を持って外に出ていった。ソノーランも満足げににっこりして体を落ちつけたが、そのときはじめて白髪の薬師《くすし》に気づいて、はっとした。謎めいた顔には猫のような笑みが浮かんでいた。いかにも賢く、訳知りで、少しばかり獰猛《どうもう》そうな笑みが。

「若者の恋はいいものだ」シャムドがいった。ソノーランにその言葉の意味はわからなかったが、皮肉な響きは伝わってきた。それで、よく見ようと目をこらした。

薬師の声は深くも高くもなく、ソノーランはそれが女の低いアルトなのか、男の高いテノールなのか判断しかねて、服装や物腰に手がかりを求めた。それでも、いずれとも決しかねたが、なぜとはわからぬままに、自分の身が最高の薬師に委ねられていると感じて、少し気が楽になった。

ジェタミオが背負子《しょいこ》を持ってテントから出てくるのを目にして、ジョンダラーはいかにもほっとした様子を見せた。ジェタミオはもっと早く取ってきてあげればよかったと少々反省した。ジョンダラーの抱える問題に気づいていながら、あまりにおかしくて、ついつい遅くなってしまったのだ。何度も繰り返し礼をいわれ、言葉そのものはわからなかったが、感謝の気持ちは伝わってきた。ジョンダラーはさっそく丈の高い薮に入っていった。乾いた服を着るのはやはり気持ちがよく、ジェタミオが笑ったのも許してやろうという気になった。

たしかに滑稽に見えただろう、とジョンダラーは思った。だが、何しろ、あのズボンは湿って冷たかったから。まあ、少々笑われたにしても、助けてもらったのに比べたらお安いものだ。自分独りだったら、どうなっていたことか……それにしても、彼らはどうしてわかったのだろう？　あの薬師は癒しばかりでなく、ほかの力も持ちあわせているのかもしれない――それで説明がつく。今は、癒しの力に感謝するばかりだが。ジョンダラーは足を止めた。いずれにしろ、あの薬師は癒しの力を持っているようだ。とはいっても、この目でソノーランを見たわけではないから、よくなったのかどうかはわからない。もう見にいってもいいころだろう。何といっても、ソノーランは実の弟なのだから。弟の様子を見たいといえば、彼らも邪魔はしないのではないか。

ジョンダラーは大股で野営地に戻ると、荷物を焚き火の傍らに降ろした。湿った衣類を乾かそうと、十分に時間をかけてひろげ、それから、テントのほうに向かった。

体を屈めて中に入ろうとしたとき、ちょうど出てきた薬師と危うく鉢合わせしそうになった。シャムドは一目で相手の意図を見てとり、ジョンダラーが口を開くのに先んじて、愛想よく微笑み、脇へよけ、過度とも思えるほどの優雅な身ぶりで中へ入るよう促した。背が高く力強い男を止めだてするつもりはないとでもいうように。

ジョンダラーは薬師を値踏みするように見た。それを見返してくる鋭い視線には、いささかも権威を損なうようなものは見当たらなかった。だが、それ以上の意思は明らかでなく、何ともつかない目の色と同じくあいまいだった。最初は愛想がいいと見えた笑みも、よくよく見れば皮肉を含んでいるようだった。ジョンダラーは多くの薬師と同様、この人物は心強い味方にもなれば、恐ろしい敵にもなりうると感じた。

ジョンダラーは判断を留保するというようにうなずき、感謝のしるしにちらりと笑みを浮かべると、中へ入っていった。自分に先んじてジェタミオがきていたのは驚きだった。ジェタミオはソノーランの頭を支え、骨でつくった茶碗を口にあてがっていた。

「こんなことだと思った」ジョンダラーはいった。弟が意識を取り戻し、明らかに具合もよくなっているのを見て、心からの笑みが浮かんだ。「また、やられたか」

ソノーランとジェタミオがそろってジョンダラーを見上げた。「おれが何をしたっていうんだ、兄貴？」

「目を開けてから三つ数えるうちに、もう、ここでいちばんの美人をはべらせているんだから」

ソノーランの得意げな笑みは、ジョンダラーが心待ちにしていたものだった。「ここでいちばんの美人というのはそのとおりだけどな」ソノーランはジェタミオを優しく見やった。「だけど、兄貴はこの霊界で何をしてるんだ？　忘れないでおいてほしいんだが、彼女はおれだけのドニーだからな。兄貴はそのでっかい青い目をしまっといてくれよ」

「おれのことは心配しなくていいさ、ソノーラン。彼女はおれを見るたびに、くすくす笑うだけだから」

「おれのことならいくら笑ってくれてもいいんだけどな」ソノーランはそういって、ジェタミオに微笑みかけた。ジェタミオも微笑み返した。「死に損なって目が覚めてみたら、こんな笑顔にぶつかるなんて、どんな気持ちか想像できるかい？」ジェタミオの瞳をのぞきこむうちに、いつくしみはほとんど憧れになりはじめていた。

ジョンダラーは弟とジェタミオを交互に見比べた。これはいったい、どういうことなのだ？　ソノーランは意識を回復したばかりだから、二人が言葉を交わしたはずはない。それなのに、ソノーランは間違いなく恋に落ちている。ジョンダラーはジェタミオをもう一度、さめた目で見てみた。

髪は薄茶色で、そう印象に残るような色合いではない。体つきにしても、ソノーランが今までに引きつけられた女たちと比べると、小柄で華奢《きゃしゃ》だ。少女と間違われてもおかしくはない。顔は逆三角形で、造作は整っていたが、まず十人並みの娘といってよい。かわいいといえばかわいいが、けっして特別なところはない――それが笑みを浮かべるとがらりと一変する。

思いもかけない錬金術が働くのか、光と影の神秘的な再配分、微妙な配置の変更が起きて、ジェタミオは美しく、それも申し分なく美しくなるのだった。その変貌ぶりはあまりにめざましく、ジョンダラーも美しいと思わずにはいられなくなった。ジェタミオは微笑むだけでそういう印象を生みだすことができたが、いつもいつも笑みを振りまいているという印象はなかった。実際、はじめて見たときは真面目で内気に見えたのだが、今はとてもそれが信じられなかった。ジェタミオは晴れやかで生気にあふれ、それをソノーランが何とも締まりのない笑みを浮かべて見つめていた。

まあ、ソノーランが恋に落ちたのはこれがはじめてではないから、とジョンダラーは思った。ただ、おれたちがここを去るとき、ジェタミオがあまり深刻にならなければいいが。

テントの天井の煙の排出口を覆っている蓋の紐が一本、擦り切れかけていた。ジョンダラーはそれをじっと眺めていたが、意識して見ていたわけではなかった。すっかり目が覚めていた。寝袋にくるまって横たわりながら、何でこんなに早く眠りの底から呼び起こされたのだろうと訝った。身じろぎもせずに、耳を澄ませ、においを嗅ぎ、差し迫った危険を警告するような異常はないか探ろうとした。しばらくそうしていたあと、寝床から起きだし、テントの入り口から用心深く外をのぞいてみたが、変わったことは何もなかった。

焚き火のまわりには数人の人影が見えた。ジョンダラーは落ちつかない、いらだった感じを引きずりながら、そちらへ近づいていった。何かが気になってしかたがなかったが、それが何なのかはわからなかった。ソノーランのことか？　いや、シャムドのすぐれた技とジェタミオの行き届いた世話のおかげで、弟は快方に向かっていた。そう、自分を悩ませているのはソノーランのことではない――それは間違いない。

「やあ」ジョンダラーは自分のほうを見上げて微笑んだジェタミオに声をかけた。

ジェタミオもうジョンダラーを笑ったりはしなかった。どちらもソノーランを気づかううちに友愛のようなものが芽生えていたからだ。もっとも、意思の疎通は、基本的な身ぶりと、ジョンダラーが習いおぼえたいくつかの言葉にかぎられていたが。

ジェタミオが温かい液体の入った茶碗を差しだした。ジョンダラーは感謝の意をあらわす彼らの言葉で礼をいった。彼らに恩返しする方法はないかと思いながら、さっそくにおぼえたものだった。ジョンダラーは液体を一口すすって顔をしかめたが、さらにもう一口すすった。それは薬草の茶で、とくに不快という味ではなかったが、やや意外だった。彼らは習慣のように、朝は肉の風味のスープを飲んでいた。しかし、今、火のそばの調理用の木の箱でとろとろ煮えているのは何かの根と穀物で、肉は入っていないということを、ジョンダラーの鼻は嗅ぎつけていた。朝の献立の変化の理由は、一目見れば明らかだった。肉の蓄えは尽きていた。誰も狩りに出ていなかったからだ。

ジョンダラーは茶を一気に飲み干し、骨の茶碗を置くと、急いで自分のテントに戻った。ソノーランの回復を待つ間を利用して、ハンの木の若木で頑丈な槍を何本かつくり、フリントの穂先までつけておいた。ジョンダラーはテントの後ろのほうに立てかけてあった重い槍を二本取り、背負子《しょいこ》を探って軽い投げ槍数本を引きだすと、焚き火のそばに戻った。言葉はまだ何ほども知らなかったが、狩りにいきたいという希望を伝えるのには多言を要しなかった。日が高く昇る前には、興奮した一団が勢ぞろいしていた。

ジェタミオは思い悩んでいた。一方では、ソノーランのそばに付き添っていたいという気持ちがあった。ソノーランにうれしそうな目で見つめられるたびに、自分も思わず笑みがこぼれそうになった。その一方で、狩りについていきたいという気持ちもあった。自分も狩りができるようになってから、役に立てると思うかぎり、ついていかなかったことはなかった。ロシャリオも勧めてくれた。「彼は大丈夫よ。ちょっとの間なら、あんたがいなくてもシャムドが気をつけてくれるし、わたしもいるから」

狩りの一行はすでに出発していたので、ジェタミオは大声で呼びながら、息を切らせて追いかけた。頭巾の紐も結びかけというあわただしさだった。ジョンダラーはジェタミオに狩りができるのだろうかと訝っていた。もっとも、ゼランドニーの若い女が狩りをすることは珍しくなかった。狩りをするしないは本人の選択にまかされ、また、それぞれの洞窟の習慣にもよった。女たちは子どもができると、ふつう、あまり家を離れることはなかったが、獲物を狩りたてるときだけは別だった。狩りだし猟の場合、獲物の群れを罠に追いこんだり、崖から追い落としたりするのに、体の動く者全員が動員されたからだ。

ジョンダラーは狩りをする女が好きだった――同じ洞窟の男の多くもそうだった。といって、感じかたは人さまざまだということは知っていたが。ただ、狩りをする女は、その苦労を身をもって知っているので、つれあいをよりよく理解できるというふうにいわれていた。ジョンダラーの母親は、とくに獲物の跡をつける名人として知られ、子どもを産んだあともしばしば狩りに同行していた。

一行はジェタミオが追いつくのを待ち、それから、相当の速さで歩きだした。ジョンダラーは気温が下がっているように感じたが、さっさと歩くうちに果たしてそうなのかと思い返すようになった。しかし、母なる大河に向かって平坦な草原をくねって流れる小川のほとりで一休みし、水袋を満たそうとしたとき、岸の近くに氷が張っているのに気がついた。ジョンダラーは頭巾を後ろに押しやった。顔のまわりの毛皮が視界をさえぎったからだ――しかし、まもなく、ジョンダラーばかりでなく多くの者が頭巾を引き戻した。空気は身を切るように冷たくなっていた。

誰かが上《かみ》のほうで足跡を見つけた。全員が取り囲む中、ジョンダラーがそれを調べた。犀《さい》の家族がここで立ち止まって水を飲んでいた。それも、そんなに前ではなかった。ジョンダラーは岸辺の湿った砂に棒で攻撃の計画を描いてみせたが、氷の結晶で地面が硬くなっているのに気づいた。ドランドが自分の棒で疑問点を指し示した。ジョンダラーは図に細かい点を描き加えた。了解に達すると、全員が早く出発しようと色めきたった。

一行は犀の足跡を小走りで追いはじめた。それで体が温まり、ふたたび頭巾が緩められた。ジョンダラーの長い金髪が乱れて頭巾の毛皮にはりついた。追いつくのには思ったよりも時間がかかったが、赤褐色の毛犀が前方に見えたときに合点がいった。犀はいつになく速く動いていた――まっすぐ北を指して。

ジョンダラーは懸念するように空を見上げた。真っ青な鉢を伏せたような空には、遠くに雲が二つ三つ浮かんでいるだけだった。すぐに嵐が襲ってくるとは思えなかったが、早く引き返し、ソノーランを連れて出発したいという気になってきた。ただ、犀を視界にとらえた以上、この場を去ろうなどという気は誰にもなさそうだった。犀の北への移動は雪の前兆だという伝承は彼らにはないのだろうか、とジョンダラーは訝った。自分はそれが気になっていた。

といっても、狩りに出るというのはジョンダラーの発案だった。それを伝えるのはそんなにむずかしくはなかった。だが、今は、ソノーランのもとに戻って、早く安全な場所に移したいという気持ちが強かった。それにしても、空にはほとんど雲もないのに、いずれ雪嵐がやってくるということをどう説明したらいいのだ？　おれは言葉もろくに喋れないのに？　ジョンダラーは頭を振った。まず、犀を一頭倒すしかない。

犀の集団に近づくと、ジョンダラーは前方に飛びだし、どんじりの一頭――成長しきっておらず、落伍しかかっている若い犀――を引き離しにかかった。その犀の前に出ると、大声をあげ、腕を振りまわし、注意を引きつけて、進路を変えるか、速度を落とさせようとした。だが、若い犀はそれを無視して、仲間と同じく一路北を目指して突き進んだ。やつらは人間には目もくれようとしない。ジョンダラーは懸念を深めた。嵐は思った以上の速さで近づいているらしい。

驚いたことに、ジョンダラーの視野の隅にジェタミオが映った。いつの間にか追いついてきたのだ。いつも以上に足を引きずってはいたが、動きは速かった。ジョンダラーは思わず、よしというようにうなずいた。ほかの連中もじりじり前へ出て、一頭を取り囲み、残りを追い散らそうとしていた。しかし、毛犀は群れをつくる動物ではなかった。安全のために――それに、種の存続のために――数をたのみ、まとまって一方向に向かったり、どっと駆けだすということはなかった。毛犀は独立心が強く、つむじ曲がりな生き物で、家族以上の大きな集団を組むことはめったになかった。そして、危険をはらんだ予測しがたい行動をとった。毛犀を囲む狩人は、一瞬の油断も許されなかった。

暗黙の了解で、全員が遅れはじめた若い犀に狙いを絞った。だが、にわかに接近してきた人間たちの大声にも、犀は速度を緩めることもなく、かといって急ぐこともなかった。ジェタミオが頭巾を脱いで、それを振ってみせるに及んで、犀はようやくそちらに注意を向けた。速度を落とし、ばたばた揺れるもののほうへ頭をめぐらせた。明らかに迷いが生じたようだった。

それで狩人たちが追いつく機会が生まれた。犀《さい》を囲むように展開し、重い槍を持った者は内側に、軽い槍を持った者は外側に輪をつくった。必要ならいつでも飛びだして、重い槍の組を守ろうというかまえだった。犀は足を止めた。仲間はさっさと先へ進んでいるのに気づいていないようだった。それから、風に揺れている頭巾のほうへ向かって、ゆっくり走りだした。ジョンダラーはジェタミオのほうに駆け寄った。ドランドも駆け寄ってくるのが目に入った。

そのとき、一人の若者が頭巾を振りながら飛びだした。ジョンダラーは自分たちが助けられたとき、舟の中に残っていた男だと気づいた。若者は犀に向かってジョンダラーたちのさらに前に出た。ジェタミオのほうに突進していた犀は、すっかりとまどって足を止め、方向を変えて、若者を追いはじめた。視野が限られているとはいえ、より大きな標的のほうが追いやすかった。ただ、大勢の狩人に囲まれて、鋭い嗅覚を狂わされていた。犀が若者に迫ったとき、別の人影が両者の間に走りこんだ。犀はどちらの標的を追おうか考えようとでもいうように立ち往生した。

犀はまた方向を変え、目と鼻の先にいる二人目めがけて突っかかった。そのとき、また別の狩人が毛皮の大きなマントを振りながら割って入った。若い犀がそちらに迫ると、さらに新手がそばをかすめるように走り過ぎ、赤みがかった長い毛をぐいと引っ張った。犀は混乱のきわみに達した。あげくに怒りだし、誰も生かしてはおかないというほどに激した。鼻息を荒げ、前足で地面を掻き、また別のこうるさい人影を見るや、全速力で突進した。

もともとが川の住人のその若者は、前方の位置を保ちきれなくなって、とっさに横へ逃れたが、犀も素早く向きを変えて追いすがった。しかし、犀は疲れていた。入れかわり立ちかわりする、いまいましい人間を追いかけて右往左往し、結局、追いつくことができずにいた。頭巾を振る人間がまた目の前にあらわれると、犀は足を止め、頭を下げて、大きな前角を地面につけた。そして、あと一歩のところを足を引きずって走っていくその人影に神経を集中した。

ジョンダラーは槍を高く掲げて、そちらへ走り寄った。あえいでいる犀が一息入れる前に片づけてしまわなければならなかった。反対側から近づいてきたドランドも狙いは同じで、ほかにも数人が犀に迫りつつあった。ジェタミオは頭巾を振りながら、用心深く間を詰め、何とか犀の注意を引きつけようとした。ジョンダラーは犀が見かけどおりに消耗していればいいがと念じた。

誰もがジェタミオと犀に注意を集中していた。ジョンダラーは何が自分に北のほうを見るように仕向けたのかわからなかった──おそらくは周辺視野での動きだったのだろう。「気をつけろ！」そう叫ぶなり、前へ駆けだした。「北から、もう一頭くるぞ！」

だが、ジョンダラーの動きはほかの狩人には不可解だった。叫びも理解されなかった。怒り狂った雌の犀が全速力で突き進んでくるのを、誰も見ていなかった。

「ジェタミオ！　ジェタミオ！　北だ！」ジョンダラーはもう一度叫んで、腕を振り、槍で北をさした。

ジェタミオは北を、ジョンダラーがさす方向を見た。そして、雌の犀が襲いかかろうとしている若者に向かって警告の大声を上げた。ほかの狩人たちは若者を助けようと駆けだし、一瞬、若い犀から注意を逸らした。若い犀はそれで一息入れたのか、突進してくる雌の犀のにおいで奮い立ったのか、突然、間近で挑むように頭巾を振っている人間に突っかかっていった。

犀がごく間近にいたのが、ジェタミオにとっては幸いした。速度や勢いをつける暇がなく、前進しはじめたときの荒い鼻息が、ジェタミオだけでなくジョンダラーの注意も引き戻したからだ。ジェタミオは身を翻し、犀の角をかわして、後ろへまわりこんだ。

若い犀《さい》はうろうろして、にわかに消えた標的を探し求めた。大股で間を詰めてきた長身の男には焦点が合わなかった。気づいたときには、もう手遅れだった。小さな目は焦点を定められずにぼやけるばかりだった。ジョンダラーの繰りだした重い槍がその片目を刺し貫いて脳にまで達した。次の瞬間、ジェタミオの槍がもう一方の目に刺さって、視力のすべてを奪った。犀は驚いたように立ちすくんだかと思うと、よろよろ歩いたのも束の間で、がっくり両膝を折った。そして、生命が体を支えきれなくなると同時に、地面にくずおれた。

そのとき、叫び声が上がった。二人は顔を上げるや否や、二手に分かれて全速力で逃げだした。さっきの雌の犀が二人のほうへ突っこんできたのだ。だが、雌の犀は死んだ若い犀に近づくと速度を緩め、何歩か行き過ぎて立ち止まると、また引き返してきた。地面に横たわった若い犀の両の目には槍が突き立ったままだった。雌の犀は、早く起きろと促すように、死骸を角でそっと突いた。それから、心を決めかねているというふうに、頭を左右に振ったり、重心を左右の足にかけかえたりした。

狩人の何人かが頭巾やマントを振って注意を引こうとしたが、雌の犀は見ていないのか、故意に無視しようというのか、反応を示さなかった。もう一度、若い犀をつついたあと、より深い本能にこたえて、ふたたび北へ向かって走りだした。

「いや、ほんとにソノーラン、間一髪だったぞ。だが、あの雌は北へいくと決めていたんだ――とどまるつもりはまるでなかった」

「じゃ、兄貴は雪がくると思ってるわけか?」ソノーランは自分の湿布をちらりと見やってから、心配そうな視線をまた兄に向けた。

ジョンダラーはうなずいた。「ただ、吹雪になる前に発ったほうがいいというのを、どうやってドランドに伝えたものかな。空にはほとんど雲もないっていうのに……連中の言葉がわかったにしても、むずかしいな」

「おれはもう何日も前から雪のにおいを嗅ぎつけてたんだ。きっと大吹雪になるに違いない」

ジョンダラーは気温がなお下がりつづけていると感じていた。翌朝、火のそばに置き忘れた茶碗に張っていた薄氷を割らなければならなかったときに、はっきりそうと知った。もう一度、人々に懸念を伝えようとしたが、うまくいった様子はなく、天気の変化のもっと明らかな兆候はないかと繰り返し空を見上げるばかりだった。だから、厚い雲が山々を包み、青い空に満ちてきたときには、それが案じていた危険につながるものでなかったら、むしろほっとしていたかもしれなかった。

人々が野営地から引きあげる準備にかかったと見るや、ジョンダラーは自分のテントをたたみ、自分とソノーランの背負子《しょいこ》に荷を積んだ。ドランドはその手まわしのよさににっこりとうなずき、川のほうに急ぐよう身ぶりで促した。だが、その笑みには緊張が、目には深い懸念が宿っていた。渦巻く川、激しく揺れ動く木の舟、張り詰めた綱を目にしたときには、ジョンダラー自身の不安も膨れ上がった。

男たちがジョンダラーの荷を受け取って、それを切り分けて凍らせた犀の肉のそばに置いたが、その表情は平静そのものだった。しかし、ジョンダラーはそれを見ても心強いとは思えなかった。早く発ちたいと気は急《せ》いていたが、肝心の舟にはとても安心できなかったからだ。それに、ソノーランをどうやって舟に乗せるのかも気になり、何か手伝うことがあるかもしれないと野営地へ引き返した。

そこで、ジョンダラーはテントが手早く効率的にたたまれていく様子を見まもった。ときには、邪魔せずにいることが最良の手伝いになると心得ていたからだ。また、陸《おか》で仮住まいをつくる人々は自らをシャムドイと呼び、舟にとどまるラムドイと呼ばれる人々とは細かい点で異なる服装をしているということにも気がつきはじめた。しかし、両者がまったく違う部族とは思えなかった。

意思の疎通も円滑で、絶えず冗談も飛び交い、よその同士が出会ったときの緊張をはらんだわざとらしい丁重さは見られなかった。話す言葉も同じようだったし、食事も一緒なら、仕事でもよく協力していた。けれども、陸《おか》ではドランドが指図をしているのに対し、舟の上では別の男が仕切っているのにジョンダラーは気づいた。

そのうち、テントから薬師《くすし》があらわれ、そのあとに二人の男に支えられたソノーランの急造の担架が続いた。高みに生えているハンの木でつくった二本の柄の間に、舟から持ちだした余分の綱を何度も張りわたしたもので、その上に怪我人を横たえ、安全のために紐でくくりつけていた。ジョンダラーは急いでそちらに駆け寄ったが、その背後でロシャリオが背の高い円形のテントをたたみはじめているのに気がついた。ロシャリオは空と川とを心配そうにちらちら見やっていた。ジョンダラーは自分と同じく、ロシャリオも舟の旅を歓迎してはいないようだと思った。

「あの雲は雪をはらんでるみたいだな」兄が視界に入ってきて担架と並んで歩きだすと、ソノーランが語りかけた。「山の頂上が見えなくなってる。北のほうはもう雪が降ってるに違いない。一ついえるけど、こんなふうに仰向けに寝てると、世界がまるで違って見えるもんだな」

ジョンダラーは雲を見上げた。山々に押し寄せ、凍りついた頂を隠し、上空の澄んだ青い空間を急いで埋めてしまおうというかのように押しあいへしあいしていた。その空模様と同じように暗い顔をして、眉間を曇らせていたが、ジョンダラーはあえて不安を押し隠そうとした。「それがのんびり寝てる口実か?」

そういって、微笑もうとした。

川に突きだした倒木のところに着くと、ジョンダラーは後ろに下がった。川の男二人が担架を持ったまま、釣り合いをとりながら、不安定な倒木を渡り、さらに危険な梯子状の渡り板を伝って舟に乗りこむのを見まもった。ソノーランが担架にしっかりくくりつけられたわけがよくわかった。ジョンダラーもそのあとに続いたが、釣り合いをとるのは容易なことではなく、川の男たちをこの上ない尊敬の目で見ることになった。

ロシャリオとシャムドが柱と皮――大型テントの建材――をしっかり縛りあわせた包みをラムドイの男二人に渡して舟に運び上げさせ、自分たちも倒木を渡りはじめたころ、灰色の空から白いものがちらほらと落ちてきた。空模様を映したかのように、川は激しく波立ち、渦巻いていた――山々に蓄えられつつある湿気が、早くも下流に伝わってきたかのようだった。

倒木が舟とはちぐはぐな動きで上下しているのを目にして、ジョンダラーは舟縁から身を乗りだして、ロシャリオに手を差し伸べた。ロシャリオは感謝の目でジョンダラーを見て、その手を握り、渡り板の最後の段はほとんど持ち上げられるようにして乗りこんだ。シャムドもジョンダラーの手を借りるのに躊《ちゅう》躇《ちょ》はしなかった。その感謝の視線も、ロシャリオと同じく他意のないものだった。

男が一人、まだ岸に残っていた。舟をつなぎとめている綱の一本をほどくと、倒木に跳び移り、舟によじ登った。渡り板が素早く引き上げられた。早く岸を離れ、流れに投じようとしてもがく舟は、今や、一本の綱と、漕ぎ手が手にした長い櫂《かい》で引き止められているだけだった。その綱がぐいと引かれてほどけると、舟は自由を得る絶好の機会に大きく跳ね上がった。舟が妹川の流れに揉まれて弾むように揺れはじめると、ジョンダラーはあわてて舟縁にしがみついた。

嵐は急速に勢力を増し、渦を巻く雪が視界を妨げた。さまざまな速度で舟とともに川を流れ下る漂流物やごみ——水を吸いこんだ流木、もつれあった枝、膨れ上がった動物の死骸、ときには小さな氷塊——を見て、ジョンダラーはぶつかるのではないかとひやひやした。通り過ぎていく岸辺を見まもっているうちに、高みのハンの木の木立が目にとまった。一本の木にからまった何かが風にはためいていた。突然に強まった風で、それが川のほうに吹き飛ばされてきた。水に落ちたそれが何なのか、ジョンダラーははっと気づいた。黒い染みのついたこわばった革は、自分の夏用のチュニックだった。あれからずっと木にかかったままはためいていたのだろうか？　それはしばらく浮いていたが、やがて水を吸って沈んでいった。

　ソノーランは担架から降ろされ、舟縁にもたれかかっていた。苦痛で顔は青ざめ、怯えているように見えたが、無理をして傍らのジェタミオに微笑みかけていた。ジョンダラーは二人のそばに腰を下ろし、自分が経験した恐怖と狼狽を思いだして顔をしかめた。だが、それに続いて、近づいてくる舟を信じられないという思いで目にしたときの喜びがよみがえってきた。それにしても、彼らはどうして自分たちがあそこにいると知ったのだろう？　それではっと思い当たった。風にはためく血染めのチュニックが、彼らにここだと教えたのではなかったのか？　しかし、そもそも、彼らはどうしてこちらにこようと思ったのだろう？　それも、シャムドを伴って？

　舟は荒波に翻弄されていた。だが、ジョンダラーは舟のつくりをよく見るうちに、その頑丈さに興味をそそられた。舟底は密で堅い大木の幹をくりぬいたものでできているようで、中ほどが広くなっていた。厚板を重ねあわせ、継ぎあわせた列が伸びて舟縁をかたちづくり、舳先《へさき》で一つに合していた。間隔をおいてとりつけられた肋材の間に掛け渡された厚板が、漕ぎ手の座席になっていた。ジョンダラーら三人は最前列の座席のさらに前に座っていた。

　舟のつくりを追っていたジョンダラーの視線が、舳先のほうに置かれた一本の木から、その先へと飛んだ。そのあと、はっとして見なおしたときには、心臓の鼓動が激しくなっていた。舳先の近く、舟底のその木のもつれあった枝に引っかかっていたのは、黒ずんだ血の染みがついたソノーランの夏用のチュニックだった。

9

「そんなにいやしくしないで、ウィニー」干し草色の子馬が木の鉢の底に残った水を最後の一滴までなめるのを見て、エイラはたしなめた。「おまえが全部飲んだら、もっと氷を解かさなくちゃならなくなるじゃない」子馬は鼻を鳴らし、頭を振って、また鼻を鉢の中に突っこんだ。エイラは苦笑した。「そんなに喉が渇いてるなら、もっと氷を取ってくるわ。一緒にくる?」

子馬を相手に次々と思いをめぐらすのは習慣になっていた。それは脳裏に描くだけのこともあった。自分が慣れている身ぶり手ぶりや姿勢、表情による言語であらわすこともあった。しかし、子馬が自分の声に反応するようになってからは、それに励まされて声に出すことが多くなった。一族のほかの人々と違って、エイラは以前からさまざまな音を発することも抑揚をつけることも苦労せずにできた。そういう能力に応じられるのは息子だけだった。意味のない音節をお互いに真似しあうのが、二人の遊びになっていた。それらの音節の中には、意味を持ちはじめるものも出てきた。絶えず馬に話しかけているうちに、そういう傾向は、より複雑な言語表現へと発達していった。エイラは動物の声を真似し、自分が知っている音の組み合わせから新しい言葉をつくりだした。息子との遊びで口にした無意味な音節の一部を組みこみもした。不必要な音を出しても、非難がましくにらみつける人間もいないので、音声の語彙はどんどんひろがっていった。ただ、それはエイラにしか――ある意味では、ウィニーにしか――わからない言葉だった。

エイラは毛皮の脚絆《きゃはん》をつけ、もじゃもじゃの馬の毛の外衣を着て、クズリの頭巾をかぶり、さらに手甲《てっこう》をはめた。手甲のてのひらの裂け目に片手をくぐらせると、腰紐に投石器を挟み、負い籠を背にくくりつけた。それから、氷を割る錐《きり》――馬の前脚の長い骨に螺旋状のひびを入れて割り、髄を抜きだしてから、先端を石で叩いたり研いだりして尖らせたもの――を持った。

「さあ、おいで、ウィニー」エイラは手招きすると、洞穴の入り口に垂れた重いオーロックスの皮を押しのけた。それはかつてテントにしていたが、今は地面に立てた二本の柱にくくりつけて風除けとして用いていた。子馬は速足で出てくると、エイラのあとを追って険しい小道を下った。凍りついた水路の上に踏みだすと、屈曲部に吹きつける風がもろに襲いかかってきた。流れに張った氷には皺が寄っているように見えた。エイラは割れやすいと思われる場所を見つけると、塊や破片を削りだしていった。

「氷を割って水にするより、鉢に雪をすくうほうがずっと楽なんだけどね、ウィニー」エイラはそういいながら、氷を籠に詰めた。そのあと、岩壁の裾の漂着物の山の前で立ち止まり、流木をいくらか拾った。暖をとるだけでなく、氷を解かすのにも、木切れに恵まれているのはありがたかった。「ここの冬は乾いているし、寒さも厳しいわね。雪が恋しいわ、ウィニー。ここじゃ、ぱらぱら吹きつけてくるだけで、雪みたいな感じがしないもの。ただ冷たく感じるだけじゃね」

エイラは炉のそばに木切れを積み、氷を鉢の中にあけると、それが熱で解けるように、鉢を火の近くに移した。少し解けたところで、中身を皮の鍋に移した。中に水が入っていれば、皮の鍋が焦げつくことはなかった。それから、すっかり居心地のよくなった洞穴の中を見まわした。さまざまな段階のやりかけの仕事がいくつかあったので、その日はどれを手がけるか決めようとしたのだが、何となく気持ちが落ちつかなかった。そのうち、少し前に完成させた数本の槍を見て、ようやくぴんとくるものがあった。

そうだ、狩りにいこう、とエイラは思った。しばらく、ステップには出かけていないし。でも、あの槍を持っていってもしょうがない。エイラは顔をしかめた。そんなに獲物の近くにまでは寄れないのだから、槍があっても役には立たない。投石器だけ持っていって、少し歩いてくることにしよう。ハイエナの襲来に備えて洞穴の中に蓄えておいた丸い石の山からいくつかを取って、外衣の襞に入れた。そして、焚き火に薪《たきぎ》を足してから、洞穴をあとにした。

洞穴から上のステップへの急な斜面を上りはじめると、あとを追おうとしていたウィニーが、おぼつかない足もとに不安そうにいないないた。「心配しないで、ウィニー。すぐに戻ってくるから。大丈夫よ」

崖の上に出たとたん、風に頭巾をさらわれそうになった。それを引き戻して、紐をしっかり結びなおすと、崖っぷちから離れて、あたり一帯を見わたしてみた。この凍りついたステップの冬景色と比べれば、乾ききった夏の光景も生命力で輝いているように思えた。激しく吹きつける風が、調子外れの哀歌を奏でていた。かぼそく甲高いすすり泣きが、むせぶような悲鳴に高まり、それがまた、うつろなくぐもったうめきへと衰えていった。風は焦げ茶色の大地を鞭打ち、白くなった窪地から乾いた粒のような雪を巻き上げた。風の哀歌のとりことなった凍った雪片は、ふたたび宙へ飛んでいった。

吹きつけてくる雪は砂の粒のようで、しかも、恐ろしく冷たく、顔がひりひり痛んだ。エイラは頭巾を引き寄せ、頭を下げて、倒れ伏した乾いた草を吹き渡る北東の風の中を歩きだした。からからの空気に水分を奪い去られ、鼻はつねられたように痛み、喉もひりひりした。突風に不意打ちされて息ができなくなり、空気を求めてあえぎ、咳きこむうちに、痰がこみあげてきた。それを吐きだすと、たちまち凍って固まり、岩がごつごつした地面に当たって弾んだ。

わたしはこんなところで何をしているのだろう？　エイラは思った。こんなに寒いとは知らなかった。もう帰ることにしよう。

踵《きびす》を返したところで、エイラははっと立ち止まった。一瞬、厳しい寒気のことも忘れていた。峡谷のはるか向こうを、マンモスの小さな群れが通り過ぎようとしていた。暗い赤褐色の毛皮、長い湾曲した牙の動く小山。この一見不毛の荒涼とした土地が、マンモスの生息地だったのだ。寒気でばりばりになった草は、マンモスにとって生命を維持する貴重な糧《かて》だった。しかし、そういう環境に順応するうちに、マンモスはほかの環境で生きていく能力を失った。その命数はすでに尽きようとしていた。氷河が消えるときは、マンモスの最期のときでもあった。

ぼんやりとしたマンモスの姿が渦巻く雪の中に消えるまで、エイラは何かの呪文で縛られたようにじっと見まもっていた。それから、急ぎ足で歩きだし、崖を下って風から逃れると、ただただほっとした。はじめてこの避難所を見つけたときの気持ちが思いだされた。この谷を見つけていなかったら、わたしはどうなっていただろう？　洞穴の前の岩棚に帰り着くと、子馬を抱き締めてやってから、端まで歩いていって谷を見下ろした。谷は雪がやや深く、吹き溜まりもできていたが、ステップと同じように乾き、同じように寒かった。

しかし、谷は風からは守られていたし、洞穴もあった。洞穴、それに毛皮と火がなければ、生き延びることはできそうもなかった。人間は毛深い動物とは違った。岩棚に立ち尽くしていると、風がオオカミの遠吠えとドールの甲高い鳴き声を運んできた。下方では、一匹のホッキョクギツネが凍りついた川面を渡っていた。キツネが立ち止まってじっとすると、白い毛のせいでその姿は周囲と見分けがつかなくなった。谷の下《しも》で何かが動くのに気づいて目を凝らした。それはケーブ・ライオンだった。黄褐色の毛は白っぽい毛に抜けかわり、それがふさふさと体を覆っていた。四足の捕食動物は獲物の住む環境に順応したが、エイラやその同類は環境を自分に順応させた。

そのとき、近くで甲高い笑いのような声がして、ぎくっとさせられた。見上げてみると、峡谷の崖の上にハイエナがいた。エイラは身震いして、投石器に手を伸ばした。しかし、ハイエナは足を引きずるような特徴的な走りかたで峡谷の縁を伝い、そのまま開けた草原へ戻っていった。ウィニーがエイラのそばに寄ってきて、低くいななき、鼻面をそっと押し当ててきた。エイラは焦げ茶色の馬の毛皮の外衣をしっかり体に巻きつけると、ウィニーの首に腕をまわし、洞穴へ帰った。

エイラは毛皮を敷いた寝床に横たわり、馴染みになった頭上の岩の模様を見つめながら、なぜ、急に目覚めたのだろうと訝った。頭をもたげてウィニーのほうを見ると、子馬も目を開けてエイラのほうを見ていたが、とくに不安そうな様子でもなかった。それでも、エイラは何かが違うと確信していた。

毛皮のぬくもりには離れがたいものがあり、ふたたび寝床に横たわると、洞穴の入り口の上の穴から差しこむ光を頼りに、自分でしつらえた家を見まわした。未完成の品々があちこちに散らばっていたが、干し棚の反対側の壁際には、すでに仕上がった道具類が高く積み上げられていた。空腹をおぼえていたので、視線は自然に干し棚のほうへ戻っていった。そこには、馬からとった脂をきれいに洗った腸に流しこみ、ところどころでつまんだりひねったりしてつくった小ぶりの白いソーセージがぶら下がっていた。ほかにも、さまざまな薬用や調味用の薬草が根を上にして吊るされていた。

エイラは朝食をどうしようかと考えた。干し肉でスープをつくり、ちょっと脂を足してこくを出し、さらに調味料と穀物を少々、干したスグリも入れよう。思案するうちにすっかり目が覚めたので、毛皮をはねのけた。手早く外衣と履き物を身につけ、寝床からオオヤマネコの毛皮を取った。それはまだ自分の体温で温かかった。とりあえず岩棚の端へいって用を足そうと、入り口の風除けを押しのけてみたところで、思わず息をのんだ。

岩棚は夜の間に降った雪で分厚く覆われ、鋭く角張った輪郭がすっかり和らいでいた。ふわふわした雲が浮かぶ透明な青い空を反射して、雪は一面に光り輝いていた。その驚くべき変化をエイラが理解するまでには、少々の間を要した。風はやみ、空気はしんとしていた。

湿った大陸のステップが乾いた黄土のステップに移り変わる地域に位置するこの谷は、双方の気候の影響を受けていたが、さしあたっては南の気候が優位を占めていた。降り積もった雪は、一族の洞穴の一帯のいつもの冬景色を思わせた。エイラには懐かしい故郷の風情だった。

「ウィニー！」エイラは呼んだ。「出ておいで！　雪が降ったのよ！　いつもと違うほんとの雪よ！」

そのとき、自分がなぜ外に出てきたのかをはっと思いだし、純白の広がりにはじめての足跡をしるしながら、岩棚の端へと走っていった。用を足して戻ってみると、子馬が何やらふわふわしたものの上をこわごわ歩いていた。頭を下げてにおいを嗅ぎ、今まで見たこともない冷たい表面に鼻を鳴らしていたが、エイラを見ると一声いななないた。

「大丈夫よ、ウィニー。危ないものじゃないわ」

子馬は風に舞う雪や、吹き溜まりに溜まった雪は見慣れていたが、これほど深く降り積もった雪は経験したことがなかった。おずおずともう一歩踏みだすと、蹄が深く沈んだ。大丈夫かと問うように、ふたたびエイラに向かっていななないた。エイラは歩くのがもう少し楽な場所へ子馬を誘導してやった。そこでウィニーが持ち前の好奇心と遊び心からおどけたようなしぐさをするのを見て、思わず吹きだした。しかし、まもなく、長く洞穴の外に出ているには、あまりに薄着だということに気づいた。外はことのほか寒かった。

「中へ入って熱いお茶をいれて、何か食べるものをこしらえよう。でも、水がもうなくなりかけてるから、氷を取ってこなくちゃ……」そういって笑いだした。「川の氷を割ってくる必要なんてなかったんだ。鉢で雪をすくえばいいんじゃない！　けさは温かいお粥でもどう、ウィニー？」

朝食のあと、エイラは温かい格好をして、ふたたび外に出た。風はなく、穏やかといってもいいほどの日だったが、何よりもうれしく思ったのは、地面に雪が降り積もっている懐かしい光景だった。エイラは鉢や籠に雪を入れて洞穴に持ち帰り、早く解けるように炉辺に置いた。氷を割るよりもずっと楽に水が得られるので、体を洗おうと思い立った。冬にはしばしば雪を解かした水で体を洗うというのが習慣になっていた。だが、氷を割るとなると、飲み水と炊事用の水を得るだけでもたいへんだった。体を洗うのは忘れられたぜいたくになっていた。

エイラは洞穴の奥から取ってきた薪《たきぎ》で火を起こすと、外に積んでおいた薪の山の雪を払って、もう一抱え、中に運びこんだ。

薪と同じように水を溜めておけたら。エイラは解けかけた雪の入った容器を見ながら思った。また風が吹きはじめたら、この雪もいつまでもつかわからない。エイラは薪をもう一抱え取りにいこうと、雪を払いのけるための鉢を持って外に出た。鉢にいっぱいの雪をすくいとると、薪のそばで鉢を伏せて中の雪を捨てた。鉢を上げてみると、その形のままに雪が盛り上がっていた。もしかして……こんなふうに雪を積み上げられないだろうか？　薪の山のように。

その思いつきにエイラは夢中になった。まもなく、岩棚のまだ踏みつけられていない雪の大半が、洞穴の入り口の近くの岩壁に寄せて積み上げられた。そのあと、エイラは川原に下りる小道の雪を掻きにかかった。ウィニーは歩きやすくなった小道を伝って、川原へ出かけていった。洞穴のすぐ外に雪の山ができると、エイラは手を休めて、満足そうににっこりした。その目は輝き、頰は薔薇色に染まっていた。まだ少し雪が残っている岩棚の端の一角が目に入ると、迷わずそちらに向かった。そこから谷をのぞいてみると、ウィニーが妙に気取った足取りで慣れない吹き溜まりを縫って歩いていくのが見えて、思わず笑ってしまった。

雪の山を振り返ったエイラは足を止め、とんでもない思いつきに逆らえないという様子で、口の端をゆがめた。雪の山は鉢の形の瘤をいくつも積み上げてつくられていたが、それがエイラの目には人間の顔の輪郭に映ったのだ。エイラは雪をもう少しすくって、それを適当な位置にはりつけると、後ろに下がってその効果のほどを測った。

鼻がもう少し大きかったら、ブルンにそっくりなのに。そう思って、雪をさらにすくいとった。それをこことという場所に押し固め、削ってくぼみをつくったり、出っ張りを滑らかにしてから、また後ろに下がってその作品を鑑賞した。

エイラの目がいたずらっぽく輝いた。「こんにちは、ブルン」エイラは手を振ったが、少し後悔した。本物のブルンは、エイラが雪の像に自分の名前で呼びかけたのにいい気持ちはしないだろう。名前は大切で、そんなにいいかげんに使うものではない。でも、これはほんとにブルンによく似ている。エイラはそう思ってくすくす笑った。そうはいっても、もっと礼儀正しくしたほうがいいのかもしれない。何といっても、女が族長に対して兄弟のように呼びかけるのは不謹慎だから。やはり許しを請わなければ、とエイラは思った。遊びではあったが、さらに念を入れようと、雪の像の前に座り、地面に目を落とした――一族の女が男に話を聞いてもらうときにとるとされる正しい姿勢だった。

独り芝居に内心で笑いながら、エイラは頭を垂れてじっと座っていた。話してよいという合図に肩を叩かれるのをほんとうに待っているように。しかし、静寂はますます重苦しく、岩棚はあくまで冷たく硬かった。じっと座っているのが馬鹿げたことのように思えてきた。ブルンの雪の複製が肩を叩いてくれるはずもなかった。ブルンその人もエイラが最後に前に座ったとき、肩を叩いてはくれなかった。不当ではあったにせよ、エイラが死の呪いを受けた直後だったからだ。エイラは息子をブラウドの怒りから守ってほしいと前の族長に懇願したかった。しかし、ブルンは背を向けた。もう遅すぎた――エイラはすでに死んでいたのだ。おどけた気分は急に吹き飛んだ。エイラは立ち上がると、自分がつくった雪の像をにらみつけた。

「おまえはブルンじゃない!」怒りの身ぶりでそういいわたすと、念入りに形づくった部分を叩き壊した。

「おまえはブルンじゃない! ブルンじゃない!」エイラは雪の像を続けざまに殴ったり蹴ったりして、顔の形の見分けがつかなくなるまで打ち壊した。「もうブルンとは会えない。ダルクとも会えない。もう誰とも会えない! わたしは独りなんだわ」悲嘆の叫びが、次いで絶望のすすり泣きが唇から漏れた。

「ああ、どうしてわたしが独りでいなければならないの?」

エイラは膝から崩れ落ち、雪の中に横たわった。温かい涙が顔を流れるうちにたちまち冷たくなっていった。エイラは冷たく湿った雪を体全体で抱き締め、痺れるような感触をむしろ歓迎した。雪の中に埋まり、心の痛み、怒り、寂しさを凍りつかせてしまいたかった。体が震えてくると、目を閉じて、骨の髄までしみこみはじめた冷たさを無視しようとした。

そのとき、顔に何か温かく湿ったものを感じ、馬の低いいななきを耳にした。エイラはウィニーも無視しようとしたが、子馬はまた鼻面を押しつけてきた。目を開けてみると、大きな黒い目と長い鼻面が見えた。エイラは手を伸ばし、子馬の首を抱いて、もじゃもじゃの毛の中に顔を埋めた。その手を放すと、子馬はまた低くいないた。

「わたしに起きてほしいんでしょ、ウィニー?」子馬は首を上下に振った。まるで言葉が通じたようだった。エイラはそう信じたかった。エイラの持ち前の生存に必要な感覚は、一貫して強靭だった。孤独にさいなまれたからといって、生き抜くのをあきらめるほどやわではなかった。ブルンの一族に育てられる間、愛されなかったわけではなかったが、多くの局面でずっと孤独だった。常にまわりとは違っていた。エイラの他人に対する愛は、強い力になっていた。他人に必要とされると——病気になったイーザ、年老いたクレブ、自分の幼い息子——それが人生の理由と目的になった。

「おまえのいうとおりだわ。もう起きたほうがよさそうね。おまえを独りにするわけにはいかないものね、ウィニー。ここにいたんじゃ、ずぶ濡れになって冷たくなるばかりだし。何か乾いたものを着ないと。それから、おまえにあったかいお粥をつくってあげる。おまえ、お粥が好きなんでしょ?」

ホッキョクギツネの雄二匹が雌をめぐってうなりあい、嚙みつきあって争っているのを、エイラはじっと見まもっていた。高い岩棚からも、発情した雄の強い体臭を嗅ぐことができた。夏にはくすんだ茶色のホッキョクギツネが、冬になってずいぶん美しくなっていた。白い毛皮がほしければ今がチャンスだ、とエイラは思った。だが、投石器を取りにいこうとはしなかった。一匹の雄が勝って、ほうびを要求した。雄が背に乗ったとき、雌はその勝利を告げ知らせるかのように、耳障りな叫びを上げた。

雌があんな声を上げるのは、あんなふうにつがうときだけだ。雌はあれが好きなのだろうか、それとも、いやなのだろうか？　わたしは一度として好きだったことはなかったが。もう痛みを感じなくなったあとでさえも。でも、ほかの女たちはいやがってはいなかった。どうして、わたしは違っていたのだろう？　ブラウドが嫌いだったからか？　それだけでそんなに違ってくるものなのか？　あの雌のキツネは雄が好きなのだろうか？　雄がすることが好きなのだろうか？　べつに逃げもしないということは。

エイラがキツネやその他の肉食動物を観察するために狩りを控えるのは、これがはじめてではなかった。自分のトーテムが狩ってもよいとした獲物を終日眺めて過ごすことがしばしばあった。その習慣や生息場所について知るためだったが、そのうち、相手が自分の仲間とさえ思える興味深い生き物であることがわかってきた。一族の男たちは草食動物、食用になる動物を追ううちに狩りのしかたをおぼえた。温かい毛皮がほしくなると、肉食動物の足跡をつけたり、狩ったりしたが、それはけっして好みの獲物ではなかった。男たちはエイラのように動物と特別の絆を結ぶということはしなかった。

エイラは動物のことをすでによく知っていたが、それでもなお心を奪われた。雄のキツネがせっせと体を揺すり、雌が叫ぶのを見て、狩りをするのも忘れ、思いをめぐらせた。毎年、冬も終わるころになると、キツネはあんなふうにつがう。春になって、毛が茶色に生え変わるころには、あの雌も何匹かの子を産むだろう。このまま、骨と流木の山の下にとどまるのか？　それとも、どこかよそに巣穴を掘るのだろうか？　ここに残ってくれればいいのだが。母ギツネは子に乳をやり、噛み砕いた食べ物を口移しに与えるのだろう。そのあと、ネズミやモグラや鳥など、死んだ獲物を持って帰るのだろう。ときには、ウサギも。子が大きくなると、まだ生きている獲物を持ち帰り、狩りのしかたを教えるのだろう。次の秋には、子もほとんど一人前になり、冬になると、そのうちの雌は雄に乗られて、あんなふうな鳴き声を上げるのだろう。

キツネはなぜ、あんなことをするのか？　あんなふうにつがうのか？　雄は雌に赤ん坊を宿らせているのかもしれない。クレブがよくいっていたように、雌が霊をのみこむだけですむのなら、なぜ、あんなふうに交尾するのか？　わたしが赤ん坊を産むなんて、誰も想像しなかった。わたしのトーテムの霊は強すぎるからといわれていた。でも、わたしは子を産んだ。ブラウドがわたしにあんなことをしたとき、ダルクが宿ったとしたら、トーテムが強いかどうかは問題ではないのではないか。

でも、人間はキツネとは違う。人間が子を産むのは春だけではない。女はいつでも子を産める。それに、女と男がつがうのは冬だけではなく、一年を通じてだ。ただ、そのたびに女が子を産むわけではない。たぶん、クレブのいったとおりなのだろう。男のトーテムの霊が女の中に入らなければならないのだろう。でも、女はそれをのみこんだりしない。男と女がつがうとき、男は自分の器官を通じて女の中に霊を吹きこむのではないか。女のトーテムがそれに逆らうこともあるが、新しい命が宿ることもあるのだ。

わたしは白いキツネの皮がほしいとは思わない。もし、一匹殺したら、ほかのキツネは逃げだしてしまうだろう。わたしはあの雌が何匹の子を産むか見てみたいし。そうだ、下《しも》のほうで見たオコジョをつかまえよう。毛が茶色に変わる前に。今なら毛は白くて柔らかい。それに、尻尾の先が黒いのも好ましい。

でも、オコジョは小さすぎる。一匹の毛皮で片手の手甲《てっこう》ができるかどうかだ。それに、オコジョも春には何匹かの子を産むだろう。次の冬にはオコジョの数も増えているだろう。きょうは狩りにいくのはやめよう。かわりに、あの鉢を仕上げてしまおう。

春には出発するつもりでいるのに、なぜ、次の冬にこの谷にいるであろう生き物のことまで考えるのか、エイラは不思議とも思わなかった。孤独にもしだいに慣れつつあった。ただ、夕方になって、滑らかな棒に新たな刻みを加え、大きくなるばかりの棒の山にそれを置くときの寂しさだけはどうしようもなかった。


エイラは顔に落ちかかる脂じみた髪の房を手の甲で払った。大型の網目の籠をつくる準備作業として、木の支根を裂くのに忙しく、なかなか手を休められなかった。今は、さまざまな素材とそれらの組み合わせを用いて、変わった織りかた、編みかたを生む新しい技法の実験をしていた。編んだり、結んだり、目をつくったりという手順、太さの違う紐や縄のつくりかたで頭がいっぱいで、ほかのことは何も考えられなかった。仕上がった品には実用にならないものもあり、ときには吹きだすようなものも交じっていたが、驚くような工夫も生まれて、ますます意欲を掻きたてられた。気がついてみると、手近なもののほとんどすべてを編んだり縒《よ》ったりしていた。

その日は朝早くから、とりわけ複雑な編みかたに取り組んでいたが、ウィニーが皮の風除けを鼻で押しのけて入ってきて、はじめて夕方になっているのに気づいた。

「いつの間にこんな時間になってたの、ウィニー？　おまえの鉢に水も入れてなかったわね」エイラはそういいながら立ち上がって伸びをした。一つところに長い間座っていたので、体がすっかりこわばっていた。「何か食べるものをつくらなくちゃ。わたしの寝床に敷く草も替えるつもりだったのに」

エイラはせわしなく動きまわり、子馬に食べさせる分と、自分の寝床の浅い溝に敷く分の新しい干し草を運びこみ、古くなった草は岩棚の下へ投げ捨てた。次に、洞穴の入り口近くに積み上げた雪の凍りついた表面を割って、中の雪を掻きだした。雪が身近にあるのをあらためてありがたいと思った。ただ、もう残り少なくなっているのにも気づいていた。下へ水を汲みにいかなければならなくなるまで、あとどれくらいもつのかが気になった。そして、今、体を洗う分までとるかどうかを考えたが、春まで二度と機会がないかもしれないと思って、髪まで洗えるくらいの量を運びこんだ。

火のそばに置いたいくつかの器の中で氷が解ける間に、炊事にかかった。立ち働きながらも、エイラは今、夢中になっている手芸に思いをめぐらせていた。食事を終え、体と髪を洗ってから、小枝と自分の指で濡れてもつれた髪を梳いているとき、乾かしたラシャカキグサが目にとまった。けばだった樹皮を綻る前に、梳いたり、もつれを解いたりするのに使っているものだった。いつものようにウィニーの毛を梳いてやっているうちに、繊維を梳くのにも使えないかと思いついたのだ。それで自分の髪も梳いてみようと考えたのは自然の流れだった。

結果は上々だった。ふさふさした金髪が柔らかく滑らかになったように感じられた。それまで、髪はときどき洗うくらいで、特別に注意を払ったことはなかった。ふだんは真ん中あたりで適当に分けて、耳の後ろへ流していた。以前、火の明かりで髪を照らしながら梳いていると、おまえの造作の中では髪がいちばんすてきだ、とイーザがよくいっていたのを思いだした。たしかに色もいいが、もっと魅力的なのは滑らかな長い糸のような手触りだと思った。エイラはほとんど自分でも気づかないうちに、髪を少しずつ編んでいって、長いお下げにしていた。

その端を動物の腱《けん》で縛ると、次の一本にかかった。自分の髪で紐を編んでいるところを人に見られたら、ずいぶん変わったことをすると思われるだろう、とちらりと考えた。だが、それでやめる気にもならず、まもなく、頭全体から何本もの長いお下げが垂れるということになった。エイラは頭を左右に振りながら、新たな感覚ににっこりした。お下げは気に入ったが、それが顔にかからないように耳の後ろへ押さえておくことはできなかった。あれこれ試してみた末に、前のほうではそれを巻いて結んでおくことにした。しかし、揺れる感じが好ましいので、左右と後ろは垂らしたままにしておいた。

はじめは目新しさからのことだったが、その後はむしろ便利さが気に入って、ずっと髪を編んでおくようになった。乱れることがないので、始終、ほつれ毛を押さえていなければならないという手間が省けるようになったのだ。それに、人に変わっていると思われるからといって、どうということもなかった。自分がそうしたければ、髪を紐に編んでもかまわない——ここでは自分がよければ、それでいいのだから。

その後まもなく、岩棚に積んだ雪は使い果たしてしまったが、水を得るために氷を割りにいく必要もなかった。吹き溜まりには雪がたっぷり残っていたからだ。だが、はじめてそれを取りにいったとき、洞穴のすぐ下では、炉から飛ぶ煤や煙で雪が汚れているのに気づいた。エイラはきれいな雪が集められる場所を探して、凍りついた川面を上《かみ》のほうへ歩いていった。峡谷の狭まった部分に入ってからも、好奇心からなお先へ進んだ。

それまで川をぎりぎりまで泳いで遡ったことはなかった。流れは急だったし、そんな先までいく必要もなかったからだ。だが、足もとにさえ気をつければ、氷の上を歩くのはそうむずかしくなかった。気温の低下でしぶきが凍ったり、隆起ができたりして、峡谷に沿って幻想的な形の氷が魔法の国をつくりだしていた。エイラは目を見張る自然の造形に微笑んだが、その先で待ちかまえている光景は予想もしないものだった。

もうかなり長く歩きつづけていたので、そろそろ引き返そうかと考えた。日陰になった峡谷の底は冷えこんで、氷が寒気をいやましているようだった。川が次に折れ曲がっているところまでいったら戻ろうと心を決めた。そこに着いてみると、畏敬の念に打たれて思わず足を止め、まじまじと見入った。屈曲部の先で、峡谷の両側の崖は一つに合して、上方のステップに達する岩壁になっていた。凍りついた滝の水が、きらきら輝く鍾乳石のようなつららとなって、そこに吊り下がっていた。石のように硬く、しかも冷たく白いその光景は、鍾乳洞を裏返しにしたような奇観だった。

巨大な氷の彫刻は息をのむほどのものだった。冬に力を抑えこまれている水が、今にも頭上になだれ落ちてきそうな気配だった。目がくらむような感じがしたが、荘厳さに釘づけになったエイラはその場に立ち尽くした。封じこめられた巨大な力に直面して体が震えた。踵《きびす》をめぐらす前に、上方のつららの先端から水滴がきらりと光って落ちるのを見て、底知れぬ寒さにまた震えた。

エイラは冷たい隙間風に目を覚ました。見上げてみると、洞穴の入り口から対岸の岩壁が見えた。風除けの毛皮が柱にはたはたと打ち当たっていた。エイラはそれをなおしたあと、しばらくの間、顔を風に向けて立っていた。

「暖かくなってきたわ、ウィニー。風が前ほど冷たくないもの」

子馬は耳をぴくぴく動かし、何かを期待するようにエイラを見つめた。それは何気ない会話だった。エイラが話しかけたのは、子馬に反応を求めてのことではなかった。こちらへおいでとか、下がりなさいとかいう身ぶりでもなく、もうすぐ食事よという合図でもなく、毛を梳いたり、撫でたりといった愛情表現でもなかった。エイラは意識してウィニーを訓練したことはなかった。ウィニーを仲間か友だちと考えていたからだ。しかし、利口な子馬は、ある合図や声はある行動と結びついているということに気づき、そういう合図や声の多くに適切に反応するようになっていた。

エイラもウィニーの言葉を理解しはじめていた。子馬が言葉を話すまでもなく、エイラはその表情や態度の微妙な差異を読みとれるようになっていた。一族の間では、音声は常に副次的な意思伝達の手段だった。顔をつきあわせて暮らす長い冬の間に、人間と馬とは温かい愛情の絆を結び、高度な意思伝達と理解の手段を分かちあったのだ。ウィニーの愉快、満足、不安、動転といった気分のそれぞれをエイラはほぼ見てとることができた。子馬の何か——食べ物、水、愛情——を求めるそぶりにこたえることができた。しかし、やはり支配的な立場に立ったのはエイラのほうだった。エイラがある目的を持った指示や合図を送ると、ウィニーがそれにこたえるという関係がだんだんと成立していった。

エイラは洞穴の入り口のすぐ内側に立って、修繕した風除けの具合を調べていた。上縁沿いに新しい穴をあけ、そこに新しい革紐を通して、風除けを横木に結びつけなければならなかった。突然、何か湿ったものが首筋に触った。

「ウィニー、こら……」振り向いてみたが、子馬はそこにはいなかった。そのとき、また水滴がポツリと落ちてきた。きょろきょろしているうちに、排煙用の穴から長いつららが垂れ下がっているのが目に入った。炊事の湯気や息に含まれる湿気が、炉の暖気に運び上げられ、穴から入ってくる寒気とぶつかって凍りついたのだ。しかし、乾いた風が湿気を吹き払うので、つららはそれほど長くはならなかった。実際、冬の間を通じて、穴の縁に房飾りのような氷が張りついているだけだった。エイラは煤と灰とで汚れた長いつららに驚かされた。

その驚きから覚めて、避けようとした矢先に、また水滴が落ちてきて額を打った。エイラはそれを拭うと、思わず大声を上げた。

「ウィニー！　ウィニー！　春がきたのよ！　氷が解けはじめたわ！」子馬に走り寄って、毛がもじゃもじゃの首を抱き締め、驚いている相手をなだめた。「あのね、ウィニー、もうすぐ木は芽を出すし、草も生えてくるわ。春いちばんの芽や草ほどおいしいものはないんだから！　おまえも春の草が食べられるのを楽しみにしてなさい。きっと気に入るわ！」

エイラは白ではなく緑の世界が今すぐ見られると思っているかのように、広い岩棚へ走り出た。だが、寒風に吹かれて、あわてて中へ逆戻りした。春が約束を反故《ほご》にし、数日後、その冬最大の暴風雪が峡谷に吹き荒れたときには、雪消《ゆきげ》の最初の一滴で感じた興奮は狼狽へと変わった。しかし、外界は冷たい氷に閉ざされてはいても、春は着実に冬のあとを追いかけてきた。暖かい太陽の息吹が、凍りついた地表を解かしはじめた。実際、あの水滴は、谷間の氷が解けて水になる変化の前触れだったのだ――それはエイラが思っていた以上にたしかなものだった。

はじめの雪消の水滴に、やがて春の雨が加わって、積もった雪や張った氷をうがっては洗い流していった。そして、乾いたステップに春の潤いをもたらした。しかし、雪解け水は現地の分だけにとどまらなかった。谷を流れる川の源は、大氷河から解けだした水だった。春の間、川はあちこちで支流をのみこんだが、その多くはエイラがはじめてきたときには存在していなかったものだった。

乾いた川床を走る鉄砲水は、何も知らない動物を不意打ちし、下流へ押し流した。そうした動物の死骸は、激流に引き裂かれ、叩きつぶされて、ついには骨がむきだしになった。雪解け水は以前の川床を無視することもあった。そして、新しい水路を切り開き、長年、厳しい環境の中で苦労して育ってきた木々や薮を根こそぎにして流し去った。大小の石や岩も浮かせて運ぶほどだった。流れてきた瓦礫がぶちあたって、その動きに拍車をかけた。

エイラの洞穴より上《かみ》の峡谷に両側から迫る岩壁は、高い滝から流れ落ちて猛り狂う水を締めつけた。そういう抵抗にあって流れはさらに勢いを加え、増大した水量で水位はぐんと上昇した。洞穴の下の川原が水をかぶる前に、キツネたちは前年の漂着物の山の下のすみかを去っていた。

エイラも洞穴の中でじっとしてはいられなくなった。水は狭い峡谷に押し寄せて――まるで勢いあまってつまずくように見えた――突き出た岩壁にぶちあたり、運んできた残骸の一部をその裾に落としていった。渦巻き、泡立つ川の水面が、日々上がってくるのを岩棚から見まもった。重宝している骨や流木、迷子石がどうしてそこに積もったのかをエイラはようやく理解した。そして、高みにある洞穴を見つけられたのは何と幸運だったことか、とつくづくありがたく思った。

流れてきた大石や木がぶつかると、岩棚が震えるのが感じられた。エイラはそのたびに肝を冷やしたが、宿命論的な人生観を強めていた。いつか死ぬと定められた身なら、それを免れることはできないだろう。いずれにしろ、わたしは呪いをかけられて、死んだものと思われている。わたしの運命を左右しているのは、わたし自身よりも強い何かの力に違いない。わたしを上にのせたまま、この岩壁が崩れ落ちるとしたら、わたしにはそれを阻む手立てはない。自然の非情な力に、エイラは引きこまれるものを感じた。

谷は日々新しい様相を見せた。対岸の岩壁近くに生えている高木の一本が、ついに水勢に屈した。エイラのいる岩棚のほうに倒れたかと思うと、まもなく増水した流れにのみこまれた。見まもるうちに、その木はあっという間に屈曲部をまわっていった。流れはぐんとひろがって、低い草地に細長い湖をつくっていた。それまで穏やかな川の両岸を縁取っていた草木は水につかったり、完全に沈んでしまっていた。荒れ狂う川の底にしがみついている木の大枝や薮が、流れてきた巨木を捕らえて放すまいとした。だが、その抵抗もむなしかった。巨木はからみついていた木や薮から引き離された。あるいは、木や薮が根こそぎにされたのかもしれなかった。

滝を凍りつかせていた冬の支配力がついに潰えた日をエイラは知った。谷にこだまする轟音とともに、水で砕かれた氷塊が流れの中で上下したり旋回したりしながら川を下りはじめたのだ。氷塊は岩壁のところで密集し、かしぎながらそこをまわると、流れるうちにだんだんとはっきりした形を失っていった。

ようやく水が引いて、エイラがふたたび川っぷちへの急勾配の小道を下ってみると、見慣れた川原の様相は一変していた。岩壁の裾の泥だらけの漂着物の山はさらにかさを増していた。骨や流木の間に、動物の死骸や倒木が交じっていた。岩がごつごつした一角も形が変わり、あったはずの木々は跡形もなかった。しかし、すべてが変わったわけではなかった。とくに乾いた土地に深く下りた根、川っぷちから離れたところに生えている草木は残っていた。木々や薮は毎年の出水に慣れ、何季かを生き延びたものの多くはいまだにしっかりと根を張っていた。木イチゴの茂みに緑が点々と見えはじめると、エイラはその赤く熟した実のことを思いはじめた。だが、それは問題だった。

夏までは熟さない木イチゴのことを考えても意味がないのではないか。異人を探す旅を続けるなら、夏にはもうこの谷にはいないのだから。春がうごめきだすとともに、エイラはいつ谷を出るかという決定を下す必要に迫られた。それは思っていた以上に難しい問題だった。

エイラは岩棚の端の気に入りの場所に座っていた。草地を臨む側には座りやすい平たい部分があって、その下に具合よく足をのせられる出っ張りもあった。そこからは川の屈曲部も川原も見えなかったが、谷が隅まで見通せた。頭《こうべ》をめぐらすと上流の狭い峡谷までが視野に入った。エイラは草地にいたウィニーを見まもっていたが、そのうち、馬はこちらへ戻ろうと向きを変えた。ウィニーが突き出た岩壁をまわりにかかって、その姿は見えなくなったが、小道を上ってくる蹄の音は聞こえていた、エイラはウィニーが姿をあらわすのを待った。

黒っぽい耳、こわい茶色のたてがみを備えたステップ在来の馬の大きな頭が視界に入ると、エイラはにっこりした。ウィニーがさらに近づいてくるにつれ、もじゃもじゃの黄色い毛が抜け落ちて、暗褐色の野生的な縞が脊柱に沿って走り、黒っぽい色の長い尾まで続いているのが見えた。前脚の下部は暗褐色で、その上に縞模様がうっすらと浮き出ていた。ウィニーはエイラを見て低くいななき、何か用はないかというように少し待ったあと、洞穴の中へ入っていった。肉づきはまだ十分ではなかったが、満一年ほどですでに成熟した馬並みの大きさになっていた。

エイラは谷の景観のほうに向きなおった。そして、何日も脳裏を占め、夜もなかなか眠れない原因となっていた考えごとにも向きなおった。今、この谷を出るわけにはいかない――もう少し狩りをしなければならないし、果物が熟すのを待ったほうがよさそうだ。それに、ウィニーをどうする？ それがエイラの抱える問題の核心だった。独りで暮らしたくはなかったが、一族がよそ者と呼んでいた人々については、自分がその一員であるということ以外、何も知らなかった。もし、そういう人々とめぐりあっても、わたしがウィニーと一緒にいることを認めてくれなかったらどうする？ ブルンなら成長した馬でも置かせてはくれないだろう。まして、若くて、まだ弱い馬ならなおさらだ。もし、異人たちがウィニーを殺そうとしたらどうする？ ウィニーは逃げようともせず、その場でおとなしく殺されてしまうだろう。もし、わたしが殺さないでと頼んだら、彼らは聞いてくれるだろうか？ ブラウドだったら、わたしが何をいおうとウィニーを殺してしまうだろう。もし、異人の男たちがブラウドのようだったらどうする？ いや、もっとひどかったら？ 何といっても、彼らはオダの赤ん坊を殺したのだから。たとえ、はずみだったにしても。

いつかは誰かを探さなければならないにしても、もう少しここにとどまっていてもいいかもしれない。少なくとも、狩りをするまで、そして、根を掘るまでは。そうしよう。根が掘れるほどの太さになるまで、ここにいることにしよう。

出発を延ばすと決めると気が楽になって、何かをしようという意欲がわいてきた。エイラは立ち上がると、岩棚の反対側へ歩いていった。岩壁の裾の新たな漂着物の山から、腐肉のいやなにおいが漂ってきた。下方で何か動きがあるのに気づいて見下ろすと、ハイエナがシカの前脚と思われるものを強力な顎で嚙み砕いていた。捕食動物にしろ、腐肉をあさる動物にしろ、ハイエナほど顎と前半身に力が集中しているものはいなかった。だが、そのせいでハイエナは見るからに不格好な体形になっていた。

体高の低い後半身とやや曲がった後脚のハイエナが、漂着物の山をあさっているのが目に入ったとき、エイラは投石器に手を伸ばしたくなるのを抑えなければならなかった。しかし、ハイエナが腐りかけた死骸を引きずりだそうとしているのを見て、放っておくことに決めた。跡始末をしてくれるなら、それはそれでありがたいと思いなおしたのだ。エイラはほかの肉食動物と同じく、ハイエナもじっくり観察してきた。猫科の動物やオオカミと違って、ハイエナは獲物に跳びかかるための強靱で弾力のある後脚の筋肉は要らなかった。狩りをするときには、もっぱら相手の柔らかい下腹部、内臓、乳腺を狙った。だが、ハイエナの常食は腐肉だった——どれほど腐っていてもかまわなかった。

ハイエナは腐敗を好んだ。人間が残したごみの山をあさるのはおろか、きちんと埋葬されなかった死体まで掘りだすのをエイラは見たことがあった。ハイエナは糞まで食らい、自身が食べるものと同じくらいひどいにおいを発した。ハイエナに咬まれると、そのときは致命的な傷でなくとも、あとで感染症にかかって死ぬことがよくあった。そして、ハイエナは動物の子を好んで狙った。

エイラはぞっとして顔をしかめ、体を震わせた。もともとハイエナを憎んでいたので、下方にいる獣を投石器で追いはらいたいという衝動を抑えるのは一苦労だった。そういう反応は不合理なものだったが、この茶色の斑点のある掃除屋に対する嫌悪はどうしようもなかった。エイラの目には、ハイエナには何のとりえもないように見えた。ほかの掃除屋にも同じくらいひどいにおいのするものがいたが、そこまでいやな気分にさせられることはなかった。

岩棚の見晴らしのきく位置から眺めていると、クズリが腐肉の分け前にあずかろうとしているのが見えた。大食家のクズリは長い尾のある熊の子といった風情だったが、むしろイタチによく似ているのをエイラは知っていた。その臭腺から発するにおいはスカンクに負けないほどひどかった。クズリは物騒な掃除屋だった。洞穴であれ、開けた場所であれ、見境なく荒らしまくった。利口なところもあるが喧嘩好きで、ときにはオオジカにさえ襲いかかる怖いもの知らずだった。といっても、ふだんはネズミ、鳥、カエル、魚、あるいは小果実などで満足していた。エイラはクズリが獲物を横取りしようとした自分より大きな獣を追いはらうのを見たことがあった。そういう意味では見上げたもので、凍りつくことがないその毛皮も貴重品だった。

なおも周辺を眺めていると、一つがいのアカトビが対岸の梢の巣から飛び立って、あっという間に空高く上がっていった。やがて、赤みがかった長い翼と深く切れこんだ二股《ふたまた》の尾を張って、川原に舞い降りた。トビも腐肉を食べたが、ほかの猛禽と同じく、小さな哺乳類や爬虫類も捕った。エイラは肉食性の鳥にはあまり通じていなかったが、概して雌のほうが雄よりも大きいということは知っていた。そして、その姿の美しさは見ていて飽きることがなかった。

ハゲワシは醜く禿げた頭と、見かけそのままのいやなにおいを持っていたが、我慢ならないという存在ではなかった。曲がったくちばしは鋭く、強く、死んだ動物の肉を挟み切るのに適していた。しかし、その動きには威厳が感じられた。楽々と舞い上がり、滑空する姿には、はっとするものがあった。ハゲワシは大きな翼をひろげて気流に乗り、餌を見つけると、地上へ急降下した。そして、首を伸ばし、翼を半開きにして、そちらへ走り寄るのだった。

下方の掃除屋たちは饗宴を繰りひろげていた。ハシボソガラスまでが分け前にあずかっていたが、エイラはそれを喜んだ。洞穴のそばから死骸の腐ったにおいがなくなるなら、ハイエナでも我慢することができた。早く片づけてくれれば、それだけありがたかった。突然、耐え切れないほどの猛烈な悪臭が立ち上ってきた。エイラはにおいに汚染されていない空気を吸いたくなった。

「ウィニー」エイラは呼んだ。自分の名前を聞きつけた馬が、洞穴から頭を突きだした。「ちょっと散歩にいこうと思うんだけど。一緒にくる?」ウィニーは合図を見てとって、頭を振りながら、エイラのほうに歩み寄った。

エイラとウィニーは狭い道を下り、辟易させられる動物たちがたむろしている川原を避けて、岩壁の裾をまわった。暴れていた小川も今はいつもの両岸の間を静かに流れていたが、それを縁取る茂みに沿って進んでいった。歩くうちにウィニーもくつろいできたようだった。それまでは死臭で神経質になっていたし、幼いころの体験に根ざすハイエナに対するやみくもな恐れもあった。空気はまだひんやりした湿り気を帯びていたが、長い冬ごもりのあとのよく晴れた春の日とあって、どちらも存分に解放感を味わっていた。開けた草地はさわやかなにおいがした。掃除屋ばかりでなく、多くの鳥がそこで餌をついばんでいた。だが、鳥たちにはほかにもっと大切な関心事があるようだった。

エイラは歩調を緩め、空中での求愛に夢中になっているアカゲラのつがいを見まもった。深紅の頭の雄と白い頭の雌が枯れ木をコッコツ叩いたり、立ち木のまわりで追いつ追われつしていた。エイラはキッツキの類のことはよく知っていた。キッツキは古い木の幹をえぐって巣をつくり、その中に木屑を敷いた。六個ほどの茶色の斑点のある卵をかえして、子を育てると、雄と雌はふたたび別れた。そして、それぞれの縄張りの中の木の幹をつついて虫を探し、しゃがれた笑いのような鳴き声を木々に響かせた。

ヒバリはそれとは違った。繁殖期だけはふだん仲のいい群れが一つがいずつに分かれ、雄はかつての友だちに対しても攻撃的なシャモのように振る舞った。一つがいがまっすぐ空へ舞い上がりながら頌歌《しょうか》をさえずるのをエイラは耳にした。その音量の豊かさは、つがいがはるか上空に停止した二つの点となっても聞こえてくるほどだった。それが突然、二つのつぶてのように落下してきたかと思うと、次の瞬間には、また歌いながら舞い上がっていった。

エイラはかつて焦げ茶色の雌馬を狩るために掘った穴のあたりにさしかかった。少なくとも、自分ではこのあたりがそうだと思った。しかし、もう跡は残っていなかった。春の出水がエイラの切った雑木を押し流し、くぼみも平らにしていたのだ。エイラは少し先で水を飲むために立ち止まったが、セキレイが水辺を走っているのを見て微笑んだ。セキレイはヒバリに似ているが、もっとほっそりしていて、下腹部が黄色かった。尾が濡れないように体を水平に保とうとする結果、その尾が上下に揺れ動いた。

そのとき、流れるような鳴き声があふれかえって、エイラはそちらに注意を向けた。それは濡れることなど何とも思わないカワガラスのつがいだった。お互いにひょいひょいと上下に動く求愛の行動を展開していた。カワガラスが水底を歩いても、どうして羽に水がしみないのか、エイラは常々疑問に思っていた。野原に戻ってみると、ウィニーは緑の新芽を食《は》んでいた。エイラは茶色のミソサザイのつがいにチックチックと叱責するような声を浴びせられて、また微笑んだ。巣のある低木にあまり近づきすぎたのだ。エイラがそこを通り過ぎると、つがいは澄んだ大きな声で流れるような調べを歌いはじめた。まず一羽が歌うと、続いてもう一羽が歌うというふうに交互にこたえてやまなかった。

エイラは足を止め、丸太に腰を下ろして、数種の鳥の美しい歌声に耳を傾けた。そのうち、驚いたことに、一羽のウグイスがほかの鳥すべてのコーラスを一連のメロディーにして真似て歌いだした。エイラは小鳥の妙技に息をのみ、そして、思わず自分が口にしたヒューッという音にいっそう驚いた。すると、アオジが息を吸いこむような音に似た特徴的な鳴き声でそのあとに続き、ウグイスがふたたびそれを真似て鳴いた。

エイラはうれしくなった。自分も鳥の合唱団の一員になったような気がして、もう一度試してみた。唇をすぼめて息を吸いこんでみたが、かすかな風のようなヒューッという音がしただけだった。二度目はもう少しましになったが、吸いこんだ空気が肺に充満した。否応なくそれを吐きだしたとたんに、大きなピーという音が出た。それは鳥の声にずっと近かった。次に、鼻を通さず唇だけで息を吹いてみたが、数回繰り返してもうまくいかなかった。また吸いこむ方法に戻すと、音量には乏しかったが、それらしい音が出た。

そんなふうに吸ったり吐いたりしているうちに、ときおり、鋭い音が交じるようになった。すっかりそれに熱中していたので、甲高い口笛の音が響くたびにウィニーが耳をピクピクさせているのにも気づかなかった。ウィニーはそれにどうこたえたらいいのかわからなかったが、好奇心を刺激されてエイラのほうに何歩か近寄った。

エイラもウィニーが訝しげに耳を立てて寄ってくるのを目にした。「わたしが鳥のような声を出したんで驚いてるんでしょ、ウィニー？　だって、わたし自身が驚いてるんだから。鳥のように歌えるなんて、自分でも知らなかったわ。まだ鳥にそっくりってわけじゃないけど、もっと練習したら、もっとよく似ると思うわ。いい、もう一度やってみるからね」

エイラは息を吸いこんで、唇をすぼめ、神経を集中して、長く続く口笛を吹いた。ウィニーは頭を振って、うれしそうにいななくと、跳ねるようにエイラのほうにやってきた。エイラは立ち上がってその首を抱いたが、馬がどれほど成長したかにあらためて気づいた。「大きくなったのね、ウィニー。馬はあっという間に大きくなるのね。おまえももうほとんど一人前の雌馬じゃないの。それで、どれくらい速く走れるようになったの？」エイラは馬の尻をピシャリと叩いた。「おいで、ウィニー、一緒に走ろう」エイラは合図すると、全速力で野原を走りだした。

馬はほんの二、三歩で先行し、そのままぐんぐん加速して、エイラを大きく引き離した。エイラは走るのが気持ちよく感じられるままに、そのあとを追った。もうこれ以上走れないというところまで走ったあげくに、ぜいぜいと息を切らして立ち止まった。その場で見まもるうちに、馬は全速力で細長い谷を疾駆し、それから方向を転じると、緩やかな駆け足で大きく輪を描いて戻ってきた。わたしもおまえのように走れたら、とエイラは思った。そうしたら、好きなところに一緒に走っていけるのに。もし、わたしが人間でなく、馬だったら、もっと楽しいかしらね？　そうなれば、わたしは独りではないわけだから。

いや、わたしは独りではない。ウィニーは人間ではないけれど、いい仲間だ。わたしにはウィニーしかいないし、ウィニーにはわたししかいない。それにしても、わたしがウィニーのように走れたら、どんなにすばらしいだろう。

ウィニーは戻ってきたときは汗だくだった。そのまま草地を転がり、脚を宙に蹴り上げ、満足げな声を漏らすのを見て、エイラは思わず微笑んだ。ウィニーは立ち上がると、体を揺すってから、また草を食《は》みはじめた。エイラは馬のように走れたらどんなにわくわくするだろうと考えながら、それを見まもっていたが、やがて、また口笛の練習に戻った。次に鋭く甲高い音が響いたとき、ウィニーが頭を上げて、また駆け寄ってきた。エイラは馬を抱き締めた。ウィニーが口笛でやってきたのはうれしかった。だが、馬と一緒に走りたいという思いは脳裏から去らなかった。

そのうち、ある考えが閃いた。

冬中、ウィニーとともに暮らし、友だちとも仲間とも思うようになっていなかったら、そんな考えが浮かんでくることはなかっただろう。まだ一族の間で暮らしていたら、思いもよらないことだったのは間違いなかった。だが、今のエイラは自分の衝動のままに動くことに慣れていた。

ウィニーはいやがるだろうか？　エイラは思った。やらせてくれるだろうか？　エイラはウィニーを丸太のところに連れてきて、自分はその丸太の上に乗った。それから、腕をウィニーの首に巻きつけ、片足を持ち上げた。わたしと一緒に走って、ウィニー。わたしを一緒に連れてって。そう念じて、馬にまたがった。

ウィニーは背中に何かをのせるということに慣れていなかった。それで、はじめは耳を寝かせ、神経質に跳ねまわった。しかし、重荷ははじめてだったにしても、エイラにはもうすっかり馴染んでいた。首にまわされたエイラの腕は、気持ちを落ちつかせる効果があった。ウィニーは重荷を振り落とそうと棹立ちになりかけたが、そうはせず、重荷から逃れようとするように駆けだした。と思うと、すぐに全速力になって、野原を突っ走った。エイラはその背中に必死でしがみついた。

しかし、ウィニーはひとしきり駆けまわったあとだった。それに、冬の間の洞穴での暮らしで、運動不足になっていた。谷に生えている草を食《は》むようになってはいたが、遅れずについていかなければならない群れの仲間もいなかったし、必死で逃れなければならない肉食獣にも会っていなかった。それに、何といっても、ウィニーはまだ若かった。それほどたたないうちに速度を落とし、やがて立ち止まった。脇腹を激しく波打たせ、頭を垂れていた。

エイラは馬の背から滑り降りた。「ウィニー、すばらしかったわ！」エイラは身ぶりでいった。目は興奮で輝いていた。馬の垂れた鼻面を両手で持ち上げ、自分の頰をすり寄せた。それから、馬の頭を小脇に抱えこんだ。それはウィニーがまだ小さかったころ以来、ほとんどしていない愛情表現のしぐさだった。いってみれば、とっておきの特別な抱擁だった。

エイラは馬に乗ってみて、たまらないほどぞくぞくさせられた。疾走する馬と同体になって突き進んだのだと思うと、あらためて驚異の念に打たれた。そんなことが可能だとは夢にも思わなかった。いや、誰も思いはしなかっただろう。

10

そのうち、エイラは馬の背から離れられなくなってきた。全速力で疾走する若い雌馬に乗るのは、言葉ではいいあらわせないほどの喜びだった。今までに経験したほかの何よりもわくわくさせられた。ウィニーも背にエイラを乗せることにすぐに慣れ、それを楽しんでいるようだった。そのうち、一体となった人馬が駆けめぐるには、谷は狭すぎて物足りなくなってきた。手近な東側のステップを縦横無尽に走りまくることも珍しくなかった。

いずれは狩猟や採集に励み、それで得た生の食料を処理したり保存したりして、次の季節の循環に備えなければならないとわかってはいた。しかし、大地が長い冬の眠りから覚めたばかりの早春には、自然の恵みはまだ乏しかった。いくらかの新鮮な植物が乾燥ものばかりの冬の食事に変化を添えたが、根も、芽も、動物のすねも、まだまだ細かった。エイラはくる日もくる日も朝から晩まで、何もすることのない時間をこれ幸いとばかりに乗馬にあてた。

はじめは、ただ乗るというだけで、おとなしく馬の背に座り、馬がいくところにいくというにすぎなかった。馬に指示するなどということは考えてもみなかった。ウィニーが理解する合図は視覚的なものにかぎられていたが——エイラは言葉で意思を伝えようとしたことはなかった——馬には背中のエイラは見えなかったからだ。しかし、エイラにとって、体の動きはもともと言葉の一部だったし、馬に乗ることで密な接触が可能になった。

体の節々が痛むばかりの最初の期間が過ぎると、エイラは馬の筋肉の動きに気づくようになった。ウィニーもいったん適応すると、エイラの緊張と弛緩を感じとるようになった。双方がお互いの感覚と要求を察知する能力、さらにはそれにこたえようという願望を抱いていた。エイラは特定の方向に進みたいと思うと、無意識にそちらに体を傾けた。すると、エイラの筋肉の緊張の変化が馬に伝わった。馬は背中のエイラの緊張と弛緩に反応して、方向や速度を変えるようになった。エイラはエイラで、わかるかわからないほどの動きに馬が反応するのに気づくと、ふたたびそうしてほしいと思うときに同じような動きをするようになった。

それはいわば相互の訓練の期間で、それぞれが相手に学び、その過程の中で絆を深めていった。しかし、それと気づかぬうちに、エイラのほうが支配的な役割を担うようになっていた。ただ、双方が交わす合図はきわめて微妙で、馬のなすままから指示を出すまでに至る移行もごく自然だったので、エイラもはじめは無意識の次元でしか、そうと気づいていなかった。ひっきりなしに乗りつづけることは、それがそのまま集中的な厳しい訓練になった。その結果、どちらもいっそう敏感になり、ウィニーはエイラにみごとに同調するようになった。エイラがどこに、どれほどの速さでいこうと考えるだけで、ウィニーは自分がエイラの体の延長であるかのように反応した。もっとも、自分が神経や筋肉を通じて、馬の鋭敏な皮膚に信号を送っているということに、エイラ自身は気づいていなかったが。

事実、エイラにはウィニーを訓練しようなどという意図はなかった。そういう関係はエイラがウィニーに注いだ愛情と関心の結果であり、人間と馬との間の生来の相違に由来するものだった。ウィニーは利口で好奇心に富み、学習能力も記憶力も持ちあわせていた。しかし、その頭脳はエイラほど進化していなかったし、構造も異なっていた。馬は社会的な動物で、通常は群れをつくって暮らし、近しく温かい仲間の存在を必要としていた。触覚はとくに発達していて、密接な関係を築くうえできわめて重要だった。しかし、ウィニーの本能は、指示に従って、導かれる方向に進むように促した。馬はいったん恐慌状態に陥ると、群れの長《おさ》でさえ、仲間とともに逃げるしかなかった。

一方、エイラの行動には目的があり、脳の指示を受けていた。脳の中では、予見と分析が、知識と経験と絶えず影響を及ぼしあっていた。また、エイラが置かれている弱い立場は、生存への反射神経を研ぎ澄まし、常に環境を意識させずにはおかなかった。そのいずれもが、訓練の過程を促進した。楽しみで馬に乗っているときでも、野ウサギやジャイアント・ハムスターを見ると、投石器に手を伸ばし、そのあとを追いかけたいという衝動に駆られた。ウィニーはすぐにその欲求を理解した。その方向へ踏みだした最初の一歩が、無意識ではあるが緊密な制御へとつながった。エイラがそれを意識するようになったのは、ジャイアント・ハムスターを仕留めたときのことだった。

まだ春も浅いころだった。走っているうちに偶然にハムスターを追いだした。エイラはそれを見るなり、そちらのほうに身を乗りだした——投石器に手を伸ばしたときには、ウィニーはハムスターを追って疾走しはじめていた。間が詰まったところで、エイラは跳び降りようと思って腰を浮かせた。すると、ウィニーが急停止したので、うまい具合に滑り降りて、石を投じることができた。

今夜は新しい肉が食べられる。待っている馬のほうへ歩いて戻りながらエイラは思った。ほんとうはもっと狩りをしなければならないのだが、ウィニーに乗るのがこんなに面白くては……。

そうだ、わたしはウィニーに乗っていたのだ！　ウィニーはハムスターのあとを追った。そして、止まってほしいと思ったときに止まった！　エイラははじめて馬の背に乗って、その首に腕をまわした日のことを思いだした。それはちょうどウィニーが柔らかい若草を食《は》もうと頭を下げたところだった。

「ウィニー！」エイラは大声で呼びかけた。馬は何かというように頭を上げ、耳をぴくりと動かした。だが、エイラには次の言葉が出てこなかった。どう説明していいのかわからなかった。馬に乗るという思いつきだけでも途方もないことだったのに、自分のいきたいところに馬がいくとは。お互いがどのようにして学んだのかもさることながら、それは理解を絶することだった。

ウィニーがそばにやってきた。「ああ、ウィニー！」エイラはもう一度呼びかけた。なぜ泣けてきたのかはわからなかったが、声がひび割れていた。思わず、もじゃもじゃの毛に覆われた馬の首を抱き締めていた。ウィニーは鼻を鳴らし、首を曲げて、頭をエイラの肩にもたせかけた。

ふたたび馬にまたがろうとしたとき、エイラは何かぎこちないものを感じた。仕留めたハムスターが邪魔になっているようだった。かなり前から踏み台は使っていなかったが、そうなりそうな大石のほうへ歩いていった。考えてみると、それまでは跳び上がりざまに片脚をかけてもっと楽にまたがっていた。ようやく具合よく落ちつくと、ウィニーは洞穴目指して歩きだした。エイラが意識して馬を制御しようとすると、それまでの無意識の合図が幾分か明確さを失い、ウィニーの反応も鈍くなるようだった。自分がどうやって馬に指示しているのかがエイラにはわかっていなかった。

自分が力を抜いたときのほうがウィニーの反応がいいということに気づくと、エイラはふたたび反射神経に任せて行動するようになった。ただ、そうするうちにも、いくつかの意図的な合図をつくりだしていった。季節が深まるにつれて、狩りの回数も増えていった。エイラははじめ、馬を止め、跳び降りて、投石器を使っていたが、まもなく、馬の背から直接狙うようになった。的を外せば、それはさらなる練習、新たなる挑戦の動機となった。もともと、投石器の使いかたは独学独習したものだった。はじめは遊びのようなもので、それを手ほどきしてくれる人間もいなかった。そもそも、女が狩りをすることなど論外だったのだ。それでも、エイラは狙いを外したところをオオヤマネコに逆襲されたのを機に、二連発の技を編みだし、練習を重ねて完全に身につけていた。

それ以後、投石器の練習をする必要には迫られなかった。今度もまた、遊びとして始めたのだが、ただ楽しむだけではなく、けっして手抜きはしなかった。すでに練達の腕を持ちあわせているエイラは、まもなく、馬上からでも地上からと同じように正確に石を放てるようになった。しかし、逃げ足の速い野ウサギを追うときでも、馬に乗ることで自分がどれほどの利益を受けているか必ずしも理解してはいなかった。いや、想像もしていなかった。

はじめのうち、エイラは獲物をそれ以前と同じように、籠に入れ、それに革紐をかけて背負って持ち帰っていた。だが、すぐに思いついて、獲物をそのまま自分の目の前のウィニーの背に置くようになった。その当然の帰結として、馬の背に乗せて運べるような特製の荷籠をつくることを思いついて、あれこれ考えるうちに、馬の胴体に巻きつけた幅広の革紐に二つの籠をつけて、両側に振り分ける工夫をするようになった。籠を二つにしたことで、エイラは四つ足の友だちの力を借りることの利益にようやく気がついた。一人ではとても運びきれない荷を洞穴に持ち帰ったのは、それがはじめてだったからだ。

馬の助けによってどれほどのことができるかがわかってくると、エイラのやりかたは一変した。生活のパターン全体が一変した。外にとどまる時間も、足を延ばす距離も長くなり、一時《いちどき》に持ち帰る植物、細工物の素材、小動物もぐんと増えた。それに続く数日は、そうした戦利品の処理に費やされた。

野イチゴが熟しはじめたのに気づくと、できるだけ多く見つけようと広い地域を探しまわった。季節のはじめとあって、熟しているものはまだまだ少なかった。そろそろ帰ろうというころには、あたりは暗くなりかけていた。エイラ自身の目印を見分ける鋭い目のせいで道に迷うことはなかったのだが、谷に帰り着く前にすっかり暗くなって、それも見えなくなってきた。それでも洞穴の近くまできたとわかると、あとはウィニーの本能が導いてくれるのに任せた。それからの遠征では、エイラはしばしば馬が自分で帰り道を見つけるように仕向けた。

その後は、万一に備えて、寝袋用の毛皮を携えて出かけるようになった。ある日の暮れ、あまり遅くなったので、星空のもとで夜を楽しもうと思って、開けたステップで野宿をすることにした。火を起こしはしたが、毛皮にくるまってウィニーに寄り添っていると、ほとんど暖をとる必要は感じなかった。焚き火はむしろ、夜行性の動物を寄せつけないためのものだった。ステップの動物はみな、煙のにおいに敏感だった。荒れ狂う野火は、阻むもののないまま、ときに何日も燃えつづけ、その行く手にあるものすべてを焼き尽くし――あるいは、炙りたてたからだ。

最初の野宿のあと、洞穴を出て一晩、二晩を過ごすのは、そう珍しいことではなくなった。エイラは谷の東側を広範囲にわたって探検するようになった。

自分ではっきりそうとは認めていなかったが、エイラは異人を探し求めていた。異人とめぐりあうことを望む一方、それを恐ろしくも思っていた。ある意味では、それが谷を出る決心を一日延ばしにする因にもなっていた。異人探しを再開するつもりなら、そろそろ出発の準備にかからなければならないとわかってはいたが、今や、谷はわが家のようになっていた。離れがたい思いもあり、ウィニーのことも気がかりだった。見知らぬ異人がウィニーをどう扱うかは見当がつかなかった。この谷から馬でいける範囲に住んでいる人々がいるなら、こちらの存在を知らせる前に、まず、むこうの様子を観察して、多少のことを知っておくこともできるのだが、と思った。

エイラ自身が異人の一人ではあったが、一族の人々と暮らすようになる前のことは何もおぼえていなかった。はっきりわかっているのは、川縁で意識を失っているところを発見されたということだった。飢えて、ケーブ・ライオンに引っ掻かれた傷がひどく化膿していた。死にかけていたところをイーザに拾われ、新しい洞穴を探す旅に伴われたのだった。それ以前のことを思いだそうとすると、吐き気を催すほどの恐怖に襲われ、同時に足もとの大地が揺れるような不安な感覚をおぼえるのだった。

地震は五歳の女の子を独り荒野に放りだし、運命の慈悲——そして、あまりに様子の違う人々の同情——に委ねた。それは幼い心に破壊的に作用して、地震そのものと生まれついた一族に関する記憶をすべて消し去ってしまった。彼らは一族の人々にとっては異人だったが、それはエイラにとっても同じだった。

氷雨が降るかと思うと、暖かい日差しが戻ってくるという定めがたい春の天気に似て、エイラの気持ちも対極の間を揺れ動いた。それでも昼間はまだよかった。成長期、エイラは一日中、洞穴の近くを歩きまわって、イーザのために薬草を集めるということがしばしばあった。その後は狩りに出たりもしたが、いずれも単独での行動で、そのころから孤独には慣れていた。それで、忙しく活動する昼間は、奥まった谷間でウィニーだけを相手に過ごしていても、これという不足はなかったのだ。しかし、狭い洞穴の中で焚き火と馬だけしか仲間のいない夜になると、寂しさを和らげてくれる別の人間がいてくれたらという思いがつのるばかりだった。長く冷たい冬の間よりも、むしろ暖かさを増す春のほうが、孤独は耐えがたかった。ともすると、一族や自分が愛した人々のことばかり考えていた。息子を抱き締めたくてたまらず、腕が疼くようだった。毎晩、あすこそは出発の準備に取りかかろうと心に決めるのだが、その朝がくると、結局、一日延ばしにして、ウィニーに乗って東の平原に出かけるという日々が続いた。

入念で広範な観察によって、エイラは広大な草原の地勢ばかりでなく、そこに住む生き物のことにも通じるようになった。ちょうど草食動物の群れが移動を始めたところで、それを機に、また何か大型の動物を狩ろうかと考えるようになった。その思いつきが比重を増すにつれ、孤独に思い悩むことも幾分か少なくなってきた。

馬の群れも見かけたが、一頭も谷間へ戻ってくることはなかった。それは問題ではなかった。エイラにはもう馬を狩ろうという気はなかったからだ。狩るなら何かほかの動物にするつもりだった。それで、使いかたは知らないままに、ウィニーに乗って出かけるときはいつも槍を携えるようになった。長い柄は厄介だったが、安全な支えを考案して、馬の両側に振り分けた籠に一本ずつおさめて運ぶようにした。

思いつきが明確な形をとりはじめたのは、雌のトナカイの群れに気づいたときだった。少女時代、石による狩りの練習をひそかに積んでいたころ、何かと口実をもうけては、男たちが狩りの話——彼らの好みの話題——に興じているそばで仕事をするようにした。そのころは、投石器——自分の武器——に関する話にとくに興味があったが、狩りであればどんな種類のものであれ、好奇心をそそられた。小ぶりな枝角を持つトナカイの群れをはじめて見たとき、エイラはそれを雄と思った。そのあと、子が何頭か交じっているのに気づき、さまざまなシカの中でもトナカイだけは雌も枝角を持っているということを思いだしたのだ。それがきっかけになって、関連する記憶が次から次へとよみがえってきた——その中にはトナカイの肉の味も含まれていた。

そのうち、もっと重要なことを思いだした。トナカイが春になって北へ移動するときには、彼らにだけ見える一本の道をたどるかのように、みんな同じ経路をたどる、と男たちはいっていた。移動にあたってはいくつかの集団に分かれ、まず、雌と子の群れが旅を始め、若い雄の群れがそれに続く。季節の終わりになって、年長の雄が小さな群れに分かれ、連なって進むということだった。

エイラは馬に乗り、枝角のある雌と子の群れのあとをゆっくりつけていた。夏になって発生するブヨやハエの群れは、トナカイの毛、とくに目や耳の近くに入りこむのを好んだ。それで、トナカイは虫が少ない涼しい気候の土地を求めて移動するのだが、そういう虫がちょうどあらわれはじめていた。エイラは頭のまわりを飛びまわる何匹かの虫を無意識のうちに追いはらった。洞穴を出たときは、朝もやが窪地にへばりついていたが、朝日が深い穴の水分までも蒸発させ、いつにない湿気をステップにもたらしていた。トナカイはほかの有蹄類に慣れているので、ウィニーとその乗り手がよほど近づいてこないかぎりは気にしなかった。

エイラはトナカイを見まもりながら、狩りのことを考えていた。雄が雌を追ってくるというなら、もうすぐ、ここらを通るはずだ。若い雄なら、わたしでも仕留められるかもしれない。トナカイがたどる道はわかるだろう。だが、道がわかったからといって、槍が使えるほど近くに寄れるということにはならない。また、落とし穴を掘ることになるのだろうか。だが、トナカイは道を外れ、そこを避けて通るかもしれない。トナカイが跳び越えられないほどの柵《さく》をつくるだけの木々も見当たらない。追い立てて走らせることができれば、一頭ぐらいは穴に落ちるかもしれないが。

しかし、もし、そうなっても、どうやって引き上げる？　泥だらけの穴の底で動物を殺すのは、もうごめんだ。それに、獲物を洞穴に持って帰れなければ、ここで肉を干さなければならない。

エイラとウィニーは食事と休息のためにときどき立ち止まるだけで、一日中、トナカイの群れのあとをつけた。やがて、空の青が深まりゆく中で、雲が茜色に変わりはじめた。エイラはそれまできたことのない、はるか北の未知の地域に足を踏み入れていた。遠くには草木の連なりが見えていた。朱色に変わった空の薄れゆく光の中、密な木立の向こうで、その色が反射していた。トナカイは流れに通じる狭い道を一列になって進んだ。そして、川を渡る前に水を飲もうと水際の浅瀬に並んだ。

灰色の夕闇が地上の新緑を吸いとっている間、空は赤々と燃えていた。夜に盗まれた色が、より明るい色となって戻ってきたようだった。これはこれまでに何度か渡ったのと同じ流れなのだろうか、とエイラは訝った。このあたりでは、やがて合して大きな川になるせせらぎや小川をいくつも渡るより、平坦な草地を流れるうちに、U字形に曲がったり、分岐したりしている一つの川を何度も渡っているということがしばしばあったからだ。もし、思ったとおりなら、今、向こう岸へ渡っても、もう大きな流れに出会うことなく谷間へ帰れそうだった。

トナカイたちはしきりにコケを食べていた。どうやら向こう岸で夜を過ごすようだった。エイラもここで泊まろうと心を決めた。帰り道は遠く、どこかで川を渡らなければならなかった。だが、夜がくるというのに、ずぶ濡れになって凍えたくはなかった。馬の背から滑り降りると、籠を降ろし、ウィニーを放してやって、野宿の準備にかかった。黄鉄鉱とフリントの助けによって、乾いた小枝と流木がまもなく赤々と燃え上がった。葉でくるんだホド芋を焼いたものと、ジャイアント・ハムスターに食用の葉を何種類か詰めて調理したもので夕食をすませたあと、テントを張りにかかった。それから、口笛を吹いて馬を身近に呼び寄せると、頭だけテントの口から外に出したまま、毛皮にもぐりこんだ。

雲が地平線に垂れこめていた。その上方には星が密集し、砕けて穴があいた夜空の黒い障壁を、信じられないほど明るい光が突き破ろうとしているように見えた。星は空の火であり、霊界の炉、トーテムの霊の火でもある、とクレブがいっていたのを思いだした。夜空の星がつくりだすさまざまな形に視線を走らせているうちに、探していた形が見つかった。あそこがケーブ・ベアの故郷なのだ。その向こうに、わたしのトーテム、ケーブ・ライオンの形がある。星は夜空をぐるりとまわるのに、そういう形が変わらないのは不思議だ。狩りにいって、それぞれの洞穴へ帰るというのだろうか。

それはそれとして、トナカイを一頭、何とか仕留めなければならない。計画は早く立てたほうがいい。雄がもうじきやってくるからだ。雄もここで川を渡るはずだ。ウィニーが四つ足の捕食者のにおいを嗅ぎつけたのか、鼻を鳴らして、焚き火とエイラのほうへ身を寄せてきた。

「そこに何かいるの、ウィニー?」エイラは声と合図で尋ねた。それは一族の人々が用いていたのとはまったく違う言葉だった。エイラはウィニーとそっくりの声でいななくことができた。キツネのように鳴くことも、オオカミのように吠えることもできたし、ほとんどの鳥のさえずりに似せて口笛を吹くこともたちまちのうちに学んでいた。そういう音の多くが、エイラ独自の言語に加えられていった。一族の間では不必要な音を立てると咎められたが、今はもうそんなことは気にもしていなかった。エイラと同類の人間は本来、容易に発声する能力を持っていたが、それがエイラにも発現しつつあったのだ。

ウィニーが火とエイラの間に入りこんだ。どちらからも安全の保障を得ようとしているようだった。

「そこをどいて、ウィニー。こっちまで熱が届かないじゃないの」

エイラは立ち上がると、薪《たきぎ》をもう一本くべた。それから、ウィニーが神経質になっているのを感じて、首に腕をまわした。今夜はずっと起きていて、火を焚きつづけよう、とエイラは思った。向こうにいるのが何なのかわからないが、ウィニーが火のそばにいるかぎり、ウィニーよりもトナカイのほうに興味を持つはずだ。しばらくの間、焚き火を勢いよく燃やすというのはいい考えかもしれない。

エイラはしゃがみこんで炎を凝視した。薪《たきぎ》を加えるたびに、火花が舞い上がり、暗闇に溶けていくのを見まもった。川の向こうから聞こえてきた物音で、トナカイが一頭か二頭、何かの、おそらくは猫科の獣の餌食になったと知れた。エイラは自分のトナカイ狩りのことに思いを転じた。薪を取ろうとしてウィニーを押しやったとき、突然、ある考えが閃いた。その後、ウィニーが前より落ちついたと見て、エイラはまた毛皮にもぐりこんだが、思いめぐらすうちに、その考えはわくわくするような可能性へと膨らんでいった。眠りに落ちたときには、計画の大筋は固まっていた。信じられないような発想で、その大胆さにエイラは思わず独り笑いを漏らした。

朝になって、川を渡ってみると、一頭か二頭、数を減じたトナカイの群れは、すでに出発していた。だが、エイラはそのあとを追わず、ウィニーを駆って谷へ戻った。雄の群れがくるのに間に合うよう準備するとなれば、なすべきことは少なくなかった。

「そうそう、ウィニー。ほら、そんなに重くないでしょ」エイラは馬を励ました。簡単にあきらめるつもりはなかった。ウィニーの胸と背には革の帯と紐がかけられ、その先には重い丸太がくくりつけられていた。馬はその丸太を引いていた。エイラは重い荷物を運ぶとき、額に当てる負い革を使うことがあったが、それと同じ要領で、はじめはウィニーの額に重量のかかる革紐をあてがってみた。しかし、馬は頭を自由に動かす必要があり、荷を引くには胸と肩を使うほうがよいということにすぐに気づいた。とはいっても、若い雌馬は重荷を引くのに慣れておらず、即席の馬具も思うような動きを妨げた。しかし、エイラの決心は固かった。計画を成功させるには、それが避けては通れない道だったからだ。

その思いつきは、獣を寄せつけずにおくために焚いた火に薪をくべるとき、頭に浮かんできたものだった。エイラは薪を取ろうとしてウィニーを押しのけたが、庇護を求めて寄ってきたその馬に思いがいった。ウィニーはもう一人前に成長して、力も強くなっていた。自分もこれほど強ければという束の間の思いが、次の瞬間には、ずっと考えあぐねていた問題の解決策となって閃いたのだ。馬ならば落とし穴からトナカイを引き上げることができる。

次に、肉の処理について考えているうちに、さらに新しい構想が膨らんできた。ステップでトナカイを解体すれば、その血のにおいが未知の肉食獣を引き寄せるのは避けられないだろう。ゆうべ、トナカイを襲ったのはケーブ・ライオンではないかもしれないが、猫科の獣の何かだろう。トラ、ヒョウの類は大きさはケーブ・ライオンの半分ほどだが、投石器ではとても防ぎきれない。今までオオヤマネコを仕留めたことはあったが、大型の猫科の獣となると話は別だ。とくに身を隠す場所のない開けた土地ではそうだ。しかし、岩壁を背にした洞穴の近くでなら、撃退することもできるのではないか。勢いよく飛びだした石は致命傷を与えることはできないにしても、痛みは感じさせられるだろう。ウィニーが罠からトナカイを引き上げられるなら、谷まで持ち帰ることもできないはずがない。

しかし、それにはまず、ウィニーを輓馬《ばんば》に仕立てなければならなかった。エイラははじめ、死んだトナカイに綱なり革紐なりをかけ、それを馬に引かせる工夫をすればいいと考えた。馬が渋るなどとは思いもしなかった。馬の乗りかたをほとんど無意識のうちにおぼえたせいで、荷を引かせるにも訓練の必要があるとは想定していなかったのだ。しかし、帯や紐をつけてみるうちに、その必要がわかってきた。さらに、考えかたをがらりと変えたり、いくつか修正を加えたりしながら、二度三度と試してみるうち、ウィニーはエイラの意図を理解しはじめ、エイラもこれならうまくいくだろうというところまで漕ぎつけた。

ウィニーが丸太を引くのを見まもりながら、エイラは一族の人々のことを思って頭を振った。馬と一緒に暮らしているというだけでも、変わり者扱いされるだろうが、今のこの様子を見られたら、何と思われるだろう？　だが、一族には大勢の人がいて、肉を干したり、持って帰ったりする女手にも事欠かない。全部を独りでやらなければならないなどということはなかったのだ。

エイラは思わずウィニーを抱き締め、額をウィニーの首に押しつけた。「おまえのおかげでほんとに助かるわ。おまえがこんなに助けてくれるなんて思いもしなかった。おまえがいなかったら、どうしたらいいかわからないわ、ウィニー。もし、異人がブラウドみたいな連中だったとしても、おまえには指一本触れさせないからね。ほんとに、おまえにはどうしてあげたらいいんだろう」

馬を抱いているうちに、目に涙があふれてきた。エイラはそれを拭うと、帯や紐を外した。「さしあたっては何をしたらいいか、それはわかってるんだけどね。若い雄のトナカイの群れがくるのをしっかり見張らないと」

トナカイの雄の群れは、雌が通過してから何日もたたないうちにやってきた。ただ、その足取りはゆっくりしたものだった。いったん発見すると、動きを観察し、群れが同じ道をたどるのを確認したうえで、自分の装備を取りそろえて先まわりするのはそうむずかしいことではなかった。エイラはトナカイが川を渡ると思われる地点のやや下《しも》の岸辺で野宿の用意をした。それから、地面を掘るのに使う掘り棒、土をすくい上げるのに使う腰骨、土を運ぶのに使うテント用の皮を携えて、雌の群れが川を渡った地点に赴いた。

茂みの間を、二本の広い踏み分け道と、それに付随するような二本の小道が走っていた。エイラは広い道の一本に落とし穴を掘ることにした。トナカイが一列にならなければならない川に近い地点、ただし、深い穴を掘っても水がしみだしてこない程度には離れた地点を選んだ。掘り終えたのは、もう夕日が地の果てに沈もうとしているころだった。口笛を吹いてウィニーを呼ぶと、群れがどこまできているかを見にいった。翌日には川辺に着くだろうと思われた。

川に戻ったときには、光は薄れていたが、ぽっかりあいた穴ははっきりと見えていた。これでは穴に落ちるトナカイなど一頭もいないだろう。穴を見たら迂回するに違いない。エイラはそう思って落胆した。でも、もう遅いし、今夜のところは手の打ちようもない。朝になったら、また何か思いつくだろう。

しかし、朝になっても、何も閃かなければ、名案も浮かばなかった。夜のうちに、空は雲に覆われていた。顔を大粒の水滴で打たれて目を覚ますと、薄ぼんやりしたわびしい夜明けだった。前夜、寝ようとしたときには空はよく晴れていたので、テント用の皮を張らなかった。乾かそうとして近くにひろげておいたその皮は、かえってぐっしょり水を吸って泥まみれになっていた。顔に落ちてきた水滴は、ほんの皮切りだった。エイラは寝袋用の毛皮を体に巻きつけ、籠を探ってみたが、クズリの頭巾は忘れてきたようだった。やむなく、毛皮の端を頭の上まで引っ張り上げ、黒く湿った燃えさしに寄り添って縮こまった。

東の平原を閃光が走った――地平線までの大地が一面の光に照らしだされた。すぐあとに、遠くでゴロゴロと雷が轟いた。その合図を待っていたかのように、頭上の雲が大粒の雨をざあざあと降らせはじめた。エイラはテント用の皮を取って、さらに体に巻きつけた。

朝の光がしだいに周囲の風景を明らかにして、大地の裂け目から影を追いだした。それでも、緑が芽ぐみはじめたステップは、一面に灰色っぽくくすんでいた。雲の帳《とばり》からしたたる雨粒が、色を流し去ったように見えた。空でさえもが、青とも、灰色とも、白ともつかない何ともいいようのない色合いをしていた。

地下の永久凍土層を覆う浸透性の土の薄い層に水が満ちて、あちらこちらに水溜まりができはじめた。地表の近くでも、表土の下の凍土層は北方の氷壁並みに硬かった。暖気が凍った表土を下のほうまで解かしても、永久凍土層がうがたれることはなく、排水路もできなかった。ある条件のもとでは、水を含んだ土が流砂となり、マンモスの成獣でさえのみこんだ。そういう事態が氷河の先端の近くで起こり、さらに急速な氷結が進むと、マンモスは何千年何万年もそのままの姿で保存された。

焚き火のあとの黒い水溜まりに、鉛色の空から大きな水滴が落ちていた。それが一気に穴をうがち、さらに輪にひろげていくのをエイラは見まもっていた。谷間の乾いた居心地のいい洞穴が懐かしかった。骨まで凍りつきそうな寒気が、脂を塗りつけ、中にスゲを詰めた厚い革の履き物を通してしみこんできた。一面の泥沼の様相に、狩りへの情熱もそがれるようだった。

水溜まりの水があふれて川に注ぐ泥水の水路をつくり、小枝や木切れや草、さらには枯れ葉までも押し流すに及んで、エイラは小高くなった場所に移動した。わたしはどうして戻らないのだろう？　籠を高みへ引っ張り上げながら訝った。籠の蓋を取って見てみると、雨水は編んだガマの葉にはじかれて、中身は濡れていなかった。これをウィニーの背にのせて帰ったほうがいいのかもしれない。トナカイはとても仕留められないだろう。わたしがいくら願ったからといって、自分からあの穴へ跳びこむものなどいるはずがない。あとで、年とって落後したトナカイなら捕らえられるかもしれないが、それでは肉は硬いし、皮も傷だらけだろう。

エイラは溜め息をつき、毛皮の外衣と、その上に羽織ったテント用の皮をかきあわせた。だからといって、あれだけ長い時間をかけて計画し準備してきたことを、少しばかりの雨でやめるわけにはいかない。トナカイは仕留められないかもしれない。でも、狩人が空手で帰ることもないわけではない。とにかく、これだけは確実だ——やってみないことには、一頭も仕留められない。

雨水が高みの下を掘り崩しそうになって、エイラは岩の層の上に登った。目を凝らして雨中を透かし見て、雨脚が弱まる気配はないかとうかがった。平坦な開けた草原には、大きな木にしろ突きだした崖にしろ、身を隠すような場所はなかった。傍らでしずくをしたたらせている馬と同じく、エイラも土砂降りの中にたたずみ、雨が上がるのをじっと待つばかりだった。トナカイも待っていてくれればいいが。こちらはまだ用意ができていないのだから。昼が近づいたころには、また決心が鈍ったが、そのころにはもう動きたくもなくなっていた。

移り気な春の天候の例に漏れず、昼ごろには雲の帳《とばり》が切れたかと思うと、風がそれを吹き流した。午後には、雲一つ見えなくなり、雨に洗われたばかりの季節に特有の若々しい色が、日の光をいっぱいに浴びて光り輝いた。大地からは水分を大気に返そうとするかのように、盛んに水蒸気が立ち昇っていた。雲を追いはらった乾いた風が、貪欲にそれを吸い上げていた。その分け前を氷河に没収されるのがわかっているとでもいうように。

自信は揺らいでいたにしても、決意はかえって固まっていた。エイラはまとっていた重いオーロックスの皮を振って水気を飛ばすと、少しでも乾けばいいと思って、背の高い薮に吊るした。足はまだ濡れていたが、冷たくはなかったので放っておいた——そもそも、濡れていないものはなかった。そして、トナカイが川を渡る地点へ向かった。掘っておいた穴は見えず、がっかりさせられた。よくよく見ると、葉や木切れ、それに穴の掘り屑が詰まった泥だらけの水溜まりがあった。

エイラは肚を決め、穴から水を汲みだそうと籠を取りにいった。戻ってくる途中、やや離れたところから、穴をじっくり眺めていたが、そのうち、ふっと笑みを漏らした。あんなふうに葉っぱや木切れに覆われた穴を見つけろといわれても、すぐにはわからない。まして、走ってくるトナカイには、とても見えないのではないか。そうはいっても、穴の中の水をあのままにしておくわけにはいかない――何かいい方法はないものか……。

ヤナギの小枝なら穴に渡すだけの長さがあるだろう。ヤナギの小枝で穴の蓋のようなものをつくって、その上に葉っぱをのせておいたらどうだろう？　トナカイの重さには耐えられないだろうが、葉っぱや小枝ならのせても何ということはない。エイラは突然、声を上げて笑いだした。ウィニーがそれにこたえるようにいななきながら寄ってきた。

「そうよ、ウィニー！　雨もそんなに悪くはなかったかもしれないわね」

エイラは汚れるのもいとわず、落とし穴からせっせと水を汲みだした。穴はそれほど深くはなかったが、元どおりにしようとするうち、地下水面が上がっているのに気がついた。汲みだしても、あとからあとから水が満ちてくるようだった。濁って、激しく波立つ川に目をやると、水かさがさらに増していた。そして、エイラは知らなかったが、暖かい雨が大地の下の岩盤のような凍土を幾分か解かしていた。

穴を偽装するのは、思ったほど容易ではなかった。背の低いヤナギの木から必要なだけの長い枝を集めるには、かなり下流のほうまで歩きまわらなければならず、それでも足りない分はアシで補うことになった。編み上げた大きな蓋を穴の上に置いてみると、真ん中がたるむので、端を杭で留めなければならなかった。蓋の上に葉や木切れをまきちらしても、エイラの目にはまだはっきりそれとわかった。満足はできなかったが、それでうまくいくことを願うしかなかった。

エイラは泥まみれになって、下流のほうへ戻った。早く体を洗いたくて川のほうに目がいったが、その前に口笛を吹いてウィニーを呼んだ。トナカイは予想していたほど近づいてはいなかった。平原が乾いていたら、早く川に着こうと急いでいたのだろうが、あちこちにできた水溜まりや一時的な流れで、足を取られているようだった。若い雄の群れは翌朝までは渡河地点には着かないだろうと思われた。

エイラは野営地へ戻ると、一息入れ、外衣や履き物を脱いで川の中へ入った。水は冷たかったが、それには慣れていた。泥を洗い落として、外衣や履き物を露出した岩の上にひろげた。湿った革に包まれていた足は白くふやけていた――硬いたこができた足の裏までが柔らかくなっていた。日に暖められた岩の温もりはありがたかった。火を起こすための乾いた台にもなりそうだった。

マツの枯れた下枝は、ふつう、豪雨にあっても湿ることはなかった。このあたりではマツは低木ほどの高さしかなかったが、川縁でも例外ではなかった。エイラは乾いた火口《ほくち》を持ってきていた。黄鉄鉱とフリントを使って、すぐに小さな火を起こした。それに小枝や木切れをくべていって、最後には、より大きな火もちのいい木を火の上に円錐形に組みあわせた。エイラは雨の中でも――よほどの土砂降りでないかぎり――火を起こして燃やしつづけることができた。小さく火を起こして、それが大きな薪《たきぎ》にしっかりつくまで燃やしつづけることが肝心だった。

エイラは携行用の固形食の食事を終え、熱い茶を一口すると、満足の溜め息をついた。固形食は滋養豊かで腹持ちがよく、動きながら食べることもできた――だが、熱い液体はそれ以上にありがたかった。まだ湿っているとは思ったが、皮のテントを火のそばに張った。眠っている間に、もっと乾きそうな気配だった。西の空で雲が星を覆い隠しているのを見て、また雨にならないことを願った。そのあと、ウィニーを優しく撫でてやってから、毛皮にもぐりこみ、それを体に巻きつけた。

あたりは暗かった。エイラは身じろぎもせずに横たわって耳を澄ませていた。ウィニーが体を動かして、低く息を吐きだした。エイラは肘をついて上体を起こし、あたりを見まわした。東の空がかすかに白みかけていた。そのとき、首筋の毛が逆立つような物音が聞こえてきた。エイラは自分の目を覚まさせたものの正体を悟った。そう何度も聞いたことはなかったが、川向こうから聞こえてくる咆哮《ほうこう》がケーブ・ライオンのそれだということは見当がついた。ウィニーが不安げにいなないた。エイラは立ち上がった。

「大丈夫よ、ウィニー。あのライオンはずっと遠くにいるんだから」エイラは焚き火に薪《たきぎ》を足した。「この前、ここにきたときに聞いたのもケーブ・ライオンの声だったんだわ。この川の向こう側の近くに住んでるのね。ライオンもトナカイを仕留めるんじゃないかな。わたしたち、帰りにライオンの縄張りを通るんだけど、それが昼間になりそうでよかったわ。こちらが通る前に、トナカイで満腹してくれてたらね。まあ、お茶でもいれましょうか――そのうち、準備にとりかからなくちゃならなくなるから」

エイラがあらゆるものを籠に詰めて、ウィニーの腹帯を締めたときには、白みかけていた東の空がもう薔薇色に染まっていた。エイラは二つの籠のそれぞれの支えに長い槍を一本ずつ差して、しっかり留めると、馬にまたがった。振り分けにした籠の前、宙に突き出た鋭い槍の間の位置に座った。

トナカイの群れのほうに向かって大きく迂回しながら戻った結果、エイラは群れの後ろにまわっていた。馬を急《せ》かして進むうちに、若い雄のトナカイの群れが視界に入ってきた。それからは、速度を緩め、ゆったりした足取りであとを追った。ウィニーは移動する群れに楽々と調子を合わせた。展望のきく馬上から群れを観察していると、川に近づくにつれ、先頭のトナカイが速度を落とすのがわかった。トナカイは落とし穴に続く道に泥や葉が散乱しているのを見て、しきりににおいを嗅ぎだした。警戒して神経質になっているのが、エイラにも感じとれた。

先頭のトナカイがその道を避け、岸辺に密生した薮に分け入るのを見て、エイラは行動に出るときがきたと判断した。一つ深呼吸すると、身を前に乗りだして、加速しようという意志を馬に伝えた。馬が群れに向かって疾走しはじめると、自分は威嚇の大声を張り上げた。

驚いたしんがりのトナカイが跳びだし、先行していた仲間を押しのけて前へ出た。叫びたてる女を乗せた馬が追い上げてくると、群れ全体が動転してわれ先に走りだした。それでも、一頭残らず、落とし穴は避けて通っているようだった。トナカイが迂回したり、跳び越えたり、何とか穴をかわしていくのを見て、エイラは落胆した。

だが、そのあと、疾走する群れに混乱が生じたのに気がついた。二本の枝角が落ちこんだかと思うと、その空間の周辺で、ほかのトナカイが激しく揺れ動き、渦を巻いているのが見えたような気がした。エイラは支えから槍を引き抜き、馬から滑り降りて、着地すると同時に走りだした。狂ったような目をしたトナカイが、穴の底ににじみでる泥にはまりこみ、何とか跳びだそうともがいていた。今回はエイラの狙いは正確だった。重い槍はトナカイの首に突き刺さって、動脈を断ち切った。堂々とした体躯《たいく》の雄は穴の底にくずおれ、苦悶もそれきり途絶えた。

終わった。やった。あっという間に、思っていたよりもはるかに簡単に。エイラは激しくあえいでいたが、力を使い果たして息が切れたのではなかった。あれほど考え、案じて、計画に精力をつぎこんだ割に、あまりにやすやすと狩りを終えて、まだ余力が残っていた。緊張も去らず、過剰な精力の捌け口もなかった――成功の喜びを分かちあう仲間もいなかった。

「ウィニー！　やった！　やったわ！」大声と激しい身ぶりに馬も驚いた。エイラはその背に跳び乗り、平原を走りまわった。

　編んだ髪をなびかせ、目を興奮で輝かせ、顔には狂ったような笑みを浮かべたエイラは、まさに野生の女だった。またがっている野生の馬も目を血走らせ、耳を倒して、乗り手とはまた違った様相の狂乱を示していたが——それを目にする人間がいれば——なおいっそうぎょっとしたことだろう。

　人馬は大きな輪を描いて駆けた。戻ってくる途中、エイラは馬を止めて滑り降りると、あとは自らの二本の足で走って輪を完成させた。そして、泥まみれの穴の底の死んだトナカイを見下ろして、大きく息を弾ませた。今度は歓喜のあえぎだった。

　ようやく息をととのえると、トナカイの首から槍を引き抜き、口笛を吹いて馬を呼び寄せた。まだ興奮のさめないウィニーを、励まし、静めてから、帯や紐をつけて、落とし穴のほうに誘導した。馬を制御するくつわや手綱があるはずもなく、神経質になっているウィニーにいうことを聞かせるには、なだめたりすかしたりしなければならなかった。ウィニーがようやく落ちついたところで、エイラは引きずっていた革紐の端をトナカイの枝角に結びつけた。

「さあ、引っ張って、ウィニー」エイラは励ました。「丸太みたいに」馬は前進したが、重さを感じて後ずさりした。それから、激励にこたえて、ふたたびのめるように前進するにつれ、綱がぴんと張った。エイラもできるかぎり手を貸した結果、ウィニーはとうとうトナカイを穴から引き上げるのに成功した。

　エイラは大いに元気づけられた。少なくとも、泥沼のような穴の底で肉を処理しなくてもすんだ。ウィニーがどこまでやってくれるかはエイラにもわからなかった。トナカイを谷まで持ち帰るのに力を貸してくれればいいがと思ったが、とりあえずは一歩一歩進むしかなかった。エイラはウィニーを水辺に誘導して、トナカイの枝角にからみついた小枝を取り除いた。それから、二つの籠の中身を詰めなおして一つに重ね、自分の背にくくりつけた。二本の槍がまっすぐ突きだした厄介な荷物を背負ったかたちになったが、大きな岩を踏み台にして、何とか馬にまたがった。すでに裸足にはなっていたが、毛皮の外衣をたくし上げて水に濡れないようにしたうえで、ウィニーを促して川に乗り入れた。

そこはふだんは浅く、広く、歩いて渡れる場所だった——トナカイが本能的に渡河地点に選んだのも、それが理由だった——だが、雨で水位がぐんと上がっていた。ウィニーははじめ、急流に足を踏ん張るのがやっとだったが、引いているトナカイは水に入ると軽々と浮いた。そうして川を渡るのは、思ってもみなかった好都合があった。途中、泥や血が洗い流され、向こう岸に着いたときには、トナカイはすっかりきれいになっていた。

ウィニーはまた荷の重みを感じると、しばらく立ち往生した。だが、すでに背中から降りていたエイラが、川原までの短い距離、トナカイを引き上げるのに手を貸した。エイラはそのあと、綱をほどいた。トナカイは一歩、谷へと近づいたが、さらに前進する前に、しておかなければならない仕事が二、三あったからだ。エイラは鋭いフリントのナイフでトナカイの喉を掻き切り、次に、肛門から腹、胸、首、そして喉までを一気に切り裂いた。それから、ナイフの背に人さし指を当てて握ると、刃を上向きにして、皮のすぐ下に差しこんだ。最初に肉に食いこませずに、きれいに切りこむことができれば、皮を剝ぐのはずっと楽になった。

次の段階では、内臓を取り出すためにぐんと深く切りこんだ。使える部位——胃、腸、膀胱《ぼうこう》——はきれいに洗ってから、食用になる部位とともに腹腔に戻した。

籠の一つには、草を編んだ大きな敷物が丸めて入れてあった。エイラはそれを地面にひろげると、うんうんうなってトナカイを押しながら、その上にのせた。そして、敷物を折りたたみ、綱でしっかり縛ったうえで、ウィニーから垂れている綱に結びつけた。さらに、荷物を二つの籠に詰めなおし、槍をそれぞれの籠におさめて、長い柄をくくりつけた。仕事に満足して気分がよくなったところで、馬の背にまたがった。

しかし、障害物——草むら、岩、茂み——に引っかかった荷を救いだそうと馬を降りることが三度にも及ぶと、もう愉快な気分は消し飛んだ。ついには、馬と並んで歩きながら、なだめたりすかしたりして進むことになった。敷物で包んだトナカイがまた何かに引っかかると、そのたびに後戻りして取り外した。そのうち、履き物を履こうとして立ち止まったとき、ハイエナの群れがつけてきているのに気づいた。投石器で放った最初の石は、狡猾な掃除屋に射程距離を教えた。ハイエナはその内側には入ってこなかった。

臭くて醜い獣ども。エイラは鼻に皺を寄せ、嫌悪に身震いした。ハイエナも狩りをするということをエイラは知っていた——それも、いやというほど。エイラは投石器でハイエナの一匹を殺したことがあった——それで自分の秘密を漏らしてしまった。エイラが狩りをするということが一族の知るところとなり、そのために罰せられる羽目になった。ブルンに選択の余地はなかった。それが一族の掟だったからだ。

ハイエナはウィニーも脅かした。そこには捕食動物に対する本能的な恐れ以上のものがあった。母馬がエイラに殺されたあと、自分に襲いかかってきたハイエナの群れを、ウィニーはけっして忘れてはいなかった。そして、今もひどく神経質になっていた。トナカイを洞穴に持ち帰るのは、予想していた以上の難事だということがわかってきた。日暮れまでに戻れるといいのだが、とエイラは思った。

ぐるりとまわっている川とまた出あった地点で、エイラは休息をとった。止まったり進んだりの繰り返しで疲れがたまっていた。水袋と水漏れしない籠に水を汲んで、埃まみれの荷をつけたままのウィニーに籠を持っていってやった。自分は携行用の固形食を取りだし、それを食べようと岩の上に座った。そして、地面に視線を落としたが、実際は何を見ているわけでもなく、獲物を谷に持ち帰るもっと楽な方法はないかと考えをめぐらせた。そのうち、土埃が舞っているのが意識に入りこんできて、にわかに好奇心を掻き立てられた。あらためてよく見ると、地面は踏み荒らされ、草は薙ぎ倒されていた。ついている足跡はまだ新しかった。すぐ前に、ここで何かたいへんな騒動が起きたのだ。立ち上がって、足跡を子細に調べていくうちに、断片がだんだんと合わさって一つの仮説になっていった。

川縁の乾いた土についた足跡から、あたりがケーブ・ライオンの古くからの縄張りだということがわかった。この近くに小さな谷間があるに違いない、とエイラは考えた。谷間には切り立った岩壁と居心地のよい洞穴があり、そこで、今年の早い時期に、雌ライオンが二頭の健やかな子を産んだ。この川縁はライオンの気に入りの休息場だった。子たちは血まみれの肉をめぐってじゃれあい、乳歯で小さな肉片をくわえて振りまわしていた。一方、満腹した雄たちは朝日を浴びてのんびり寝そべり、毛並みのいい雌たちは遊び戯れている子に目を細めていた。

巨大なケーブ・ライオンは領土に君臨する王者だった。恐れるべき相手はなく、獲物の逆襲を心配する必要もなかった。あたりまえの状況なら、トナカイが天敵であるライオンの縄張りに迷いこむことなどありえなかった。だが、大声でわめきながら迫ってくる騎馬の人間を見て恐慌状態に陥り、暴走を始めたトナカイの群れは、急流を押し渡って、それとは知らずにライオンの集団の中に入りこんだ。双方とも予期しない遭遇だった。一難去ってまた一難と遅まきながら気づいたトナカイの群れは、あとはてんでんばらばらに逃げだした。

エイラは足跡を追ううちに、その仮説の帰結を目にすることになった。怯えたトナカイをかわす間もなかったライオンの子が、蹄に踏みにじられていたのだ。

エイラはケーブ・ライオンの子の傍らにひざまずき、経験豊かな薬師《くすし》の手で、命脈があるかどうかを探った。その体は温かかったが、肋骨が何本か折れているようだった。瀕死の重傷ではあるものの、まだ息はあった。あたりの土に残された跡から、雌ライオンが自分の子を鼻面でつついて起き上がらせようとしたが、その甲斐もなかった、ということが察せられた。ほかのものが生き残れるなら、弱いものは死の手に委ねるというのが、あらゆる動物――二本足で歩く人間という動物を除く――の慣わしだった。母ライオンもそれに従い、やがて、ほかの子のほうに関心を転じて立ち去っていったのだ。

動物の中でも人間と呼ばれる種だけが、力と適性以上のものを頼りとして生き延びていた。競争相手の肉食獣と比べて、もともとひよわい人類が、生存の頼りとしているのは協力と同情にほかならなかった。かわいそうに、とエイラは思った。おまえのお母さんはおまえを助けることができなかったのね？　傷ついた無力な生き物を見て、心を動かされるのはこれがはじめてではなかった。エイラは一瞬、この子ライオンを洞穴に連れて帰ろうかと考えたが、すぐに思いなおした。薬師の技を学んでいたころ、小動物を一族の洞穴に連れ帰ると、はじめは騒ぎになったが、結局、ブルンとクレブが世話をするのを認めてくれた。だが、さすがにオオカミの子となると、ブルンも許してはくれなかった。だが、このライオンの子はもうオオカミほどの大きさがある。いずれ、ウィニーに迫るくらいになるに違いない。

エイラは立ち上がって、瀕死の子ライオンを見下ろした。しかし、どうしようもないというように首を振ると、荷が引っかからないように念じながら、ふたたびウィニーを誘導して歩きだした。すぐに、ハイエナの群れがまたあとをつけてきているのに気がついた。エイラは腰の石に手を伸ばしたが、群れはほかの何かに気を取られているようだった。自然がハイエナに割り振った役目を考えれば、それも当然だった。群れは子ライオンを見つけたのだ。しかし、ハイエナのこととなると、エイラはそう理性的ではいられなかった。

「いやらしいわね、さっさとどきなさい！　この子にかまうんじゃないの！」

エイラは駆け戻ると、続けざまに石を放った。キャンという声がして、一発は命中したことがわかった。義憤に燃え立って迫ってくる女を見て、ハイエナの群れはふたたび射程の外に退いた。

ほら！　これであいつらもしばらくは寄りつかないわ。エイラは子ライオンをかばって仁王立ちになった。だが、次には、信じられないというように苦笑で顔をゆがめた。わたしもどうかしてる。どっちみち死ぬに決まっているライオンの子から、あいつらを追いはらってどうなる？　あいつらをあの子に向かわせておけば、わたしたちが悩まされることはなくなるのに。

あの子を連れて帰るわけにはいかない。だいいち、運びようがない。洞穴まではとてもとても。わたしはまずトナカイを持ち帰る心配をしなければならないのに。だいたいそんなことを考えるのがおかしい。

そうだろうか？　私自身、イーザに見捨てられていたらどうなっていただろう？　ケーブ・ベアの霊、あるいはケーブ・ライオンの霊の導きによって、おまえはイーザの行く手に置かれたのだ、とクレブはいった。なぜなら、イーザでなければ誰も立ち止まってはいなかっただろうから。イーザは病んだり傷ついたりした者を見ると、手を差し伸べずにはいられなかった。だからこそ、あれほどすぐれた薬師になったのだ。

そういうわたしも薬師ではないか。イーザに手ほどきされた薬師だ。この子ライオンもわたしに見つかるようにと行く手に置かれたのかもしれない。わたしがはじめて傷ついた子ウサギを洞穴に連れ帰ったとき、それはおまえがいずれは薬師になるということを示すものだろう、とイーザはいった。そう、この子は傷ついている。置き去りにして、いやらしいハイエナどもにくれてやるわけにはいかない。

でも、この子をどうやって洞穴に連れて帰ろう？　よほど気をつけないと、折れた肋骨が肺を突き破るかもしれない。動かす前に、何かでくるんでやらないと。ウィニーが荷を引くのに使っている幅広の革紐がいいのでは。あれなら余分も持っているし。

エイラは口笛を吹いてウィニーを呼び寄せた。ここしばらく、荷は何にも引っかかっていなかったが、ウィニーはいらだっていた。そもそも、ケーブ・ライオンの縄張りにいること自体がいやだったのだ。馬はライオンの餌食にされていた。ウィニーはトナカイ狩りのあと、ずっと神経質になっていたし、自由な動きを妨げる重い荷が再三再四引っかかって止まる羽目になったのも、ますます落ちつきを失わせた。

しかし、子ライオンにかまけていたエイラには、ウィニーの要求に注意を向ける暇がなかった。子ライオンの肋骨をくるんで固定すると、そのまままで洞穴に連れ帰るにはウィニーの背に乗せていくしかないと考えた。

それはウィニーにはとうてい受けいれがたいことだった。エイラが子ライオンを抱き上げて背に乗せようとしたとたん、ウィニーは棹立ちになった。恐慌状態に陥って、飛んだり跳ねたりしながら、自分に結びつけられた荷や装備を振りほどこうとした。あげくに、ステップを一散に駆けだした。草の敷物に包まれたトナカイも激しく揺れながら引きずられていたが、そのうち、岩に引っかかった。引き止められたウィニーはますます度を失って、狂ったように跳ねまわった。

突然、革紐がぷっつり切れたかと思うと、籠がガクンと揺れ、長くて重い槍の柄で平衡を失って引っくり返った。エイラは口をぽかんと開けて、興奮した馬が疾走していくのを見送った。籠の中身はすべて地面にぶちまけられた。馬の腹帯にくくりつけた籠に固定されていた槍だけが別で、穂先を下にして引きずられていったが、それで馬の速度が緩むことはなかった。

エイラはいくつかの可能性を即座に見てとった――死んだトナカイと子ライオンを洞穴に連れ帰る手立てに頭を悩ましていた矢先だった。ウィニーが落ちつくまでには、まだ少し時間がかかりそうだった。エイラはその間に馬が怪我するのを恐れて、口笛を吹いて呼んだ。はじめは、あとを追おうかという気になったのだが、トナカイと子ライオンをハイエナのなすがままにされたらと思うとそうもいかなかった。口笛は効果があった。それはウィニーにとって、愛情、安全、そして応答と結びついた音だった。ウィニーはぐるりと大きな輪を描いて、エイラのほうに向かってきた。

疲れきって汗だくになった馬が近づいてくると、エイラはほっとして抱き締めた。それから、紐や帯の類をほどいて、怪我をしていないか注意深く調べた。ウィニーは脚を大きくひろげて立ち、苦しげに低くいななきながら、エイラに身を寄せてきた。荒い息と震えはなかなかおさまらなかった。

「少しゆっくりしなさい、ウィニー」馬がようやく震えを止めて、落ちついた様子になると、エイラは声をかけた。「わたしはどっちみち、この始末をしなくちゃならないから」

馬が飛び跳ね、逃げだし、ものを投げだしたのに腹を立てるなどということは思いもよらなかった。エイラはウィニーを自分の所有物とも、支配下にあるものとも考えていなかった。むしろ、ウィニーは友だちであり、仲間だった。ウィニーが恐慌状態に陥ったのには、もっともな理由があった。あまりに多くを求められたからだ。ウィニーにより高度な行動を教えようとするのでなく、まず限界を察してやるべきだった、とエイラは思った。エイラからすると、ウィニーは自由な意志で協力してくれているのであり、自分は愛情からウィニーの面倒をみているだけだった。

エイラは散らばった籠の中身を拾えるだけ拾うと、帯や紐、籠を元どおりにつけなおし、二本の槍は落ちかけたときのまま、穂先を下にしてくくりつけた。次に、トナカイを包んでいた草の敷物をその二本の槍の上にのせ、双方にまたがる格好の運搬用の台にした——馬に引かれてはいるが、直接、地面には触れない台に。そして、トナカイをその台にのせ、さらに意識のない子ライオンものせて、慎重に縛りつけた。ウィニーも一息入れてからは、帯や紐にそれほど抵抗がなくなったようで、エイラがそれを調整する間もおとなしく立っていた。

籠が適当な位置に落ちつくと、エイラはもう一度、ライオンの様子を見てから、ウィニーの背にまたがった。谷を目指して進むうち、エイラはその新しい運搬手段の効率に感嘆した。槍の先端を地面に引きずっているだけで、荷がしばしば障害にからめとられるということもなく、馬も前よりずっと楽に引いていた。それでも、谷へ、洞穴へ着くまで、エイラが安堵の息をつくことはなかった。

途中で小休止してウィニーに水を飲ませ、ついでに子ライオンの様子をあらためた。まだ息はあったが、持ちこたえるかどうか確信は持てなかった。この子はどうしてわたしの行く手に置かれたのだろう？　エイラは訝った。わたしはこの子を見た瞬間、自分のトーテムのことを考えた——ケーブ・ライオンの霊がわたしにこの子の面倒をみさせようとしているのだろうか？

そこで、また別の考えが浮かんできた。この子を連れ帰ろうと決心していなかったら、この橇《そり》のような運搬手段を思いつくことはなかっただろう。トーテムが子ライオンを介してわたしに教えてくれたのだろうか？　子ライオンは贈り物なのだろうか？　それが何であるにせよ、子ライオンは何か故《ゆえ》あって自分の行く手に置かれたのだ、とエイラは確信した。そして、その命を救うためには、できることは何でもしようという気になっていた。

11

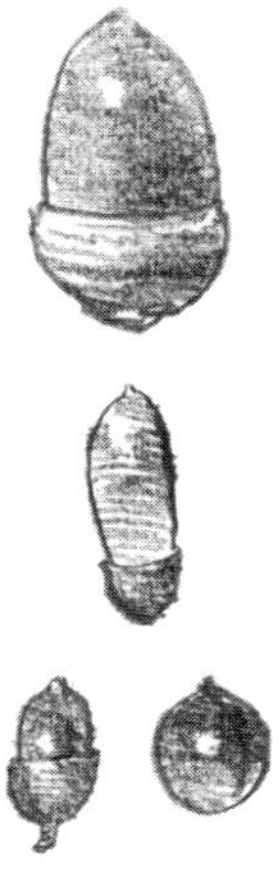

「兄貴、おれのためにここに残ることはないんだぜ」
「おれがおまえのために残るなんて、何でそんなふうに思うんだ？」そのつもりはなかったのに、じれたような口調になった。ジョンダラーはあまりいらだっていると見られたくはなかったのだが、ソノーランの指摘は痛いほどに急所をついていた。
予期はしていたが、とジョンダラーは思った。弟はここに残ってジェタミオと連れ添おうというのだろう。自分はそれを認めたくなかっただけなのだ。にもかかわらず、自分もシャラムドイ族のもとにとどまろうと即座に決心したのにはわれながら驚いた。独りで帰る気はしなかった。ソノーランのいない旅路は長いものになりそうだった。それに、もっと深い理由もあった。それは、最初にソノーランとともに旅に出ると決めたときにも、躊躇《ちゅうちょ》なく肯《うべな》うことを促したものだった。
「兄貴はそもそも、おれと一緒にくるべきじゃなかったんだ」

ジョンダラーは一瞬、弟はどうして自分の思いを知ったのだろうと訝った。

「おれは二度と故郷《くに》へは戻らないって予感があったんだ。心から愛せるただ一人の女を見つけられると思ってたからじゃない。やめる理由が見つかるまでは、旅を続けるだろうと感じてたからだ。シャラムドイはいい連中だ――いったん知りあってみれば、たいていの人はそうなんだろうけどな。おれはここに居ついて、シャラムドイの一人になってもいいと思ってる。でも、兄貴はゼランドニーだ。どこにいようと、兄貴は常にゼランドニーだ。ほかのどこにいても、心からくつろげることはないだろう。戻れよ、兄貴。兄貴を追っかけてた女の誰かを幸せにしてやれよ。それで、腰を落ちつけて、大家族をつくって、炉辺の子どもたちに話してやれよ。長い旅のことと、そのまま帰ってこなかった弟のことを。ひょっとしたら、兄貴の炉辺の子か、おれの炉辺の子がだ、いつか、血縁を探しに旅に出ようと思いたつかもしれないぞ」

「なぜ、おれがおまえ以上にゼランドニーなんだ? おれがここでおまえみたいに幸せになれないなんて、何でそう思うんだ?」

「それは一つには、兄貴が恋をしてないからさ。もし、そうだとしても、兄貴は相手を連れて帰ろうと考えるんじゃないか。相手と一緒にここにとどまるんじゃなくて」

「じゃ、なぜ、おまえはジェタミオを連れて帰ろうとは思わないんだ? ジェタミオは能力もあるし、意志も強い。自分の面倒は自分でみられる。あれなら、立派なゼランドニーの女になるだろう。それに、腕のいい狩人に交じって狩りもできる――間違いなくうまくやっていける」

「おれは時間をかけたくないんだ。はるばる戻るのに一年もかけるのは無駄だもんな。おれはずっと一緒に暮らしたい女を見つけた。そうなりゃ、ここに腰を落ちつけて、その女に家族をつくらせてやりたくなるってもんじゃないか」

「おれの弟は母なる大河の果てまで旅をするっていってたんだが、それはいったいどうなったのかな?」

「いつかはいくさ。だけど、べつに急ぐ必要はない。それほど遠いってわけでもないし。今度、ドランドが塩の取引にいくときに、ついていってもいい。ジェタミオも連れていこうかな。きっと喜ぶだろう。だけど、ジェタミオはあまり長いこと、故郷を離れるのはいやがるだろうな。ジェタミオには故郷は大きな意味があるんだ。ジェタミオは産みの母を知らない。自分も体が麻痺して死にかけたことがある。それで、一族の人々をとても大切に思ってるんだ。おれにはよくわかるよ。ジェタミオによく似た兄貴がいるからな」

「だが、何でそんなふうに断定できるんだ?」ジョンダラーは弟の視線を避け、うつむいていった。「おれが恋をしていないとか? セレニオは美人だし、それにダルヴォには」ジョンダラーは頬を緩めた。眉間の皺が消えた。「身近に大人の男が必要だ。あの子はいつか、腕のいい道具づくりになるかもしれないからな」

「兄貴、おれは兄貴をずっと昔から知ってる。兄貴が女と一緒に暮らしてても、それは恋をしてるからとはかぎらない。兄貴がダルヴォをかわいがってるのはわかるよ。だけど、それがここにとどまって、あの子の母親と一緒になる理由にはならないだろう。そりゃ、つれあいを持つ理由として悪くはないが、ここにとどまる理由としてはな。何だったら、故郷へ戻って、子連れの年増の女を見つけるのがいいぜ——そうすりゃ、道具づくりになりそうな若いのが炉辺に大勢いるのは間違いないからな。兄貴、やっぱり戻れよ」

ジョンダラーが返事をする前に、十歳にならないぐらいの少年が息を切らして駆け寄ってきた。年のわりには背が高かったが、細身、細面で、男の子にしてはきれいで繊細な顔立ちをしていた。薄茶色の髪はまっすぐで柔らかく、ハシバミ色の目はいかにも利発そうに輝いていた。

「ジョンダラー！」少年が怒鳴るようにいった。「あちこち探しまわったんだよ！　ドランドは用意ができてるし、川の連中も待ってるよ」

「おれたちいく、いっておいてくれ、ダルヴォ」ジョンダラーはシャラムドイの言葉でいった。少年はすぐに駆けだした。兄弟もそのあとを追って歩きだしたが、ジョンダラーが足を止めた。「おめでとうといっておくよ、ソノーラン」顔に浮かんだ笑みは、その言葉に嘘偽りのないことを物語っていた。「おまえがお披露目するなんて思ってなかったというわけじゃないが。だが、この際、おれをのけ者にしようなんて考えは忘れたほうがいいぞ。弟が夢に見ていた女を見つけるなんて、そうしょっちょうあることじゃないからな。おまえの縁結びには何があっても顔を出すぞ」

ソノーランは顔全体を輝かせた。「いや、兄貴、おれはジェタミオを一目見たときから、これは夢の女だと思ったんだよ。おれがあの世へ楽しい旅ができるようにと、母なる女神が送ってくれた若くて美しい霊じゃないかって。うん、おれは彼女と一緒なら苦しまずに旅立っていただろうな……今だって、そうだ」

ジョンダラーはソノーランの後ろを歩いていたが、思わず眉をひそめた。どんな女にしても、弟があの世へもともにいこうとまで思い詰めているのを知って、心穏やかではいられなかったのだ。

二人がたどる小道は、濃い影を落とす森を縫いながら、急斜面を下っていた。ジグザグに折れることで、勾配が緩和されていた。急に前方が開けたのは、切り立った岩壁の縁に近づいたからだった。そこをめぐって下る小道は、岩の表面を苦労して切り開いたもので、二人並んで歩けなくもなかったが、それはかなり苦しい幅だった。ジョンダラーは岩壁を下りる間、ずっと弟の後ろを歩いた。下方を流れる深くて広い母なる大河を見下ろすと、ドランドの洞窟のシャムドイの人々と一冬を過ごした今でも、股間が疼くような感覚が去らなかった。それでも、ほかの不便な連絡路と比べると、この吹きさらしの小道を利用しないわけにはいかなかった。

人々のすべてが洞窟に住んでいるわけではなかった。開けた場所に小屋が建てられることも珍しくはなかった。だが、望ましいとされるのは岩に守られた天然の隠れ家で、とくに冬の厳寒期は価値があった。洞窟や張りだした岩の下は、ほかのどこにも代えがたい環境だった。そういう安定した隠れ家を維持するためには、乗り越えられそうもない困難もさりげなく克服された。ジョンダラーは切り立った崖に抱かれた岩棚の洞窟に住んだ経験もあったが、シャムドイの洞窟のような住まいははじめてだった。

太古の時代、砂岩や石灰岩、頁岩《けつがん》からなる地殻が隆起して、氷雪をいただく高峰になった。しかし、同じ隆起で生じた火山から噴きだされた硬い結晶質の岩石が、柔らかい岩石と混在するようになった。前の夏、兄弟二人が旅してきた平原は、かつては山々に取り囲まれた広大な内海の平坦な海底だった。無限と思われるほどの長い間に、北の大山脈を南へ接続していた尾根を、内海が浸食して排水路ができ、海底までが干上がったのだ。

しかし、浸食されたのは影響を受けやすい地質の個所に限られ、強固な岩の間に狭い隙間ができただけだった。母なる大河は、妹川をはじめとする支流を合わせて滔々たる流れとなり、その隙間を抜けているのだった。ほぼ百マイルにわたって、四つの大峡谷が連なり、下流への門、最終的には河口への門をなしていた。途中、大河はところどころで一マイルもの幅にひろがっていた。だが、切り立ったむきだしの岩壁を押し分けるように流れているところでは二百ヤードにも満たなかった。

百マイルにも及ぶ尾根を徐々に切り開いていく過程の中で、内海の水はいくつもの流れ、滝、淀み、湖となり、その多くが今に痕跡を残していた。左手の岩壁の上、狭い通路の起点近くには、広く奥深い岩棚があり、驚くほど平坦な床を備えていた。そこはかつて湖の小さな入り江で、水と時間の倦《う》むことを知らない刃によってえぐられたのだった。湖はとうに消失したが、現在の水路のはるか上方にU字形の岩棚が残ったのだ。高所にあるため、川の水位が劇的に上昇する春の増水期にも、水が及ぶことはなかった。

岩棚のにわかに落ちこんでいる縁までは、草に覆われた広い野原がひろがっていた。野原に二つ掘られた炊事用の穴がすぐに岩盤に達していることで明らかなように、表土の層はそう厚くはなかった。縁から手前のほうに半ば戻ったあたりから、薮や低木があらわれはじめ、後方のごつごつした岩壁にしがみついたり、よじ登ったりしていた。岩壁の近くでは、木々はかなりの高さになり、薮も密になって急な傾斜を這い上がっていた。側面の岩壁の奥のほうに、その岩棚を価値あらしめているものがあった。それは上方が大きく張りだし、下方は深くえぐれた砂岩だった。その岩の下に、木造の小屋数戸からなるまとまった居住区と、ほぼ円形の広場とがあった。広場には大きな炉が一つと小さな炉がいくつか設けられ、居住区への入り口と集会場になっていた。

反対側の隅には、もう一つ価値あるものがあった。岩壁の高みの口から流れだす細長い滝が、ぎざぎざの岩の間を縫い、小ぶりな砂岩の張りだしを乗り越えて、さざなみ立つ池に注いでいた。その水は、さらに岩壁を伝って岩棚の縁へと流れ落ちていたが、そこで、ドランドをはじめとする数人の男がソノーランとジョンダラーを待ち受けていた。

兄弟が突き出た岩壁をまわって姿をあらわすと、ドランドは二人に声をかけ、岩壁の縁から下りる小道をたどりはじめた。ジョンダラーが弟のあとを追って反対側の岩壁に着いたときには、ソノーランもその危険な小道に足を踏み入れていた。それはいくつもの狭い岩棚を伝い落ちる小さな流れに沿って、下方の川へと下りていた。苦労して岩に刻んだ狭い階段と、丈夫な綱の手すりがなかったら、乗りきれそうもない個所があちこちにあった。実際、滝のように落ちる水と絶え間ないしぶきで、小道は夏の間でも恐ろしく滑りやすかった。冬になると、大量のつららで通行は不能になった。

春には雪解け水で水浸しになり、ところどころに氷も残っていて、足もとは危険きわまりなかったが、シャラムドイ族――シャモアを狩るシャムドイ族と、川に住まうラムドイ族が対をなしている氏族――は、急峻な土地に住む敏捷なシャモアさながらに、小道を上り下りした。ジョンダラーは弟が土地の人間のように無造作に下っていくのを見ながら、ソノーランのいったことで一つだけは間違いないと思った。ここで一生暮らすとしても、おれ自身は高い岩棚から下りるこの小道にはどうしても慣れないだろう。案の定、眼下の大河の荒れ狂う水を目にして、またしても股間が疼くような感覚に見舞われた。大きく深呼吸し、歯を食いしばって、ようやく崖の縁から下りる一歩を踏みだした。

目には見えない氷で足が滑り、手すりの綱のありがたさを思うことが一度ならずあった。川縁に降り立ったときには、思わず吐息が漏れた。丸太を結びあわせた浮き栈橋が流れに揺れていたが、それさえも山道に比べれば安定感があるように思えた。栈橋の半分以上を覆っている小屋は、上方の張りだした砂岩の下の木造の小屋と同じつくりだった。

ジョンダラーはその小屋の住人数人と挨拶を交わしながら、丸太の上を栈橋の端へと歩いていった。ソノーランはそこにつながれた舟の一艘に乗りこもうとしていた。ジョンダラーが乗るのを待って、漕ぎ手は舟を押しだし、長い柄の櫂《かい》で上流へと漕ぎ上りはじめた。無駄話をする者はいなかった。深く強い流れは、春の雪解け水で勢いを増していた。川の男たちが漕ぐ間、ドランドの仲間は漂流物が舟に衝突しないよう、流れに目を凝らしていた。ようやく腰を落ちつけたジョンダラーは、自然とシャラムドイ独特の相互関係について考えていた。

これまでの旅で出会った人々は、それぞれにさまざまな道を専門にしていた。彼らが何をきっかけにそのような道に入ったのか、しばしば不思議に思うことがあった。ある集団では、男が習慣的に一つの機能を果たし、女が別の機能を果たしていた。そのうちに、それぞれの機能がその性に固有のものと考えられるようになり、女は男の仕事と考えられることをせず、男は女の仕事を引き受けたりはしなくなった。別の集団では、仕事や雑用は年齢で線引きされる傾向があった——若者は手間ひまかかる仕事に取り組み、年寄りは座ってできるような雑用をこなした。また、ある集団では、子どもの面倒は女がすべてみることになっていたが、別の集団では、幼い子どもを世話したり教えたりする責任は、男女を問わず年寄りが負っていた。

シャラムドイでは、異なる方向に沿って専門化が進んでいた。すなわち、別々の、しかし、密な関係を有する二つの集団が発達していた。シャムドイは高い岩山や崖でシャモアやその他の動物を狩り、ラムドイは川で三十フィートにも及ぶ巨大なチョウザメを狩る——漁というよりも狩りというのがふさわしかった——のを専門にしていた。ほかに、スズキ、カワカマス、大きなコイの漁もした。そういう分業によって、両者はまったく別の二つの氏族に分かれてもおかしくはなかったが、お互いの必要から、なお一つに結びついていた。

シャムドイはシャモアから手触りの滑らかな美しい革をつくる技を発達させた。その革は比類がなく、その地方の遠くの氏族までが喜んで取引に応じた。製法は厳重な秘密だったが、ジョンダラーは皮の処理にある種の魚油が用いられるということを知った。それはシャムドイがラムドイとの緊密な絆を維持する大きな理由になっていた。一方、舟はオークからつくられた。付属の装備にはブナやマツ、外板にはイチイやヤナギが用いられた。適当な木を見つけてくるシャムドイの森の知識は、ラムドイに欠かせないものだった。

シャラムドイ族の内部を見ると、シャムドイの各家族には、対をなすラムドイの家族がいた。両者は必ずしも血縁にはよらない複雑な縁故関係によってつながっていた。ジョンダラーにはいまだに整理がつかなかったが、ソノーランがジェタミオと連れ添えば、弟のつれあいを通じて、両集団の間に急に大勢の〝親類〟ができるはずだった。といっても、ジェタミオにはもう存命の血縁はいなかった。そういう親類の間では、ある種の相互の義務が果たされることが期待されていたが、ジョンダラーの場合は、新しい縁者の間で顔見知りに話しかけるときに、一種の敬称を用いるという程度のものだった。

つれあいを持たない男として、ジョンダラーは今でも望めば自由に出発することができたが、とどまればより歓迎されそうだった。シャラムドイの二つの集団を結ぶ絆はきわめて強かったので、住まいが手狭になったシャムドイの一、二家族が、移住して新しい洞窟を開こうと決心した場合には、対をなすラムドイの家族もともに引っ越さなければならなかった。

対をなす家族が移住を望まず、それとは別の家族が望むと、絆を交換する特別な儀式が行われた。しかし、原則的には、シャムドイが主張すればラムドイには従う義務があった。陸上のことに関しては、シャムドイに決定権があったからだ。しかし、ラムドイにも影響力がないわけではなかった。シャムドイの縁者の輸送、あるいは、住まいの適地を探すうえでの助力を拒むこともできた。というのは、水上のことに関する決定権はラムドイが握っていたからだ。実際には、移住のような重大な決定は、両者が相談のうえで下すのがふつうだった。

関係を強化するため、実生活でも儀式でも、何かと絆が補足されていたが、その多くは舟に関するものだった。水上での舟の運用に関する決定はラムドイの専権だったが、舟そのものはシャムドイにも属していた。その結果、シャムドイは舟の使用でもそれに応じた利益を得ていた。また、紛争解決のための原則があれこれ定められていたが、現実には、ことはずっと簡単に処理された。お互いの権利、領域、専門技術を暗黙のうちに理解し、尊重しながら、利益をともに分かちあうことで、めったに紛争にまでは至らなかったからだ。

舟の建造には両者が協力してあたった。陸《おか》の産物と水の知識の両方を必要とするという非常に実際的な理由からで、それによって、シャムドイはラムドイの操る船に対して一定の権利を与えられた。そういう絆は儀式を通じて裏打ちされた。どちらの集団の女も、そういう権利を持たない男と連れ添うことはできなかった。ソノーランも愛する女と縁結びする前に、舟の建造、あるいは再建を手伝わなければならなかった。

ジョンダラーも舟の建造に立ち会うのを楽しみにしていた。ここの独特の舟に好奇心をそそられていたからだ。前々から、どのようにつくり、どのように進め、どのように操るのかと考えていた。弟がここにとどまってシャムドイの女と連れ添うというのに伴ってその機会が訪れたというのは、必ずしも本意ではなかった。しかし、ここの人々にははじめから興味を感じていた。彼らが楽々と大河を往来し、巨大なチョウザメを狩るという能力は、これまでに聞き及んでいるどんな人々をもしのいでいた。

彼らは川のさまざまな様相を知り尽くしていた。ジョンダラーは川があちこちの水を集めて流れるのを見るまで、その水量がどれほどのものか知らなかったが、それでもまだ満水の状態ではなかった。川の大きさも舟の上からでは明らかにならなかった。滝に沿った小道が凍結して通れなくなる冬の間、ただし、ラムドイの人間が高所に住むシャムドイの縁者のもとへ移る前、両者の間の交通は、シャムドイの高台からラムドイの桟橋へ綱で吊り下げられる大型の編み籠に頼った。

ジョンダラーが弟とともにここに着いたときには、滝はまだ凍っていなかったが、ソノーランは危険な上りに耐えられるような状態ではなかった。兄弟二人とも籠で吊り上げられた。

はじめてその高さから眺めたとき、ジョンダラーは母なる大河のひろがりをようやくうかがい知った。川とその向こうに連なる山々を見るうちに、衝撃で顔から血の気が失せ、心臓は早鐘を打った。自らの産湯を川とする驚異の創造を行った母なる女神。ジョンダラーは深い崇敬の念に打たれ、ただただ圧倒された。

その後、高台へ上るには、眺望はそれほどではないにしても、もっと楽な長い道があるのを知った。それは、いくつもの峠を越えて西から東へ伸び、大河の関門の東端の広い平野へ下る道の一部だった。道の西部は、高地や丘を抜けて峡谷群の入り口へと続き、起伏はいちだんと激しかったが、ところどころで川縁へ下りていた。今、一行が向かっているのは、そういう個所だった。

舟はすでに流れの中ほどを外れて、灰色の砂浜に並んで盛んに手を振っている人々のほうに向かっていた。そのとき、思わず息をのむ音がして、ジョンダラーは何ごとかとあたりを見まわした。

「兄貴、見ろ！」ソノーランが上流を指さした。

不気味に輝きながら流れの中ほどを伝って押し寄せてくるのは、ぎざぎざの巨大な氷塊だった。半透明の縁の切り子のような面が日を照り返し、一枚岩のような氷塊が陽炎《かげろう》に包まれているように見えていた。だが、青緑色にかげる深奥には、けっして解けることのない芯が秘められていた。男たちは熟練した腕で、舟の速度と方向を変え、櫂《かい》を水平に抜くと、そのまま手を休めて、輝く氷の壁が冷ややかに通り過ぎていくのを見まもった。

「これだから、母なる大河に背を向けちゃならないんだな」ジョンダラーは前にいる男がつぶやくのを聞いた。

「あれは妹川が運んできたんだろうな、マルケノ」ジョンダラーの傍らの男がいった。

「どうして……あんな大きな氷……ここへくるんです、カルロノ?」ジョンダラーは尋ねた。

「あれは氷山だ」カルロノはまず言葉で教えた。「あの山の氷河から流れだしたのかもしれん」カルロノはふたたび漕ぎはじめていたので、肩越しに顎をしゃくって、白い峰のほうを指し示した。「でなけりゃ、もっと北から妹川にのってきたのかもしれんな。妹川のほうが深いんだ。水路はそんなに多くないが――今どきはとくに深い。あの氷山は見えてるだけの大きさじゃない。大部分は水面下に潜ってる」

「信じられない……氷山……あんなに大きく、そんなに遠くから」ジョンダラーはいった。

「毎年、春には氷が流れてくる。いつもあんなに大きいとはかぎらんが。だが、そう長続きはしないだろう――もろくなってるからな。一回、がつんとぶつかったら、砕け散ってしまうだろう。下《しも》にいくと流れの真ん中に岩がある。水面のすぐ下に。あの氷山が関門を通り抜けられるとは思わんな」カルロノがつけたしていった。

「あんなのにがつんとぶつかられたら、砕け散るのはこっちのほうだな」マルケノがいった。「だから、大河に背を向けちゃならないっていうのさ」

「マルケノのいうとおりだ」カルロノがいった。「大河をなめたらいかん。注意を喚起しようというのか、ときどき、わたしらをどきっとさせるから」

「そういう女がいなかったっけ、兄貴?」

ジョンダラーは突然、マローナのことを思いだした。弟の顔に浮かんだ訳知りな笑みを見て、やはりマローナのことを考えているのだろうと察した。いずれ、夏の集会の縁結びの式で、自分とつれあいになるのを期待していた女のことを長らく思ってもみなかった。なつかしさに胸が痛むのをおぼえながら、再会することはあるのだろうかと訝った。マローナは美しい女だった。しかし、セレニオも劣らず美しい、とジョンダラーは思った。連れ添うつもりはないか、聞いてみるべきかもしれない。ある意味では、セレニオのほうがマローナより望ましい。セレニオはおれより年上だが、これまで年上の女にひかれることは珍しくなかった。ソノーランがつれあいを持つなら、おれもそうして、ここにとどまってもいいのではないか。

それにしても、旅に出てからどれくらいたったのだろう？　一年以上か――ダラナーの洞窟を出たのは去年の春だった。ソノーランはもう故郷《くに》に帰るつもりはない。ソノーランとジェタミオの縁結びをみんなが歓迎している――だが、おまえは待ったほうがいいかもしれないぞ、ジョンダラー。自分にそういった。あの二人の祝いの日から注意を逸らすような真似はしたくないだろう……それに、セレニオも二人を見て思いついたことだと誤解するかもしれない……やはりあとにしたほうが……。

「何をぐずぐずしてたんだ？」岸から声がかかった。「待ちくたびれたぞ。こっちは山道伝いにはるばるやってきたっていうのに」

「この二人を探しださなきゃならなかったのさ。どこかに隠れようとしてたらしいんだ」マルケノが笑いながら答えた。

「もう隠れようったって遅すぎるぞ、ソノーラン。あんたはこいつに引っかけられたんだから！」岸の男がそういいながら、ジェタミオのあとから水に入り、舟縁をつかんで、岸に引き上げにかかった。男は銛を投げて、ぐいと引き、逆刺《かえし》を食いこませる真似をした。

ジェタミオは顔を赤らめて笑みをこぼした。「でも、あんたも認めるでしょ、バロノ、悪くない獲物だって」

「きみはいい漁師」ジョンダラーが切り返した。「こいつ、今まで逃げてばかりいた」

みんなが笑った。まだ言葉が達者でないジョンダラーが冗談の応酬に加わったのを喜んだのだ。ジョンダラーは喋るのはともかく、聞き分けるのはかなりの水準になっていた。

「あんたみたいな大物を捕まえるには何が要るんだ、ジョンダラー?」バロノが尋ねた。

「いい餌だね!」ソノーランがジェタミオに笑いかけながら、そういった。

舟は小石交じりの狭い砂浜へ引き上げられた。乗っていた者が降りたあと、担がれて斜面を運び上げられ、ダーマストオークの密生した森の中の広い空き地に置かれた。そこが長年、作業場として使われてきたのは明らかだった。丸太、木切れ、木屑が地面に散らばっていた――片隅の小屋の前に設けられた炉にくべる薪《たきぎ》に不足はなかった――しかし、あまりに長く放置されて腐りかけているものもあった。作業はいくつかの集団に分かれて行われていた。それぞれが舟を取り囲んでいたが、それらの舟は建造途中のさまざまな段階にあった。

到着した一行は運んできた舟を地面に下ろすと、差し招いているような火のほうへ急いだ。仕事をしていた何人かも手を休めて寄ってきた。丸太をえぐってつくった桶から、香りのよい薬草の茶が湯気を立てていた。それは次々に椀ですくわれて、たちまち空になった。川岸から拾ってきた加熱用の丸い石が近くにうずたかく積まれ、濡れて種類もわからなくなった茶殻が、丸太の後ろの泥だらけの溝の真ん中にまとめて捨てられていた。

桶の茶が出がらしになって、いれかえる頃合いになった。そばにいた二人が大きな桶を転がしていって、中の茶殻を捨てた。その間に、三人目が加熱用の石を火に入れた。桶の茶は切らされることなく、飲みたいときにはいつでも飲めるし、椀の茶が冷めたときには、火にくべられた石を入れて温めるようになっていた。人々はもうじき連れ添おうという二人をだしにして冗談や軽口をいったあと、木の椀や密に編んだ繊維の椀を置いて、それぞれの仕事へと戻っていった。ソノーランは舟の建造の手ほどきということで、楽ではないが技術はあまり要しない仕事、木の伐採のほうへと連れてゆかれた。

ジョンダラーはラムドイの族長、カルロノの好みの話題である舟のことをしきりに質問して、会話をはずませていた。「いい舟つくるには、どんな木使うですか?」

カルロノはいかにも利口そうな若者が関心を示したのに気をよくして、懇切に説明しはじめた。

「グリーンオークが最高だ。堅いがしなやかだし、強いが重すぎない。乾燥すると柔軟性はなくなるが、冬の間に切りだして、丸太を一年か二年、池や沼につけておけばいい。それ以上になると、水を吸いすぎて仕事がしにくくなる。それでつくった舟も水の中での釣り合いが悪くなる。だが、もっと大事なのは、正しい木を選ぶことだ」カルロノはそういいながら、森のほうに歩きだした。

「大きな木?」ジョンダラーは尋ねた。

「大きさだけじゃない。舟底と板には、幹のまっすぐな背の高い木がいい」カルロノはジョンダラーをよく茂った木立の中へ連れていった。「密生した森では、木は日光を求めて上へ上へと伸びていく……」

「兄貴!」ジョンダラーはソノーランの声に驚いて顔を上げた。弟はほかの数人の男とともにオークの大木を囲んで立っていた。まわりの木々もまっすぐに伸びて丈が高く、幹のずっと上のほうから枝がひろがっていた。「いいところへきてくれた! 弟に手を貸してやってくれよ。ジェタミオと連れ添うのは新しい舟ができるまでお預けっていうんだが、まず、こいつを」ソノーランは大木のほうに大げさに顎をしゃくってみせた。「切り倒さなきゃならないんだとさ。〝外板〟だか何だかにするらしい。だけど、見てくれよ、このでかさ！　木がこんなにでかくなるなんて知らなかった――切り倒すのにいつまでかかるかわかったもんじゃない。これじゃ、おれは連れ添う前に、じいさんになっちまう」

ジョンダラーは苦笑して首を振った。「外板っていうのは、舟の側面に張る板のことだ。おまえもシャラムドイになろうっていうなら、それくらいは知っていないと」

「おれはシャムドイになるんだ。舟のことはラムドイに任せるさ。シャモアの狩りのことなら、おれにもちょっとはわかるぜ。前に山の草地でアイベックスやムフロンの狩りをしたことはあるからな。それで、手伝う気はあるのかい？　こっちは猫の手も借りたいくらいなんだ」

「おまえがじいさんになるまでジェタミオを待たせるんじゃ気の毒だからな、手伝わなきゃならないだろう。それに、どうやって舟をつくるのか見てみたいとも思うし」ジョンダラーはそういうと、カルロノのほうを向いてシャラムドイの言葉でこう伝えた。「わたし、木を切るの手伝います。話、またあとで」

カルロノはわかったというようににっこりして後ろに下がり、斧の最初の一撃で樹皮のかけらが飛び散るのを見まもった。だが、そう長居はしなかった。森の巨木が倒れるまでには、日中いっぱいかかりそうだったし、そのころにはみんながその場に集まることになっていたからだ。

上方から斧を斜め下に向けて急角度で打ちこんでいって、下方の水平の切りこみと合わさるようにするという方法がとられたが、飛んでいくのは小さな木っ端ばかりだった。石斧ではいっぺんにそう深くは切りこめなかった。刃に強度を持たせるためにある程度の厚さが必要なので、一撃で深く食いこんではいかなかったのだ。巨木の中心へ向かって切っていくというよりはかじりとっていくというように見えた。それでも、木っ端が一つ飛ぶたびに、斧は古木の芯へと迫っていった。

その日も終わりに近づくころ、ソノーランに斧が与えられた。働いていた人々が残らずまわりに集まったところで、ソノーランは二度三度と仕上げの斧を振るった。そのうち、バリバリという音を聞き、太い幹が揺らぐのを見て、あわてて跳びすさった。オークはゆっくりと倒れはじめたが、そのうちに弾みがついた。近くの木の大枝を引き裂き、小枝を跳ね飛ばし、抗議するようなメリメリバリバリという音を上げ、最後には雷鳴のような轟音とともに地面に倒れ伏した。巨木は大きく弾んだあと、しばらく震えていたが、やがて微動もしなくなった。

静寂が森を満たした。深い崇敬の念をあらわすかのように、鳥までもが鳴りをひそめた。堂々たるオークの古木は、生きた根を断ち切られて打ち倒された。その切り株は、森の陰になった沈黙の大地の生々しい傷痕のようだった。そのあと、静かな威厳を漂わせたドランドが、鋸の歯のような切り株の傍らにひざまずき、素手で小さな穴を掘って、その中にドングリを一粒落とした。

「聖なるムドがわれらの供物をご嘉納され、新たなる木に生命をもたらされますように」ドランドはそう唱えると、ドングリを土で覆い、椀に一杯の水を注いだ。

霞んだ地平線に太陽が沈み、金色の雲がたなびくころ、人々は高台へ通じる長い山道をたどりはじめた。太古、入り江だった岩棚に帰り着く前に、夕空は金色から青銅色へ、さらには赤へ、深い藤色へと変わっていった。突き出た岩壁をまわったとき、ジョンダラーは目の前にひろがったパノラマのこの上ない美しさに思わず足を止めた。そして、崖っぷちに沿って、また数歩進んだところで、景観にすっかり心を奪われて、一時は足もとが絶壁となって落ちこんでいるのを忘れるほどだった。静かに豊かに流れる母なる大河は、時々刻々変化する空と、対岸の丸みを帯びた山々の黒い影を映していた。油をひいたように滑らかな水面は、深みの流れのひそやかな動きを秘めていた。

「きれいじゃない?」

ジョンダラーは声のしたほうを振り返り、いつの間にか傍らに立っていた女に微笑みかけた。「うん、きれいだ、セレニオ」

「今夜はお祝いの大宴会があるのよ。ジェタミオとソノーランのね。みんな、待ってるわ――もういかないと」

セレニオは踵《きびす》を返そうとしたが、ジョンダラーに手を取られ、その場に押しとどめられた。ジョンダラーはセレニオの目に映る夕日の最後の輝きに見入った。

セレニオにはしなやかな優しさがあった。年齢――年上といっても、ジョンダラーよりは二つ三つ違うだけだったが――とは関係のない変わらぬ懐の深さとでもいうべきものが。といっても、ただ受けいれるだけではなかった。むしろ、何も要求せず、期待もしないという風情があった。最初のつれあいに死なれ、次に愛した男にも連れ添う間もなく死なれ、さらにその縁結びを祝うはずだった二番目の子も流産したことで、セレニオにはどこか悲しみの影がつきまとっていた。自らの痛みとともに生きる術《すべ》をおぼえるうちに、セレニオは他人の痛みを和らげる能力をも身につけた。抱えている悲哀や失望がどんなものであれ、人々はセレニオを訪ね、安らぎを得て去るのが常だった。セレニオは相手に同情を寄せながら、何の義務も負わせることがなかったからだ。

失恋に取り乱した者、病気に恐れおののく者をなだめる力があることから、セレニオはしばしばシャムドを手伝い、そのつながりで癒しの技のいくつかを学びとった。ジョンダラーがはじめて知りあったのも、薬師《くすし》がソノーランの治療をするのをセレニオが手伝っていたときのことだった。弟がすっかり回復して、ドランドとロシャリオ、そして、何より大事なジェタミオの炉辺に移ったとき、ジョンダラーもセレニオとその息子のダルヴァの炉辺に移った。そうさせてくれと頼んだわけではなかったが、セレニオは口でいわなくてもわかっていた。

セレニオの目はいつも何かを映しているように見える。赤々と燃えている火のほうに向かう前に、身を屈めて軽くキスしながら、ジョンダラーは思った。しかし、その目の奥までのぞきこんだことはなかった。そのほうがよかったのかもしれないという思いが自然と浮かんできたが、ジョンダラーはそれをあえて押しやった。セレニオはジョンダラーのことを本人以上によく知っているようだった。自分自身を惜しまず与えるということ、ソノーランのように恋に没頭するということができないのを知っているようだった。情感の深さに欠けるのを埋めあわせるために、息をのむほどの完璧な技巧で愛するということさえ知っているようだった。だが、セレニオはそれを受けいれた。ジョンダラーがときおり見せる憂い顔を受けいれるのと同じように、それを責めたりはしなかった。

といって、けっして遠慮しているのではなかった――朗らかに笑ったし、気軽に話もした――ただ、落ちつきを失うことがなく、どことなくとらえがたいところがあった。いつも以上の何かをのぞかせるのは、息子を見まもっているときだけだった。

「何でぐずぐずしてたの?」二人がやってくるのを見て、ダルヴァがほっとしたようにいった。「もう食事の用意はできてるんだけど、みんな、二人を待ってたんだよ」

ダルヴァはジョンダラーと自分の母親が崖の縁で連れ立っているのを目にしていたが、邪魔しないよう気をつかっていたのだった。そのダルヴァも、はじめは、炉辺で母親の関心を独占できなくなったことに憤懣《ふんまん》を抱いていた。しかし、母親の時間が他人に割かれるということよりも、自分に注意を向けてくれる他人がいるということのほうが大事になってきた。ジョンダラーはダルヴァに語りかけ、旅の冒険談を聞かせ、狩りや自分の一族のことを論じる一方で、真剣に話に耳を傾けてくれた。さらにうれしいことに、道具づくりの手ほどきをしてくれた。ダルヴォは才能の一端を見せて、その技術をものにしたが、それはジョンダラーはもちろん、本人にとっても驚きだった。

ジョンダラーの弟がジェタミオのつれあいになってとどまるという決心をしたと聞いて、ダルヴォは大喜びした。ジョンダラーもここに残って母親と連れ添ってくれないかと強く望んでいたからだった。二人が一緒にいるときは、意識的にその場を外すようにして、二人の関係に水をささないよう自分なりに気を配った。意識してはいなかったが、むしろ後押しをしているほどだった。

実際、セレニオと連れ添うという考えは終日、ジョンダラーの頭を去らなかった。気がついてみると、セレニオのことをあれこれ考えていた。髪の色は息子よりも淡く、茶色というよりは濃い金髪といった趣だった。けっして痩せてはいなかったが、背が高いので、細身という印象を受けた。ジョンダラーは自分の顎まで背がある女にはまれにしか出会ったことがなかったが、セレニオはその一人だった。ジョンダラーからすると、釣り合いのいい高さだった。息子にはセレニオの落ちついた風情はないにしても、ハシバミ色の目に至るまでよく似かよっていた。セレニオは微妙な造作までも美しかった。

セレニオとなら幸せになれるだろう、とジョンダラーは思った。では、なぜ、尋ねてみないのだ？　その瞬間、ジョンダラーは心からセレニオをほしいと思い、ともに暮らしたいと思った。

「セレニオ？」

セレニオはジョンダラーを見つめるうちに、その信じられないほど青い目の磁力に引き寄せられた。今、ジョンダラーの願望、欲求がセレニオに集中していた。そのカリスマ的な力――無意識なだけに強い力――が、気づかぬうちにセレニオをとらえ、堅固な防壁を突き破っていた。それは苦しみを避けるために、セレニオが注意深く築き上げてきたものだった。セレニオはほとんど意志に反して、自らを開け放ち、相手のなすがままになろうとしていた。

「ジョンダラー……」そういう容認の気持ちは、声音にもあらわれていた。

「おれは……きょう、いろいろ考えた」ジョンダラーは言葉を探しあぐねた。シャラムドイの言葉でも、たいていのことはいいあらわせたが、今の思いをそのまま伝えようとすると、なかなか容易ではなかった。

「ソノーランと……弟と……一緒にずっと旅をしてきた。今、弟はジェタミオを愛して、とどまろうとしている。もし、きみが……おれは……」

「おーい、お二人さん。みんな、腹ぺこで、食い物が……」ソノーランが声をかけてきたが、二人が寄り添って立ち、お互いに見入っている相手の目の深みにはまりこんでいるのを見ると、あわてて言葉を切った。「あ……すまん、兄貴。お邪魔してしまったみたいだな」

二人は身を離した。それとともに、その一瞬も過ぎ去った。「いいんだ、ソノーラン。みんなを待たせちゃならないからな。話はあとでもできる」ジョンダラーがいった。

ジョンダラーがセレニオを見やると、自分に何が起きたのかわからないというように、いつになく驚き、とまどった様子だった――そして、冷静という盾を修復しようと努めているようだった。

張りだした砂岩の下の広場に入っていくと、中央の炉の燃え盛る火の熱が伝わってきた。ジョンダラーとセレニオがあらわれたのを機に、みんながソノーランとジェタミオを囲む席についた。二人は炉の後ろの中央の位置に立った。契りの宴《うたげ》は、縁結びの祝いを頂点とする一連の儀式の始まりだった。その期間中、若い二人の接触や意思の疎通は厳しく制限されていた。

人々がその場に温かい雰囲気をつくりだした。一体感がひろがって、二人を包みこんだ。二人は手をつなぎ、お互いの目の中に理想の姿を見出した。その喜びを世界に告げ、お互いの契りを確かめようとしていた。シャムドが前に進み出た。ジェタミオとソノーランはひざまずき、薬師《くすし》にして霊の導き手である人物から、芽吹いたばかりのサンザシの冠をそれぞれの頭に授けられた。二人は手に手をとったまま、シャムドに導かれて、炉と会衆のまわりを三度まわり、それから自分たちの席に戻って、シャラムドイの洞窟を囲む愛の輪を完結させた。

シャムドは二人に面と向かい、両手をあげて語りかけた。「輪は一つところに始まって終わる。命は大いなる母とともに始まって終わる。孤独の中であらゆる命をつくりたもうた最初の母とともに」響く声はパチパチという炎の音を圧して、静まりかえった一座の端まで容易に届いた。「聖なるムドはわれらが始まりにして終わりである。われらはムドより出でて、ムドに帰る。ムドはわれらをあまねく養いたもう。われらはムドの子、あらゆる命はムドより発する。ムドはその豊かさを惜しみなく与えたもう。われらはムドの体より必要なるものを得る。食べ物も、水も、住まいも。ムドの霊より知恵と思いやりの賜物を得る。才と技、火と友情も。しかし、大いなる賜物は、ムドのすべてを抱擁する愛よりもたらされる。

母なる大地の女神は子らの幸せを喜びとする。ムドはわれらの楽しみを喜びとし、それゆえに、すばらしい歓喜の賜物を与えたもう。われらはその賜物を分かちあうとき、ムドをあがめ、敬意をあらわす。そして、ムドはわれらのうちの祝福されたる者に、最大の賜物、すなわち、生命をつくりだす不思議なる力を授けたもう」シャムドはジェタミオを見据えた。

「ジェタミオ、おまえも祝福されたる者の一人だ。おまえがムドをあまねくあがめるなら、生命の賜物を授けられ、子を産むであろう。おまえが産む生命の霊は、大いなる母からのみもたらされるものだ。

ソノーラン、おまえが他人を養う責任を負うとき、おまえはわれらすべてを養うムドのごとくになる。ムドをあがめることにより、ムドはおまえに創造の力を与えたもうだろう。おまえが愛する女から、あるいはムドの祝福を受けた別の女から産まれる子は、おまえの霊の子になるだろう」シャムドは一座を見わたした。

「われらが互いに愛しあい、養いあえば、大いなる母をあがめることになり、その豊穣で祝福されることになるのだ」

ソノーランとジェタミオは微笑み交わし、シャムドが下がるのを待って、編んだ敷物の上に座った。それが宴《うたげ》の始まる合図になった。前の新月のときに仕込まれたタンポポの花と蜂蜜の弱い酒が、まず、若い二人に供された。続いて、その飲み物が一座にまわされた。

たまらなく食欲をそそるにおいに、誰もが一日中、働きどおしだったことを思いだした。高台に残った者も忙しく過ごしていたということは、すばらしい香りの最初の料理が運ばれてきたときに明らかになった。その朝捕れたホワイトフィッシュを焼いて板にのせたものが、ソノーラン、ジェタミオの前に置かれた。給仕をつとめるのは、彼らと対をなすラムドイの家族のマルケノとソリーだった。その料理には、ぴりっとするカタバミを茹でてつぶしたものが、ソースとして使われていた。

ジョンダラーははじめて口にしたが、その味はすぐに気に入り、魚にすばらしい風味を添えていると思った。小さな木の実を入れた籠も、料理とともにまわってきた。傍らにソリーが座ったとき、その実が何なのか聞いてみた。

「去年の秋に集めたブナの実よ」ソリーはいった。革のような外皮を鋭いフリントの刃でこそげ落とし、平たい皿のような籠に入れて、熱い炭火にかけ、焦げないように揺すりながら丁寧に炒って、最後に海の塩にまぶしたのだ、と説明した。

「塩はソリーが持ってきてくれたのよ」ジェタミオがいった。「縁結びのときの贈り物だったの」

「マムトイの人、大勢、海の近くに住んでるのか、ソリー?」ジョンダラーは尋ねた。

「いいえ、あたしたちの野営地はたまたまベラン海の近くだったけど。マムトイの多くは、もっと北に住んでるの。マムトイはマンモスの狩人だから」ソリーは誇らしげにいった。「あたしたち、マンモス狩りで、毎年、北へ旅したわ」

「あんた、どうしてマムトイの女と連れ添った?」ジョンダラーはマルケノに聞いた。

「さらったのさ」マルケノはそういって、ふくよかな若いつれあいに目配せした。

ソリーはにっこりした。「そう。もちろん、話はついてたけど」

「ソリーとはおれが東へ取引の旅に出たときに会ったんだよ。おれたちは母なる大河の河口の三角州まではるばる旅をした。おれにははじめての旅だった。ソリーがシャラムドイだろうが、マムトイだろうが、おれにはどうでもよかったんだ。とにかく、ソリーが一緒でなければ帰らないつもりだった」

マルケノとソリーは、連れ添いたいという願いが引き起こした困難について語った。段取りをととのえるまでには長い交渉が必要だった。それでも、ある種の慣習を乗り越えるために、〝さらう〟というかたちをとらざるをえなかった。マルケノとの縁組はソリー自身も強く望んでいたことだった。そもそも、ソリーにその気がなければ、成就する話ではなかった。だが、先例がないわけでもなかった。一般的ではなかったが、同じような例は以前にも存在していたのだ。

当時は人口もまだまだ少なく、しかも、分散していたので、互いの領分の侵犯ということはめったになかった。たまたま、よその人間と接触するというのは、ものめずらしい体験だった。はじめは用心するにしろ、ふつうは敵意を抱くこともなく、むしろ歓迎することが多かった。狩りをする人々は、概して長旅に慣れていて、季節がくると、移動する動物の群れを追って出発した。のみならず、多くが個人で旅に出るという伝統があった。

軋轢《あつれき》が生じるのは、むしろ親交の中からということが多かった。敵意というものが存在するとしたら、それは狭い範囲にこもる傾向があった――共同社会の内部に限られた。ただ、短慮は行動の掟によって歯止めがかけられたし、たいていは儀式化された慣習によって解決が図られた――そういう慣習にしても、硬直化することはなかった。シャラムドイとマムトイには良好な取引関係があり、慣習も言語もよく似ていた。シャラムドイにあっては大地の母はムド、マムトイにあってはムトだったが、いずれにしても神、遠つ祖《おや》、原初の母に違いなかった。

マムトイははっきりした自己像を持つ人々で、それが開けっぱなしで人なつっこい性向となってあらわれた。集団としては怖いもの知らずだった――だからこそ、マンモスの狩人になれたのだ。威勢がよく、自信に満ち、無邪気なところがあり、自分が相手に誤解されることなどあるはずがないと思いこんでいた。ソリーとの縁結びの段取りは、マルケノからすると、だらだらと議論ばかりが続くように思えたが、乗り越えられない問題ではなかったのだ。

ソリー自身も典型的なマムトイの女だった。開けっぱなしで人なつっこく、誰にも好かれていると思いこんでいた。実際、その天真爛漫《らんまん》ぶりに逆らえる者はほとんどいなかった。ソリーがずいぶん立ち入った質問をしても、悪気はないということがわかっていたので、誰も腹を立てなかった。純粋な興味から質問するのであって、好奇心を抑える理由が見当たらなかったのだ。

そのソリーのもとに、赤ん坊を抱いた女の子がやってきた。「シャミオが起きちゃったの、ソリー。おなかがすいたみたい」

　ソリーはありがとうというようにうなずき、赤ん坊を抱き取って乳を飲ませはじめたが、喋ったり食べたりを中断することはなかった。ちょうど別の皿がまわってきたところだった。塩水につけておいたトネリコの実、採れたばかりのピッグナットだった。その小さな塊根は、ジョンダラーも知っている野生のニンジンに似ていた。はじめは木の実のような味わいだが、ダイコンのようなぴりっとした後味がするのは驚きだった。快い刺激のある風味は洞窟の人々の好みのようだったが、ジョンダラーは好きとも嫌いとも決めかねた。そのうち、ドランドとロシャリオが若い二人のもとへ次の料理を運んできた――濃厚なシャモアのシチューと赤いコケモモの酒だった。

「魚もうまいと思ったが」ジョンダラーは弟に向かっていった。「このシチューは最高だ！」

「ジェタミオの話じゃ、伝統の味だそうだ。ヤチヤナギの葉を干したもので風味を出しているらしい。樹皮はシャモアの皮をなめすのに使われる――それで黄色い色がつくんだ。ヤチヤナギっていうのは、文字どおり、谷地《やち》に生えるんだが、妹川が大河に流れこむあたりにとくに多いんだとさ。連中が去年の秋、それを採りに出かけたのは、おれにとってはついてたな。でなきゃ、連中がおれたちを見つけることはなかったわけだから」

　ジョンダラーはそのときのことを思いだして、眉間に皺を寄せた。「そのとおりだ。おれたちはついていた。おれはこの人たちに何とか恩返しできないかと思ってるんだが」そういって、弟がシャラムドイの一員になろうとしているのに気づいて、また顔を曇らせた。

「このお酒はジェタミオからの贈り物なのよ」セレニオがいった。

　ジョンダラーは杯に手を伸ばし、一口すすって、うなずいた。「うまい。すごいうまい」

「すごくうまい、よ」ソリーが横からいった。ソリーは遠慮せずにジョンダラーの言葉の間違いを正した。自分自身、シャラムドイの言葉を話すには多少の問題を抱えているので、ジョンダラーも早く正しく話せるようになりたいだろうと思ってのことだった。

「すごくうまい、ね」ジョンダラーはそう繰り返して、赤ん坊に豊かな乳房をふくませているぽっちゃりした女に微笑みかけた。ジョンダラーはソリーの正直さと社交的な性格が好きだった。それは、内気な、あるいは遠慮がちな他人にも、すぐに心を開かせた。ジョンダラーは弟のほうを向いていった。「ソリーの言うとおりだ、ソノーラン。この酒はすごくうまい。うちの母親でも認めるんじゃないか。マルソナ以上に上手に酒をつくれる者はいないが。マルソナもジェタミオが気に入ると思うな」ジョンダラーはいってしまってから、そんなことを口にすべきではなかったと思った。ソノーランがつれあいを母親のところへ連れていくということはないだろう。いや、ソノーラン自身、二度とマルソナに会うことはないだろうからだ。

「ジョンダラー、シャラムドイの言葉で喋らないと。ゼランドニーの言葉で喋ってると、ほかの誰にもわからない。それに、いつも喋るようにしたら、ずっと早くおぼえられるわ」ソリーが身を乗りだしていった。経験からいっているつもりだった。

ジョンダラーはとまどったが、べつに腹は立たなかった。ソリーは大真面目だったし、ほかの誰にもわからない言葉で話すのは、たしかに礼を失していた。思わず顔が赤くなったが、ソリーには笑顔を見せた。

ソリーはジョンダラーの当惑に気づいた。率直ではあったが、けっして鈍感ではなかった。「ねえ、あたしたち、お互いの言葉を習わない？　自分の言葉でも、たまに誰かと話さないと、忘れてしまいそうだし。ゼランドニーの言葉は音楽みたいな響きがあるから、習ってみたいな」そういって、ジョンダラーとソノーランに微笑みかけた。「毎日、少しずつ教えあうようにしない？」異論などあるはずがないだろうというような口ぶりだった。

「ソリー、おまえはゼランドニーの言葉を習いたくても、この二人はマムトイの言葉なんて習いたくもないかもしれないぞ」マルケノがいった。「そういう可能性を考えてみなかったのかい？」

今度はソリーが顔を赤らめる番だった。「それは考えてみなかった」自分が先走りしたと悟って、後悔を交えながらそういった。

「あら、わたしはマムトイの言葉もゼランドニーの言葉も習ってみたいな。それはいい考えだと思うわ」ジェタミオがはっきりいった。

「おれもいい考えだと思う、ソリー」ジョンダラーもいった。

「それにしても、おれたちが一緒になってどういう子ができるんだ。ラムドイが半分とマムトイが半分、それに、シャムドイが半分とゼランドニーが半分か」マルケノがそういって、ソリーに優しく微笑みかけた。

二人の間の愛情は、傍目にも明らかだった。似合いの二人だ、とジョンダラーは思ったが、ついついにやりとさせられた。マルケノはジョンダラーほど筋骨たくましくはないが、負けないほどの上背があった。ソリーと一緒にいると、お互いの肉体的特徴の好対照がますます強調された。ソリーはより小さく丸く、マルケノはより高く細く見えた。

「ほかの人間も仲間に入れてもらえるかしら？」セレニオが聞いた。「ゼランドニーの言葉を習うのは面白そうだし、ダルヴォも将来、マムトイの言葉が役に立つと思うの。取引の旅に出ようとなったらね」

「いいじゃないか」ソノーランが笑っていった。「東でも西でも、旅をするなら、言葉知ってるのは役に立つ」ソノーランは兄のほうを見た。「でも、言葉を知らなくても、美人を理解する妨げにはならないんじゃないか、兄貴？　何といったって、兄貴にはその大きな青い目があるからな」それをゼランドニーの言葉でいって、にやりとした。

ジョンダラーは弟の冷やかしに苦笑した。「シャラムドイの言葉で話せよ、ソノーラン」そういって、ソリーに目配せした。それから、木の鉢の野菜をナイフで刺した。そういう場合、左手を使うのがシャラムドイの習慣だったが、まだそれに馴染んではいなかったのだ。「これは何というね？」ジョンダラーはソリーに聞いた。「ゼランドニーの言葉では、こういうもの〝キノコ〟だが」

ソリーはササクレヒトヨタケという名称をマムトイの言葉とシャラムドイの言葉でいった。すると、ジョンダラーは緑色の茎を刺して、問いかけるように持ち上げた。

「それは若いゴボウの茎よ」ジェタミオがいったが、その言葉はジョンダラーには何の意味もないと気づいた。ジェタミオは立ち上がると、炊事場の近くのごみの山にいって、しぼんではいるがそれとはっきりわかる葉を持ち帰った。「これがゴボウ」そういって、綿毛の生えた灰緑色の大きな葉を示した。ジョンダラーはわかったというようにうなずいた。すると、ジェタミオは独特のにおいのする長くて幅広の緑の葉を差しだした。

「ああ、そうか！　馴染みのあるにおいがすると思ったが」ジョンダラーは弟に向かっていった。「ニンニクがこんな葉をつけるとは知らなかった」それから、ジェタミオのほうに向きなおった。「それは何というね？」

「ランソムよ」ジェタミオはいった。ソリーはマムトイにはそれに当たる言葉はないといった。だが、ジェタミオが次に差しだした干した葉を見ると、こういった。

「それは海藻。あたしが持ってきたものよ。もとは海の中に生えてるの。シチューに入れると、とろみがつくの」さらに詳しく説明しようとしたが、納得させたかどうかは確信がないようだった。伝統的な料理に海藻を入れてみることになったのは、ソリーが新しく連れ添った二人と親しかったからであり、また、それが面白い味と歯ごたえを添えるからだった。「もうあまり残ってないけど。あたしの縁結びの贈り物だったの」ソリーは赤ん坊の肩を支えて、背中を撫でてやった。「タミオ、恵みの木に供え物はしたの？」

ジェタミオはうなだれて、恥ずかしそうに微笑んだ。それは、ふつう、あからさまに聞くことではなかったが、行き過ぎたお節介というほどでもなかった。「母なる女神がわたしたちの縁組を祝福して、シャミオみたいな元気で幸せな子を授けてくださるといいんだけど。シャミオはもう乳離れしたの？」

「今は慰みでおっぱいを吸うだけ。でも、そうさせておけば、一日中でもすがりついてるわ。ちょっと、この子を抱いててくれない？　あたし、用を足してくるから」

ソリーが戻ってきたときには、話題は変わっていた。食べ物もすっかり片づけられていたが、酒がふんだんに振る舞われていた。誰かが一枚皮の太鼓でリズムをとり、即興の詩をつけて歌いはじめた。ソリーが赤ん坊を抱き取ると、ソノーランとジェタミオは立ち上がって、そっと抜けだそうとした。だが、数人が笑いながら、さっと二人を取り囲んだ。

これから連れ添おうという二人は、縁結びの直前には隔てられる決まりなので、その前の最後のときを二人だけで過ごすべく、宴席を早く抜けだそうとするのが常だった。しかし、何といっても主賓だったから、誰かに話しかけられているかぎり、退席するわけにはいかなかった。誰も気づかないうちにこっそり消えなくてはならなかったが、もちろん、誰もがそれを知っていた。それは一種のゲームとなり、二人は自分たちに割り振られた役を演じることを期待された――みんながよそ見をしているふりをしている間に、急いで逃げだそうとする。だが、見つかったらきちんと申し開きをする。そして、からかわれ、冷やかされた末に、ようやく解放されるという筋書きだった。

「そんなに急いでいかなくてもいいんじゃないか?」ソノーランが問いかけられた。

「いや、もう遅いから」ソノーランは苦笑しながら、いいぬけようとした。

「あれ、まだまだ早いんじゃないか。もう一口どうだい、タミオ?」

「いえ、もう一口も食べられないわ」

「だったら、酒をもう一杯。ソノーラン、タミオのすばらしいコケモモの酒を断るつもりじゃないんだろうな?」

「ああ……まあ、少しなら」

「おまえももう少しどうだ、タミオ?」

ジェタミオはソノーランのほうににじり寄って、肩越しに意味ありげな一瞥を投げかけた。「じゃ、ほんの一口ね。でも、誰かにわたしたちの杯を持ってきてもらわないと。あっちにあるのよ」

「いいとも。じゃ、ここで待っててくれよ、いいな?」

一人が杯を取りにいった。ほかはそれを見送るふりをした。ソノーランとジェタミオはその機をとらえて炉の向こうの暗闇に逃げこもうとした。

「ソノーラン、ジェタミオ。おれたちと一緒に酒を飲むつもりじゃなかったのか?」

「ええ、そのつもりだけど。ただ、ちょっと用を足しにいってこないと。おなかいっぱい食べたあと、どんな具合かわかるでしょ」ジェタミオが弁解した。

ジョンダラーはセレニオと並んで立っていたが、先刻の話の続きができないかとうずうずしていた。ほかの連中は芝居を楽しんでいた。ジョンダラーはさらに身を寄せて、そっと耳打ちしようとしていた。みんながふざけるのに飽きて、若い二人を解放したら、自分たちも退散しないか、と。セレニオと約束しようというなら、今をおいてなかった。逡巡がすでに頭をもたげかけており、またその気がなくなるかもしれなかったからだ。

あたりは高揚した雰囲気になっていた——去年の秋はとくに甘いコケモモの実がなり、それでつくった酒もいつも以上に強かった。人々はわけもなく歩きまわったり、ソノーランとジェタミオをからかったり、笑いさざめいたりしていた。掛け合いの歌を歌いはじめる者もいた。シチューを温めなおすよう求める者もいた。また、残った茶を誰かの椀に注いで、新しくいれようと湯を沸かしにかかる者もいた。元気があまってまだ眠くない子どもたちは追いかけっこをしていた。そろそろ宴《うたげ》も終わりという様相の混乱だった。

そのとき、大声を上げて走りまわっていた子どもが、足もとのおぼつかなくなっていた男とぶつかった。男はよろめいて、熱い茶の入った椀を持った女とぶつかった。まさにその瞬間、ソノーランとジェタミオが逃げだし、どっと歓声が上がった。

最初の悲鳴を聞いた者はいなかった。だが、苦痛に泣き叫ぶ赤ん坊の大声はやむことがなく、すぐにすべてが動きを止めた。

「シャミオ！　シャミオ！　シャミオが火傷を！」ソリーが叫んだ。

「ああ、何ということだ！」ジョンダラーははっと息をのみ、セレニオとともに、すすり泣く母親と赤ん坊のほうへ走りだした。

誰もが手を貸そうといっせいに駆け寄ったので、かえって混乱に輪をかける結果になった。「シャムドを通して。脇に寄ってちょうだい」セレニオの声には周囲を落ちつかせる効果があった。シャムドは赤ん坊の衣服を手早く脱がせた。「冷たい水を、セレニオ、早く！　いや！　待て！　ダルヴォ、おまえが水を持ってきなさい。セレニオ、シナノキの皮を――どこにあるかは知っているな？」

「はい」セレニオは答えると、急いで立ち去った。

「ロシャリオ、湯はあるか？　なかったら、少し沸かしてくれ。シナノキの皮の薬湯が要る。薄めに煎じて鎮静剤として使おう。二人とも火傷をしているからな」

ダルヴォが池の水を容器に汲み、縁からこぼしながら急いで駆け戻ってきた。「よしよし、早かったな」シャムドは少年にうなずきながら微笑みかけると、真っ赤に腫れ上がった火傷に冷水を振りかけた。火傷は水ぶくれを生じはじめていた。「何か当てておくもの、痛みを和らげるものが要るな。薬湯が煎じあがるまでの間」シャムドは地面に落ちていたゴボウの葉に目を留めた。

「ジェタミオ、これは何だ？」

「ゴボウです」ジェタミオは答えた。「シチューに入れました」

「残ってはいないか？　葉が」

「使ったのは茎だけです。葉はその辺に捨てたはずです」

「それを拾ってきてくれ」

ジェタミオはごみの山へ走り、捨てられた葉を両手にいっぱい持ち帰った。シャムドはそれを水につけて、母と子の火傷にあてがった。葉の痛みを和らげる効果が伝わりはじめたのか、赤ん坊の激しい泣き声は下火になり、ときどき発作のようにしゃくりあげるだけになった。

「効いたみたい」ソリーがいった。シャムドにいわれるまで、自分も火傷しているとは気づいていなかった。災難の前、ソリーは赤ん坊に乳首をふくませておとなしくさせる一方で、お喋りに興じていた。そこへ熱い茶がこぼれかかったのだが、赤ん坊の痛みしか意識に上らなかったのだ。「シャミオは大丈夫ですか?」

「うん、水ぶくれにはなるだろうが、痕は残らないと思う」

「ああ、ソリー。なんてことに」ジェタミオがいった。「ほんとにひどいわ。シャミオがかわいそう。あなたも」

ソリーはもう一度、赤ん坊に乳首をふくませようとしたが、さっきの苦痛を連想してか、赤ん坊はそれに逆らった。それでも、乳首の与えてくれる安らぎを思いだし、恐怖を忘れて取りつくうちに泣きやんだ。それはソリーも落ちつかせた。

「なぜ、あんたもソノーランもここにいるの、タミオ?」ソリーがいった。「あんたたち、一緒にいられる最後の晩じゃないの」

「いけないわ。あなたもシャミオも痛い思いをしてるのに。何か手伝いたいのよ」

赤ん坊がまたむずかりだした。ゴボウの葉は効き目があったが、火傷の痛みを抑えきれるほどではなかった。

「セレニオ、薬湯の用意はできたか?」シャムドが葉を冷水に浸したばかりの新しいものと換えながら尋ねた。

「シナノキの皮はもう十分に煎じたんですけど、冷ますのにちょっと時間がかかりそうです。外に持っていけば、早く冷めるかもしれません」

「冷ます！　冷ます！」ソノーランが叫んだかと思うと、突然、岩陰から走りだしていった。

「どこへいったの？」ジェタミオがジョンダラーに聞いた。

ジョンダラーは肩をすくめ、首を振った。答えが明らかになったのは、ソノーランが息を切らして戻ってきたときだった。川へ下りる険しい石段から、水滴のしたたるつららを持ち帰ったのだった。

「これ、どうです？」ソノーランはつららを差しだした。

シャムドはジョンダラーのほうを見た。「弟は頭がいいな！」こんなすばらしい思いつきは期待していなかったとでもいうような、皮肉をのぞかせた口調だった。


鎮痛の作用を持つシナノキの樹皮には、鎮静の効能もあった。今は、ソリーも赤ん坊も眠りに落ちていた。ソノーランとジェタミオは説得された末に、しばらく二人だけのときを過ごすために立ち去った。しかし、縁結びの宴《うたげ》の心浮かれる楽しみは、もう消えていた。誰も口には出さなかったが、思わぬ災難は若い二人の縁結びに暗い影を投げかけた。

ジョンダラー、セレニオ、マルケノ、それにシャムドは大きな炉のそばに座って、残り火から最後の温もりをとり、酒をすすりながら、静かに語らっていた。ほかの人々はすでに寝静まり、セレニオもマルケノにもう休むようにと勧めていた。

「あなたにできることはもうないんだから、マルケノ、起きてる理由がないわ。わたしが起きてるから、あなたは休んだら」

「そのとおりだ、マルケノ」シャムドもいった。「二人とももう心配あるまい。だから、おまえも休んだほうがいい、セレニオ」

セレニオはマルケノを促すように立ち上がった。ほかの者たちも立ち上がった。セレニオは杯を置き、頬をジョンダラーの頬に軽く押し当てると、マルケノとともに小屋のほうに向かった。「何かあったら、起こしてあげるから」去り際に、セレニオがマルケノにいった。

二人がいってしまうと、ジョンダラーは発酵させたコケモモの果汁の残りを二つの杯に注ぎ分け、静まりかえった闇の中に座っている謎めいた薬師《くすし》に一方を差しだした。シャムドはそれを受け取った。お互いにまだ何かいうことがあると暗黙のうちに了解しているようだった。ジョンダラーは焚き火の黒ずんだ輪の端のほうに残った燃えさしを掻き集め、それに薪《たきぎ》を足して、小さな火を燃え上がらせた。しばらくの間、二人とも揺らめく炎の温もりのほうに身を寄せて、黙って酒をすすっていた。

ジョンダラーが顔を上げると、ふだんは何色ともわからないが火明かりの中では黒としか見えない目が、こちらをじっと見つめていた。ジョンダラーはその目に力と知性を感じつつ、自分もまた相手に負けない集中力で見つめ返した。パチパチ、シューシューと音を立てる炎が、年老いた顔に影を投げかけ、目鼻立ちをぼやけさせていたが、日中の光の中でも、年齢を物語るもの以外にこれという特徴を識別できたことはなかった。その年齢でさえ謎だった。

皺だらけの顔には力がみなぎり、驚くほど白い長髪にもかかわらず、若々しさを感じさせた。緩やかな衣に包まれた体は華奢《きゃしゃ》だったが、足取りは弾むようだった。両手には年齢が刻まれているばかりでなく、関節炎で節くれだち、皺だらけの皮膚には青筋が浮きだしていたが、杯を口もとに持っていっても震えるようなことはなかった。

その手の動きで、合わさっていた二人の視線が離れた。緊張を和らげるためにシャムドが故意にそうしたのではないか、とジョンダラーは思った。シャムドは酒を一口すすった。「シャムドはすぐれた薬師、すぐれた技、お持ちです」ジョンダラーはいった。

「ムドの賜物だ」

両性具有とも見える薬師が男女いずれなのか、ジョンダラーは手がかりになりそうな音色なり調子なりを聞き取ろうと耳を澄ませた。飽くことのない好奇心を何とか満たしたかったのだ。シャムドが男なのか女なのかいまだにわからなかったが、一見、中性のようであるにもかかわらず、独身生活を送ってきたわけではなさそうだという印象を受けていた。薬師はしばしば訳知り顔で辛辣《しんらつ》な言葉を口にした。ジョンダラーは聞いてみたいとは思ったが、さりげなく質問するにはどういう言葉を用いればいいのかわからなかった。

「シャムドの生活、容易でない。多くのこと、あきらめなければならないから」ジョンダラーはそれでも試しに聞いてみた。「つれあい持とうとしたこと、ないですか？」

謎めいた目が一瞬、大きくひろがった。だが、シャムドは嘲弄《ちょうろう》するような笑い声を上げた。ジョンダラーはきまり悪さでかっと熱くなるのを感じた。

「わたしを誰と連れ添わせようというのだ、ジョンダラー？　わたしがまだ若かったころに、おまえがやってきていたなら、その気になったかもしれぬ。しかし、おまえがわたしの魅力に屈したかどうか？　恵みの木に数珠をかけたとしても、おまえをわたしの床へいざなうことができただろうか？」シャムドはとりすまして軽く頭を下げながらそういった。ジョンダラーは一瞬、自分は若い女と話しているのではないかと思った。

「それとも、わたしはもっと巧妙でなければならなかったのか？　おまえの欲望は単純ではない。その好奇心から新たな快楽を呼び覚ますことがわたしにできただろうか？」

ジョンダラーは赤面した。女と思ったのは間違いだった。それでも、シャムドのどこか好色そうな表情、猫のようなしなやかで優美な身ごなしには奇妙に引きつけられるものがあった。もちろん、シャムドは男だが、その喜びには女性的な趣があるようだった。薬師《くすし》の多くは男女双方の根源から力を得ていた。それがより強い力となってあらわれていたのだ。そのとき、ジョンダラーはふたたび冷ややかな笑いを聞いた。

「薬師の生活が困難であるなら、そのつれあいの生活はさらに困難だ。男はつれあいのことをまず考えてやらなければならぬ。たとえばだ、セレニオのような女を夜も放っておいて、病人の世話をしなければならないのはつらいことだろう。長い間、禁欲が求められることもある……」

今、シャムドは身を乗りだし、男同士の話をしていた。セレニオのような美しい女のことを引き合いに出すことで、目を輝かせていた。ジョンダラーは当惑して首を振った。すると、シャムドは肩を一揺すりした。それで男からまた別の人格へと一変した。ジョンダラーを寄せつけないような人格へ。

「……ものにしようと狙っている大勢の男たちの中に、つれあいを一人残しておけるものかどうか、わたしにはわからぬ」

シャムドは女になっていたが、もうジョンダラーに引きつけられるような女ではなかった。ジョンダラーにしても、友人としてはともかく、引きつけられそうもない女だった。なるほど、この薬師の力は男女両性に根源を有していたが、それは男の趣を持った女の力といえた。

シャムドがまたしても笑った。その声はいずれの性ともつかなかった。人間としての理解を求める一対一の等しい高さの視線で、老いた薬師は先を続けた。

「いってみるがいい。わたしはどちらなのだ、ジョンダラー? おまえはどちらのわたしと連れ添うのだ？　あるものは何とかして関係を築こうとするが、それは長続きするものではない。女神の賜物は、必ずしも純粋な恵みではないのだ。薬師はより大きな意味でのものを別にすれば、身元というものがない。シャムドは個人の名前さえ返上し、自己を抹消して、すべての本質を身に帯びる。薬師はさまざまな恩恵にもあずかるが、通常、つれあいを持つことはそのうちには入らない。

若いころは、ある運命に生まれつくことは必ずしも望ましいこととは考えられない。人と異なるというのは容易なことではないからだ。自らの身元を失うというのには抵抗があるやもしれぬ。だが、それは問題ではない——運命がわがものなのだから。一つ体に両性の本質を併せ持つ者にとって、ほかに道はないのだ」

薄れゆく火明かりの中で、シャムドは大地そのもののように古びて見えた。焦点の定まらぬ目を燃えさしに向けていたが、今とは異なる時代、異なる場所をのぞいているようだった。ジョンダラーは立ち上がって、薪《たきぎ》を二、三本取り、それを火にくべて、もう一度燃え立たせた。炎が安定すると、薬師は背筋を伸ばし、皮肉な表情を取り戻した。「わたしが薬師になったのは遠い昔のことだ。それに対して……代償もないではなかった。その少なからぬものの一つが、才能を発見し、知識を付加していくということだ。母なる女神が奉仕をお求めになるとき、その奉仕は犠牲ばかりとはかぎらない」

「ゼランドニーでは、母なる女神に仕えるものみんな、若いうちに召されたこと知るとはかぎりません。シャムドと違います。わたしもドニに仕えよう考えたことありますが、誰もが召されることありません」ジョンダラーはいった。唇を固く結び、額に皺を寄せ、いまだに心穏やかでいられない苦痛を示すのを見て、シャムドは訝った。この天稟豊《てんぴん》かな長身の若者の内部には、深い傷痕が秘められているようだ。

「そのとおりだ。望む者すべてが召されるわけではないし、召される者すべてが同じ才能——あるいは、気質――を持っているわけではない。もし、確信が持てないならば、知る道はある。信仰と意志を試す道はあるのだ。門に入ろうとする者は、その前のある期間を独りで過ごさなければならない。それは啓蒙ともなろうが、おのれが望む以上におのれについて知ることになるやもしれぬ。わたしは女神に仕えたいと考えている者にたびたび勧めることがある。しばらくの間、独居してみよ、と。それができないならば、より厳しい試練にはとうてい耐えられないであろうから」

「試練とはどういうものですか?」今までになかったほど率直に語るシャムドに、ジョンダラーは魅せられていた。

「あらゆる快楽を忘れなければならない禁欲の期間。誰とも話してはならない沈黙の期間。何も食べてはならない断食の期間。できるかぎり、眠りを控えなければならない不眠の期間。その他もろもろだ。われわれは答えを求めるために、とくに訓練を受けている者への女神からの啓示を求めるために、そのような方法を用いることを学ぶ。しばらくすれば、意のままにしかるべき状態に入ることをおぼえるが、折に触れてそれを実践しつづけることは有益だ」

長い沈黙があった。シャムドは真の問題、ジョンダラーが求める答えをめぐる会話をできるだけ嚙み砕いてしようとしていた。それでも、ジョンダラーは聞かずにはいられなかった。「わたしに何が必要、あなたはご存知です。それで、何を意味するか教えてください……こうしたことすべてが」ジョンダラーは腕をひろげ、すべてを指し示すようなしぐさをした。

「うん。わたしにはおまえの求めていることがわかる。おまえは今夜起きたことから弟の身を案じているのだろう。広い意味でいえば、弟とジェタミオ――それに、おまえの身を」ジョンダラーはうなずいた。

「確実なことは何もない……それはわかっているな」ジョンダラーはふたたびうなずいた。シャムドはどこまで明かしたものか判断しようというように、ジョンダラーの顔をまじまじと見つめた。そのあと、老いた顔を火のほうへ向けるうちに、ふたたび目の焦点が定まらなくなってきた。どちらも身動きしたわけではないのに、ジョンダラーは二人の間が巨大な空間で隔てられたように感じた。

「おまえの弟に対する愛は強い」その声にはこの世のものとは思えない不気味でうつろな響きがあった。「おまえはその愛が強すぎるのではないかと懸念し、自分が自分の人生ではなく、弟の人生を生きているのではないかと恐れている。だが、それは違う。弟はおまえがいかなくてはならない場所、ただし、独りではいけない場所へとおまえを導いているのだ。おまえはおまえ自身の運命に従っているのであって、弟の運命に従っているわけではない。おまえたちはともに並んで歩いているだけなのだ。

おまえたちの力は異なる性質のものだ。おまえは必要が大きければ大きいほど、大きな力が出る。おまえが弟を救うためにわたしを必要としたとき、わたしにそれが伝わってきた。おまえが送った枝に血染めの衣がついているのを見つける前からだ」

「わたしが送ったのではないです。あれは偶然。幸運です」

「わたしがおまえの必要を感じとったのは偶然ではない。ほかの者たちもそれを感じたのだ。おまえの求めを拒むことはできない。母なる女神でさえ、拒みはされないだろう。それはおまえに与えられた賜物だ。しかし、女神の賜物には用心することだ。おまえは女神に借りをつくることになるからだ。女神はおまえに何らかの思し召しがあるからこそ、そのようなすばらしい賜物を下されたのだろう。見返りなしに与えられるものはない。女神の賜物といえども、ただではないのだ。そこには目的がある。われわれが知ると知らないとにかかわらず……。

これはおぼえておくことだ。おまえは女神の思し召しに従わねばならぬ。それにはわけなどない。おまえはそういう運命に生まれついているのだから。しかし、おまえは試練にあうだろう。他人に痛みを引き起こし、それゆえに苦しむことになるだろう……」

ジョンダラーは驚いて目を見張った。

「……おまえは傷つくだろう。達成を求めても、挫折を見出すことになり、確実を求めても、決断しかねるだけということになろう。しかし、その代償もある。おまえは身も心も恵まれていて、しかも、特別な技能、独特の才能を持ちあわせている。感受性も人並み以上に強い。おまえがいらだつのは、その能力のゆえなのだ。おまえは多くを与えられすぎている。おまえは試練を通じて学ぶ必要があるのだ。

もう一つ、おぼえておくがよい。母なる女神に仕えることは犠牲ばかりではない。おまえは自分の求めるものを見出すだろう。それがおまえの運命なのだ」

「でも……ソノーランは？」

「わたしは断絶を感じる。おまえの運命は別の道をたどる。彼は彼の道をゆかねばならぬ。彼はムドの寵児だ」

ジョンダラーは眉根を寄せた。ゼランドニーにも同じいいかたがあった。だが、それは必ずしも幸運を意味するものではなかった。大地の母は自らの寵児に嫉妬し、早くに自らのもとへ呼び戻すといわれていた。ジョンダラーは続きを待ったが、シャムドはそれ以上何もいわなかった。〝必要〟や〝力〟や〝女神の思し召し〟といった話は、ジョンダラーには完全には理解できなかった――母なる女神に仕える者は、しばしば陰影のある言葉を口にしたが、そういう言葉の感触がおぞましかった。

火がまた消えたのを機に、ジョンダラーは立ち上がった。張りだした岩の下の小屋に向かいかけたが、シャムドはまだすべてを語り終えていなかった。

「いえ！　母とその子はなりませぬ……」嘆願するような声が暗闇の中に響いた。

ジョンダラーははっとした。背筋を冷たいものが走った。おのずと考えた。ソリーと赤ん坊の火傷は思った以上にひどかったのだろうか？　それにしても、そう寒くもないのに、おれはなぜ、こんなに震えているのだろう？

12

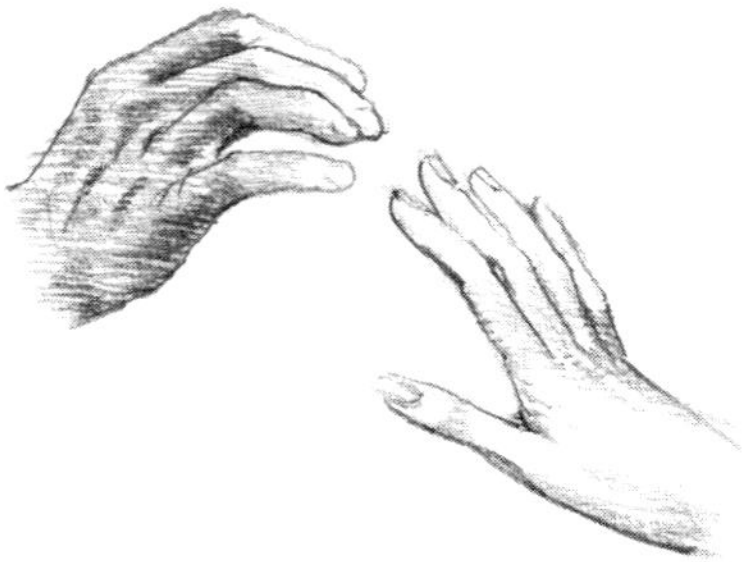

「ジョンダラー！」マルケノが大声で呼んだ。長身の金髪の男は、もう一人の長身の男が追いつくのを待った。「今夜は帰りを遅らせる口実を見つけてくれよ」マルケノは声をひそめていった。「ソノーランは契りの宴《うたげ》からこのかた、儀式だの制約ばかりだったろう。ちょっとばかり息抜きしてもいいころじゃないか」マルケノは水袋の栓を抜いて、コケモモの酒の香りをジョンダラーに嗅がせ、いたずらっぽく笑った。

ジョンダラーはうなずいて微笑み返した。自分の一族とシャラムドイの間には多くの違いがあったが、ある種の慣習は共通しているようだった。若者たちはいずれ、独自の〝儀式〟を計画するのだろうと思っていた。二人は歩調を合わせて、小道を下りていった。

「ソリーとシャミオの具合は？」

「ソリーはシャミオの顔に痕が残るんじゃないかって心配してるよ。だけど、二人ともよくなってるし、セレニオは痕が残るとは思えないっていってる。ただ、シャムドにも確かなことはいえないようでね」

しばらくの間、ジョンダラーもマルケノと同じ憂い顔をしていた。二人は道を曲がったところでカルロノに会った。カルロノは一本の木を子細に検分していたが、二人を見ると満面の笑みを浮かべた。笑うと、マルケノとますます似通った。カルロノは自分の炉辺の子のマルケノほど背は高くなかったが、痩せて筋張った体つきは同じだった。カルロノはもう一度、木を眺めてから首を振った。

「駄目だ。これは向いてない」

「何に向いてないです?」ジョンダラーが聞いた。

「舟底にだ」カルロノはいった。「この木には舟の形が見えない。どの枝も舟の内側の曲線に合いそうにない。手を加えてもな」

「どうしてわかるです? 舟ができていないのに」ジョンダラーはいった。

「カルロノにはわかるんだよ」マルケノが口をはさんだ。「カルロノはいつもぴったり合う枝ぶりの木を見つけるんだ。何だったら、ここに残って、木のことを聞いてみるといいよ。おれは先に作業場へいくから」

ジョンダラーはマルケノが大股で去るのを見送った。それから、カルロノに尋ねた。「木が舟になるか、どうやって見るです?」

「やっぱり勘が働くようにならないとな――それには経験が必要だが。今度の場合、ほしいのは背の高いまっすぐな木ではない。枝まで曲がったりしなったりしている木だ。そういう木を舟底にして、両側を曲げていくところを想像してみるんだ。それには、まず、一本だけ生えている木を探してみるといい。自由に伸びていくだけの余地がある場所に生えている木を。人間と同じで、木にも群れの中でこそ、よく伸びるものがある。ほかに勝とうと努力するうちにな。だが、孤独かもしれないが、自由に伸びることを必要とするものもある。まあ、どちらもそれなりの値打ちがあるんだが」

カルロノは本道を逸れ、あまり人が通った跡のない小道へと入っていった。ジョンダラーはそのあとを追った。「ときどき、二本並んで生えているのを見かけることがある」ラムドイの族長は言葉を継いだ。「お互いのためにだけ曲がったり譲ったりしているのを。ほら、こんなふうに」カルロノはからみあっている二本の木を指さした。「わたしらは愛の木と呼んでいるが。ときには、一方が切り倒されると、他方が枯れて死ぬということもある」カルロノはいった。ジョンダラーは思わず知らず眉間に皺を寄せた。

二人は森の中の空き地に着いた。カルロノは先に立って日当たりのいい斜面を上り、曲がって節くれだったオークの巨木へと向かった。ジョンダラーははじめ、その木に奇妙な果実がなっているのかと思った。近づいてみると、それがいくつもの不思議な飾りだとわかって驚いた。染めた鳥の羽軸をあしらった優美な小籠、貝殻の数珠玉で刺繡を施した小型の革袋、ある模様になるように縒《よ》りあわせたり編んだりした紐。太い幹にかけられた長い首飾りは、長い時を経るうちに、幹に埋めこまれたようになっていた。それをよくよく見ると、真ん中に穴をあけて丁寧に磨いた貝殻の数珠玉と、もともと穴があいている魚の背骨の一つ一つを交互に連ねてつくってあった。枝からは小さな舟がいくつか吊るされていた。ほかに、革紐で吊るされた犬の歯、鳥の羽、リスの尻尾もあった。今までそんなものは見たことがなかった。

ジョンダラーが目を見張っているのを見て、カルロノはくっくと笑った。「これは恵みの木だ。ジェタミオも供え物をしたようだな。女はムドに子宝の恵みを授かりたいというとき、そうするんだ。女はムドを自分たちの女神だと考えている。だが、男でも供え物をする者は少なくない。最初の狩りや新しい舟の幸運、新しいつれあいとの幸福を願ってだ。といっても、そうむやみに願いごとはしない。何か特別のことだけだ」

「何と大きな木だ！」

「ああ。女神自身の木だからな。だが、それだけのことであんたをここへ連れてきたわけじゃない。枝の曲がり具合に気がついたかね？　この木はたとえ恵みの木でなかったにしても、あまり大きすぎて使えないが、舟底にするには、こういう木を探せばいい。それから、枝ぶりを見て、舟の内側に適するかどうかを判断するんだ」

二人はまた違う道をたどって、舟をつくっている作業場へ向かった。そこでは、マルケノとソノーランが、長さばかりでなく太さも半端でない丸太に取り組み、手斧《ちょうな》でくぼみをうがっていた。現段階では、優美な形の舟の原型というよりは、茶を沸かすのに用いられる粗削りな桶という印象だった。しかし、大まかな形はすでにできあがっていた。舳先《へさき》や艫《とも》はあとで刻むとして、まず内側を仕上げなければならなかった。

「ジョンダラーは舟づくりに興味があるようだ」カルロノがいった。

「だったら、ジョンダラーがラムドイになれるように、川の女を見つけてやらないとならないな。弟はシャムドイになるんだから、それが公平ってもんだ」マルケノが冗談をいった。「そういえば、この男をじっと見つめてた女が二人いたな。どちらか一人は口説けるかもしれないぞ」

「セレニオがいたんじゃ、あまり望みがあるとは思えんが」カルロノがジョンダラーに目配せして、そういった。「舟づくりの名人はシャムドイにもいる。川の男をつくるのは、陸《おか》の上の舟じゃなくて、水に浮かんだ舟なんだ」

「兄貴、そんなに舟づくりを習いたけりゃ、握斧《あくふ》を取って手伝ったらどうだ？」ソノーランがいった。

「どうも兄貴は働くより喋ってるほうがいいらしいが」ソノーランの両手は黒く汚れ、一方の頬にも黒い染みがついていた。「おれのを貸そうか」そういって放った道具を、ジョンダラーは反射的に受けとめた。その握斧《あくふ》――頑丈な石の刃に直角に柄をつけたもの――は、ジョンダラーの手にも黒い染みをつけた。

ソノーランは丸太から跳び下りて、そばの焚き火を調べにいった。それは燃え尽きかけていて、ときどき、オレンジ色の炎がちょろちょろと上がるだけになっていた。ソノーランは黒焦げの穴がいくつもあいた板の切れ端を取り上げ、そこに枝を使って火の中から熱い炭をすくいとった。そして、炭を丸太のほうへ運んでいき、自分たちがうがっていた浅くて細長いくぼみの中へぶちまけた。火花と煙が勢いよく上がった。マルケノは焚き火に薪《たきぎ》を足すと、水の入った容器を丸太のそばに運んできた。丸太の中で炭が燃えるのはいいが、丸太自体に火がつくのはまずかった。

ソノーランは棒で炭をあちこちに動かしたうえで、要所要所に水を打った。ジュージューと湯気が上がり、火と水との根源的な戦いをあらわす、きな臭いにおいが漂った。しかし、結局は水が勝利を占めた。ソノーランは濡れた黒い炭の残骸をすくいだすと、丸太のくぼみの中に入って、焦げた木をこそげとっていった。くぼみは深く、広くなっていった。

「そこらで代わってくれるか」ジョンダラーがしばらく見まもったあとで声をかけた。

「一日中、そこに突っ立ってるつもりかと思ったよ」ソノーランがにやりとしていった。兄弟二人で話すときには、自然とゼランドニーの言葉を使っていた。何といっても慣れていて楽だったので気が休まった。二人ともシャラムドイの言葉をかなり使いこなせるようにはなっていたが、ソノーランのほうが達者だった。

ジョンダラーは石の握斧を二、三回振るってみたあと、手を休めて、その頭部をあらためてみた。それから、違う角度で振るってみて、また刃を調べ、もっとも効率的な使いかたを探った。三人の若者は長い間、黙々と働きつづけてから、休憩をとった。

「これまで見たことなかった。火を使ってくぼみをうがつの」小屋のほうへ歩きながら、ジョンダラーがいった。「おれたち、いつも握斧使ってた」

「握斧だけでもやれなくはないが、火を使えば仕事が早くなるんだ。オークというのは硬い木だからな」マルケノが解説した。「おれたちはずっと上のほうに生えてるマツを使うこともときどきある。マツは軟らかいし、うがつのも簡単なんだ。それでも、火を使うと仕事がはかどるよ」

「舟つくるには長いことかかるのか？」ジョンダラーが尋ねた。

「それはつくる人間の働きぶりにもよるし、どれほどの人手をかけるかにもよるな。この舟はそんなにかからないと思うがね。何しろ、これはソノーランの仕事で、仕上げないことには、ジェタミオと連れ添えないんだから」マルケノはにやりとした。「とにかく、こんなによく働く男は見たことがないよ。それだけじゃなくて、ソノーランはまわりをおだてて働かせるのもうまいからな。もっとも、いったん仕事を始めたら、そのまま一気に仕上げてしまうほうがいいんだ。木が乾かずにすむから。午後からは板を割る作業にとりかかろう。外板にするんだ。あんたも手伝ってくれるかい？」

「そりゃ、手伝うって！」横からソノーランがいった。

ジョンダラーも手を貸して切り倒し、枝分かれした上のほうを取り払ったオークの巨木は、作業場の反対側に運びこまれていた。運搬には壮健な者ほとんどすべてが手を貸したが、今回もそれと同じくらいの人間が集まった。ジョンダラーも弟に〝のせられる〟までもなかった。こんな機会を逃すわけにはいかなかった。

まず、シカの枝角の楔《くさび》がいくつも丸太の木目に沿って並べられた。それが重い石槌《づち》で打ちこまれた。楔は太い幹に裂け目を入れたが、そうすぐにぱっくりとは割れなかった。しかし、三角形のシカの角の分厚い根もとの部分が木の芯に向かって深く食いこんでいくうち、連結する組織が断ち切られていった。やがて、丸太はメリメリという音とともに真っ二つに割れた。

ジョンダラーは驚嘆してしきりに首を振ったが、それはほんのはじまりにすぎなかった。半分になった丸太の一方の真ん中にまた楔が並べられ、同じ手順が繰り返されて二つに割られた。その一つ一つがまた二分された。その日の終わりには、巨大な丸太は、放射状に割られた何枚もの板になって積み上げられていた。節があるために短く切られたものも数枚あったが、それはそれなりに用途がありそうだった。それだけの板があれば、舷側に用いても十分に余りがあった。その余りは高台の張りだした砂岩の下にソノーランとジェタミオの小屋をつくるのにあてられることになった。小屋はロシャリオとドランドの住まいと隣りあっていて、厳寒期にはマルケノ、ソリー、シャミオも移り住んでくることになっていた。同じ木からとれた板で家と舟とをつくることは、新たなつながりにオークの強さを加えるものと考えられた。

日が沈むころ、ジョンダラーは若者たちの何人かが森の中へ姿を消したのに気づいた。マルケノはソノーランにいいふくめて、建造中の舟底で仕事を続けさせたが、そのうち、ほとんど全員がいなくなってしまった。やがて、ソノーランも暗くなって手もとが見えなくなったと訴えた。

「まだ十分明るいじゃないか」背後から声がした。「暗いっていうのはこういうことだ！」

誰かと振り返ってみる間もなく、ソノーランは頭越しに目隠しをされ、両腕を押さえつけられた。「何だ、これは？」ソノーランは振りほどこうともがきながら叫んだ。

返事代わりにくぐもった笑い声がするだけだった。ソノーランは抱え上げられて、かなりの距離を運ばれ、下ろされたと思うと、今度は服を剝ぎ取られた。

「やめろ！　何しようっていうんだ？　寒いじゃないか！」

「寒いのは一時《いっとき》のことだから」マルケノがいうのと同時に目隠しが外された。ソノーランが見てみると、素っ裸になった六人ほどの若者がにやにや笑っていた。そこは馴染みのない場所で、とくに夕闇の中ではどこともわかりかねたが、川に近いということだけはうかがい知れた。

周囲を囲む森は密な黒い塊のようだったが、一方だけがややまばらで、深紫色の空を背景に一本一本の木の影が浮きだして見えていた。その木々の向こうには小道が延びていて、滑らかにうねる母なる大河の銀色の閃きを反射していた。間近に、背の低い長方形の木造の小屋があり、隙間からちらちらと明かりが漏れていた。若者たちは小屋の屋根に上った。屋根にあけられた穴からは、丸太が斜めに下ろされていて、若者たちはそこに刻まれた段を伝って、中に下りていった。

小屋の中央の炉には火が焚かれ、その上で石がいくつも熱せられていた。離れた壁との間には、長い腰掛けが置かれていた。砂岩で滑らかに磨き上げた板を掛け渡したものだった。全員が中に入ると、屋根の出入り口の穴は緩やかにふさがれた。その隙間から煙が逃げるようになっていた。熱い石の下では炭が赤々と輝いていて、ソノーランもじきにマルケノのいったとおりだと認めざるをえなくなった。もう寒いどころではなくなったのだ。誰かが石に水をかけると、湯気がもうもうと上がり、ただでさえ薄暗い中で、ものを見分けるのがますます困難になった。

「あれはあるんだろうな、マルケノ？」マルケノの隣に座っていた男が聞いた。

「ほら、ここだよ、チャロノ」マルケノは酒を入れた皮袋を持ち上げて見せた。

「よし、それじゃ、いただくことにしようぜ。あんたは運のいい男だな、ソノーラン。コケモモの酒をさ、こんなにうまくつくれる女と連れ添うなんて」そうだそうだと同意する声と笑い声が上がった。チャロノは酒の皮袋を隣へまわすと、四角い革をくくって小袋のようにしたものを見せ、意味ありげににやりとした。

「ほかにもいいものがあるんだ」

「きょうは何でおまえの姿が見えないのかと思ってたんだ」若者の一人がいった。「そいつは間違った種類のものじゃないだろうな?」

「心配ないって、ロンド。キノコのことならまかせとけっていうんだ。少なくとも、この手のキノコのことはよく知ってるから」チャロノは断言した。

「そうだろうよ。おまえは暇さえあれば、そいつを採りにいってるもんな」辛辣《しんらつ》な当てこすりに、どっと笑いが起きた。

「チャロノはきっとシャムドになりたいんだよ、タールノ」ロンドが嘲るようにいった。

「そいつはシャムドのキノコとは違うんだろうな?」マルケノが聞いた。「白い斑点のある赤いやつ、よほど用心しないと命取りになるぞ」

「いや、こいつは安全なキノコだって。ちょっといい気持ちにしてくれるだけだ。おれはさ、シャムドのキノコでいたずらするつもりはないから。自分の中に女が入りこむなんていやだもんな……」チャロノはそういって、くっくと笑った。「自分が女の中に入るほうがいい」

「酒はどこにあるんだ?」タールノが聞いた。

「ジョンダラーにまわしたぞ」

「おいおい、早く取り上げろ。ジョンダラーはあの図体だ。全部飲まれちまうぞ！」

「もうチャロノにまわした」ジョンダラーがいった。

「おれはまだキノコを拝んでないぞ――おまえ、酒もキノコも独り占めするつもりか？」ロンドがチャロノにいった。

「そう急《せ》かすなって。今、この袋を開けようとしてたんだ。ほら、ソノーラン、あんたが主賓なんだからさ、最初に取れよ」

「マルケノ、マムトイの連中は酒やキノコよりもっといい飲み物を植物からつくるって聞いたが、ほんとなのか？」タールノが尋ねた。

「よくは知らないが、それらしいものを一度飲んだことはあるよ」

「もっと湯気を出そうか？」ロンドはそういうと、異論などあろうはずもないと決めてかかり、水を一杯、下方の石にぶちまけた。

「そういえば、西のほうの人、湯気に何か入れてた」ジョンダラーがいった。

「ある洞窟では、何か植物の煙吸ってた。試させてくれるが、何なのか教えてくれなかった」ソノーランがつけくわえた。

「あんたたち二人は、何でも試してみたんだろう……旅の途中でさ」チャロノがいった。「おれもやってみたいな。ありとあらゆることを試してみたいんだ」

「平頭も何か飲むって聞いてるけどな……」タールノがいいだした。

「やつらは獣だ――何だって飲むだろうさ」チャロノがいった。

「おまえもたった今、何だって試してみたいっていったんじゃなかったか？」ロンドがからかった。「それで爆笑が起きた。

チャロノはロンドのいいぐさがよく笑いを引き起こすのに気づいていた――しかも、だしにされるのは自分であることが多かった。やられっぱなしになってはいられないと、チャロノは前に笑いを誘ったことのある話を始めた。「あのな、ろくに目が見えないじいさんがいてさ、平頭の雌をつかまえたのはよかったが、それを人間の女だと思いこんで……」

「ああ、あそこがもげちまったっていうんだろ。むかつく話だな、チャロノ」ロンドがいった。「それに、平頭の雌を人間の女と間違えるなんてやつがいるか？」

「間違ってじゃないやつもいる。わざとやるやつも」ソノーランがいった。「ずっと西の洞窟には、平頭の雌と喜びをともにした連中がいて、問題になった」

「まさか、そんな！」

「ほんとのこと。おれたち、平頭の群れに囲まれた」ジョンダラーがいいそえた。「やつら、たしかに怒ってた。あとで聞いたが、平頭の雌をつかまえた連中がいた。それが騒動引き起こした」

「あんたたちはどうやって逃げだしたんだ？」

「むこうがいかせてくれた」ジョンダラーがいった。「群れの頭《かしら》が。頭のいいやつだ。平頭はみんなが思ってるよりずっと利口だ」

「まわりにけしかけられて、平頭の雌とやったやつがいるって聞いたことがあるぜ」チャロノがいった。

「誰が？　おまえか？」ロンドが嘲笑った。「あらゆることを試してみたいっていってたじゃないか」

チャロノはいい返そうとしたが、笑いの渦に押し流された。それが一段落するのを待って、チャロノは躍起になっていった。「そういうことをいったんじゃない。あらゆることを試したいっていったのはさ、キノコや酒のことだ」その酒の酔いがまわってきて、やや呂律がまわらなくなっていた。「だけど、まだ女が何かを知らないガキどもがさ、何かっていうと平頭の雌の話をするんだ。けしかけられて平頭とやったってガキの話も聞いたことがあるぜ。そいつがそういってるだけかもしれないけどさ」

「ガキどもはあることないこというからな」マルケノがいった。

「じゃ、女の子たちはどんな話をしてるんだ?」タールノが聞いた。

「平頭の雄の話でもしてるんじゃないか」チャロノがいった。

「もうそんな話は聞きたくないぞ」ロンドがいった。

「おまえだって、もっと若いころは一緒になってそんな話をしてたじゃないか、ロンド」チャロノがいい返した。かなりむっとした様子だった。

「いや、おれはもう大人になったからな。おまえも大人になれよ。おまえのむかつく話はもううんざりだ」

チャロノは憤慨した。それに、少し酔ってもいた。むかつくというなら、ほんとうにむかつくような話をしてやろうと思った。「へえ、そうかい、ロンド。それじゃいうが、おれはさ、平頭と喜びをともにした女の話を聞いたことだってあるぞ。母なる女神が、その女に霊の混じった赤ん坊を……」

「おいおい!」ロンドが口もとをゆがめ、嫌悪に身震いしていった。「チャロノ、それはもう冗談でも何でもないぞ。誰がこいつをここに呼んだんだ? さっさと追いだしちまえ。顔にクソをぶつけられたみたいな気分だ。おれも多少の冗談なら気にしないが、こいつのはひどすぎる!」

「ロンドのいうとおりだ」タールノがいった。「いいかげんに出てったらどうだ、チャロノ?」

「まあまあ」ジョンダラーがいった。「外は寒い、暗い。出ていかなくてもいい。霊の混じった赤ん坊、たしかに冗談にならない。でも、なぜ、みんな、そういうこと聞いているのか？」

「半分獣で半分人間なんて忌まわしいかぎりだ！」ロンドがつぶやいた。「とにかく、そういう話はもうごめんだ。ここは暑すぎるな。おれは気分が悪くなる前に外に出るぞ！」

「これはソノーランにくつろいでもらうための集まりじゃなかったのか」マルケノがいった。「さあ、みんなで一泳ぎしてこようじゃないか。そして、戻ってきてから飲みなおそう。ジェタミオの酒はまだたっぷり残ってる。みんなにはいってなかったが、実は水袋を二つ持ってきてたんだ」

「カルロノ、石がまだ十分熱くはなってないと思うんだが」マルケノがいった。その声には緊張がこもっていた。

「舟にあまり長いこと水を張っておくのはよくない。木が膨張するのは望ましくないからな。曲げられるように柔らかくなりさえすればいい。ソノーラン、横木はそばに置いてあるか？　必要なときに、すぐに使えるようにせんと」カルロノが心配顔で聞いた。

「ここにあります」ソノーランはハンの木の幹からつくった棒を指さしていった。水を張った大型の丸木舟のそばの地面に、適当な長さに切ったものが何本か置いてあった。

「じゃ、そろそろ始めるか、マルケノ。石ももう熱くなってるだろう」

　舟が形をとっていく様を逐一見まもってきたにもかかわらず、ジョンダラーはその変貌《へんぼう》への驚きからまだ醒めていなかった。オークの幹はもはやただの丸太ではなかった。内側はうがたれて滑らかに磨かれ、外側は長大な丸木舟の優美な輪郭をあらわしていた。船体の厚みは、頑丈な舳先《へさき》と艫《とも》を除けば、せいぜい指関節の長さほどだった。カルロノが鑿《のみ》に似た形の石の手斧《ちょうな》で、もともとたいして厚くもない木を削っていって、舟を最終的な寸法に仕上げるのを、ジョンダラーはずっと目にしてきた。その作業を自分でやってみて、あらためてカルロノの技と器用さに舌を巻いた。舟は舳先のとがった水切りに向かって先細になっていた。舟底はやや平たく、艫は舳先ほどには細くなっていなかった。幅からすると、ずいぶん長さがあった。

四人は総がかりで、大きな炉で熱せられた石を、水を張った舟の中に手早く移した。水はたちまち熱湯となって湯気を上げた。桶に熱した石を入れて茶を沸かすのと手順は同じことだったが、はるかに大がかりだった。それに、目的も違っていた。熱と湯気は炊事をするためではなく、舟を変形させるためのものだった。

マルケノとカルロノはちょうど中ほどで舟を挟んで向かいあい、船体の柔軟性がどれほどのものか探りにかかった。それから、木にひびが入ったりしないよう注意しながら、舟の幅をひろげるべく、両側から引っ張った。拡張の過程でひびが入ったりしたら、木を探しだして舟の形に整えるというそれまでの苦労は水の泡となってしまう。それは緊張の瞬間だった。中央の部分が引き離されてきたところで、ソノーランとジョンダラーはいちばん長い横木を用意した。幅が十分にひろがったと見ると、それをつっかい棒のようにあてがい、息を凝らして見つめた。どうやら安定したようだった。

中央の横木がはまると、その前後のしかるべき位置に、より短い横木が次々とあてがわれていった。四人は湯を汲みだしていって、何とか動かせる重さになったところで、石を取りだし、舟を傾けて、残りの湯を捨てた。それから、舟を台の間に据えて、乾かしにかかった。

四人はほっと一息ついて、後ろに下がり、ほれぼれと見とれた。舟は長さ五十フィート近く、中央部の幅は八フィート以上あったが、拡張によって輪郭にもう一つ重要な変化が生じていた。真ん中がひろがったのに伴い、舳先《へさき》と艫《とも》が持ち上がって、舟の両端に向かって優美に上昇する曲線があらわれたのだ。拡張の効果は、船幅がひろがったことで安定性と収容能力が増しただけではなかった。舳先と艫が上がったことで荒波や荒天下でも楽に水を突っ切る力が備わった。

「これで怠け者の舟になったようだな」作業場の別の一角に向かいながら、カルロノがいった。

「怠け者!」大仕事だと思っていたソノーランが思わず叫んだ。

カルロノは予想どおりの反応ににやりとした。「いや、怠け者の男の長い話があるんだ。この男は口うるさいつれあいがいるんだが、冬の間、何をいわれても平気で舟を外に放りっぱなしにしておいた。ふたたび舟を見たときには、水がいっぱいに溜まり、氷と雪とで幅がひろがってしまっていた。誰もがもう使い物にならんと思ったが、その男が持っている舟はそれ一艘きりだった。それで、舟が乾いてから、水に浮かばせてみたんだが、前よりもずっと扱いやすくなっているのに気がついた。それ以後、みんな、その話に従って、そういう方法で舟をつくるようになったっていうんだ」

「ほんとだとしたら、面白いがね」マルケノがいった。

「だが、多少の真理は含まれてるかもしれんぞ」カルロノがいった。「さて、小さい舟をつくるんだったら、付属のものを除いて、これであらかた終わりなんだが」カルロノは言葉を継ぎながら、一群の人々が骨製の錐《きり》で板の縁に沿って穴をあけているほうへ歩み寄った。それは単調で、かといって、けっして楽ではない仕事だったが、大勢でやればはかどるし、退屈もまぎらすことができた。

「それだったら、おれもそれだけ縁結びが近くなるが」人々の中にジェタミオがいるのに気づいたソノーランがいった。

「あなたたち、にこにこしてるじゃない。ということは、舟の幅がうまくひろがったってことね」ジェタミオはカルロノに語りかけたが、その目はいち早くソノーランを探し当てていた。

「乾かしてみないことには、よくわからんが」カルロノは当たり障りのないよう、用心深くいった。「外板のほうはどうだ？」

「もうすんだわよ。今は家に使う板にとりかかってるところ」年長の女が答えた。女はマルケノに負けないほどカルロノによく似ていた。とくに笑顔はそっくりだった。「若い二人には舟より家が必要だものね。暮らしていくには家のほうがずっと大事なのよ、カルロノ」

「おまえの兄さんだって、早く二人を連れ添わせてやりたいとは思っているんだ。それはおまえと同じさ、カロリオ」バロノがいった。そして、一言も交わさず、何やら悩ましげな笑みを浮かべて見つめあっている若い二人に目をやって微笑んだ。「しかしだ、舟のない家がどれほどのものだっていうんだ？」

つまらないことを、というようにカロリオはつれあいをにらみつけた。それは昔からのラムドイの警句で、気をきかせたつもりでいったのだが、何度も繰り返されるうちにすっかり陳腐になっていた。

「おっと！」バロノが大声を上げた。「また折れちまった！」

「きょうはひどくぶきっちょだわね」カロリオがいった。「それで三本目でしょ、錐を折ったのは。穴あけの仕事から逃げだそうとしてるんじゃないの」

「つれあいにそんなに邪険にするな」カルロノがなだめた。「錐を折らない人間はいないんだから。しかたないことだ」

「カロリオのいったことも当たってなくはないぞ。きりであけるのは、きりがないからな」みんな呆れてうなったが、バロノは得意そうに笑った。

「自分じゃ面白いと思ってるんだから。自分を面白いやつと思ってるつれあいを持つより悲しいことってあるかしらね?」カロリオがみんなに向かって訴えたが、誰もがにやにやするばかりだった。毒づくのは深い愛情の裏返しだと知っていたからだ。

「予備の錐《きり》あったら、おれもやってみたいです」ジョンダラーがいった。

「こちらさんはどうかしたんじゃないのかね? 穴あけをやりたいなんて人間がいるとはね」バロノはそういったが、早くも立ち上がっていた。

「ジョンダラーは舟づくりにえらく興味があるんだ」カルロノがいった。「何でも自分でやってみたがる」

「そうすると、ラムドイがまた一人生まれるってことか!」バロノがいった。「いや、前から利口そうな若者だとは思っていたんだ。もう一人のほうは利口かどうか、よくわからないがね」そういって、ソノーランのほうに笑いかけた。ソノーランはジェタミオ以外、何も目に入らないという様子だった。「これじゃ、木が倒れかかってきても気がつかないだろうな。何かこいつにやらせる仕事はないのかね?」

「湯気を立てるのに使う薪《たきぎ》を集めてもいいし、板を縫いあわせるのに使うヤナギの小枝を採ってきてもいい」カルロノがいった。「舟が乾いて、船体の縁にぐるっと穴をあけたら、板を曲げて、そこにあてがっていくんだが、完成するまでにどれくらいかかると思う、バロノ? シャムドに知らせないとならんからな。シャムドが縁結びの日を決められるように。ドランドもよその洞窟に使いを出さなければならんだろう」

「ほかにやらなきゃならんことがあったかね?」バロノが聞いた。ほかの人々と連れ立って、頑丈な柱が何本か地面に突き刺してあるほうへ歩きだしていた。

「舳先《へさき》と艫《とも》の柱を接《つ》がなきゃならないんだが……あんたもくるかい、ソノーラン?」マルケノが声をかけた。

「え――！　ああ……今、いく」

彼らが立ち去ると、ジョンダラーは枝角の柄をつけた骨の錐を手に取って、それと同じようなものを使っているカロリオの手もとに注目した。「なぜ、穴をあけるんです？」自分も二つ三つあけてみてから尋ねた。

カルロノの双子の妹のカロリオも、兄と同じく舟のとりこになっていた――からかわれても意に介さなかった――そして、兄が木をうがったり、形を整えるのに秀でているように、ついだりはいだりするのを得意にしていた。カロリオは説明しようとしたが、思いなおして立ち上がり、ジョンダラーを別の作業の場に連れていった。そこでは、一艘の舟が一部解体されていた。

素材自体の浮力に頼る筏と違って、シャラムドイの船の原理は、木の船殻の中に空間を取りこむというものだった。はるかに操縦性にすぐれ、重い荷を運搬する能力をも有するという点で、きわめて重要な発明だった。ただの丸木舟を、より大きな舟へ変えるのに用いられる外板は、船体の曲線に合うように熱と蒸気を使ってたわめられ、そのあと、通常は錐であけておいた穴にヤナギの繊維を通して、文字どおり縫いあわされた。そして、舳先と艫の頑丈な柱に木釘で留められた。左右の舷側には間隔をおいて支えが当てられ、舟を補強するとともに、そこに座席が取りつけられた。

完成した舟は、水のしみこまない木の殻といった趣で、数年間は酷使による緊張にも耐えた。しかし、ヤナギの繊維が擦り切れると、舟は完全に解体されて再建された。その際、傷んだ板も取り替えられ、その結果、舟の耐用年数はさらに延びることになった。

「ほら……ここは外板を外したところ」カロリオは解体されかけた舟を指さしていった。「もとの丸太の上の縁に沿って穴が並んでるでしょ」次に、船体の曲線に合うようにたわめられた板を示した。「これが一枚目の外板。薄いほうの縁の穴が、船体の穴に合うようになってるのよ。いい、これをこんなふうに重ねて、船体の上のほうと縫いあわせるの。それから上段の板をこれに縫いあわせるわけ」

二人は反対側にまわった。そちらでは、まだ外板が外されていなかった。カロリオは穴に通したヤナギの繊維がぼろぼろになったり擦り切れたりしている個所を示した。「この舟はもっと前に修理してなきゃならなかったんだけどね。それはともかく、外板をどうやって重ねあわせるかはわかったでしょ。一人か二人乗りの小さな舟だったら、丸太をくりぬくだけで外板は要らないの。だけど、波が荒いときには操るのがたいへん。気がついてみると、いうことをきかなくなってたりしてね」

「誰かに舟のつくりかた教わりたいものだ」ジョンダラーはいった。それから、たわめられた外板を見て尋ねた。「どうやって板を曲げるですか?」

「湯気にあてて引っ張るのよ。舟の幅をひろげたときみたいに。あの柱だけどね、カルロノとあんたの弟がいる場所の。あれは外板を縫いあわせる間、板がずれないようにするための張り綱用。みんなで協力してやればそんなに時間はかからないのよ。穴さえあけてあれば。ただ、穴をあけるっていうのが大問題でね。骨の錐《きり》を尖らせて使うんだけど、何しろ折れやすいから」

夕方近くになって、みんなでぞろぞろと高台へ戻るとき、ソノーランは兄がいつになく口数が少ないのに気がついた。「何を考えてるんだ、兄貴?」

「舟づくりだ。思ってたより、ずっと手が込んでるんだな。こんな舟のことはこれまで聞いたことがなかったし、ラムドイほど水に慣れた人たちも見たことがなかった。若い連中になると、歩くよりも小舟に乗るほうが楽なんじゃないかと思うくらいだ。それに、道具の使いかたもうまいもんだ……」ソノーランは兄の目が熱意に輝いているのを見た。「道具をじっくり見せてもらったが、カルロノが使ってた手斧《ちょうな》、あの刃をちょっと削いで、こころもちくぼんだ滑らかな面を残せば、ずっと使いやすくなると思うんだがな。それと、おれだったら、もっと早く穴をあけられる鑿《のみ》をフリントでつくれると思う」

「何だ、そうか！　おれは兄貴がほんとに舟づくりに興味があるのかと思ってたが。いや、気がつかなきゃならなかった。興味があったのは舟じゃなくて、舟をつくるのに使う道具のほうだったんだ。兄貴は根っからの道具づくりだな」

ジョンダラーはソノーランのいうとおりだと思って苦笑した。たしかに、舟をつくる工程は興味深かったが、想像力を刺激されたのは道具のほうだった。この集団の中にもなかなかの腕の道具づくりはいる。だが、それを専門にしている者はいない。ほんの少し改良するだけで、道具がずっと効率的になるということが、誰にもわかっていないのだ。ジョンダラーは仕事に合った道具をつくることにかけがえのない喜びを感じてきた。その創造的な心は、シャラムドイの人々が使う道具ももっと改良できるという可能性を思い描いていた。それは、ひとかたならぬ世話になった人々に対して、独自の技術と知識で恩返しできる道になるかもしれなかった。

「お母さん！　ジョンダラー！　また、大勢やってきたよ！　もうテントがいっぱい立ってるのに、あの人たちの場所があるのかな」ダルヴァが叫びながら小屋に駆けこんできた。と思うと、また飛びだしていった。とりあえず様子を知らせにきただけで、とてもじっとしてはいられなかったのだ――外の動きはいやでも興奮を掻き立てるものだった。

「マルケノとソリーの縁結びのときよりも、お客が多いみたいね。あのときもずいぶん集まったと思ったけど」セレニオがいった。「でも、あのときは、みんな、マムトイの人を実際に見たことはなくても、聞いて知ってはいたわ。でも、ゼランドニーの人となると、誰も聞いたこともなかったから」

「おれたちも目が二つ、手が二本、足が二本あると思ってなかったのか？」ジョンダラーがいった。

ジョンダラー自身も集まった人の数に圧倒されていた。ゼランドニーの夏の集会にはもっと大勢がやってくるが、今回は、ドランドの洞窟とカルロノの桟橋の住人を除くと、すべてが見知らぬ人々ばかりだった。あっという間に噂がひろまって、シャラムドイ以外の人々も駆けつけてきた。マムトイからはソリーの親類縁者に加えて、好奇心に駆られた人々が何人か早々と到着していた。川の上流——母なる大河と妹川双方の上流——からきた人々もいた。

縁結びの儀式の慣習の多くは、ジョンダラーには馴染みのないものだった。ゼランドニーの場合は、前もって用意された場所に、すべての洞窟の人間が集まって、数組の男女が一時《いちどき》に公式に結ばれた。たった一組が連れ添うのを見届けようと、大勢の人がその洞窟に詰めかけるという光景は、はじめて目にするものだった。ソノーランのただ一人の縁者として、さまざまな儀式の中でも目立つ地位を占めることになるのだろうと思うと、何となく落ちつかなかった。

「ジョンダラー、あなたがそういつもいつも落ちつきはらってるわけじゃないと知ったら、みんな驚くでしょうね。でも、心配しなくても大丈夫。あなたなら立派にやれるわ」セレニオがそういって体を寄せ、ジョンダラーの首に腕を巻きつけた。「あなたはいつだってそうだもの」

セレニオのすることに間違いはなかった。そばにいてくれるだけで心地よかったし——ごく自然に心をほぐしてくれた——その言葉は安らぎを与えてくれた。ジョンダラーはセレニオを引き寄せ、温かい唇を相手の唇に重ねた。そして、心配が立ち戻ってくるまで、一時《いっとき》の官能的な悦楽に身を委ねた。

「ほんとにこんな身なりでいいか？　特別な衣装でない、旅の格好で」ジョンダラーはゼランドニーの服装が急に気になってきた。

「そんなこと、誰にもわからないわよ。それはとても珍しいし、特別な衣装に見えるわ。こういう場合にはぴったりだと思うけど。もし、あなたが見慣れたような服を着ていたら、面白くも何ともないんじゃない？　みんな、ソノーランと同じくらい、あなたに注目するはずよ。だからこそ、やってきたんだもの。だけど、遠くからでもあなたを見られたら、そばに押しかけようとはしないんじゃないかしら。それに、あなたもその服のほうが着心地がいいでしょう。見栄えもするし、よく似合ってるわ」

　ジョンダラーはセレニオを放し、壁の隙間から外の人だかりを見やった。今すぐ出ていかなくてもいいのがありがたかった。それから、小屋の奥のほうへ歩いていったが、傾斜した屋根が落ちかかっている個所にぶつかって、また手前のほうに引き返した。そして、もう一度外をのぞいた。

「ジョンダラー、お茶でもいれましょうか。シャムドから教わった特別に調合したお茶を。気分が落ちつくわよ」

「そんなそわそわしてると見えるか？」

「いいえ。でも、そうなってもおかしくないわ。すぐにいれてあげるから」

　セレニオは長方形の炊事用の箱に水を注《つ》ぎ、さらに熱した石を入れた。ジョンダラーは木の腰掛け――あまりに低すぎたが――を引き寄せて座った。しかし、心ここにあらずという様子で、箱に彫られた幾何学模様にぼんやり見入っていた。平行する斜線の列が、反対方向の斜線の列と組み合わさって、杉綾のようになったものだった。

　箱の側面は一枚の板でつくられていた。やや浅めの溝というか切り口を入れ、湯気をあてて木をしなやかにしたうえで、溝のところで直角に折り曲げていって、最後の合わせ目を釘で留めてあった。側面の下端に近いところにも溝が切られ、そこに底板をはめてあった。とくに、水を張って木を膨張させたあとだと、箱は水漏れしなかった。取り外しできる蓋をかぶせれば、炊事から貯蔵までさまざまな用途に用いることができた。

箱を見ているうちに、ソノーランのことが頭に浮かび、儀式の前のこの瞬間、一緒にいられたらよかったのにと強く思った。木を曲げたり伸ばしたりするシャラムドイの手法を、ソノーランは短期間で身につけた。ソノーランの槍づくりの技は、熱と蒸気の同じ原理を用いて、柄をまっすぐに伸ばすものだった。木を曲げてかんじきをつくるのも同じことだった。かんじきのことを考えるうちに、旅のはじめのころのことが思いだされた。ジョンダラーは懐郷の念に胸をふさがれ、ふたたび故郷を見る機会はあるのだろうかと訝った。ゼランドニーの服を身につけてからというもの、発作のように起きる郷愁を抑えるのに苦労していた。それは、思いがけないときに、生き生きした思い出と胸を刺すような記憶をもって、こっそり忍び寄ってきた。今回はセレニオの炊事用の箱がその契機になったのだ。

あわてて立ち上がったはずみに腰掛けを蹴倒し、それを起こそうとして身を乗りだしたとき、熱い茶を運んできたセレニオと危うくぶつかりそうになった。それで、契りの宴《うたげ》の折の不運な事故が思いだされた。ソリーもシャミオもすっかり元気になって、火傷もほとんど癒えたように見えた。だが、事故のあと、シャムドと交わした会話を思いだして、ジョンダラーは不安が疼くのを感じた。

「ジョンダラー、お茶をどうぞ。落ちつくわよ」

手にした椀のことを忘れていたジョンダラーは、苦笑して一口すすった。茶はいい味がした――カミツレが入っていると思われた――そして、その温かさが気を静めてくれた。まもなく、緊張が薄れていくのが感じられた。

「きみのいうとおり、セレニオ。気分、落ちついてきた。何でおかしかったのかはわからないが」

「兄弟が連れ添うなんてことは毎日あるわけじゃないもの。そわそわするのはあたりまえよ」

ジョンダラーはまたセレニオの腕を取って、情熱的にキスした。それで、すぐには去りがたい気分になった。「今夜、いいね、セレニオ」耳もとでささやいた。

「ジョンダラー、今夜は母なる女神をたたえるお祭りがあるのよ」セレニオはそれを思いださせた。「これだけ多くのお客がいたんじゃ、へたに約束などしないほうがいいわ。どういう夜になるか、成り行きに任せましょう。二人になる機会はいつだってあるんだもの」

「それはそうだ」ジョンダラーはうなずいたが、なぜか、すげない仕打ちをされたように感じた。何かおかしかった。それまで、そんなふうに感じたことは一度もなかった。事実、自分自身、祭りの間は約束などに縛られることなく自由に振る舞うことを心がけてきた人間だったはずだ。セレニオが気を利かせてくれたのに、どうして傷つかなければならないのだ？　とっさに、今夜は絶対にセレニオと過ごすと心に決めた——女神の祭りであろうとなかろうと。

「ジョンダラー！」ダルヴォがまた駆けこんできた。「みんなが呼んでこいって。早くきてほしいって」重要な務めを任された興奮で息を弾ませ、じれったさに跳ねまわっていた。「急いで、ジョンダラー。みんな、待ってるんだから」

「まあ、落ちつけ、ダルヴォ」ジョンダラーは少年に微笑みかけた。「今いくから。弟の縁結びに出ないわけない」

ダルヴォは少し照れくさそうに笑った。ジョンダラー抜きでは何も始まらないとわかってはいたが、はやる気持ちを抑えることができず、すぐに出ていった。ジョンダラーは一息入れてから、そのあとを追った。

ジョンダラーが姿をあらわすと、群集はいっせいにざわざわとささやき交わした。二人の女が自分を待っているのを見て、ジョンダラーはほっとした。その二人、ロシャリオとソリーはジョンダラーの先に立って、ほかの人々が待っている側壁の近くの盛り土のほうへ向かった。盛り土のてっぺんに立ち、肩から上を人込みの上に突きだしているのは、白髪の人物だった。様式化した鳥の顔の木の仮面が、その顔の半ばを覆っていた。

ジョンダラーが近づいていくと、ソノーランがどこか落ちつかない笑みを送ってよこした。ジョンダラーはわかっていると伝えるべく微笑み返した。ソノーランは自分よりはるかに緊張しているに違いなかった。シャラムドイの慣習で、一緒にいてやれないのが残念だった。それでも、弟が周囲によく溶けこんでいるように見えるのに、あらためて気づいた。と同時に、鋭い胸の痛みに襲われた。旅を続けていた間、自分たち兄弟ほど近しい関係の二人はいなかった。だが、今、自分たちは別々の道を歩もうとしている。

ジョンダラーは二人の間の距離を感じた。一瞬、思ってもみなかった悲しみに圧倒された。

ジョンダラーは目を閉じ、拳を握り締めて、自制を保とうと努めた。人々の間から漏れてくる声が聞こえ、〝背丈〟とか〝服〟というようないくつかの言葉はわかったような気がした。目を開けたとき、はっと気づいた。ソノーランが周囲に溶けこんでいるように見える理由の一つは、いかにもシャムドイらしい格好をしているからだ、と。

自分の服装が云々されているのも無理はない、とジョンダラーは思った。こんな目立つ格好をしなければよかった、と一瞬悔やんだ。しかし、ソノーランはシャムドイの一員となった今、とどこおりなく縁結びをするためにもシャムドイの装いをしているのだろうが、自分はいまだにゼランドニーなのだから、と思いなおした。

ジョンダラーは弟の新しい親族の集団に加わった。自身はシャラムドイの一員というわけではなかったが、彼らとは間接的な親族ということになった。彼らはジェタミオの親族とともに、客に振る舞われる料理や引き出物をととのえていた。次から次へと客が着くにつれ、贈り物も増えていった。客の数の多さは、若い二人への敬意をあらわし、その地位を高めるものだったが、客を満足させずに帰すようなことがあれば、それはもてなす側の恥となった。

突然、あたりが静まりかえり、全員が近づいてくる一隊のほうへ顔を向けた。

「ジェタミオが見えるかい？」ソノーランが爪先立って聞いた。

「いや。だが、もうきてるはずだ」ジョンダラーは答えた。

密集した一隊はソノーランと親族の前に着くと、さっと楔《くさび》形に開いて、その奥に隠していた宝物を披露した。花で飾られた美しい相手の姿を目にして、ソノーランは喉がからからになった。ジェタミオはこれまで見たこともないほど燦然《さんぜん》と輝く笑みを見せていた。ソノーランの見るからに幸せそうな様子に、ジョンダラーも釣りこまれて微笑した。ミツバチが花に引き寄せられるように、ソノーランも愛する女に引き寄せられ、自分の新しい親族の先頭に立って、ジェタミオの親族の中に入っていった。ジェタミオの親族がソノーランとその親族を囲むかたちになった。

いったん入り交じった二つの集団は、シャムドが繰り返し吹く縦笛の音に合わせて、二人ずつに分かれていった。やはり鳥の仮面をつけた人物が叩く片面だけの太鼓が、リズムをとっていた。また別のシャムドなのだろう、とジョンダラーは推測した。そのシャムドの女に見覚えはなかったが、どこか馴染みのある様相があった。それは母なる女神に仕える者たちだけが共有しているものだった。ジョンダラーはそのシャムドを眺めているうちに、また故郷を思いだした。

二組の親族の人々は、実は簡単なステップを踏み変えているのにすぎなかったのだが、複雑そうなパターンを次々につくりだしていった。その間、白髪のシャムドは笛を吹きつづけていた。その笛は長くまっすぐな棒状で、熱い炭で口をひろげ、吹き口をつけ、ずらりと穴をあけ、先端にはくちばしを開けた鳥の頭を彫ったものだった。笛から発せられる音には、鳥のさえずりにそっくりなものもあった。

二つの集団は最後には二列になって向かいあい、両手をつないで高く差し上げ、長いアーチを形づくった。ソノーランとジェタミオがそれをくぐると、二人ずつ、そのあとに続いた。シャムドに先導された二人一組の行列は、岩棚の端に向かい、突きだした岩壁をまわった。縦笛を吹くシャムドの後ろにジェタミオとソノーラン、さらにマルケノとソリー、新たに連れ添う二人にもっとも近い親族としてジョンダラーとロシャリオが続いた。そして、ほかの親族、ドランドの洞窟の住人全員があとを追い、客たちが最後尾についた。太鼓を打つシャムドは自分が属する洞窟の人々のそばを歩いた。

白髪のシャムドは舟をつくる作業場の空き地へ向かったが、途中で脇道へ折れ、行列を恵みの木へと導いた。後尾が追いついて、一同がオークの大木を囲む間、シャムドは新たに連れ添う二人に静かに語りかけた――幸せな関係を築き固めて、女神の恵みを授かるように教え諭した。儀式のその部分に立ち会ったのは、ごく近しい親族とたまたま言葉の聞こえる範囲にいた人々だけだった。ほかの人々はそれぞれに語りあっていたが、やがて、シャムドが静粛を求めているのに気がついた。

人々は互いに制しあって口をつぐんだが、その沈黙も期待で今にも破裂しそうだった。濃密な静寂の中で、カケスのしゃがれた鳴き声が一段と大きく響き、アカゲラが木をうがつ断続音が森にこだました。さらに、飛び立っていくモリヒバリが、甘い調べを空中に振りまいた。

その合図を待っていたかのように、鳥の仮面をつけたシャムドが新たに連れ添う二人を手招きして、前に進ませた。シャムドは長い紐を取りだすと、それを結んで輪をつくった。ソノーランとジェタミオはほかには目もくれず相手だけを見つめながら、手を握りあって、輪の中に差し入れた。

「ジェタミオをソノーランに、ソノーランをジェタミオに。おまえたちをここに互いに結びあわせる」シャムドはそういうと、紐を引いて、二人の手首をしっかりと結びあわせた。「この結び目のように、おまえたちは結ばれ、互いを委ね、相手を通じてそれぞれの身内と洞窟の絆につながれる。おまえたちが加わることによって、マルケノとソリーが手がけた四角形が完成するのだ」今、名指しされた二人も前に進み出て、四人が手をつないだ。「シャムドイは地の賜物を分かち、ラムドイは水の賜物を分かつように、おまえたちはシャラムドイとして、変わることなく互いに助けあわなければならぬ」

ソリーとマルケノが後ろに下がり、シャムドが甲高い笛の音を響かせると、ソノーランとジェタミオはオークの古木のまわりをゆっくりとまわりはじめた。二周目には、まわりの人々が鳥の綿毛、花びら、マツ葉を二人に浴びせながら、祝福の声をかけた。

三周目には、まわりの人々も加わり、笑ったり大声を上げたりしながら、恵みの木をまわった。誰かが古歌を歌いはじめ、さらに何本かの縦笛が伴奏に加わった。太鼓を打ったり、中空の管を叩く者もいた。そのうち、マムトイの女がマンモスの肩の骨を取りだした。それを木槌《づち》で叩きはじめると、誰もが一瞬、動きを止めた。響きわたる音に驚いたのだが、演奏が続くうちにさらに驚くことになった。女は骨の異なった部分を叩くことで、音色や調子を変え、歌と笛のメロディーに合わせてみせたのだ。三周目の終わりには、シャムドがふたたび先頭に立ち、一同を川のそばの作業場へ導いた。

ジョンダラーは舟の仕上げには立ち会っていなかった。それまでの建造のほとんど全段階に関わってはいたのだが、完成した姿を目にして、思わず息をのんだ。舟は思っていたよりもずっと大きく見えた。はじめからけっして小さくはなかったが、今は五十フィートの長さが、緩やかに湾曲した高い舷側、突きだした艫《とも》の柱とよく釣りあっていた。しかし、人々に感嘆の声を上げさせたのは舟の前部だった。湾曲した舳先《へさき》が優雅に伸びていった先に、首の長い水鳥の木彫が接《つ》いであった。

舳先は黄土の濃い赤、焦げ茶、マンガンの黒、生石灰の白に塗られていた。水鳥の目は、水面下を見て隠れた危険を避けられるよう、下方に描かれていた。舳先と艫は幾何学的な模様で覆われていた。漕ぎ手の座席は舷側から反対の舷側まで掛けわたされ、広い水掻き、長い柄のついた新しい櫂《かい》が用意されていた。中央部には、雨や雪を防ぐべく、黄色いシャモアの皮の天蓋《てんがい》が張られていた。そして、舟全体が花や鳥の羽で飾られていた。

それはみごとな舟だった。畏敬の念さえ起こさせた。自分も建造を手伝ったのだと思うと、ジョンダラーは誇りがあふれ、喉もとに大きな塊がこみあげてくるのを感じた。

縁結びには、儀式の一部として、新造されたものであれ、改修されたものであれ、舟が欠かせなかった。だが、全部が全部、これほどの大きさと美しさで彩りを添えるわけではなかった。ソノーランとジェタミオが連れ添う意思を明らかにしたころ、たまたま洞窟で新たに大きな舟をつくるという決定がなされたのだった。それが、これだけ多くの客が集まったこともあり、ひときわ晴れがましい披露になった。洞窟も縁結びした二人も、ことの成就に高い評価を得ることになった。

縁結びした二人は、手首を結ばれているために幾分かぎこちなく舟に乗りこんだ。そして、天蓋の下の中央の席に腰を下ろした。近しい身内の多くが続いて乗り込み、数人が櫂を手に取った。舟はぐらつかないよう、二本の丸太の間に固定されていたが、その丸太が水辺まで伸びていた。洞窟の人々や客がまわりに集まって、うなり声や笑い声とともに舟を押して進水させた。

新しい舟はしばらく岸辺に泊められていたが、かしぐことも水漏れすることもなかった。いつでも船出できるとわかると、下流のラムドイの桟橋への処女航海へ乗りだした。さまざまな大きさの数艘の舟が同時に漕ぎだし、新しい大型の舟を囲んだが、水鳥に従う雛たちのように見えた。

水路をとらなかった者は、急いで山道を引き返した。ソノーランとジェタミオより先に高台に帰り着こうとしたのだ。桟橋からは数人が滝沿いの険しい小道をよじ登り、以前、ソノーランとジョンダラーを吊り上げた大きな平たい籠を下ろそうとした――今回吊り上げられるのはソノーランとジェタミオだったが、二人はいまだに手首を結ばれたままだった。それは二人とも同意の上で、少なくともその日一日はそのままということになっていた。

食べ物がふんだんに供され、新月の晩に仕込まれた大量のタンポポの酒で、胃に流しこまれた。引き出物がすべての客に配られ、客もそれ相応の贈り物をした。日が暮れるころ、二人のために建てられた住まいに人影が見られるようになったが、それは客たちがそっと中に入っては、二人の幸せを願って〝ちょっとしたもの〟を置いて出ていく姿だった。その贈り物は、主人側のもてなしの豪勢さを損ねることのないよう、匿名で行われた。だが、実際には、贈り物の価値は引き出物の価値に見合うものとされ、過去の記憶と結びついた暗黙の符丁《ふちょう》がつけられていた。贈り物はけっして匿名ではなかった。

形、意匠、描かれたり彫られたりした模様は、それが公然と贈られたのと同じように、はっきりと贈り主を明かしていたからだ。贈り主個人はさして重要ではなかったが、その背後の家族、集団、洞窟までもがうかがわれた。よく知られ、相互理解の進んだ価値体系を介してやりとりされる贈り物は、さまざまな集団の相対的な威信、名誉、地位といったものに無視できない影響を与えた。過当とはいえないにしても、品定めには厳しいものがあった。

「ジョンダラーは注目の的ね、ソノーラン」ジェタミオがいった。張りだした岩の近くの木にさりげなくもたれている長身、金髪の若者のまわりを、何人かの女たちがうろうろしているのに気づいたのだ。

「いつものこと。あの大きな青い目に、女たちが群がってくるのさ……火に引き寄せられる蛾みたいに」ソノーランはそういいながら、客に出すコケモモの酒を入れたオークの箱を持ち上げようとしているジェタミオに手を貸した。「おまえはどうだった？　兄貴に魅力を感じなかった？」

「あなたが先にわたしに微笑みかけたんだもの」ジェタミオはいった。ソノーランのからかうような笑みに挑発されたようだった。「でも、わかるような気がする。目だけじゃないのよ。ジョンダラーは何しろ目立つのよ。とくにああいう格好をしていると。よく似合っているもの。でも、それだけじゃないの。女はみんな感じるんじゃないかな……彼は探してるんだ、誰かを探してるんだって。それに、彼、とても敏感で……繊細で……背は高いし、均整がとれてるし。ほんとに美男子だわ。それに、目にも何かがあるのよ。あの目が火明かりで紫色に変わるのを知ってた？」ジェタミオはいった。

「兄貴には惹かれなかったっていわなかったっけ……」ソノーランがわざとらしくうろたえたような表情でいうと、ジェタミオはいたずらっぽく片目をつぶった。

「あら、お兄さんに妬いてるの？」ジェタミオが優しくいった。

ソノーランは少し間をおいてから答えた。「いや。そんなことは一度もないね。なぜかはわからないが。兄貴は多くの男にうらやまれるのに。たしかに、兄貴は何でも持ちあわせてる。おまえがいったみたいに、姿も顔もいい。いつも美人に取り囲まれてる。それだけじゃない。手先も器用で、おれが知ってるかぎり、フリントの道具づくりじゃ最高の腕だ。頭もいいけど、でかい口は叩かない。みんなが兄貴を好きになる。男も女もだ。だったら、幸せであってもいいはずなのに、そうじゃない。兄貴はおまえみたいな女を見つけなくちゃならないんだ、タミオ」

「それは違うな。わたしみたいな女じゃないわ。でも、誰かが必要ね。わたしはお兄さんが好きよ、ソノーラン。探してるものが見つかるといいわね。もしかしたら、ああいう女たちの一人がそうだっていうことはないかしらね？」

「いや、それはないと思う。おれはこういうことを前にも見てるから。兄貴は誰かと――ひょっとしたら何人かと――楽しむことはあるかもしれないが、探しているものは見つからないね」二人は木箱の酒を皮袋に少し注《つ》いでから、残りを飲み騒いでいる客にまわし、ジョンダラーのほうへ歩いていった。

「セレニオはどうなの？　彼はセレニオが好きみたいだけど。セレニオだって、はっきりいわないにしても、彼のことを思ってるのは間違いないわ」

「兄貴はセレニオが好きだし、ダルヴォのことも好いてる。それでも……兄貴にはこれという存在はいないんじゃないか。ひょっとしたら、兄貴は夢を追ってるんじゃないかな。いってみれば、ドニーを」ソノーランは優しく微笑んだ。「最初におまえがおれに微笑みかけたとき、おれはおまえをドニーかと思った」

「わたしたちの言い伝えじゃ、母なる女神の霊は鳥に姿を変えるんだって。鳥になった女神は太陽に呼びかけて眠りから覚まし、南から春を連れてくるの。秋になっても、鳥のあるものは残って、わたしたちに女神を思いださせるの。猛禽《もうきん》にしても、コウノトリにしても、鳥たちはみんな、ムドのある一面をあらわしているのよ」一列になった子どもたちが目の前を走って横切ったので、二人は足を止めた。「小さな子どもは鳥が嫌いよ。とくにやんちゃをしたときにはね。鳥になった女神が自分たちをじっと見ていて、何でも知っていると思うから。そういって聞かせる母親もいるしね。大の男でも、鳥を見て、自分の悪事を白状する気になったって話を聞いたことがあるわ。道に迷ったときに、鳥になった女神が家へ連れ帰ってくれたって話もあるし」

「おれたちの間じゃ、母なる女神の霊はドニーになって、風に乗って飛んでいくっていってる。それが鳥のように見えるのかもしれないな。そんなこと、考えてみたこともなかったが」ソノーランはそういって、ジェタミオの手を強く握った。そして、その顔をじっと見つめるうちに、愛情がこみあげてくるのを感じ、かすれた声でささやいた。「おれにとってはおまえは計り知れない存在だ」片腕をジェタミオの体にまわそうとしたが、手首を結びつけられているのに気づき、顔をしかめた。「絆を結んだのはうれしいが、これはいつになったら切り離せるんだ？　おれはおまえを抱き締めたいのに、タミオ」

「わたしたち、固く結びつけられてるってことを確認するよう仕向けられたのかもね」ジェタミオは笑った。「でも、もうじきお祝いの場から抜けだせるわ。お酒がなくなる前に、お兄さんのところへ持っていってあげましょうよ」

「そんなに飲みたがらないんじゃないか。兄貴は飲んだふりをするだけで、実際にはそんなに飲まないから。羽目を外して馬鹿な真似をするのがいやなんだ」二人が張りだした岩の陰から出ると、すぐに気づいた者がいた。

「あら、そこにいたの！　おめでとうがいいたくて捜してたのよ、ジェタミオ」若い女がいった。ほかの洞窟のラムドイの陽気な娘だった。「あなたは運がいいんだから。わたしたちのところに美男のお客がきて冬越ししたなんてこと、一度もなかったもの」女はジョンダラーのほうに自分では魅力的と思う笑みを見せたが、ジョンダラーは青い目を別の若い女のほうに向けていた。

「あなたのいうとおり。わたしは運がよかったわ」ジェタミオはそういって、つれあいにとろけるような笑みを向けた。

若い女はソノーランを見て、溜め息をついた。「兄弟どちらもいい男。わたしだったら、どちらかを選べといわれても選べない！」

「あなたなら一人だけ選ぶなんてことしないわよ、チェルニオ」また別の若い女がいった。「つれあいがほしいんだったら、一人に決めなきゃならないのよ」

爆笑が起きたが、チェルニオは注目を集めて満足げだった。「この人一人だけなんて男、まだ見つけたことないもの」そういって、ジョンダラーにえくぼを見せた。

チェルニオはそこにいる女たちの中でいちばん小柄で、ジョンダラーもそれまで存在に気づかなかった。気づいてみると、小柄ではあったが、まさに娘盛りで、人を引きつける熱っぽい活気があった。セレニオとはほとんど正反対のように見えた。ジョンダラーの目に興味の色が浮かんだ。チェルニオはようやく関心を引いた喜びに身を震わせんばかりだった。そのとき、音楽を聞きつけて、急に振り向いた。

「あのリズム――二人で組む踊りが始まるわ」チェルニオはいった。「ねえ、踊りましょうよ、ジョンダラー」

「ステップ知らない」ジョンダラーがいった。

「教えてあげる。むずかしくないから」チェルニオはそういうと、音楽のするほうへジョンダラーをぐいぐい引っ張った。ジョンダラーも誘いを断りきれなかった。

「待って、わたしたちもいくから」ジェタミオがいった。

もう一人の女、ラドニオは、チェルニオが早々とジョンダラーの関心を独占したのが面白くなかった。

ジョンダラーはラドニオが「むずかしくないから……だって！」といって、笑い声を響かせるのを聞いた。しかし、四人で踊りに向かうときには、陰口めいたささやきはもう聞こえなかった。

「ほら、これが最後の酒の袋だ、兄貴」ソノーランがいった。「ジェタミオがいうには、おれたちも一緒に踊ると思われてるらしいが、ここに残る必要はないみたいだ。できるだけ早く抜けだすつもりでいるから」

「これはおまえが持っていかなくていいのか？　内輪の祝いに？」

ソノーランはジェタミオににやりと笑いかけた。「いや、実は、それは最後の一袋じゃない——隠しておいたのがあるんだ。だけど、おれたちにはそれも要らないね。ジェタミオと二人きりになれるというだけで、祝いになるから」

「この人たちの言葉ってとっても響きがいいわね。そうは思わない、ジェタミオ？」チェルニオがいった。

「あなた、少しはわかるの？」

「少しはね。でも、もっとおぼえるつもり。マムトイの言葉もね。みんながお互いの言葉を習おうってソリーが思いついたの」

「ソリーがいってる。シャラムドイの言葉おぼえるのにいちばんいい方法、いつも喋ってることだ。まったくそのとおり。すまない、チェルニオ。ゼランドニーの言葉で喋るの、失礼だった」ジョンダラーが詫びた。

「あら、気にしてないわよ」チェルニオはいったが、気にしていないわけではなかった。会話の仲間外れにされるのは、やはり面白くなかった。しかし、謝られてみると、ただ気がすむという以上に癒された。

新たに連れ添った二人と、長身、美男のゼランドニーという選り抜きの一団に加われば、十分な埋め合わせがあった。チェルニオはほかの若い女何人かのうらやましげな視線を感じた。

広場の奥のほう、張りだした岩の陰の外で、焚き火が燃えていた。四人は陰の中に足を踏み入れ、酒の皮袋をまわした。それから、女二人が男二人に踊りの基本的な動きを教えた。縦笛、太鼓、それにガラガラ鳴る楽器が、にぎやかな旋律を奏ではじめた。マンモスの骨の奏者がさらにそれを勢いづけた。木琴に似たその音色は、曲に独特の彩りを添えた。

踊りが始まってまもなく、ジョンダラーも気がついたが、基本的なステップは、踊り手の独創性と技巧しだいでさまざまな変化が加えられた。ときどき、一人、または一組がそういう特別な熱演を見せると、ほかのみんなが動きを止めて、掛け声をかけたり、足で拍子をとったりした。踊り手のまわりに人垣ができて、体を揺らし、歌ううちに、いつの間にか、音楽のテンポも変わっていくというふうだった。音楽と踊りはやむことがなかった。人々は――楽師も、踊り手も、歌い手も――気ままに加わっては抜け、音色、速度、調子、旋律をかぎりなく変化させていった。それは続けようという者がいるかぎり、いつまでも続いた。

チェルニオは活発なパートナーだった。いつになく酒を過ごしていたジョンダラーは、その夜の雰囲気にのみこまれていた。そのうち、誰かがよく知られた掛け合いの歌の最初の一節を歌いはじめた。それは誰かがでっちあげた状況をよみこんだ即興の歌であることが、ジョンダラーにもわかってきた。笑いを誘おうという狙いで、女神の賜物とか歓びという言葉が再三ちらつかせられた。やがて、人を笑わせようという者と、笑うまいとする者との根競べの様相になってきた。望みどおりの反応を引き起こそうと、滑稽な顔をしてみせる者もいた。そのうち、一人の男が、リズムに合わせて揺れる輪の中に進み出た。

「さあ、これなるは、背高のっぽのジョンダラー。その気になれば、何だって思いのまま。でも、かわいいチェルニオ、あまりにおチビ。前に屈めば、背骨が折れる。でなけりゃ、転んでずっでんどう」

男の歌は望んだとおりの結果を生んだ。どっと哄笑が起きた。

「どうする、ジョンダラー?」誰かが叫んだ。「彼女にキスするだけで背骨が折れちまうぞ!」

ジョンダラーはチェルニオに笑いかけた。「背骨は折らない」そういうと、チェルニオを抱え上げ、みんなが足を踏み鳴らしたり、拍手喝采して大笑いする中で、ことさらにキスしてみせた。チェルニオは両足を宙に浮かせていたが、両腕をジョンダラーの首に巻きつけると、気分を込めてキスを返した。それまでに何組かの男女が踊りの輪を離れて、テントや人目につかない隅の敷物のほうに向かったのにジョンダラーは気づいていた。そして、自分もそれにならおうかと考えていた。キスに込められた情熱から、チェルニオも抗うまいと思われた。

しかし、そうすぐに立ち去るわけにはいかなかった——それはいっそうの笑いを誘うだけと思われた——じりじりと後ずさりするのが精一杯だった。そのうち、何人かが新たに歌い手と見物人に加わって、テンポが変わった。闇に紛れて姿をくらますにはいい機会だった。ジョンダラーがチェルニオをそっと輪の端のほうに押しやったとき、出し抜けにラドニオがあらわれた。

「今夜はずっと彼を独り占めしてるじゃない、チェルニオ。そろそろ交代してもいいころだと思わない? なんたって、今夜は母なる女神のお祭りなんだから、わたしたちも女神の賜物にあずかっていいはずよ」

ラドニオは二人の間に割って入って、ジョンダラーにキスした。と思うと、別の娘がジョンダラーに抱きつき、さらに何人かがそれに続いた。ジョンダラーは若い娘たちに取り囲まれ、はじめはキスやら愛撫やら、されるがままになっていた。だが、何本かの手に好き勝手にいじりまわされるに及んで、そう気をよくしてばかりもいられなくなった。女神の賜物の歓びは、自ら選べるもののはずだった。そのとき、くぐもったうめき声を聞いたが、ズボンの紐をほどいて中を探ろうとする手への防戦に追われて、それどころではなかった。

ジョンダラーは伸びてくる手をいささか手荒に払いのけた。ジョンダラーが自分に触れさせるつもりはないということをようやく悟ると、娘たちは後ずさりして照れ笑いした。ジョンダラーは突然、肝心の相手がいなくなっているのに気づいた。

「チェルニオはどこだ?」ジョンダラーは尋ねた。

娘たちは顔を見あわせ、甲高い声で笑った。

「チェルニオはどこだ?」今度は詰問したが、また、くすくすという笑いが返ってきただけだった。ジョンダラーはラドニオにつかつかと歩み寄って、腕を強くつかんだ。痛くないはずはなかったが、ラドニオは素知らぬ顔をしていた。

「チェルニオはあなたを独り占めするべきじゃなかったのよ」ラドニオは無理に笑みを浮かべていった。

「誰だって、大きくて、いい男のゼランドニーがほしいもの」

「ゼランドニーは誰だっていいと違う。チェルニオはどこだ?」

ラドニオはそっぽを向いて、返事をしなかった。

「大きなゼランドニーがほしい、うん?」ジョンダラーは怒っていた。声にもそれがあらわれていた。

「これが大きなゼランドニーだ!」ジョンダラーはラドニオを押さえつけてひざまずかせた。

「痛いじゃないの! みんな、助けてよ」

しかし、ほかの娘たちはそれ以上関わりあうのをためらった。ジョンダラーはラドニオの肩をつかんで、焚き火の前の地面に押さえつけた。音楽がやんだ。人々は止めに入ったものかどうか判断しかねて、まわりをうろうろした。ラドニオは立ち上がろうともがいたが、ジョンダラーは体ごとのしかかって、そうはさせなかった。

「大きなゼランドニーがほしいいうなら、これがそうだ。さあ、チェルニオはどこだ?」

「わたしはここよ、ジョンダラー。口の中に何か突っこまれて、そこで押さえつけられてたのよ。みんなはほんの冗談だっていってるけど」

「悪い冗談だ」ジョンダラーはそういうと、体を起こし、ラドニオを助け起こした。ラドニオは涙の溜まった目を腕でこすっていた。

「痛かったじゃないの」泣き声でいった。

ジョンダラーははっと気づいた。娘たちは冗談のつもりだったのに、自分が大人げない対応をしてしまったのだ。自分は何も傷ついたわけではないし、チェルニオにしてもそうだった。ラドニオに痛い思いをさせたのは間違いだった。怒りは消え失せ、後悔がそれに取って代わった。「おれは……痛い思いさせる気なかった……おれは……」

「そんなに痛い思いをさせちゃいないさ、ジョンダラー。たいしたことはないよ」事態をずっと見まもっていた若者の一人がいった。「だいたい、ラドニオが自分で招いたことだ。ラドニオはいつもちょっかいかけては騒ぎを起こすんだから」

「あんたなんか、自分にちょっかいかけてくれないかと思ってたんじゃないの」娘たちの一人がラドニオの擁護に立ち上がって憎まれ口をきいた。彼らはもう、いつもの関係に立ち戻っていた。

「あんなふうに女たちが群がってくれれば、男は喜ぶと思ってるかもしれないが、そういうもんじゃないぞ」

「そんなの嘘よ」ラドニオがいった。「あんたたち、仲間うちじゃ、あの子はどう、この子はどうって、女の子をだしにして冗談ばかりいってるじゃないの。わたしたちが聞いてないと思ったら大間違いだからね。女の子がほしいってあんたたちがいってるのをちゃんと聞いてるんだから。最初の儀式の前の女の子がほしいっていってるのだって聞いたわよ。母なる女神が準備はさせてても、まだ触っちゃいけない子だってわかっているのに」

若者は顔を赤らめた。ラドニオはさらに追い討ちをかけた。「あんたたちの中には平頭の雌をものにしたなんていってるやつだっているじゃないの」

そのとき突然、焚き火の明かりが届かない暗闇の中から、一人の女がぬっとあらわれた。背はそれほどではないが、でっぷりと太っていた。目の上にひろがる皮膚の襞、顔のいれずみが異郷の生まれを物語っていたが、女はシャムドイの革のチュニックを身につけていた。

「ラドニオ！」女はいった。「母なる女神のお祭りに、汚らわしい言葉を口にする必要はないだろう」ジョンダラーは女が何者かがわかった。

「申し訳ありません、シャムド」ラドニオが頭を下げた。困惑で顔を赤らめ、心から悔いている様子だった。ジョンダラーはラドニオがまだほんとうに若いということをあらためて見てとった。ほかの娘たちにしても、子どもの面影を多分に残していた。自分はずいぶんひどい真似をしてしまったようだ、とジョンダラーは悔いた。

「よいか」シャムドはラドニオに優しく声をかけた。「男は誘われるのは好んでも、襲われるのは好まないものなのだ」

ジョンダラーはシャムドをまじまじと見た。自分も同じことを考えていた。

「でも、わたしたち、彼を怒らせるつもりはなかったんです。気に入るんじゃないかと思って……そのうちに」

「おまえたちがもっと心して振る舞っていれば、そうなったかもしれぬ。だが、無理強いされるのを好む者はいないのだ。彼がおまえに無理強いしたと考えたら、いやではないか？」

「でも、わたしを痛い目にあわせました！」

「彼がか？　それとも、彼はおまえの意に反するようなことを何かさせたか？　そのほうがおまえをもっと傷つけると思うが。それでは、チェルニオはどうなのだ？　自分がチェルニオを傷つけていると考えた者が、おまえたちの中にいるか？　歓びを他人に強いることはできないのだ。それは母なる女神をたたえることにはならぬ。女神の賜物の乱用というべきだ」

「シャムド、あなたの番だよ……」誰かが呼んだ。

「わたしはゲームを止めてしまった。さあ、もういいだろう、ラドニオ。今夜はお祭りだ。ムドも自分の子らが幸せに過ごすことを望んでおられる。あれは些細《ささい》なことだ――それで楽しみをふいにすることはない。また、踊りが始まったようだ。おまえも加わるがよい」

シャムドが賭けに戻っていくと、ジョンダラーはラドニオの手を取った。「おれが……悪かった。考えなかった。きみを傷つけるつもりなかった。恥ずかしく思ってる……許してくれるか？」

ラドニオのとっさの衝動――口をとがらせて、そっぽを向きそうになった――は、相手の真剣な顔と、深い青の目を見上げたとたんに消え去った。「いいえ、あれは馬鹿げた……子どもっぽい冗談だったわ」ラドニオはいったが、ジョンダラーの存在感にのみこまれるように、ふらふらとそちらへ寄っていった。ジヨンダラーはラドニオを抱きとめ、覆いかぶさるようにして、長々と巧みに唇を吸った。

「ありがとう、ラドニオ」ジョンダラーはそういうと、くるりと背を向けて歩み去ろうとした。

「ジョンダラー！」チェルニオが呼びかけた。「どこへいくの？」

チェルニオの存在を忘れていたジョンダラーは、後ろめたさに胸が痛んだ。陽気でかわいい小柄な娘のほうに取って返すと――チェルニオが魅力的であることは間違いなかった――抱き上げて、情熱と後悔を込めたキスをした。

「チェルニオ、おれは約束あったんだ。約束破ろうとしなければ、こんなことにならなかった。でも、きみはすぐに忘れられる。できたら……またいつか。どうか、怒らないでくれ」ジョンダラーはそういうと、張りだした砂岩の下の小屋に向かって足早に歩み去った。

「どうしてみんなの楽しみをぶち壊しにしなきゃならなかったのよ、ラドニオ？」ジョンダラーの後ろ姿を見送りながら、チェルニオがいった。

ジョンダラーがセレニオと住んでいる小屋の革の垂れ幕は下りていたが、交差させた板で足止めされることはなかった。ジョンダラーは安堵の息をついた。少なくとも、セレニオが誰かと一緒に中にいるということはないようだ。垂れ幕を押しのけてみると、中は真っ暗だった。セレニオはいないようだ。いや、やはり誰かと一緒にいるのかもしれない。考えてみると、儀式が終わってからは、夜の間ずっとセレニオの姿を見かけていない。だいたい、セレニオは約束に縛られるのを好まない人間だ。ともに夜を過ごすというのはおれだけの勝手な約束だったのだろう。セレニオには別の計画があったのかもしれないし、ひょっとすると、おれがチェルニオと一緒にいるところを見たのかもしれない。

ジョンダラーは手探りしながら、住まいの奥のほうへ進んだ。そこには一段高くなった寝台があり、鳥の羽を詰めた枕と毛皮が置いてあった。壁際のダルヴォの寝床は、案の定、空だった。大勢の客は、とくにダルヴォほどの年ごろでは珍しいことだった。ほかの少年たちと親しくなって、夜更かししようとしているのは想像に難くなかった。

奥のほうへ近づきながら、ジョンダラーは耳をそばだてた。何か聞こえるのは息づかいの音だろうか？寝台の上へ手を伸ばしてみると、人の腕に触れた。うれしさに笑みがこみあげてきた。

ジョンダラーはふたたび外に出て、中央の炉から熱い炭を拾い、木切れにのせて、急ぎ持ち帰った。それから、小さな石のランプのコケの芯に点火すると、入り口に二枚の板を交差させて置いた。それが邪魔をしないでほしいという合図だった。ジョンダラーはランプを手に取ると足音を忍ばせて寝台に近づき、眠っている女をじっと見まもった。起こそうか？よし。だが、ゆっくり、そっとだ。

そう思ううちに、股間が疼いてきた。ジョンダラーは服を脱いでセレニオの傍らに滑りこみ、その温かな体を包みこむように丸くなった。セレニオは口の中で何かつぶやいて、壁のほうへ寝返りを打った。ジョンダラーはてのひらにセレニオの温もりを感じ、女らしい香りを吸いこみながら、ゆっくりと愛撫しはじめた。その手は全身をくまなく探っていった。腕から指先へ、尖った肩甲骨、畝のような背骨から繊細な腰のくびれへ、さらには盛り上がった尻へ、そして、太腿、膝の裏、ふくらはぎ、足首へ。尻に触れたとき、セレニオは足を引いた。ジョンダラーは片手を伸ばして、乳房を包みこんだ。てのひらの中で乳首が硬くなるのが感じられた。それを吸ってみたいという衝動に駆られたが、代わりに自分の体でセレニオの背中を覆うようにして、肩や首にキスしていった。

ジョンダラーにとって、セレニオの体に触れ、探り、新たな発見をするのは喜びだった。セレニオの体にかぎらなかった。ジョンダラーは女の体を愛していた。それ自体のゆえに、それが自分の体の中に引き起こす感情のゆえに。ジョンダラーのものはすでに激しく脈打ち、いきりたっていたが、まだ抑制が可能だった。衝動に早々と屈しないほうが、あとがいっそうよかった。

「ジョンダラー？」眠たげな声が問いかけてきた。

「うん」ジョンダラーは答えた。

セレニオは仰向けになって目を開けた。「もう朝なの？」

「いや」ジョンダラーは片肘をついて上体を起こし、セレニオを見下ろしたが、その間も片手で乳房を愛撫しつづけていた。それから、身を屈めて、さっきの思いを遂げるべく乳首を口に含んだ。そして、セレニオの下腹を愛撫し、さらに手を伸ばして股間の温かみを探った末に、茂みに覆われた小丘でその手を休めた。ジョンダラーが知った女の中でも、セレニオはもっとも柔らかなすべすべした毛の持ち主だった。

「きみがほしい、セレニオ。今夜、きみと女神をたたえたい」

「はっきり目が覚めるまで、少し待ってくれる？」セレニオはいったが、口の端には笑みがちらついていた。「冷たいお茶はないかしら？　口をすすぎたいの——お酒を飲むと、いつも後味が悪くて」

「見てくる」ジョンダラーはそういって起き上がった。

ジョンダラーが椀を持って戻ってくると、セレニオは物憂げに微笑んだ。ときどき、ただじっとジョンダラーを見つめるのがセレニオは好きだった——ジョンダラーは申し分のない男だった。動くと筋肉が波打つ背中、金色の縮れ毛に覆われたたくましい胸、引き締まった腹、強さと力のみなぎった脚。顔もあまりに完璧すぎるほどだった。頑丈そうな角ばった顎、筋の通った鼻、官能的な口——その口が実際、どれほど官能的かをセレニオは知っていた。ととのいすぎたほどの造作は、ジョンダラーがそれほど男性的でなかったならば、あるいは〝美しい〟という形容が男にも当てはまるものだとしたら、間違いなく美しいと思われただろう。手でさえもが強いばかりでなく敏感だった。そして、目は——表情豊かで、人を引きつけずにはおかない底知れぬ青い目は、一瞥するだけで女心をときめかせた。そして、実際に見たこともないのに、硬く、誇り高く、堂々たる男根が目の前で屹立《きつりつ》しているのを想像させるほどの力があった。

そうなったジョンダラーをはじめて見たとき、セレニオは少々怯えたが、そのあと、彼がそれをいかに巧みに操るかを知った。けっして無理強いすることなく、セレニオが受けいれられるだけを与えた。むしろ、セレニオがすべてを望んで、すべてを受けいれたいと望んで、自らに強いるほどだった。セレニオはジョンダラーが起こしてくれたのをうれしく思った。立ち上がって椀を受け取ったが、茶をすする前に屈みこんで、勃起《ぼっき》したものを口に含んだ。ジョンダラーは目を閉じ、快感が体内をうねっていくのに任せた。

セレニオは上体を起こして茶を飲んでから立ち上がった。「ちょっと外にいってくるわ」セレニオはいった。「みんな、まだ起きてるのかしら？　また服を着るのはいやなんだけど」

「まだ踊ってるようだ。まだ早いから。箱を使ったら」

セレニオが寝床に戻ってくるのを、ジョンダラーはじっと見まもっていた。ああ、何という！　セレニオは美しかった。愛らしい顔立ちに、柔らかい髪。すらりと伸びた脚に、こぢんまりした尻。小さく引き締まった形のいい乳房に、高く突き出た乳首——今も若い娘のそれと変わりなかった。腹部に入った浅い二、三本の線がわずかに母性を示し、目尻に刻まれた何本かの皺が唯一、年齢を明かすものだった。

「あなたは遅くまで帰ってこないと思ったけど——何といってもお祭りだから」セレニオがいった。

「なぜ、きみはここに？　〝約束しない〟といってただろ？」

「だって、面白そうな人と出会わなかったし、疲れてもいたから」

「きみは面白い……おれは疲れてない」ジョンダラーはにこりとした。そして、セレニオを両腕の中にとらえ、温かい口にキスした。さらに、舌でまさぐりながら、体を引き寄せた。セレニオは腹部に当たった硬く熱いものが激しく脈打っているのを感じた。と思ううちに、温かい洪水に全身を洗われていた。

ジョンダラーはもう少し待とうと思っていた。セレニオに受けいれる用意ができるまで自分を抑えようとしたが、いつの間にかセレニオの口を、首をむさぼり、さらに乳首を強く吸っていた。その間、セレニオはジョンダラーの頭を胸もとへ引き寄せていた。ジョンダラーはセレニオの茂みに覆われた小丘に手を伸ばし、熱く湿ったものを探り当てた。その温かい襞の中の小さな硬い器官に触れたとたん、セレニオの唇から低い叫びが漏れた。快感を生むと知った場所をジョンダラーが愛撫しつづけると、セレニオは体を浮かせ、そこを彼に押しつけた。

セレニオが今、何を望んでいるかをジョンダラーは知った。二人は位置を変えた──ジョンダラーは横向きになり、セレニオは仰向けになった。セレニオは一方の脚を上げてジョンダラーの腰にからめ、もう一方を彼の両脚の間に差し入れた。そして、快感の中心を撫で、揉みつづけられる間、手を下方に伸ばして、いきり立つ男根を自らの深い裂け目へ導いた。ジョンダラーに貫かれた瞬間、セレニオは激情の叫びを上げ、同時に、この上ないほどの興奮を感じた。

ジョンダラーはセレニオの温もりに包まれるのを感じた。そして、すべてを受けいれようと体をこすりつけてくるセレニオの中へ進んでいった。いったん体を引き戻してから、ふたたび押し入り、これ以上ないという限界まで進んだ。セレニオがジョンダラーに合わせて腰を浮かせると、ジョンダラーは体を強くこすりつけながら、ふたたび突き入れた。ジョンダラーは今にもいきそうなほどに満ちあふれ、セレニオは緊張の高まりに大声を上げた。セレニオはさらに体を押しつけ、ジョンダラーは下腹が強く張るのを感じた。揉みしだきながら突き進み、また、それを繰り返すうち、二人とも力強くうねる波に引きこまれ、耐えがたい頂点に達したかと思うと、目のくらむような解放感に押し流された。最後の一突き、二突きが、身震いと完全な達成感を引きだした。

二人は息を弾ませ、脚をからませたまま、じっと横たわっていた。セレニオは自分自身をジョンダラーに押しつけた。ジョンダラーがもう完全に充血してはいないが、まだ萎えてはいない今だけが、自分自身のうちに彼をすべて受けいれられる最後の機会だった。ジョンダラーはいつも、自分が与えられる以上のものを与えてくれるようだった。ジョンダラーはもう動きたくなかった――ほとんど眠りに落ちそうになっていたが、眠りたくもなかった。ようやく、消耗した器官を引き抜くと、セレニオを抱きこむように体を丸めた。セレニオはじっと横たわっていたが、眠ってはいないことをジョンダラーは知っていた。

ジョンダラーは自らの心をさまよわせていた。突然、チェルニオやラドニオ、その他の娘たちのことを考えている自分に気づいた。彼女たちと一緒にいたらどういうことになったのだろう？　自分を取り囲む年ごろの娘たちの温かい体、その温かい太腿、丸い尻、潤った泉を感じていたら？　自分の口に一人の乳房を含み、両手でほかの二人の体をまさぐっていたら？　ジョンダラーは新たな興奮の疼きを感じた。なぜ、あの娘たちを追いはらったのだろう？　おれはときどき、ほんとうに愚かになってしまうようだ。

ジョンダラーは傍らのセレニオを見やって、彼女がもう一度する気になるまでどれくらいかかるだろうと思った。そして、耳に息を吹きこんだ。セレニオはジョンダラーに微笑みかけた。ジョンダラーはセレニオの首に、そして口にキスした。今度はもっとゆっくり、時間をかけるつもりだった。セレニオは美しく、すばらしい女だ……なぜ、おれは恋に落ちることができないのだろう？

13

エイラは谷に帰り着いてから問題に気づいた。川原で獲物を解体して肉を干す間、野宿するつもりでいたのだが、傷ついたケーブ・ライオンの子の手当ては洞穴でしかできなかった。子ライオンはキツネよりも大きく、がっしりしていたが、エイラの手で運べなくはなかった。しかし、一人前のトナカイとなると話が違った。ウィニーが後ろに引きずっている二本の槍が橇《そり》の脚の役目を果たしていたが、間隔が開きすぎていて、洞穴へ上る小道にはおさまりそうもなかった。苦労して仕留めたトナカイをどうやって洞穴へ運び上げたらいいのか見当がつかなかったが、それを川原にうっちゃっておくわけにもいかなかった。ハイエナがぴたりとあとをつけてきていたからだ。

それはけっして杞憂《きゆう》ではなかった。子ライオンを洞穴に運び上げるのに要した短い時間のうちに、何匹かのハイエナが、草の敷物に包まれて橇にくくりつけられたトナカイにうなりかかり、怯えた様子のウィニーが横に跳ねてそれをかわしていたからだ。エイラは坂を半ばまで下るか下らぬうちに、投石器で石を放っていた。そのうちの強烈な一発が、一匹を打ち殺した。ハイエナには触れるのもいやだったが、エイラは死骸《しがい》の後脚を持って、岩壁をまわり、草地へと引きずっていった。そのハイエナが最後に食べた腐肉のにおいがぷんぷんしていた。エイラは馬の面倒をみに帰る前に、流れで手を洗わずにはいられなかった。

ウィニーはいかにも動揺した様子で身震いし、汗を流し、激しく尻尾を振っていた。ケーブ・ライオンのにおいも耐えがたいものがあったが、あとを追ってくるハイエナのにおいはその比ではなかった。ハイエナが獲物に迫ってくるのを見て、迂回して逃げだそうとしたが、橇《そり》の脚の一本が岩の割れ目に引っかかって動きがとれず、恐慌状態に陥りかけていたのだ。

「おまえにはたいへんな一日だったわね、ウィニー」エイラは身ぶりで語りかけ、ウィニーの首に両腕を巻きつけ、怯えた子どもをなだめるように抱き締めてやった。ウィニーはエイラにもたれかかるようにして、身を震わせ、荒い鼻息を吐いていたが、エイラがぴったり寄り添ってくれていることで、ようやく落ちつきを取り戻した。ウィニーは常に愛情と忍耐をもって接してくれる相手に、信頼と自発的な努力でこたえていた。

エイラは急ごしらえの橇を外しにかかったが、今もって、どうやってトナカイを洞穴に運び上げたものか、いい案が浮かばなかった。そのときたまたま、一方の槍を結んだ紐が緩み、もう一本のほうに寄ったために、二本の穂先の間隔がかなり狭まった。それで問題はおのずと解決した。エイラは二本の槍をそのまま固定するように紐を結び直してから、ウィニーを小道のほうに誘導した。荷は不安定だったが、洞穴まではあと一息だった。

とはいっても、ウィニーにしてみれば並大抵の苦労ではなかった。トナカイは馬とほぼ同じくらいの体重があるのに、道は急勾配だった。難行を通じて、エイラは馬の力を再認識し、その力を借りることで受けている恩恵を再評価した。岩棚にたどり着くと、馬を厄介なものすべてから解き放って、深く感謝しながら抱き締めた。それから、洞穴の中へ入っていったが、ついてくるものと思ったウィニーが外で不安げにいなないているのに気づいて引き返した。

「どうしたの?」身ぶりで聞いてみた。

ケーブ・ライオンの子が、さっき置いてきた場所にいた。これね! エイラは思った。ウィニーは子ライオンのにおいを嗅いで後ずさりしたのだ。

「大丈夫よ、ウィニー。この子はおまえを傷つけたりしないから」エイラはウィニーの柔らかい鼻面をさすり、たくましい首に腕をまわすと、洞穴の中へそっと押しやった。エイラへの信頼がふたたび不安に打ち勝った。エイラは馬を子ライオンのほうへ連れていった。ウィニーは用心深くにおいを嗅ぎ、いったん下がって小さくいなないた。それから、鼻面を下げて、ぴくりともしない子ライオンのにおいをもう一度嗅いだ。たしかに捕食動物のにおいはしたが、子ライオンは危害を加える気配も見せなかった。ウィニーはまたにおいを嗅ぎ、鼻面でつついてみてから、洞穴に新参者を受けいれてもいいと判断したようだった。いつもの自分の居場所に歩いていくと、干し草を食べはじめた。

エイラは傷ついた子ライオンに注意を戻した。それは薄いベージュの地に淡い褐色の斑点を散らした毛がふわふわした小さな生き物だった。まだほんとうの赤ん坊に見えたが、生後どれくらいなのか、はっきりとはわからなかった。ケーブ・ライオンはステップの捕食者だったが、エイラは一族の洞穴に近い森林地帯に住む肉食獣しか観察したことがなかった。もちろん、そのころは開けた平原での狩りなどしたこともなかった。

エイラは一族の狩人がケーブ・ライオンについて話していたことをすべて思いだそうとした。この赤ん坊の毛の色は、前に見たライオンよりも薄いような気がしたが、ケーブ・ライオンは見分けがつきにくい、と狩人が女たちに注意していたのを思いだした。ライオンの毛の色は枯れ草や埃っぽい地面の色とよく似ているので、うっかりするとライオンに蹴つまずくというのだ。群れ全体が茂みの陰や、巣の近くの石や岩の間で眠っていると――至近距離からでも――大石のように見えるという話もあった。

考えてみると、このあたりのステップは全体的に薄いベージュの色調なので、たしかにライオンは背景によく溶けこんでいた。それまで思ってもみなかったが、南に住んでいる同類よりも毛の色が薄いのは当然という気がした。ケーブ・ライオンに関しては、なお時間をかけて観察してみる必要がありそうだった。

熟練した薬師《くすし》の手際で、エイラは子ライオンの傷の程度を探ってみた。肋骨が一本折れていたが、それがほかの損傷を引き起こす恐れはなさそうだった。触ると身を震わせたり、弱々しく鳴いたりする反応から、どこを怪我しているかがわかった。内傷もあるのかもしれなかったが、最大の問題は、頭部のぱっくり開いた傷口で、そこを硬い蹄で蹴られたのは明らかだった。

焚き火はとうの昔に消えていたが、それについてはもう何の心配も要らなかった。例の火の石を当てにできるようになっていたからだ。適当な火口《ほくち》さえあれば、あっという間に火が起きた。エイラは湯を沸かす一方で、子ライオンの肋骨を革帯できっちり巻いて固定した。次に、帰り道で採ってきたコンフリーの根の焦げ茶色の皮を剝いた。そこから粘液がにじみだしてきた。湯が沸いたところで、その中にマリゴールドの花を入れ、湯が金色に染まったところで、吸収性のある柔らかい皮を浸し、それで子ライオンの頭の傷を洗った。

乾いた血を拭うと、ふたたび出血がはじまった。子ライオンの頭蓋骨にはひびが入っているが、割れてはいないと思われた。エイラは白いコンフリーの根を刻んでできたねばねばしたものを傷に直接塗りつけ——それは出血を止め、骨を癒すはずだった——さらに柔らかい皮で包んだ。エイラは仕留めた動物のほとんどすべての皮を処理してきたが、そのときには何に使おうというのか自分でもわからなかった。ただ、いくら想像をたくましくしていても、こんなことに使おうとは思いつかなかっただろう。

ブルンが今のわたしを見たらさぞ驚くことだろう。エイラはそう考えて微笑んだ。ブルンは狩りをする動物には厳しかった。わたしが小さなオオカミの子を洞穴に連れこむのさえ認めようとしなかった。それがどう？ 今のわたしはライオンの子を連れこんでいる！ じきにケーブ・ライオンのことをあれこれ知ることになるだろう——この子が生き延びれば、の話だが。

コンフリーの葉とカミツレを煎じようと、エイラはまた湯を沸かしにかかったが、内傷を癒すその薬湯をどうやって子ライオンに飲ませたものか考えあぐねた。とりあえず、子ライオンはおいて、外に出てトナカイの皮を剝ぎにかかった。そして、舌のような形の肉の薄切りを干そうというときになって、はたと困惑した。岩棚の上には土の層がなく、紐を掛けわたすのに用いる棒を埋めこんで立てるというわけにはいかなかったからだ。トナカイの死骸《しがい》を洞穴に運び上げるのにすっかり気を取られて、そこまで考えが及ばなかった。なぜ、いつもきまって些細《ささい》なことで足を引っ張られるのだろう？ 何ごともおろそかにはできないということか。

すっかり落胆して、すぐには解決策を思いつかなかった。疲れて神経が高ぶり、子ライオンを連れ帰ったことも、心配が先に立ってきた。ほんとうにそうすべきだったのか？ これからどうしたものだろう？

エイラは棒を投げ捨てて立ち上がった。岩棚の端へ歩いていって、顔に風を受けながら、谷を見下ろした。どう考えたらいいのだろう——準備を整えて異人を探す旅を再開しなければならないときに、わざわざ手のかかる子ライオンを背負いこむなんて？　今のうちにステップに戻して、弱った動物に対する野生の定めに任せるべきなのかもしれない。わたしは独りで生きつづけるうちに、筋の通った考えかたができなくなったのだろうか？　そもそも、どうやって子ライオンの世話をしたらいいのかもわからない。どうやって、ものを食べさせるのか？　それに、怪我がなおったにしても、あとはどうするのか？　ステップに送り返すというわけにもいかないだろう。母ライオンはもう受けいれないだろうから、いずれ死んでしまうに違いない。子ライオンを育てようというなら、わたしもこの谷にとどまらなければならない。だが、旅を続けようというなら、やはり子ライオンはステップに戻さざるをえない。

エイラは洞穴に戻り、いまだに身じろぎもしない子ライオンを見下ろした。そして、その胸に触ってみた。温もりが感じられ、呼吸も絶えていなかった。ふわふわの毛は、ウィニーがまだ幼かったころのことを思いださせた。子ライオンは愛らしく、頭に皮の包帯を巻いた姿はどこかおかしくもあり、エイラは思わず微笑んだ。でも、この愛らしい赤ん坊もいずれは大きなライオンになるのだ。エイラは立ち上がって、ふたたび子ライオンを見下ろした。もう決めた。この子をステップに戻して死なせるというわけにはは絶対にいかない。

エイラはまた外に出て、トナカイの肉を見やった。ほんとうにこの谷にとどまろうというなら、食料の蓄えをあらためて考えなければならない。とくに、扶養の口が一つ増えた今となっては。エイラは棒を拾い上げ、それをまっすぐに立てる方法がないものか考えてみた。そのとき、岩棚の端に近い背後の壁沿いに、砕けた岩のかけらが積み上がっているのが目に入った。エイラは棒をそこに突き刺してみた。一応まっすぐには立ったが、肉を吊るした紐の重みには耐えられそうもなかった。だが、それで思いついたことがあった。エイラは洞穴に戻り、籠をつかむと、川原へと駆け下った。

あれこれ試してみた末に、川原の石をピラミッド状に積み上げれば、長い棒でも支えられるということがわかった。川原へ数回往復して石を運び、棒を適当な長さに切りそろえて、それを岩棚に立て、紐を数本掛けわたして、肉を吊るすと、残りの肉を切り分ける作業に戻った。その仕事の場のそばに小さな火を起こし、自分の夕食用に尻肉を串に刺して炙った。そうするうちにも、子ライオンにどうやってものを食べさせるか、どうやって薬を飲ませるかをまた考えた。いずれにしても、子ライオン用の食べ物が必要だった。

人間の子は大人と同じものを食べられるけれど、とエイラは思った。ただ、噛んだり、のみこんだりしやすいように柔らかくしなければならない。細切れにした肉を入れたスープならいいかもしれない。ダルクにもよくそれをつくってやったが、子ライオンにも試してみればいい。そうだ、さっきつくった薬湯にスープを加えて煮てみよう。

エイラはさっそく仕事に取りかかった。トナカイの肉を細かく刻むと、それを洞穴の中へ持ちこみ、木製の鍋に入れた。残っていたコンフリーの根も少し加えることにした。子ライオンはあいかわらずじっとしていたが、前よりは楽にしているように見えた。

しばらくしてから、何かが動く音を聞いたような気がして、エイラはもう一度、子ライオンの様子を見にいった。ライオンは目を覚まし、低い鳴き声を上げていたが、寝返りを打って起き上がることもできなかった――それでも、エイラが近づいていくと、うなり声を上げ、シュッという音を立てて後ずさりしようとした。エイラは微笑んで、その傍らにしゃがみこんだ。

怯えているのね、とエイラは思った。無理もないわ。目を覚ましてみたら、怪我をして、見たこともない巣の中にいて、母親や兄弟とは似ても似つかない誰かがいるのだから。エイラは手を差し伸べた。ほら、痛い目にあわせたりはしないから。あいたっ！　小さいのに尖った歯！　でも、いいわ。わたしの手をなめて、においを嗅いでごらん。そうすれば早くわたしに慣れるでしょう。わたしはおまえの母親にならなくちゃならないのだから。たとえ、おまえの巣がどこかわかったにしても、おまえの母親はどうやって世話をしたらいいかわからないだろうし――おまえを取り戻したにしてもね。わたしはケーブ・ライオンのことはよく知らないけど、馬のことだってそんなに知っていたわけじゃないから。とにかく、赤ん坊は赤ん坊よ。おなかがすいてるの？　でも、お乳はあげられないわ。スープと肉の細切れが気に入るといいんだけど。薬で気分がよくなるはずよ。

エイラは立ち上がって、鍋の中を見てみた。冷えたスープがどろどろになっているのには少し驚いた。それを掻きまわしてみると、肉の細切れが底のほうで一つに固まっていた。その固まりを先を尖らせた串で突き刺して持ち上げてみると、ねばねばの液体が糸となって垂れた。なるほどと合点がいって、エイラは出し抜けに笑いだした。子ライオンがその大声に怯えて、自力で立ち上がりそうになったほどだった。

コンフリーの根が傷に効くのは間違いないわ。肉の細切れを固めたように、傷口をくっつけてくれるなら、効果があるに決まってる！

「ねえ、これ、少し飲めそう？」エイラは子ライオンに身ぶりで聞いてみた。そして、冷えたねばねばの液体を少し、カバの樹皮でつくった小さな皿に注《つ》いだ。子ライオンは草を編んだ敷物から滑り落ち、起き上がろうともがいていた。エイラが皿をその鼻先に持っていくと、またシュッという音を立てて後ずさりした。

小道を上がってくる蹄の音が聞こえたかと思うと、まもなくウィニーが洞穴に入ってきた。今はすっかり意識を取り戻して動いている子ライオンに気づくと、様子を探りに近寄り、頭を下げて、そのふわふわした生き物のにおいを嗅いだ。ケーブ・ライオンも成獣ならば馬に恐怖の念を起こさせるが、子ライオンは逆に、目の前にぬっとあらわれた見たこともない大きな動物に怯えた。うなり声を上げて後ずさりするうちに、エイラの膝にのしかかりそうになった。そして、その脚の温もりを感じ、多少は馴染みのあるにおいを思いだすと、そのままへたりこんだ。ここには見慣れない新しいものがあまりに多すぎた。

エイラは子ライオンを膝の上に抱き上げ、鼻歌のようなものを歌いながら揺すってやった――以前、赤ん坊をあやしたように。そうすることで自分自身も落ちついた。

大丈夫。おまえも今にわたしたちに慣れるから。ウィニーが頭を振っていないた。本能はケーブ・ライオンのにおいを警戒せよと告げていたが、エイラに抱かれている子はちっとも恐ろしくは見えなかった。ウィニーはエイラとともに暮らすうちに、行動のパターンを変えていた。このケーブ・ライオンは特別で、我慢できると見たようだった。

子ライオンはエイラの愛撫と抱擁に反応して、乳を求めるように鼻面をこすりつけた。おなかがすいたのね、おまえ？　エイラはどろりとしたスープの皿を取ると、それを子ライオンの鼻先に持っていった。ライオンはにおいを嗅いでみたが、それをどうしていいのかわからないという様子だった。エイラは二本の指をスープに浸し、その指をライオンの口に差し入れた。ライオンも今度はどうすればいいかがわかった。どんな赤ん坊もそうするように、指に吸いついたのだ。

狭い洞穴でライオンの子を抱いて、二本の指をなめさせながら前後に揺すっているうち、エイラは息子を思いだして胸がふさがった。涙が頬を伝って、ふわふわした毛にこぼれ落ちるのにも気がつかなかった。

孤独な若い女とケーブ・ライオンの子の間には、最初の日々のうちに——あるいは、エイラがライオンを寝床に連れていって、抱き締め、指を吸わせてやった夜な夜な——一つの絆が築かれていった。それは生みの母親との間には築かれるべくもない絆だった。野生の生きる道は過酷だが、とくに最強の捕食動物であるライオンではその傾向が強かった。ライオンの母親は生後何週間かは子に乳を与えた——ときには、六カ月の間、養育を続けた——が、子は目を開けたときから肉を食べることができた。しかし、群れの中での食事の順位には厳然たるものがあり、感傷の入りこむ余地はなかった。

ケーブ・ライオンは雌が狩りをした。狩りにあたっては、猫科のほかの動物と違って互いに協力した。三頭か四頭で強力なチームを組んで、壮健なオオジカやオーロックスを仕留めた。襲うのを避けるのは十分に成長したマンモスだけだった。マンモスでも幼いものや年取ったものなら、標的にすることがあった。だが、雌ライオンが狩りをするのは自分の子のためではなく、雄のためだった。群れを率いる雄は常に優先的に分け前にありついた。その雄があらわれると、雌はみな脇に退き、雄がたらふく食べたあとで、自分たちの分け前に与った。次は若いライオンで、そのあと、獲物がまだなにがしか残っていれば、子ライオンがそれを争う機会を得た。

もし、空腹に耐えかねた子ライオンが、順番を待たずに一口横取りしようと跳びだしたりしたら、致命的な一撃を食らわせられるのが落ちだった。そういう危険を避けるために、自分の子が飢えていても、母親が獲物から遠ざけるということが珍しくなかった。結局、子ライオンの四分の三は成獣になる前に死んだ。成獣になっても、多くが群れから追われてはぐれものになった。はぐれものはどこへいっても歓迎されなかったが、雄はとりわけそうだった。その点、雌はわずかに有利だった。その群れに狩人が不足している場合、周辺にとどまることを許される可能性があったからだ。

雄ライオンが受けいれられるには戦って勝つしかなかったが、その戦いで死に至ることもしばしばあった。もし、群れを率いる雄が年老いたり、傷ついたりしていれば、群れのより若い雄が、それよりも往々にしてはぐれものが頭《かしら》を追いだして取って代わることがあった。頭になった雄は、群れの縄張り——自身の臭腺や主立った雌の尿で印をつけてあった——を守り、繁殖の単位としての群れの存続を確実にしなければならなかった。

ときには、はぐれものの雄と雌がつがって、新しい群れの核を形づくることもあった。だが、隣接するほかの群れの縄張りから自分たちの一角をかすめ取らなければならなかった。その生活は危険をはらんだものだった。

しかし、エイラは母ライオンではなく、人間だった。人間の親は子を守るだけでなく、養い育てた。エイラは子ライオンをベビーと呼んだが、ベビーはケーブ・ライオンの子がいまだかつて受けたことがないような待遇を受けた。餌の切れ端を兄弟と争うこともなく、成獣から痛撃されるのを避ける必要もなかった。エイラが養い育ててくれたからだ。狩りもしてくれた。ただ、エイラはベビーに分け前を与えはしたが、自分の分を削ってまでということはなかった。それでも、ベビーがほしがれば、いつでも指をなめさせ、毎晩、寝床に連れて入った。

ベビーは生まれながらに下《しも》のしつけができているらしく、そのたびに洞穴の外に出ていった。はじめは外に出る力もなかったが、自分の排泄物で洞穴の床を汚すと、うんざりしたというふうに顔をしかめて、エイラの笑いを誘った。笑わせられるのはそういうときだけにかぎらなかった。ベビーの滑稽なしぐさに声を上げて笑うことも珍しくなかった。ベビーはエイラにこっそり忍び寄るのが好きだった——エイラがそれに気づかないふりをして、背中に跳びつかれたときに、大げさに驚いてみせると、なお喜んだ。だが、ときには、エイラがぎりぎりの瞬間で振り向いて、跳びついてくるベビーを抱きとめ、逆に驚かすこともあった。

一族の子どもたちは、ずっと甘やかされて育った。何か罰を与えるといっても、気を引こうとする行動を無視するという程度がせいぜいだった。しかし、子どもも大きくなって、兄や姉、あるいは大人に与えられる地位を認識するにつれ、自分が赤ん坊扱いされるのを拒んで、大人の真似をしたがるようになった。それは当然のように褒められるので、その傾向が促進されることになった。

エイラもとくにはじめのうちは、同じように子ライオンを甘やかした。しかし、ベビーが大きくなるにつれ、その乱暴な遊びで怪我をさせられることが度重なった。ベビーが悪ふざけして引っ掻いたり、襲う真似をして押し倒したりすると、エイラはそこで遊びを中断した。一族の間で「やめ！」を意味するしぐさをすることも間々あった。ベビーはエイラの気分の変化に敏感だった。棒や古い皮を引っ張りあって遊ぶのを拒否されると、機嫌をとるような真似をして、エイラの笑いを誘うことがよくあった。あるいは、指をなめさせてくれというようにすり寄ってくることもあった。

そのうち、ベビーは「やめ！」のしぐさに決まって反応するようになった。相手の行動や姿勢を敏感に見てとるエイラは、ベビーのそうした反応にもすぐに気づいた。そして、ベビーが今していることをやめさせたいときには、「やめ！」の合図をするようになった。それはエイラからの一方的なしつけというよりも、相互反応の一つといったもので、ベビーもすぐにのみこんだ。踏みだした足を止めたり、じゃれて跳びつきかけていても、合図があれば途中でやめた。その「やめ！」を断固たる態度で発したときには、ベビーはあとでエイラの指をなめて安心させてもらわないとおさまらなかった。何かエイラの機嫌を損じることをしたらしいとわかっているようだった。

一方、エイラもベビーの気分を敏感に察し、活動に制限を加えることはなかった。エイラやウィニー同様、ベビーも自由に出たり入ったりを繰り返した。エイラはウィニーにしろ、ベビーにしろ、檻に入れたり、縛っておくなどということは夢にも思わなかった。どちらも自分の家族であり、一族であり、洞穴をともにし、生活をともにする生き物だった。エイラの孤独な世界の中で、友だちというのは彼らだけだった。

一族の中では動物とともに暮らすというのはきわめて奇異なことだったが、エイラはそのうち、そんなことは意識もしなくなった。しかし、馬とライオンの間で培われていく絆については、不思議と思わずにはいられなかった。双方はいわば天敵、捕食者と餌食の関係にあった。傷ついた子ライオンを見つけたとき、そういうことに思いが及んでいたら、馬とともに暮らす洞穴に連れ帰ったりはしなかっただろう。双方が共存できるとは、まして親しく暮らせるとは、とても思わなかったからだ。

はじめ、ウィニーは子ライオンの存在を許容しているだけだったが、ベビーが動きまわるようになると、そう無視してばかりもいられなくなった。エイラが皮の切れ端の一方の端を押さえ、ベビーが反対の端をくわえて頭を振ったり、うなったりしながら引っ張っているのを見ると、ウィニーは生来の好奇心を抑えきれなくなった。いったい何をしているのだろうと、そばに寄ってきた。そして、皮のにおいを嗅いだあと、それをくわえて、三方からの引っ張りあいを始めることがよくあった。エイラが手を放しても、馬とライオンは綱引きをやめなかった。そのうち、ベビーは皮を引きずって――いつか獲物をそうするであろうように、前脚の間に垂らすようにして――ウィニーの通り道に立ちふさがるようになった。ウィニーがその一方をくわえて綱引きをしてくれないかと願ってのことだった。ウィニーもしばしばそれに応じた。一緒に遊んでくれる兄弟のいないベビーは、身近な人間と馬をその代わりにしたのだ。

もう一つの遊び――ウィニーは好まなかったが、ベビーはやらずにはおられなかった――は、尻尾に、とくにウィニーの尻尾にじゃれつくことだった。ベビーは尻尾のあとをつけた。うずくまって、それがヒュッと打ち振られ、誘うように動くのを見まもっているうちに、たまらなくなってこっそり忍び寄り、興奮で身震いした。そして、体をくねらせたあげく、急に跳びかかり、尻尾の毛にぱくりと食いついて大喜びした。ウィニーも相手に合わせてやっているに違いない、とエイラは思うことがよくあった。きっと自分の尻尾が執着の対象になっているのを知りながら、素知らぬふりをしているのだ。ウィニーも遊び好きだったが、それまでは遊び相手がいなかった。エイラにしてもどうやって遊ぶかをおぼえる機会に恵まれず、自分で遊びを思いつくことはなかった。

しかし、そのうち、ウィニーはうんざりしてきたのか、尻尾にじゃれつくベビーのほうを振り返ると、尻を噛むことがあった。ウィニーもベビーに甘かったが、古顔としての優越した地位を譲ろうとはしなかった。ベビーはケーブ・ライオンかもしれないが、まだ赤ん坊にすぎなかった。もし、エイラがベビーの母親なら、ウィニーは子守だった。遊びを介した馬とライオンの間の関係はだんだんと深まっていった。単なる許容から積極的な関与へのその変化は、特異な嗜好《しこう》の結果として起きた。ベビーは糞が大好きだったのだ。

といっても、肉食動物の糞には興味がなく、好きなのは草食動物の糞だけだった。ステップにそういう糞が落ちていると、ベビーはそれを見つけるなり、その上を転がりまわった。ベビーの遊びの多くがそうだったが、これも将来することになる狩りへの準備だった。草食動物の糞は、ライオンのにおいを覆い隠してくれるのだ。だが、ベビーが新しい糞の山を見つけて大喜びする様子を眺めていると、エイラは笑わずにはいられなかった。中でも気に入りなのはマンモスの糞だった。ベビーは大きな球を抱き締め、それを粉々に割り、その上に寝転がった。

しかし、ウィニーの糞ほどすばらしいものはないようだった。エイラは乾かしたウィニーの糞を薪《たきぎ》の代用にしていたが、ベビーがはじめてその山を見たとき、その喜びはとどまるところを知らないというありさまだった。あちこちへ運んでまわり、その上を転げまわり、その中にもぐりこんだ。洞穴に帰ってきたウィニーは、ベビーに自分自身のにおいを嗅いだ。それでベビーが自分の分身になったとでも感じたようだった。そのときから、子ライオンに対する警戒心をまったく見せなくなり、自分の預かり物同然に扱うようになった。ウィニーはベビーを導き、守った。ときおり、ベビーがわけのわからない反応をしても、その気づかいは減じることがなかった。

その夏、エイラは一族の洞穴を離れて以来、いつになく幸せだった。ウィニーは仲間であり、単なる友だち以上の存在だった。ウィニーがいなければ、長く孤独な冬をどう過ごしていたか、見当もつかなかった。だが、子ライオンが洞穴に加わったことで、また新たな次元が開けてきた。ベビーは笑いをもたらした。保護者然とした馬と、やんちゃな子ライオンの間にいると、いつも何かおかしいできごとがあった。

真夏のある暖かい晴れた日、エイラは草地に出て、子ライオンと馬が新しい遊びに興じているのを眺めていた。双方が大きな輪を描いて追ったり追われたりしていた。まず、ベビーが速力を落とし、ウィニーが追いつきそうになったところで、一気に前に跳び出す。一方、ウィニーも速度を緩め、ベビーがぐるりと一周して自分の後ろにくるのを待って、全力疾走に転じる。ベビーはまた速度を加減して、ウィニーが追いつくのを待つという具合だった。それは、エイラがそれまでに見た中で、もっとも面白い光景だった。エイラは木の幹にもたれかかり、腹を抱えて大笑いした。

笑いの発作がおさまると、エイラはなぜか自分自身を強く意識するようになった。何か面白いことがあったときに、わたしが発するこの音は何なのだろう？　なぜ、こんなことをするのだろう？　よくないことだと咎める人間もいないので、自然とそうなるのだが。でも、なぜ、よくないことなのだろう？　自分の息子を除くと、一族の中の誰かが微笑んだり、笑ったりしているのを見たという記憶がない。といって、みんな、ユーモアがわからなかったわけではない。おかしな話にはうんうんとうなずき、目には楽しげな表情を浮かべていたのだから。一族の人々は、どこかわたしの笑顔に似ていなくもないしかめっ面をした。でも、そういう顔があらわすのは不安とか威嚇で、わたしが幸せを感じて笑顔になるのとは違っていた。

もし、笑うのが気分のよくなること、自然なことだとしたら、どうしてそれがいけないのだろう？　わたしに似ているという人々、異人たちも笑うのだろうか？　さっきまでの温かく幸せな気分はもう失せていた。異人のことを考えるのは気が進まなかった。異人探しを中断したことが意識に上ってきて、複雑な感情が胸に満ちてきた。イーザはこういった。異人を探しなさい。独りで生きるのは危険だから。万一、病気になったり、事故にあったりしたら、誰が助けてくれるの？

しかし、今、エイラは腰を落ちつけた谷間で動物の家族と幸せに暮らしていた。ウィニーとベビーはエイラが夢中になって走っても非難がましい目で見たりはしなかった。笑うなとか、泣くなとか命じることもなかったし、狩りをするにしても、獲物だの時期だの武器だのについてとやかくいうこともなかった。何でも自分の好きにやることができたし、それは解放感を与えてくれた。物質的な必要――食べ物や火、住まいのようなもの――を満たすのに多くの時間をとられたが、それで自由を制限されているとは思えなかった。むしろその反対だった。自分の面倒をすべて自分でみていると思うと自信がわいてきた。

時間がたつにつれ、とくにベビーが加わってからというもの、自分が愛した人々を思う悲しみは、幾分か薄れてきた。何ともいえないむなしさ、ほかの人間との接触を求める気持ちは、絶えざる痛みとなって、今ではあたりまえとも感じられた。それが少しでも減じるのは喜びであり、馬とライオンは心にあいた穴を埋めるのに大いに役立ってくれた。エイラは今の暮らしを、イーザとクレブと幼いころの自分自身の暮らしに見立てることを好んだ。ただ、今は自分とウィニーがベビーの面倒をみる立場だった。そして、夜、ベビーに寄り添って寝るとき、ベビーが爪を引っこめ、前脚を巻きつけてくると、それがダルクではないかと思えてくるのだった。

この谷を離れ、未知の習慣や制約を持つ未知の異人を探しにいくのがためらわれるようになってきた。異人はわたしから笑いを奪うかもしれない。そうはさせないわ、とエイラは自らにいった。自由に笑わせてくれないような人たちとは、もう一緒に暮らそうとは思わない。

馬とライオンは遊びに飽きたようだった。ウィニーは草を食《は》み、ベビーは近くに寝そべって、舌をだらりと垂らし、ハーハーとあえいでいた。エイラが口笛を吹くとウィニーがやってきた。ベビーもそのあとを追ってきた。

「わたしは狩りにいかなくちゃならないの、ウィニー」身ぶりでそういった。「ベビーは大食いだし、どんどん大きくなってるからね」

ベビーは怪我が癒えると、エイラとウィニーのあとをついてまわるようになった。ライオンの群れの中で子が一頭だけ残されるということはなかったし、一族の中でも赤ん坊が一人で残されることはなかったから、ベビーのそういう行動はごくあたりまえに見えた。だが、それは問題でもあった。ケーブ・ライオンの子につきまとわれていては、狩りのしようもなかった。しかし、ウィニーの保護本能が目覚めてからは、問題はおのずと解決した。ライオンの子が幼いうちは、母親は何頭かの子と一頭のより若い雌からなる下位集団をつくるのがふつうだった。母親が狩りに出かけている間は、若い雌が子の面倒をみた。ベビーはウィニーがその役割を果たすのを受けいれた。ハイエナやその同類が馬の蹄にかけられる危険を冒してまでベビーを襲ったりはしない、とエイラは一安心したが、自分はまた徒歩で狩りに出かけなければならなくなった。それでも、投石器で仕留められそうな動物を求めて、洞穴の近くのステップを歩きまわるうちに、思いがけない機会に恵まれることになった。

エイラはそれまで谷の東の縄張りを徘徊《はいかい》するケーブ・ライオンの群れを避けてきた。しかし、背の低いマツの木陰で寝そべっている数頭のライオンに気づいたとき、自分のトーテムを体現している生き物のことを学ぶ絶好の機会だと思った。

それは危険ではあった。エイラは狩人ではあったが、逆に簡単に餌食にされる可能性もあった。しかし、それ以前にも捕食動物を観察したことはあったので、目立たないようにする術《すべ》は心得ていた。ライオンはエイラが見ていることに気づいたが、そのうちに慣れてきて、無視するようになった。とはいっても、それで危険がなくなったわけではなかった。わけはなくても、ほんのむらっ気で、いつ何時襲ってくるかもしれなかったからだ。ではあったが、ライオンはいつまで見ていても、見飽きるということがなかった。

ケーブ・ライオンは日中のほとんどの時間を休んだり眠ったりして過ごしていたが、いざ、狩りとなると、疾風怒涛《どとう》の勢いで行動した。オオカミは群れでオオジカを襲ったが、雌ライオンは一頭でそれよりも迅速に仕留めることができた。ライオンは空腹になってはじめて狩りをし、数日間で一度だけしか食事をしないということもあった。エイラと違って、食料をあらかじめ蓄える必要はなかった。一年中、狩りができたからだ。

日中は暑い夏の間、ケーブ・ライオンは夜間に狩りをする傾向があるのにエイラは気づいた。毛が密生して、象牙色に近い薄い色合いになり、まわりの景色に溶けこむ冬の間は、日中に狩りをしているのを見かけた。厳しい寒気が、狩りの間に燃やす途方もないエネルギーで過熱するのを防ぐようだった。夜になって気温が急落すると、ライオンは洞穴や岩陰で風をよけながら重なりあって眠った。あるいは、日中に太陽のわずかな熱を吸収した石が、それを暗闇に放射している峡谷で、散らばった石の間にうずくまって寝た。

エイラは一日かけて観察したあと、谷に引きあげたが、自分のトーテムの霊である獣に対する敬意はつのるばかりだった。エイラはかつて、雌ライオンが年老いたマンモスを倒すのを見たことがあった。長い牙が反って、前で交差しているマンモスだった。ライオンの群れ全体がその獲物を腹いっぱい食べていた。そういうライオンの襲撃から、ほんの五歳だったわたしが、わずかな掻き傷ぐらいでどうやって逃られたのだろう？　エイラは考えるうちに、一族の人々の驚きもよく理解できるようになった。それにしても、なぜ、ケーブ・ライオンはわたしを選んだのだろう？　一瞬、エイラは不思議な予感をおぼえた。それは何ら明確なものではなかったが、そのあと、自然とダルクのことを考えていた。

谷に近づいたところで、素早い石の一発で、ベビーのための野ウサギを仕留めた。突然、成長した雄ライオンの姿が脳裏に浮かんできて、子ライオンを洞穴に連れこんだ自分の判断が正しかったのかどうか疑問に思えてきた。しかし、その不安も、ベビーが駆け寄ってくるまでのことだった。ベビーはエイラの帰還を大歓迎し、指を吸おうと甘えかかり、ざらざらした舌でしきりに顔をなめてきた。

その夕べ、エイラは野ウサギの皮を剝ぎ、ベビーのために肉をぶつ切りにし、ウィニーの居場所を掃除して、新しい干し草を運び込み、さらに、自分の夕食をつくった。そのあと、熱い茶をすすり、焚き火を見つめながら、一日のできごとを振り返ってみた。ベビーは火の熱気がじかには及ばない洞穴の奥のほうで眠っていた。エイラの思いは、子ライオンを引き取るに至った状況へと向かっていった。そこからは、すべてが自分のトーテムの意志だったのだという結論を引きださざるをえなかった。なぜかはわからなかったが、大いなるケーブ・ライオンの霊が自らの子を育てるようにと送ってよこしたのだ。

エイラは首から紐で吊るしたお守りに手を伸ばし、中に入れたさまざまなものを探りながら、一族の沈黙の公用語で、トーテムに向かって語りかけた。「ケーブ・ライオンの力がいかに強いか、この女にはわかりませんでした。その力が示されたことを、この女は感謝しています。なぜ、自分が選ばれたのか、この女にはわからないでしょう。ですが、子ライオンと馬を授けられたことを喜んでいます」エイラは間をおいてから、言葉を継いだ。「大いなるケーブ・ライオンよ、いつの日か、子ライオンが送られてきたわけがこの女にもわかるでしょう……この女のトーテムが明らかにすることを望むなら」

厳寒の季節に備えてのエイラの夏の間の仕事量は、ケーブ・ライオンの子が加わったことで、ますます増えた。ベビーは根っからの肉食獣で、急速な成長に見あうだけの大量の肉を必要とした。エイラは投石器で小動物を狩るのに多くの時間を食われた――自分のためにもベビーのためにも、もっと大きな獲物を狙う必要があった。しかし、そのためにはウィニーの力が不可欠だった。

エイラが馬具を出し、口笛を吹いてウィニーを呼び寄せると、ベビーはエイラが何か特別のことを計画していると感づいた。エイラは二本の頑丈な木の棒をウィニーに引かせるよう馬具を調整するつもりでいた。橇《そり》の有効性はすでに証明済みだったが、荷籠を使えるよう、よりよい取りつけかたが編みだせたらと思っていた。さらに、一本の棒を動かせるようにしておいて、馬が荷を洞穴まで引き上げられるようにしたかった。岩棚で肉を干すのは問題ないと実証されていた。

ベビーがどんな行動に出るか、あるいは、ベビーにつきまとわれながらどうやって狩りをするか、見当もつかなかったが、とにかくやってみるしかなかった。準備がととのったところで、エイラはウィニーの背にまたがって出発した。ベビーは母親についていこうとでもいうように、あとを追ってきた。それまで、出かけるのには川の東側の地域のほうがはるかに便がよかったので、西側へは二、三回の探検を除くと足を向けたことがなかった。西側は、切り立った崖が何マイルも続いた先で、石がごろごろした急斜面が上方の平原に連なっているという地勢だった。馬に乗って遠くのほうまで歩きまわるようになって以来、エイラは東側にはずいぶん詳しくなり、その分、狩りをするのも容易になっていた。

そちらのステップの動物の群れについて、その移動のパターン、決まってたどる経路、渡河地点といったことに、エイラはずいぶん明るくなっていた。しかし、動物の通り道に落とし穴を掘る苦労は今までと変わらなかったし、それははしゃぎまわる子ライオンに邪魔されては困る仕事でもあった。ベビーはエイラが自分を喜ばせるために何かすばらしい遊びを考えだしてくれたとでも思っている様子だった。

ベビーは落とし穴にそっと忍び寄り、前足で縁を突き崩したり、穴を跳び越えたり、中に跳びこんでは、また楽々と跳びだしたりした。エイラは掘りだした土をまとめて捨てようとテント用の古い皮の上に積み上げておいたが、ベビーはその土の山の上を転げまわるばかりか、エイラが皮を引っ張りにかかると、自分は反対側へ引っ張るという始末だった。その綱引きで、土はあらかた地面にこぼれてしまった。

「ベビー！　いつまでたっても穴が掘れないじゃないの」エイラは叱りつけたが、ついつい笑いだしてしまった。ベビーはそれでますます増長した。「それじゃ、何か引っ張るものを探してあげるから」ウィニーが楽に草を食《は》めるよう、その背中から降ろした荷籠の中を掻きまわして、シカ皮を取りだした。雨が降ったときに地面に敷こうと思って持ってきたものだった。「これを引っ張りなさい、ベビー」身ぶりでそういって、ベビーの目の前の地面に置いて引っ張って見せた。それを見るや、ベビーは待ちきれないように、大喜びでその皮を前脚の間に垂らして引きずりはじめた。その姿には苦笑するしかなかった。

子ライオンに邪魔されながらも、エイラは何とか穴を掘り上げ、そのために持ってきた古い皮で覆って、その上に土をかぶせた。皮は四隅を木釘で留めてあるだけだった。エイラがいったんそれを完成させると、ベビーが我慢できずに詮索にきた。と思ううちに、穴に転げ落ち、驚き憤った様子で、跳びだしてきた。そのあとはもう穴に近づこうとしなかった。

落とし穴の用意ができると、エイラは口笛を吹いてウィニーを呼び寄せ、大きく迂回してオナガーの群れの背後にまわりこんだ。馬は二度と狩る気にならなかったし、オナガーにしてもどこか後ろめたい気がした。オナガーは馬によく似ていたからだ。しかし、群れが落とし穴へ追いこむにはもってこいの位置にいたので、指をくわえて見ているわけにはいかなかった。

ベビーが穴のまわりでふざけまわったあとだったので、エイラは狩りの本番でも足を引っ張られるのではないかと懸念を深めていた。しかし、いったん群れの背後にまわりこむと、ベビーは態度を一変させた。ウィニーの尻尾に忍び寄るのと同じ要領で、こっそりとオナガーに近づいていった。今はまだ幼すぎて現実には無理にしても、獲物を仕留めるつもりでいるのではないかと思わせるほどだった。それを見て、ベビーの遊びはいずれ必要になる成獣の狩りの技術の手習いだったのだ、とエイラは思い当たった。ベビーは生まれながらの狩人だった。忍び足で迫らなければならないということを本能で理解していたのだ。

驚いたことに、ベビーは実際にも役に立った。オナガーの群れが落とし穴に近づいて人間とライオンのにおいを嗅ぎつけ、急に向きを変えたのを見て、エイラはウィニーを駆り立て、大声を上げて、群れを逸走させにかかった。ベビーはそれを合図と受けとり、やはり群れを追って走りだした。ケーブ・ライオンのにおいに、オナガーはますます動転して、まっすぐ落とし穴の方角へ向かった。

エイラは槍を手に、ウィニーの背から滑り降りると、穴から這いだそうと悲鳴を上げているオナガーのほうに突っ走った。だが、ベビーがそれに先行していた。ベビーはオナガーの背中に跳びかかった――獲物の喉笛に食いついて窒息させるライオンの必殺技はまだ知らなかった――そして、首根っこに噛みついたが、小さな乳歯ではたいして役に立たなかった。しかし、ベビーにとって、それは早くからのいい経験になった。

もし、ベビーが群れの中で暮らしていたら、獲物に手出しすることなど絶対に許されなかっただろう。手出ししたとたん、凄まじい一撃をくらって跳ね飛ばされるに違いなかった。ライオンは俊足ではあっても短距離走者であるのに対し、獲物のほうは長距離走者だった。最初に速力を全開したときに獲物を仕留めないと、もう機会はめぐってこなかった。実践の場で子に狩りの腕を磨かせる余裕はなく、成獣に近づくまでは遊びを通じて訓練するだけだった。

しかし、エイラは人間だった。爪も牙もなければ、捕食者と獲物いずれの走力もなかった。エイラの武器は頭脳だった。頭脳によって、狩りの資質の欠如を補う手立てを工夫した。足も遅く、力も弱い人間に狩りを可能にした罠は、子ライオンにも挑戦の機会を与えたのだった。

エイラが息を切らせて駆けつけてみると、落とし穴にはまりこんだオナガーは恐怖に目を見開いていた。背にはケーブ・ライオンの子が取りつき、うなり声を上げながら、致命傷を与えようとしきりに乳歯を立てていた。エイラはたしかな槍の一突きでオナガーの苦悶を終わらせた。子ライオンを乗せたまま――小さいが鋭いその歯は皮膚を食い破っていた――オナガーはその場にくずおれた。動きが完全に止まってから、ベビーはようやく獲物を放した。自分よりはるかに大きいその獲物の上に立ち、仕留めたのは自分だと確信して誇らしげに咆哮《ほうこう》しようとする姿を見て、エイラも母親のようなうれしげな笑みを浮かべた。

しかし、エイラはすぐに穴に跳び下りて、ベビーを押しのけた。「どきなさい、ベビー。この綱をオナガーの首に巻きつけて、ウィニーに引っ張りだしてもらわないとならないから」

胸に綱をかけたウィニーが前屈みになって、オナガーを穴から引きだしにかかる間、ベビーはエネルギーをもてあましてそわそわしていた。穴に跳び下りたかと思うと、また跳びだし、オナガーがようやく穴から引きだされると、その上に跳び乗っては、また跳び下りた。自分でもどうしたらいいのかわからない様子だった。獲物を仕留めたライオンは、ふつう、まっ先に分け前にありつくが、子ライオンにそれはなかった。通常の順序からいえば、子は最後だった。

エイラはオナガーを横たえて、その腹の側を肛門から喉まで切り開こうとした。ライオンも獲物を切り裂くにあたっては、同じように、まず柔らかい下側から始めた。ベビーが一心に見つめる中、エイラは腹の下部を切り終わると、向きを変えてまたがり、残りを切りにかかった。

ベビーはもう待ちきれなくなった。オナガーの裂けた腹に顔を突っこむと、血まみれの内臓に食いついた。針のように鋭い歯が柔らかい内部組織を破り、その奥の何かに引っかかった。ベビーはそれをしっかり嚙みしめると、例の綱引きの要領で引っ張りだそうとした。

エイラは切り裂く作業を終えて振り返った。とたんに、笑いがこみあげてくるのを感じた。身を震わせて笑いつづけるうちに、涙がにじんできた。ベビーがくわえたのは腸の一部で、のけぞって引っ張ってみたが、予想に反して何の抵抗もなかった。それはあとからあとからぞろぞろ出てきた。訝しげに引っ張りつづけるうちに、ほどけた腸の長い紐は数フィートにも達した。ベビーのびっくりした様子があまりにおかしくて、エイラは我慢できなくなった。地面にへたりこみ、脇腹を押さえても笑いは止まらず、なかなか平静に戻れなかった。

エイラがぺたりと座って何をしているのか疑問に思ったベビーが、くわえていた腸を放して、様子を探りにやってきた。エイラは相好《そうごう》を崩してそれを迎えると、両手で頭を抱え、頬ずりをした。それから、耳の後ろと血の染みがついた顎を掻いてやると、ベビーはエイラの手をなめ、膝の上によじ登ってきた。そして、前足でエイラの左右の腿を交互に押さえながら、二本の指を探って、それを吸いはじめ、喉の奥をゴロゴロと鳴らした。

何でおまえがきたのかわからないけど、ベビー。でも、おまえがここにいてくれるのはほんとうにうれしいわ。

14

秋が深まるころには、ベビーは大型のオオカミよりもさらに大きくなっていた。いかにも幼いずんぐりした体形も変化して、長い脚とたくましい筋骨が目立つようになった。しかし、体は大きくなってもまだまだ子どもで、エイラにふざけかかって打ち身や掻き傷を負わせることがよくあった。それでも、エイラは打ち据えたりはしなかった――何といっても子どもなのだから。その代わり、押しのけながら「やめなさい、ベビー！」の合図をして叱りつけ、「もうたくさん、おまえは乱暴なんだから！」という身ぶりを見せて立ち去った。

すると、ベビーはいかにも悔いているという様子で、服従の態度を見せながら、あとを追ってきた。それは群れの一員が上位のものに見せる態度に似ていた。そうなると、エイラも突っ張りきれなかった。許しが出ると、ベビーはまたうれしそうにじゃれついたが、今度はかなり抑え気味にした。爪を引っこめてから、跳び上がって前足をエイラの肩にかけ、のしかかって――そのまま押し倒さないようにして――エイラを抱えこむようにした。エイラも抱き返さずにはいられなかった。ベビーは歯をむきだしにしてエイラの肩や腕をくわえたが――いずれ、つがった雌をやんわりと噛むであろうように――加減して、けっして皮膚を食い破るようなことはなかった。

エイラはベビーの進歩と愛情の表現を認め、それに報いるようにした。だが、一族の中では、男の子は狩りで獲物を仕留めて一人前になるまでは母親に従順でいる習わしだった。エイラもそれが踏襲されるものと思っていた。また、ベビーもエイラを母親として受けいれていた。だから、エイラが支配的な地位に立つのは自然な成り行きだった。

ベビーの群れというのは、ほかにエイラとウィニーがいるだけだった。エイラとともにステップに出た折に、二、三度、ほかのライオンと出会ったことがあったが、好奇心から近づいていっても、手ひどく拒絶されるのが落ちだった。鼻につけられた傷がそれを証明していた。取っ組みあったのか、ベビーが鼻から血を流して帰ってきたあと、エイラはベビーを連れて出かけるときには、ほかのライオンを避けるようにした。しかし、自分独りのときは、相変わらずライオンの観察を続けていた。

気がついてみると、野生の群れの子とベビーとを比べてみるようになっていた。観察してまず気づいたのは、ベビーが年の割りに大柄だということだった。群れの子と違って、ベビーは飢えたという時期がなく、砂に刻まれた風紋のように肋骨が突きだすこともなければ、毛並みがつやを失って薄汚れるということもなかった。まして、餓死の危険にさらされたことなど一度もなかった。エイラが絶えず気を配り、栄養を補給してやった結果、ベビーは肉体的には十二分の成長を遂げていた。ベビーが野生の子と比べて体も大きく毛もつやつやしているのを見るにつけ、エイラは元気いっぱいの子を持った一族の女のように誇らしく思わずにはいられなかった。

ベビーがまた別の分野でも発達を遂げ、同年代の子よりまさっているのにエイラは気がついた。ベビーは早熟な狩人だった。オナガーを追って有頂天になった最初の狩り以来、ベビーはいつもエイラに同行した。ほかの子と追跡や狩りの真似をして遊ぶ代わりに、ほんとうの獲物を相手に訓練を積んだのだった。野生の雌ライオンなら、絶対に首を突っこませないところだったが、エイラはベビーが手を貸すのを奨励し、実際、歓迎もした。ベビーの本能のままの狩りの方法は、エイラの方法と共存しうるものだったので、そのうち両者は一つのチームとして機能するようになった。

ただ一度だけ、ベビーが早まって追跡を始め、落とし穴の前で獲物の群れを追い散らしてしまったことがあった。そのときはエイラがいかにも愛想が尽きたという態度を見せたので、ベビーも自分が重大な過ちをしたことに気がついた。次の機会には、エイラの様子をじっとうかがい、エイラが跳びだすまでは自分を抑えていた。エイラが穴に着く前に、ベビーがかかった獲物に止《とど》めを刺しているということはまだなかったが、遠からぬうちに自力で獲物を仕留めるのは間違いないと思われた。

エイラが小さな獲物を投石器で狩るのにも、ベビーは大いに興味を示した。自分には興味のない植物をエイラが採取している間は、独りで何か動くものを追いかけまわしていた――でなければ、眠っていた。だが、エイラが狩りに出て、獲物をじっと見ている間は、それにならってじっとしていることをおぼえた。そして、エイラが投石器と石を取りだすのを待ち、石が放たれると同時に駆けだした。エイラはベビーが獲物を引きずって戻ってくるのを迎えたが、ベビーが獲物の喉に歯を立てているのを再三見かけるようになった。エイラは自分の石が獲物を殺したのか、ライオンの成獣が獲物を窒息させるようにベビーが気管に食らいついて息の根を止めたのか判断しかねた。そのうち、エイラは自分が獲物を見つける前に、ベビーがにおいを嗅ぎつけて動きを止めているということに気づいた。やがて、ベビーは小動物相手に自力での狩りを始めた。

あるとき、ベビーがエイラに与えられた大きな肉の塊をくわえて遊んでいたことがあった。といって、それに特別の興味があったわけではなく、そのうちに寝入ってしまった。目を覚ましてみると、エイラが洞穴の上方のステップへと急斜面を上っていく足音が聞こえた。ウィニーの姿は見当たらなかった。野生の世界で、保護者のいない動物の子は、ハイエナその他の捕食動物にいつ襲われるかわからなかった。ベビーは早いうちからその教訓が身にしみていた。すぐにエイラのあとを追いかけ、斜面の上には先に着いて、そこから並んで歩きだした。そのうち、エイラはベビーが足を止めたのを見たが、自分はまだジャイアント・ハムスターがいるということに気づかなかった。ハムスターは先にエイラに気づいて、石が放たれるより早く走りだした。エイラは狙いが違《たが》わなかったかどうか、確信が持てなかった。

次の瞬間には、ベビーが跳びだしていた。エイラが見にいったときには、ベビーは獲物の血まみれの内臓深く顎を埋めていた。エイラはどちらが仕留めたのか確かめようとした。獲物に石の跡がついているかどうか見ようと、ベビーを脇に押しやった。ベビーは束の間抵抗したが――エイラににらみつけられることになって――おとなしく引き下がった。日ごろ、エイラの手からふんだんに食べ物を与えられていたので、必ず分けてもらえるとわかっていたのだ。エイラはハムスターを調べてみたが、何が致命傷になったのかは確認できなかった。しかし、ハムスターをベビーに返して褒めてやった。皮を食い破ったのはお手柄だった。

ベビーが自力で仕留めたとエイラも認めた最初の獲物は野ウサギだった。それはエイラが珍しく狙いを外したときのことだった。投げ損じたのは自分でもわかった――石はエイラのほんの数フィート先に落ちた――だが、投げようと始動したのを合図に、ベビーは追跡を開始していた。エイラが追いついたときには、ベビーはもう獲物のはらわたを抜きだしていた。

「凄いじゃないの、ベビー！」エイラは音声と手真似を交えた独特の言語で、惜しみなく褒めたたえた。一族の少年がはじめて小動物を仕留めたときに、大人が褒めるのと同じように。エイラが何をいったか、ベビーには理解する術《すべ》もなかったが、自分がエイラを喜ばせたということは理解できた。エイラの笑顔、態度、姿勢、すべてがその感情を伝えていた。ベビーは幼いながらも、自身の狩りへの本能的な欲求を満足させたばかりか、群れの支配者の称賛を受けたのだ。みごとに仕事をやってのけ、自分でもそれを認識した。

冬の最初の寒風が吹いて、気温は一気に下がり、川の縁には薄氷が張った。それを見て、エイラは不安になりはじめた。自分用に野菜と肉を大量に蓄え、ベビー用に干し肉も余分に溜めこんだ。だが、ベビーにそれだけでは一冬もたないだろうと思えた。ウィニーには穀物と干し草を用意したが、それらは馬にとっては必需品というよりも贅沢品だった。馬は冬でも自分で餌をあさることができたからだ。ただ、雪が深いと、乾燥した風がそれを吹きはらってくれるまで、飢えにさらされることになり、一頭残らず厳寒期を乗り切れるというわけではなかったが。

捕食動物も冬の間、獲物をあさった。弱者は淘汰され、強者に多くの獲物が残った。捕食動物とその獲物の数は周期的に増減したが、総じていえば、相互の関係では均衡が維持された。草食動物の数が少ない年には、肉食動物が多く飢え死にした。いずれにしても、動物にとって冬はもっとも厳しい季節だった。

冬がくるとともに、エイラの心配はつのるばかりだった。地面が岩のように硬く凍りつくと、大型の動物を狩ることはできなくなった。エイラの狩りでは落とし穴を掘らなければならなかったからだ。小動物の多くは冬眠するか、蓄えた食料を頼りに巣にこもっていた――それを見つけだすのは容易ではなかった。とくに、嗅ぎつけるだけの鋭い嗅覚がないかぎり。エイラは育ち盛りのケーブ・ライオンを食べさせていけるだけの獲物が狩れるかどうか、疑わしく思った。

冬の前半、寒気が厳しくなって、肉を凍らせておけるようになると、エイラはできるだけ多くの大型動物を仕留め、上に石を積んだ隠し場所に貯蔵するように努めた。しかし、動物の群れの冬の行動様式がよくわからないこともあって、望んだほどの成果はあげられなかった。心配のあまり、寝つかれない夜もあったが、子ライオンを拾って連れ帰ったのを後悔したことは一度もなかった。馬とライオンがともに暮らしていることで、ふつうなら長い冬の間に感じるであろう孤独もほとんど忘れていられたからだ。それどころか、洞穴にエイラの笑い声が響くことも珍しくはなかった。

エイラが外に出て隠し場所の覆いを取りのけにかかると、必ずベビーがやってきて、まだろくに石を動かさないうちから、凍った動物の体に取りつこうとした。

「ベビー！　邪魔しないで！」エイラは石の下に頭を突っこもうとするベビーに苦笑するしかなかった。ベビーは凍りついた動物を引きずって小道を上がり、洞穴に入っていった。そして、かつてはそこがケーブ・ライオンのすみかだったことを知っているとでもいうように、奥の一隅にわがもの顔で居座り、掘りだされた動物をそこに置いて解凍を待った。だが、待ちきれずに、解けきらないうちから肉の塊をくわえて振りまわし、それから、うまそうにかじるのが常だった。エイラは完全に解けるのを待ってから、自分の分を切り分けた。

隠し場所の肉の貯蔵が乏しくなってくると、エイラは注意深く天候を見まもるようになった。そして、身を切るように冷たいが、よく晴れた朝、きょうは狩りに出かけよう――少なくとも、いくだけはいってみよう——と思い立った。とくに具体的な計画を温めているわけではなかったが、何も考えていないということでもなかった。途中で何かいい案を思いつくかもしれないし、地形や状況をじっくり観察しているうちに新しい可能性なり考えが浮かんでくるかもしれなかった。とにかく、何か手を打たなければならなかったし、蓄えた肉が払底するのを手をこまねいて待つつもりもなかった。

エイラがウィニーの背につける荷籠を取りだすと、ベビーは狩りに出かけるということを逸早《いち》く察して、興奮した様子で洞穴を出たり入ったりした。さらには、うなり声を上げ、むやみに歩きまわる始末だった。ウィニーがしきりに頭を振り、いなないているのも期待のあらわれのようだった。冷たいが日当りのいいステップに着いたときには、エイラの緊張と不安は、希望と行動の喜びに退けられつつあった。

ステップには新雪がうっすら積もって、一面に白くなっていた。風はその雪を吹きはらうほど強くはなかった。空気は厳しい寒さで今にもバリバリと音を立てそうな気配だった。明るい太陽もあってなきがごとくで、光は放っているものの、熱は伝わってこなかった。吐く息が白くなって流れていった。ウィニーの口のまわりについた霜が、鼻を鳴らすたびに氷のしぶきとなって飛び散った。エイラはクズリの頭巾をはじめ、狩りで手に入れた特別な毛皮を身につけてきたのを、つくづくよかったと思った。

優雅ささえ漂わせるベビーのしなやかな動きを、エイラは馬上からちらりと見下ろした。そのとき、その肩から脛までの体長がウィニーとあまり変わらなくなり、体高も急速に迫っているのに気づいて、軽い衝撃を受けた。ベビーには赤みがかったたてがみの兆しも見えていた。なぜ、今まで気がつかなかったのか、とエイラは訝った。突然、ベビーが緊張を強め、前方に目を凝らした。尻尾をぴんと後ろに突きだしていた。

エイラは冬のステップで獣のあとをつけるのには慣れていなかったが、雪に刻まれたオオカミの群れの足跡は馬上からもはっきり見てとれた。それはきわめて鮮明で、風や日光で損なわれていないところからしても、まだ新しかった。ベビーはぐんぐん前進した。相手は近かった。エイラがウィニーを駆りたててベビーに追いついてみると、サイガの小さな群れから落後しかけた一頭の老いた雄を、オオカミの群れが取り囲もうとしているところだった。

ベビーはサイガとオオカミを見て興奮を抑えきれなくなった。その真っ只中に跳びこんでいって、サイガの群れを追い散らし、オオカミの攻撃を混乱に陥れた。オオカミたちの驚きと不満げな様子にエイラは思わず笑いだしそうになったが、あまりベビーを調子づかせるのもはばかられた。すぐに興奮するんだから、とエイラは思った。たしかに、もう長いこと、狩りをしていなかったけれど。

恐慌をきたしたサイガの群れは跳躍しながら、平原を横切っていった。オオカミの群れは態勢を立て直し、足取りを加減しながら追跡を再開した。相当な速力は出しても、ふたたびサイガの群れに追いついたときに力が残っているように抑えていた。エイラは気を落ちつけると、ベビーを厳しい目つきで一にらみした。ベビーはエイラの傍らに戻ってきたが、自らの乱入劇を大いに楽しんで、後悔もしていない様子だった。

ウィニー、ベビーとともにオオカミを追ううち、エイラの頭の中では一つの計画が形をとりはじめていた。投石器でサイガを仕留められるかどうかはわからないが、オオカミなら確実に仕留められる。オオカミの肉はあまり好きではないが、ベビーは腹が減っていれば食べるだろう。そもそも、この狩り自体がベビーのためなのだから。

オオカミたちは足取りを早めていた。老いたサイガは群れから遅れていたが、疲れ果てて、もうついていけそうもなかった。エイラが身を乗りだすと、ウィニーは速度を上げた。オオカミたちは蹄と角を警戒しながら、サイガを取り囲んでいた。エイラはオオカミのどれか一匹を倒そうと近づいていった。自分の毛皮の襞に手を差し入れて石を探りながら、一匹を標的に選んだ。疾駆するウィニーの蹄がそのオオカミに迫ったところで、エイラは石を飛ばし、続けざまに二発目を放った。

狙い違《たが》わず、オオカミはばったり倒れた。続いて起きた騒動を、エイラははじめ、自分の仕事の結果だと思った。だが、次の瞬間、騒動の真の原因を目にすることになった。ベビーは石が投じられたのを合図と見て追跡を開始したが、オオカミに興味はなかった。それよりずっとうまそうなサイガが目の前にいた。投石器を振りまわす女を乗せて疾走してくる馬と、一目散に突進してくるライオンの前に、オオカミの群れはなす術《すべ》もなく撤退していった。

しかし、ベビーは自分が目指す狩人の域には程遠かった——まだ、今のところは。その攻撃は、一人前のライオンの力と技を欠いていた。エイラは一瞬遅れて状況を理解した。駄目、ベビー! それは相手が違うでしょ。だが、そのあと、エイラはすぐに思いなおした。そうだ、ベビーは正しい相手を選んだのだ。サイガは恐怖で新たな力を爆発させたかのように遁走《とんそう》していたが、ベビーはそれにしがみつき、息の根を止めようと必死に食らいついていた。

エイラは背後の荷籠から槍を抜きだした。ウィニーはエイラの催促にこたえ、老いたサイガのあとを追って疾走した。サイガの目を見張るような走りは長続きしなかった。しだいに速度が落ちてきた。馬は加速して、たちまち間を詰めた。エイラは槍をかまえ、サイガと並んだ瞬間にそれを突き刺した。あふれかえる原始の衝動に、自分が絶叫しているのにも気づかずに。

馬首をめぐらして戻ってみると、若いケーブ・ライオンが老いたサイガを見下ろして立っていた。ベビーが自らの手柄を誇示して吠えたのは、そのときがはじめてだった。雄の成獣の響きわたる雷鳴のような咆哮《ほうこう》にはまだ及ばなかったが、ベビーの勝ち誇った雄叫びはいずれそうなる可能性を示すものだった。ウィニーでさえもが、その声に思わずひるんで後ずさりした。

エイラは馬の背から滑り降りると、なだめるように首を軽く叩いた。「大丈夫よ、ウィニー。ベビーが吠えただけじゃないの」

エイラはベビーを押しのけて、サイガを持ち帰る前にはらわたを抜く準備にかかった。ベビーが逆らって手出ししてくるなどとは考えもしなかった。事実、ベビーはエイラの優先権と、それだけでないエイラに固有の何かを認めて、おとなしく引き下がった。その何かというのは、ベビーに対する愛情が生む信頼にほかならなかった。

エイラは石で仕留めたオオカミも探しだして、毛皮を剝いでいこうと思った。オオカミの毛皮は暖かかったからだ。その仕事を終えて戻ってみると、驚いたことに、ベビーがサイガをくわえて引きずっていた。そのまま洞穴まで運ぶつもりでいるようだった。サイガは十分に大きかったが、ベビーはまだ一人前にはなっていなかった。エイラはベビーの強さ――この先さらに増していく力――に対する評価をあらためた。しかし、ベビーがサイガをずっと引きずっていくとすれば、毛皮はかなり傷つきそうだった。サイガは広い範囲に生息し、平原でも山間でも暮らしていたが、数はそう多くなかった。エイラも今まで狩ったことはなかったが、サイガには特別な意味があった。サイガはイーザのトーテムだったからだ。エイラはその毛皮がどうしてもほしかった。

エイラは「やめ！」の合図をした。ベビーは一瞬ためらったあとで、〝自分の〟獲物を放した。だが、洞穴までの帰り道、それを守ろうとでもいうように、橇《そり》のまわりを心配そうにうろうろしていた。洞穴に戻ってからも、エイラが毛皮を剝ぎ、角を取り去る間、いつにない関心を持って見まもっていた。エイラが処理をすませた獲物を与えると、ベビーは奥の隅の自分の居場所にまるごと引きずっていった。そして、満腹したあとも、番を続け、そばに寄り添うようにして眠った。

エイラはそれを見て楽しんだ。ベビーが獲物を守ろうとしているのは様子からわかった。このサイガには特別な意味があると感じているようだった。エイラもそう感じていたが、理由は違っていた。興奮の波が、まだ体の中をうねっていた。疾走、追跡。狩りにはわくわくさせられた――だが、もっと重要なのは、狩りの新しい方法が見つかったということだった。ウィニーだけでなくベビーの助けが借りられるようになった今、夏であれ、冬であれ、いつでも好きなときに狩りができるようになったのだ。エイラは頼もしさとありがたさを感じた。これでもう、ベビーに食べさせることを心配せずにすむだろう。

そのあと、何という理由もなく、ウィニーの様子を見にいった。ケーブ・ライオンがすぐそばにいるというのに、ウィニーは何の心配もなさそうに横たわっていた。エイラが近づいていくと、ひょいと頭をもたげた。エイラはその体を撫でてやったが、さらに密に接する必要を感じて、傍らに身を横たえた。ウィニーはエイラがそばにいることに満足したように、軽い鼻息を漏らした。

ウィニーとベビーと力を合わせての冬の狩りは、落とし穴を掘る苦労も要らず、遊戯か娯楽のようになった。エイラは投石器の稽古に励んだかつての日々から、狩りが好きだった。新しい技法――追跡、石の二連発、落とし穴と槍の併用――をものにするたびに、それなりの達成感がもたらされたが、馬とケーブ・ライオンとともにする狩りの面白さは比べものにならないほどだった。ウィニーとベビーもエイラに劣らず楽しんでいるようだった。エイラが準備を始めると、ウィニーは耳をぴんと立て、尻尾を高く上げて、頭を振ったり、跳ねまわったりした。ベビーは期待に低くうなりながら、洞穴を出たり入ったりした。はじめは天候が気になったが、一寸先も見えない大吹雪の中でもウィニーが洞穴に連れ帰ってくれてからは、ほとんど問題にならなくなった。

エイラたちは、たいてい、夜が明けてまもないころに出発した。早いうちに獲物が見つかれば、昼前に戻ってくることも珍しくなかった。通常のやりかたはこうだった。これはと目をつけた相手を、自分たちに有利な位置までつけていく。そこで、エイラが投石器を取りだすと、それを合図に、満を持していたベビーが一気に跳びだす。ウィニーもエイラの意図を感じとり、そのあとを追って疾走する。あわてふためいて一目散に逃げる獲物の背にベビーが取りつくと——爪と牙とで、致命傷にはならなくても、相当の血が流れる——たいして時間をかけることもなく、ウィニーが間を詰める。そして、並んだ瞬間、エイラが槍を突き刺すのだった。

はじめのうちは、いつもいつもうまくいくとはかぎらなかった。獲物の足が速すぎて追いつけないこともあったし、ベビーがしっかり取りつけずに振り落とされることもあった。エイラにしても、疾走する馬の背から重い槍をうまく繰りだすには、ある程度の修練が必要だった。狙いを外したり、かすり傷しか負わせられないということが何度もあったし、ウィニーが十分に接近できないこともあった。しかし、たとえ失敗しても、それはわくわくするような楽しみであり、また何度でもやりなおすことができた。

実践を重ねるうちに、三者とも腕を上げていった。めいめいが互いの必要と能力を理解しあうにつれ、この不思議な組み合わせは、きわめて有能な狩猟チームになっていった——その流れるような仕事ぶりのためか、ベビーがはじめて独力で獲物を仕留めたときも、チームの協力の成果としてそのまま見過ごされるところだった。

そのとき、エイラは一頭のシカを追って、全速力で馬を飛ばしていたが、シカが急によろめくのを見た。シカは近づく前にどうと倒れた。ウィニーは速度を落としながら、そのそばを通り過ぎた。エイラはウィニーが止まる前に跳び下りて、シカのほうに駆け戻った。止《とど》めを刺そうと槍をかまえたとき、すでにベビーがその仕事をすませているのが目に入った。エイラはシカを洞穴へ持ち帰るべく準備に取りかかった。

そのとき、エイラは今のできごとの意味にはっと気づいた。ベビーはまだ若かったが、狩りをするライオンになったのだ！　一族の中であれば、それをもって大人と認められていただろう。エイラ自身が一人前の女になる前に〝狩りをする女〟という地位を得ていたように、ベビーは肉体的に成熟する前に大人の仲間入りをしたのだ。人間なら成人の儀式を行うところだ、とエイラは思った。といっても、ベビーにとって意味があるのはどういう儀式だろう？　そのあと、エイラはにっこり微笑んだ。

エイラは橇《そり》にくくりつけていた雌ジカを降ろした。そして、草の敷物と二本の棒を荷籠におさめた。シカはベビーの獲物で、ベビーに権利があった。ベビーははじめ、どういうことか意味がわからず、シカとエイラの間をいったりきたりしていた。だが、エイラが出発すると、シカの首をくわえ、それを引きずって歩きだした。そして、川原までの道のりを運びとおし、さらに、険しい小道を運び上げ、ついに洞穴の中に持ち帰った。

ベビーがシカを仕留めたあと、エイラはすぐには変化に気づかなかった。エイラとウィニーとベビーは、あいかわらず一緒に狩りに出た。だが、多くの場合、ウィニーの追跡はただの運動に終わり、エイラの槍も出番がなかった。エイラは肉をほしいと思ったときには、まず自分の分を取った。皮がほしければ、先に剝いだ。野生の世界では、群れの雄がいつも真っ先に大きな分け前を取ったが、ベビーはまだ若かった。それに、その成長ぶりが証明しているように、いまだに飢えというものを知らなかったし、エイラの支配にも慣れていた。

しかし、春が近づくころには、ベビーは洞穴をあとにして、独りで探検に出かけるようになっていた。長く留守にすることはめったになかったが、出かける回数はますます多くなった。そのうち一度は、耳から血を流して帰ってきた。ほかのライオンたちと出会ったのだろう、とエイラは推測した。もう、わたしだけでは不足なのだ。ベビーは自分の同類を求めているのだ。エイラは耳の手当てをしてやった。すると、翌日、ベビーはエイラにまとわりついて、邪魔ばかりした。夜には、エイラの寝床に這い寄ってきて、二本の指を吸おうとした。

ベビーはまもなくここを出ていくだろう、とエイラは考えた。自分の群れを、自分のために狩りをするつれあいを、自分の支配に服する子を求めて。ベビーには同類が必要なのだ。イーザの言葉がよみがえってきた。おまえはまだ若い。おまえにはおまえの男が要るわ。おまえと同類の男がね。同類の人たちを見つけなさい。おまえのつれあいを。イーザはそういった。もうじき春がくる。わたしもここを発つことを考えなくてはならない。だが、今すぐというわけにはいかない。ベビーはケーブ・ライオンの中でも、図抜けて大きくなるだろう。すでに同じ年ごろのライオンより体格ではずっとまさっている。だが、すっかり成長しているわけではない。まだ、独りで生き延びるのは無理だろう。

豪雪と踵《きびす》を接するようにして春がきた。出水のために行動を制約されることになったが、中でもウィニーは不自由を強いられた。エイラは上方のステップへ何とか登っていけたし、ベビーも軽々と跳ね上がったが、ウィニーには傾斜がきつすぎたのだ。ようやく水がひくと、川原も骨の山も、また様変わりしていた。ウィニーはふたたび小道を伝って、下の草地へ下りていけるようになったが、いらだちはおさまらない様子だった。

ベビーがウィニーに蹴られてギャッと鳴くのを聞いて、エイラははじめて、ただごとではないと気づき、驚きもした。ウィニーがベビーに対して癇癪を起こしたことは一度もなかった。たしなめるように軽く嚙むことはときどきあったが、蹴るほどのことはなかった。ウィニーのいつにない振る舞いは、ずっと行動を縛られていたせいだろう、とエイラは思った。それにしても、ベビーも大きくなってからは、洞穴の中でのウィニーの縄張りを気にするようになり、あまり近づかなくなっていたのに。何がベビーをそちらに引き寄せたのだろう、とエイラは訝った。そして、自分も見にいってみた。すると、朝のうち、漠然と感じていた強いにおいがはっきり漂ってきた。ウィニーは頭を垂れ、後脚をひろげ、尻尾を左のほうに向けて立っていた。膣口が腫れて、脈打っていた。ウィニーはエイラを見上げると、悲鳴のような甲高い声を上げた。

さまざまな思いが脳裏を次々と過《よぎ》り、エイラは両極端の気持ちを味わう羽目になった。最初は安堵だった。おまえの問題はそういうことだったの。エイラは動物に発情の周期があることは知っていた。交尾期がもっと頻繁にめぐってくるものもいるが、草食動物は年に一度がふつうだった。そして、今は雄同士がつがう権利をめぐって争う時期でもあった。いつもは雄と雌とが別々に狩りをしたり、別々の群れをつくるものでさえもが一緒になっていた。

毎年、シカの枝角が落ちて、より大きなものに生えかわる現象のように、交尾期というのもエイラが不思議に思う動物の神秘的な一面だった。それは、子どものころ、やたらと質問を浴びせかけてクレブを悩ませた類のことだった。クレブにも動物がつがうわけはわからないようだった。ただ、雄が雌に対する優位を示す時期なのかもしれないし、あるいは、人間のように雄は欲求を放出する必要があるのかもしれない、と自分からいいだしたことがあったが。

ウィニーは前の年の春にも交尾期を迎えていたが、そのときは、上方のステップで雄馬がいないているのを聞いても、上がっていくことはなかった。しかし、今回はウィニーの欲求も強まっているようだった。こんなふうに腫れたり鳴いたりするのは、エイラにもおぼえがなかった。ウィニーはエイラが撫でたり抱いたりするのを拒みはしなかったが、ふたたび頭を垂れて、甲高い声で鳴いた。

突然、エイラは胃が収縮して不安の塊になったような感覚に襲われた。ウィニーが動転したり怯えたりしたときにはエイラに身を寄せるように、今度はエイラがウィニーにもたれかかった。ウィニーはわたしを置いて出ていこうとしている！　思いがけないことだった。当然備えておくべきだったのに、備える間もなかった。ベビーの将来のこと、自分の将来のことは考えていたのだが、その間にウィニーは交尾期を迎えていた。ウィニーは雄馬を、つれあいを必要としていたのだ。

エイラは気が進まぬままに、洞穴の外に出て、ウィニーについてくるよう合図した。下方の川原に着くと、エイラはウィニーの背にまたがった。ベビーが起き上がって、ついてきていたが、エイラは「やめ」の合図を送った。今はベビーにきてほしくなかった。狩りにいくわけではなかったが、ベビーにはそれがわからなかったようだった。もう一度、断固とした態度でとどめると、ベビーはようやく立ち止まって見送った。

ステップは暖かかったが、同時に湿ってひんやりともしていた。午前の半ばの太陽はベールのような暈《かさ》を伴って、水色の空に輝いていた。そのまぶしい光に漂白されたかのように、空の青が薄れていた。雪が解けて、細かい霧となって立ち昇り、視界をさえぎるほどではなかったが、鋭い角も柔らかく見せていた。霧はひんやりした陰にまでまつわりつき、ものの輪郭を埋没させていた。遠近感が失われ、全景の奥行きが縮まって見えた――風景が直接的に、まさに今、この場にあるものとして感じられた。ほかの時や場所は存在しなかったというように。遠くのものもほんの二、三歩先にあるように見えて、その実、いつまでたっても行き着くことができないという印象だった。

エイラは行き先を指示はしなかった。ウィニーが歩くに任せて、自分は目印になるものや方角をぼんやり意識しているというだけだった。どこにいこうとしているのかは気にもならなかった。自分の涙が周囲の湿気にしょっぱい水分を加えていることにも気づかなかった。馬の背に揺られるうちに、思いは内へと向いていった。この谷をはじめて訪れ、草地に馬の群れを見たことを、ここにとどまろうと決め、狩りをしなければならなくなったことを、そして、ウィニーを安全な火のそばに、洞穴に連れ帰ったことを次から次へと思いだした。だが、それがいつまでも続かないことに、自分自身がそうしようとしているように、ウィニーもいつか同類のもとに帰っていくことに気づいていなければならなかったのだ。

馬の歩調が変わったことで、エイラはわれに返った。ウィニーが探していたものを見つけたのだ。前方に馬の小さな群れがいた。

低い丘を覆っていた雪が日差しに解け、小さな緑の芽が地面から顔をのぞかせていた。去年から枯れた草や茎ばかりで飽き飽きしていた馬たちは、みずみずしい新芽をせっせとかじっていた。ウィニーが立ち止まると、馬たちは頭を上げて目を向けてきた。エイラは雄馬がいないのを聞いた。それまで気づかなかった横手の高みの上に、その雄馬はいた。全体に濃い赤褐色で、たてがみ、尻尾、脚の下部だけが黒かった。エイラはこれほど濃い色の馬を見たことがなかった。多くは、灰褐色か、くすんだベージュ、でなければ、ウィニーのように干し草の黄色だった。

雄馬は頭をもたげ、上唇をめくり上げて、激しくいないた。それから、棹立ちになり、全速力で駆け寄ってきたかと思うと、数歩前で止まって、前足で地面を掻いた。首を弓なりにそらし、尻尾を高く上げ、みごとなほどに勃起《ぼっき》させていた。

ウィニーは答えるように小さくいななかった。エイラはその背から滑り降りた。ウィニーを一度抱き締めると、そのまま後ずさりした。ウィニーは振り向いて、子馬のころからずっと世話をしてくれた女のほうを見やった。

「いきなさい、ウィニー」エイラはいった。「おまえのつれあいが見つかったんだから、早くいきなさい」

ウィニーは頭を振って、低くいななくと、鹿毛の雄馬のほうに向きなおった。雄馬は頭を垂れてウィニーの後ろにまわると、手に負えない駄々っ子を相手にしているかのように、膝のあたりを軽く噛んで、自分の群れのほうへ向かわせた。エイラはその場を去りがたく、ウィニーを見送っていた。やがて、雄馬がウィニーに乗ったとき、エイラはブラウドと恐ろしい苦痛とを思いださずにはいられなかった。その後、苦痛は薄れて不快なだけになったが、ブラウドに乗られるのはいやでならなかった。ブラウドがようやくそれに飽きたときには、ほんとうにありがたく思ったものだった。

しかし、悲鳴のような鳴き声にもかかわらず、ウィニーは雄馬を拒もうとはしなかった。それを見まもっているうちに、エイラは自分の中に奇妙な動揺、説明のつかない感情が起きているのに気づいた。前脚をウィニーの背にのせ、激しく揺すりたて、大声でいなないている鹿毛の雄馬から目を離すことができなかった。そのうち、自分の太腿の間に温かい湿り気を感じ、雄馬の律動と同調するような動悸がしてきたかと思うと、自分でも理解に苦しむ切望をおぼえていた。息づかいが荒くなり、心臓の鼓動が頭の中で反響し、言葉ではあらわせない何かに対する憧れが痛いほどに感じられた。

そのあと、ウィニーが唯々として雄馬に従い、あとを振り向きもせずに去っていくのを見て、エイラは耐えがたいほどのむなしさを感じた。この谷に自分で築き上げた世界がいかにもろいものだったのか、自分の幸せがいかにはかないものだったのか、自分の存在がいかに不確かなものなのかを思い知らされた。エイラは踵《きびす》を返して、谷のほうへ駆け戻った。荒い息で喉が張り裂けそうになるまで、痛みが脇腹を突き刺すまで走りつづけた。もっと早く走れたら悲嘆と孤独を置き去りにできるのでは、と思っているかのように走りつづけた。

草地に下りる斜面でつまずき、そのまま転がって、ようやく止まったところで、あえぎながら横たわった。呼吸がととのったあとも、身動きしなかった。動きたくもなかった。対応することも、努力することも、いや、生きていくことさえもいやになった。それがいったい何になる? わたしは呪われているのだから。

だったら、なぜ、すぐに死んでしまわないのか? 呪われた以上、そう思われていたのではなかったのか? なぜ、わたしは愛するものをことごとく失わなければならないのか? そのとき、温かい息を吹きつけられ、ざらざらした舌が頬の涙を拭うのを感じた。目を開けてみると、大きなケーブ・ライオンがいた。

「ああ、ベビー!」エイラは叫んで、手を差し伸べた。ベビーは傍らに寝そべり、爪をひっこめたうえで、重い前脚をエイラの体にのせてきた。エイラは向きを変えて、ふさふさの毛で覆われた首を抱き締め、長くなったたてがみに顔を埋めた。

涙が涸《か》れたあと、エイラはようやく起き上がったが、さっきの転倒が無事ではすまなかったことに気がついた。両手には切り傷、膝と肘には擦り傷、腰とむこうずねには打ち身があり、右の頬もひりひり痛んだ。足を引きずりながら洞穴に帰り着いて、傷の手当てにかかったが、あらためてぞっとした。もし、骨が折れていたら、どうなっていただろう？　助けてくれる者もいない以上、死ぬよりひどい目にあっていたかもしれない。

けれども、そうはならずにすんだ。わたしのトーテムがわたしを生かしておこうというのなら、それは何か理由があってのことだろう。ケーブ・ライオンの霊がわたしのもとにベビーを送ってよこしたのは、ウィニーがいずれは去るということを知っていたからかもしれない。

そのベビーにしても、いつかは去っていくだろう。ベビーがつれあいを求めるのも、そう遠い日のことではないかもしれない。ベビーは群れの中で育ったわけではないが、きっとつれあいを見つけることだろう。これほどたくましく育ったのだから、広い縄張りを守ることもできるだろう。それに、ベビーはすぐれた狩人だ。群れを、少なくとも一頭の雌を探し求める間も、飢えることはないはずだ。

エイラは苦笑した。これでは息子が勇敢な狩人に育つかどうかを心配している一族の母親と変わらない。結局のところ、ベビーはわたしの息子ではないのだから。ベビーはただのライオン、ふつうの……いや、ベビーはふつうのケーブ・ライオンではない。もう一人前のライオンと変わらないくらい大きいし、早くから狩りをしてきたし。でも、ベビーもわたしを置いて出ていくだろう……。

ダルクももう大きくなっているに違いない。ウラもそうだ。オダは悲しむことだろう。ウラがダルクのつれあいになるために去って、ブルンの一族に仲間入りしたら……いや、今はブラウドの一族だった。そういえば、次の氏族会まで、あとどのくらいあるのだろう？

エイラは寝床の後ろに手を伸ばし、日数を印した棒の束を取りだした。今でも、毎晩、棒に刻み目をつけていた。それは習慣とも儀式ともなっていた。束ねていた紐をほどいて、棒を地面の上に置き、この谷を見つけてから何日が過ぎたのかを数えてみようとした。両手の指を刻み目に合わせていったが、とても追いつかなかった。あまりに多くの日数がたっていた。しるしをまとめて足しあわせれば、ここにきてからどれくらいたつかが知れるのではないかという気がしたが、その方法がわからなかった。それはどうにもいらだたしかった。だが、そのあと、必ずしも棒は要らないと気づいた。春がめぐってきた回数を数えることで、何年たったかを知ることができる。ダルクが生まれたのは最後の氏族会の前の春だった。次の春で、生まれた年は終わった。エイラは土に一本の線を引いた。次の年はダルクが歩いた年だ。そこで、もう一本、線を引いた。その次の春は、乳を飲む年が終わり、乳離れする年になるはずだった――実際には、ダルクはもう乳離れしていたが。エイラは三本目の線を引いた。

そこで、わたしは去ったのだ――エイラはごくりと唾をのみこんで、目を瞬《しばた》いた――そして、その夏、わたしはこの谷とウィニーを見つけたのだ。次の春にはベビーを見つけた。エイラは四本目の線を引いた。そして、この春……ウィニーを失ったことを、その年の記憶のようすがとはしたくなかったが、それは事実だった。エイラは五本目の線を引いた。

これで片手の指が全部ふさがった――エイラは左手を上げた――ダルクも今、これだけの年になっているということだ。エイラは右手の親指と人差し指を突きだした――そして、次の集会にはさらにこれだけ年をとっているということだ。集会の帰りには、ウラもダルクのつれあいになるためについてくるだろう。もちろん、まだ幼い二人がすぐに縁結びするわけではない。でも、ウラを一目見れば、誰もがダルクのつれあいになるということを知るはずだ。ダルクはわたしのことをおぼえているだろうか？　一族の人々のような記憶力があるだろうか？　ダルクの中のどれほどがわたしで、どれほどがブラウド……一族なのだろう？

エイラはしるしをつけた棒を集めにかかったが、特別な刻み目の間のしるしの数が一定しているのに気づいた。特別な刻み目というのは、自分の霊が戦って、血が流れるときにつけたものだった。しかし、どんな男のトーテムの霊が、ここでわたしの霊と戦ったというのだ？　たとえ、わたしのトーテムが弱いネズミだったとしても、わたしの霊が負けて身ごもることなどありえない。だいたい、赤ん坊を宿させるのは、霊ではなくて、男そのもの、男根なのだ。少なくとも、わたしはそう思っている。

ウィニー！　あの雄馬がしていたのは、そういうことだったの？　彼はおまえに赤ん坊を宿させていたの？　いつか、群れと一緒にいるおまえを見ることがあれば、それがわかるかもしれない。ああ、ウィニー、そうなったら、すばらしいことだけど。

ウィニーと雄馬のことを考えているうちに、ぞくぞくしてきた。呼吸も少し早くなってきた。それから、ブラウドのことを考えたとたん、いい気分は吹き飛んだ。でも、ダルクを宿させたのはブラウドの男根だ。それでわたしに赤ん坊ができると知っていたら、ブラウドはあんなことはしなかっただろう。ダルクはウラをつれあいにするだろうが、ウラにしても絶対に奇形などではない。ウラは異人の男がオダを無理に従わせたときに宿ったのだと思う。ウラもダルクと同じなのだ。一部は一族で、一部は異人なのだ。異人というのは……。

何となく気持ちが落ちつかなかった。ベビーはいなくなっていた。エイラは自分もじっとしてはいられないように感じた。外に出ると、流れを抱くようにして続いている茂みに沿って歩きつづけた。これまでウィニーに乗っていったことはあっても、歩いていったことはなかった遠くまで足を伸ばした。もう一度、自分で籠を背負って歩くことに慣れなければと思った。谷の外れまでくると、高い崖の端をまわって南へ流れている川に沿って、なおも歩きつづけた。屈曲部のすぐ先で、流れはいくつもの岩を嚙んでいたが、その岩は意図的に配置されたかのように、ほぼ一定の間隔で並び、ちょうど飛び石のようだった。対岸の高い岩壁は勾配が急だったが、エイラはそれをよじ登り、西方のステップを見はるかした。

西と東とでは、西のほうがやや起伏が多いという点を除くと大きな違いはなかった。エイラは西のほうの事情には疎《うと》かったが、谷を出ようと決めたら西に向かおうと前から思っていた。まもなく、踵《きびす》を返して、流れを渡り、長い谷間を歩いて洞穴に戻った。

帰り着いたときには、ほとんど暗くなっていた。ベビーはまだ戻っていなかった。焚き火は消え、洞穴は冷たく寂しかった。はじめてここをすみかと定めたときよりも、いっそううつろな感じがした。エイラは火を起こし、湯を沸かして茶をいれたが、炊事をしようという気分にはなれなかった。干し肉一切れと干したサクランボをいくらか食べただけで、寝床の上に座った。洞穴に独りでいるのは久しぶりのことだった。エイラは古い負い籠を置いてある場所へいって、底のほうを掻きまわし、ダルクのおくるみを取りだした。それをくしゃくしゃにして、自分の腹に押し当てながら、炎に見入った。横になったときには、それを体に巻きつけていた。

眠りは夢で掻き乱された。成長して縁結びしたダルクとウラの夢を見た。子馬とともにどこかよその場所にいるウィニーの夢を見た。そのうち、ひどく冷や汗をかいて、はっと跳ね起きた。完全に目が覚めてから、揺れて轟く大地の悪夢を見て怯えていたということに気づいた。なぜ、また、あんな夢を見たのだろう？

エイラは起き上がって、火を掻き立て、茶を温めてすすった。ベビーはまだ戻っていなかった。エイラはダルクのおくるみを手に取り、また、オダの話を思いだした。オダを無理に従わせたという異人の男の話を。その男はあなたに似ていた、とオダはいった。わたしに似ている男というのは、どんな顔をしているのだろう？

エイラは自分に似た男を心に描いてみようとした。以前、池に映った自分の顔立ちを思いだそうとしたが、記憶に残っているのは、顔を縁取っている髪だけだった。今は邪魔にならないよう何本にも分けて編んでいるが、そのころは長く垂らしていた。ウィニーの毛のように黄色だったが、それよりもっと濃くて金色に近かった。

しかし、異人の男の顔を思い浮かべようとするたびに、ほくそえむような、嘲笑うようなブラウドの顔ばかりが見えてきた。異人の男の顔を想像することはできなかった。そのうち、凝らしていた目が疲れてきて、ふたたび横になった。そして、ウィニーと鹿毛の雄馬の夢を見た。それから、男の夢を。その顔立ちは陰に隠れてぼんやりしていた。ただ一つはっきりしているのは、男の髪が黄色いということだった。

（下巻に続く）

ジーン・M・アウル　(Jean M. Auel)

1936年、シカゴ生まれ。18歳で結婚、25歳で五人の子の母となる。エレクトロニクスの会社に勤めるかたわら、ポートランド大学などで学び、40歳でMBA（経営学修士号）を取得する。この年に、先史時代の少女エイラを主人公とした物語の執筆を思い立ち、会社を退職して執筆活動に入る。当初から六部構成の予定だった「エイラ－地上の旅人」シリーズは、『ケーブ・ベアの一族』が発売されると同時にアメリカでベストセラーとなり、第五巻まで刊行された現在、世界各国で読み継がれている。現在、第六巻を執筆中。

佐々田雅子　（ささだ　まさこ）

立教大学文学部英米文学科卒業。英米文学翻訳家。主な訳書に、ジェイムズ・エルロイ『ホワイト・ジャズ』（文藝春秋）、スティーブ・マーチン『ショップ ガール』（集英社）、ロバート・ベア『CIAは何をしていた？』（新潮社）、ジェフリー・ユージェニデス『ミドルセックス』（早川書房）などがある。

野生馬《やせいうま》の谷《たに》　上
THE VALLEY OF HORSES
エイラ―地上《ちじょう》の旅人《たびびと》3

2004年11月30日　第1刷発行

著者　ジーン・M・アウル
訳者　佐々田雅子《ささだまさこ》
発行人　川尻勝則
発行所　株式会社ホーム社
〒101-0051　東京都千代田区神田神保町3-29　共同ビル
電話　［出版部］03-5211-2966
発売元　株式会社集英社
〒101-8050　東京都千代田区一ツ橋2-5-10
電話　［販売部］03-3230-6393
［制作部］03-3230-6080
印刷所　凸版印刷株式会社
日本写真印刷株式会社
製本所　凸版印刷株式会社

Earth's Children

『エイラ―地上の旅人』

ジーン・アウル／作

第1部
『ケーブ・ベアの一族　上・下』

大久保寛／訳　A5判・ハードカバー

☆地震で家族を失い、孤児となったエイラは、ケーブ・ベアを守護霊とする
ネアンデルタールの一族に拾われる。さまざまな試練にたえ、
成長してゆくが、心ならずも洞穴を離れる日がやってくる。

第2部
『野生馬の谷　上・下』

佐々田雅子／訳　A5判・ハードカバー

☆自分と同じ種族と出会うことを夢見て、北に向かってあてどのない旅は続く。
過酷な大自然のなか、生きのびるための技術を身につけ、
野生馬を友としたエイラは、ひとりの男と運命の出会いを果たす。

第3部
『マンモス・ハンター〔仮題〕』

白石朗／訳　2005年2月／上巻　3月／中巻　4月／下巻

☆男とともに、マンモスを狩る一族と出会ったエイラは、身につけた狩猟の技で
驚嘆されるが、生い立ちをめぐる差別や、一族の男からの思わぬ求愛に悩む。
だが、試練によって、ふたりの絆は深まってゆく。

第4部
『平原の旅〔仮題〕』

金原瑞人／訳　2005年6月／上巻　7月／中巻　8月／下巻

☆故郷をめざす男との旅のなかで、独特な医術で少女を救ったりする一方、
凶暴な女の一族に男が襲われる。死闘の末、危機を脱したエイラは、
難所である氷河越えを果たしたとき、身ごもっていることに気づく。

第5部
『岩の隠れ家〔仮題〕』

白石朗／訳　2005年10月／上巻　11月／中巻　12月／下巻

☆5年ぶりに帰りついた男は歓迎されるが、動物たちを連れたエイラの姿に
人々は当惑を隠せない。岩で造られた住居に住む人々に
本当に受け入れられるのだろうか。身重のエイラを不安が襲う。

刊行予定時期は変更される場合があります。ご了承ください。

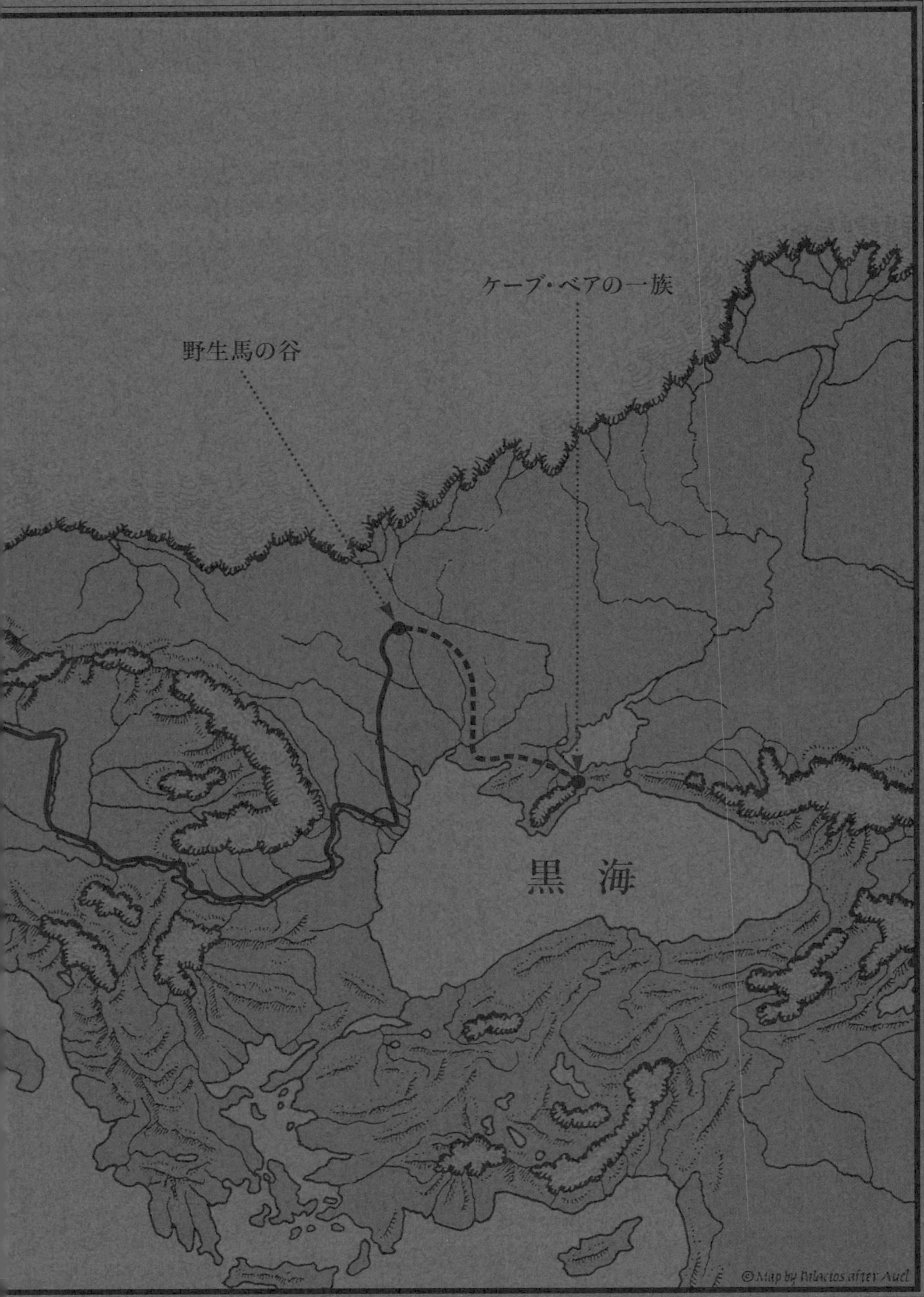
ケーブ・ベアの一族
野生馬の谷
黒海
© Map by Palacios after Auel